A CAIXA DE MÚSICA

A caixa de música
© 2022 Lu Piras
© 2022 VR Editora S.A.

DIREÇÃO EDITORIAL Marco Garcia
EDIÇÃO Thaíse Costa Macêdo
PREPARAÇÃO Alessandra Miranda de Sá
REVISÃO Fabiane Zorn e Juliana Bormio de Sousa
DIAGRAMAÇÃO WAPStudio
DESIGN DE CAPA Renata Vidal
IMAGENS DE CAPA © Shutterstock

Dados Internacionais de Catalogação na Publicação (CIP)
(Câmara Brasileira do Livro, SP, Brasil)

Piras, Lu

A caixa de música : duas mulheres em busca do próprio tempo / Lu Piras. — Cotia, SP : VR Editora, 2022.

ISBN 978-85-507-0333-6

1. Romance brasileiro I. Título.

22-106512   CDD-B869.3

Índices para catálogo sistemático:

1. Romances : Literatura brasileira B869.3

Eliete Marques da Silva — Bibliotecária — CRB-8/9380

Todos os direitos desta edição reservados à
VR EDITORA S.A.
Via das Magnólias, 327 – Sala 01 | Jardim Colibri
CEP 06713-270 | Cotia | SP
Tel.| Fax: (+55 11) 4702-9148
vreditoras.com.br | editoras@vreditoras.com.br

LU PIRAS

A caixa de música

Duas mulheres em busca do próprio tempo

Para meu tio Enninho, que sempre acreditou em mim.

PARTE I

[...] o tempo é um tecido invisível em que se pode bordar tudo, uma flor, um pássaro, uma dama, um castelo, um túmulo. Também se pode bordar nada. Nada em cima de invisível é a mais sutil obra deste mundo, e acaso do outro.

(Joaquim Maria Machado de Assis, *Esaú e Jacó*)

PRÓLOGO

Luanda, Reino do Ndongo, setembro de 1798

Nenê era uma criança que vivia de pés descalços, colhendo as pedras que julgava preciosas pelas margens ribeirinhas nas proximidades do seu povoado. Carregava na cintura uma sacola de algodão cru, onde guardava os minérios de diversos tons e formas. Fazia segredo do que colhia, mas espalhava pelo vilarejo que o que trazia na bolsa a levaria a reencontrar os pais.

Era frequente, à noitinha, pedir que sua avó lhe contasse histórias sobre seus pais, heróis da nação Mbundu e líderes do seu povo. A menina cresceu se orgulhando deles, que haviam sido capturados por uma tribo de mercenários enquanto defendiam a liberdade e seus valores. Muitas vezes sonhava que abraçava a mãe num lugar distante de casa, mas não diferente de um lar. Para isso, primeiro precisaria encontrar aqueles que, segundo sua avó, lhes haviam vendido e transportado para longe dali.

Na primavera do seu décimo-segundo ano de vida, antes de amanhecer, enquanto a avó dormia, amarrou a bolsa de pedras na cintura e fugiu na direção do porto. Velas de inúmeras embarcações imprimiam reflexos distorcidos nas águas douradas pela luz do sol. Embora o território portuário, àquela hora da manhã, fosse agitado por comerciantes, marinheiros e traficantes de escravos, ninguém viu quando Nenê correu desviando dos rolos de cabos que amarravam a única caravela atracada no cais.

No ponto mais extremo do ancoradouro, o vento úmido e fresco envolveu sua cintura trazendo-lhe o cheiro do mar e, com ele, a lembrança dos pais. Ao contrário do riacho que banhava as terras onde nasceu, não era possível calcular a pé a dimensão do oceano que a separava deles. Os olhos de Nenê miravam a direção do futuro ainda buscando respostas no passado.

Desejou partir e perder a noção de terra firme até que anoitecesse e pudesse sonhar.

Da profundeza das águas foi se formando uma onda, que parecia vir em sua direção. Nenê se sentou, abraçou as pernas com firmeza e apoiou o queixo nos joelhos. Sentiu a força da água atingir o cais, mas o pequeno corpo se manteve estável.

Ao passar a língua nos lábios salgados, achou o gosto bom. Começou a lamber os braços e a observar as gotículas que brilhavam em sua pele, mas logo se deu conta de um objeto que reluzia no espelho d'água que havia se formado. Ao se aproximar, a menina se agachou para ver de perto a garrafa e sorriu para o próprio sorriso refletido no vidro. Nunca tinha visto seu rosto refletido assim.

Olhou para o objeto como quem venera um tesouro, girou-o nas mãos e voltou a sorrir, agora para a bailarina de *tutu* vermelho que rodopiava lá dentro. Desamarrou a bolsa da cintura e, percebendo que tinha uma escolha a fazer, despejou as pedras no mar. Nunca saberia o valor daquelas pedras, mas não duvidava de que a liberdade valia muito mais. Com a caixa de música nas mãos, Nenê entendeu que a medida da liberdade não é o quanto vale, mas o valor que se dá a ela. Quando o vento agitou a bandeira do império português no alto do mastro do navio, ela deu corda e acordou para sonhar.

1
A BAILARINA

Bairro da Glória, Rio de Janeiro, dezembro de 1899

Carolina estava atrasada, mas não poderia descer para o café da manhã sem concluir o desafio que há quarenta minutos a consumia naquela manhã de Natal: enrolar os cabelos com seu mais novo brinquedo, o ferro de cachear Marcel Wave. Como anunciava a matéria da última edição da *Vogue*, a novidade era a mais nova sensação em Paris e prometia deixá-la com a aparência de Cléo de Mérode, a famosa bailarina francesa, inspiração para um penteado que havia marcado época, além de ser musa de vários artistas. Porém, dar ondas mais consistentes aos longos cabelos castanhos não parecia tão fácil quanto nas instruções da revista.

O barulho de cascos de cavalo nas pedras que cobriam a Alameda das Palmeiras desviou sua atenção do espelho. Surpreendida, largou os apetrechos de beleza sobre a penteadeira e foi à varanda do quarto saudar os pais, que tinham antecipado o retorno da viagem para passar as festas de final de ano com ela.

Não havia nada que Manoel e Flora não fizessem pela filha. E nada que o dono de uma das mais prósperas fábricas de tecidos do Rio de Janeiro, popularmente conhecido como Barão dos Tecidos, não conseguisse por intermédio de seus contatos. O casal havia sido dos poucos privilegiados a atravessar o Oceano Atlântico no navio a vapor *Estrémadure*, único a deportar de Lisboa para o Rio naquela semana.

Flora foi a primeira a descer do coche. Os olhos lacrimejavam e as mãos enluvadas em renda portuguesa abanavam efusivamente para a filha. Manoel apoiou a bengala no primeiro degrau e, antes mesmo de se levantar, acenou com o chapéu.

Do quarto da jovem, era possível avistar a igreja no alto do Outeiro da Glória, o mar e as montanhas, assim como o caminho ladeado por palmeiras que levava aos portões da Chácara das Figueiras, onde se localizava a mansão. Os pais quiseram que a única filha tivesse a vista mais privilegiada, que ainda incluía o imponente jardim frontal da propriedade, com espécies classificadas e organizadas metodicamente por Barbosa Rodrigues, importante botânico e amigo da família, que administrava o Jardim Botânico. Exemplares tropicais e árvores frutíferas adornavam a paisagem bucólica de aleias em meio a chafarizes e fontes, rodeados de canteiros coloridos com petúnias, amores-perfeitos e gardênias.

A residência dos Oliveira foi a primeira a ser construída naquela área nobre do bairro da Glória, onde muitas fazendas ainda estavam sendo loteadas para servir de moradia e casas de veraneio para os mais privilegiados. A alguns quilômetros dali, na zona rural da cidade, a fábrica de tecidos que levava o nome da família empregava mais de mil operários, sendo considerada um exemplo de polo gerador de empregos, além de bem-sucedido caso de empreendedorismo industrial no século 19.

De origem humilde, Manoel emigrara de Portugal com a família para trabalhar no cultivo do algodão. Ainda bem jovem, com teares manuais domésticos, começara a produzir panos de algodão grosso destinados aos negros escravizados e aos sacos de café. Mas nunca desejara ser agricultor e tinha se mudado para a cidade grande, para onde havia importado máquinas de fiar e tecer, construindo, assim, seu império ao lado da esposa. Flora, também portuguesa, tivera uma gravidez tardia e muito aguardada. Quando a filha nascera, os pais comercializavam ativamente as manufaturas que traziam da Europa e, em decorrência, passaram a frequentar as rodas da alta sociedade, para a qual a maioria de seus produtos era destinada.

O interesse de Carolina pela moda começou cedo. Desde menina, colecionava as revistas que a mãe trazia das viagens ao exterior. Em 1892, doze anos após seu nascimento, nascia a *Vogue*, em Nova York. Foi quando, inspirada pelo então folhetim da moda nova-iorquina, passou a compor e desenhar modelos. Mas não era fácil esconder sua paixão. Os pais não podiam sequer desconfiar de seus planos ambiciosos de abrir uma *maison* e começar a carreira como estilista, afinal, tinham dado à filha educação para se tornar uma dama da sociedade e, sobretudo, do lar. De preferência, sob as asas da família e a égide da tradição e dos bons costumes.

Isso significava que a Carolina haviam sido ensinadas rígidas regras de etiqueta e comportamento que, ainda que preferisse ignorar, eram-lhe cobradas o tempo todo. A propósito disso, a jovem tinha muitos tutores. Além de estudar língua portuguesa e ciências, recebia também aulas de música, francês, costura e culinária, a mais prazerosa delas sendo as aulas de costura, ainda que a tutora insistisse em torná-las entediantes, limitadas a pregar botões e marcar bainhas. Para Carolina, nada deveria ser encarado como banal; nem mesmo um botão deveria passar despercebido numa roupa.

Seu segredo estava bem guardado com seu único confidente, um diário. Nele, além de ocultar seus croquis, perdia-se em reflexões e sonhos, também em desabafos de frustração e tédio. Sempre, antes de se deitar, sentava-se à escrivaninha de mogno em estilo vitoriano, como todos os demais móveis do quarto, e naquele mundo só dela podia se confessar sobre quem desejava realmente ser.

Naquela noite, não aconteceu diferente. Depois da ceia, de uma breve apresentação ao piano e da entrega dos presentes, após os pais e os empregados se recolherem e as luzes da casa se apagarem, Carolina abriu as portas da varanda de seu quarto, inspirou o sereno da noite quente, despiu-se das várias camadas de tecido que ornavam o corpo esguio e vestiu a longa e abafada camisola de dormir. Estava mais confortável, entretanto, sem a gola alta de renda que aprisionava seu pescoço, o exagerado volume das mangas bufantes e o sufocante espartilho que comprimia impiedosamente a frágil cintura.

Um novo elemento que repousava na escrivaninha confundia-se com sua silhueta à luz da única vela que iluminava o ambiente. O presente fora trazido por Manoel, que, fascinado pela singularidade do artefato, comprara-o de um velho mercador turco conhecido por negociar preciosidades exóticas em Lisboa. Tratava-se de uma caixa de música como nunca tinha visto: o objeto tinha o formato de uma garrafa, a qual continha uma bailarina.

Sentando-se de frente para o espelho, Carolina deu corda no instrumento. A bailarina adormecida despertou, sincronizando as perninhas instáveis ao som de uma velha cantiga folclórica. Por um momento, Carolina se deixou conduzir por aquele balé mecanizado e foi hipnotizada pelo movimento giratório. Em vez da música, passou a ouvir apenas um tique-taque constante e monótono, até que os movimentos cíclicos, repetitivos e limitados da boneca trouxeram-na à realidade estática e estéril em que ambas viviam. Pensou em como deveria ser vazia e triste a vida daquela bailarina, prisioneira naquela caixa de música. Gostaria de libertá-la, mas não sabia como.

— Talvez... — suspirou alto, para as duas. — Talvez, se eu te fizer uma nova saia em várias camadas de tule, um *tutu* romântico, como as bailarinas de *Giselle*. Ainda vais estar presa ao teu destino, mas não serás jamais reprimida por seres diferente. Serás a única, e, por isso, não apenas mais uma entre as demais. Tua dança ganhará mais movimento com a nova saia, e será ela a ajustar-se ao teu corpo em vez de ser o teu corpo a ajustar-se a ela. De algum modo, consigo enxergar certa liberdade nisto.

Rio de Janeiro, 25 de dezembro de 1899

Querido diário,
Papai e mamãe voltaram de mais uma de suas longas viagens. Confesso-te que fiquei comovida pelo gesto de anteciparem o regresso para passarem o Natal comigo. Mamãe mostrou-se orgulhosa por eu ter aprendido uma nova partitura durante a ausência deles: "Inocência", de Carlos Gomes; fui muito aplaudida pelos dois. Trouxeram-me de presente um interessante objeto musical. Papai me disse que é uma "caixa de música", uma novidade europeia. Deve chamar-se assim porque uma boneca dança enquanto uma música toca. Nunca vi nada parecido.

Gostaria que esta bela surpresa fosse a única razão para esvaziar meu tinteiro nas tuas páginas. Eles também chegaram com o anúncio da data do meu casamento, em cinco meses.

O pai do meu noivo (senhor Álvaro), o coronel de milícias Faria Mattos, fidalgo cavaleiro da Casa Imperial e proprietário das mais prósperas fazendas de café das cidades de Campinas e São Paulo, estará em viagem de negócios no Rio de Janeiro. E, assim sendo, será necessário aproveitar a ocasião. Ademais, na data escolhida de comum acordo entre as famílias, o dia 25 de maio de 1900, já terei completado vinte anos. De acordo com papai, estou ficando tão velha que até o século 20, que parecia nunca chegar, está prestes a me alcançar.

Não me sinto velha. Só não estou preparada para unir-me em matrimônio com um homem a quem mal conheço, por mero e exclusivo acordo de interesses entre famílias.

Papai e mamãe falaram em encomendar os convites na Gráfica Paula Brito amanhã mesmo. Também não tardaram a marcar consulta com o mui estimado médico de família, doutor Luís Eduardo Mesquita, para atestar a minha saúde física e mental. Exigência da Sua Senhoria, o coronel, que com essa atitude só evidencia quem de fato é por trás dos discursos abolicionistas politicamente corretos e veladamente convenientes. Não é de se admirar que um saquarema, eminente membro da ala mais regressista do extinto Partido Conservador, mantenha sob os panos seus capatazes e escravos de ganho, dez anos passados do maior avanço que nossa jovem república já viu. Os Faria Mattos são conservadores liberais e escravagistas, que, não fosse pela ganância desmedida pelo crescente poderio do café, prefeririam que nosso país houvesse permanecido colônia de além-mar.

Como poderia eu passar a pertencer àquela família?

Não sei o que pensar. Só quero afundar-me no travesseiro esta noite e acordar em outro tempo, outro lugar. Bem longe daqui!

Da tua confidente desesperada,
Carolina

Aeroporto Charles de Gaulle, Paris, março de 2020

— Cancelado? Por quê? — perguntou Beatriz à funcionária da companhia aérea, a voz num tom mais agudo que o normal.

— Por causa da pandemia de covid-19, senhora. Todos os voos estão sendo cancelados.

Como se não houvesse prestado atenção ao que acabara de ouvir, Beatriz falou em tom monocórdico:

— Amanhã tenho que apresentar meu projeto para uma bancada de estilistas no Rio de Janeiro.

A funcionária não se deu o trabalho de erguer os olhos do computador.

— Recomendo que a senhora entre em contato com o Consulado para marcar o voo de repatriamento.

Antes que pudesse retrucar, Beatriz foi interrompida pelo alto-falante, que transmitia o anúncio do cancelamento de vários voos.

Atordoados, os passageiros que esperavam nas filas começaram a se espalhar em busca de informação. Beatriz percebeu a gravidade da situação quando uma criança ao seu lado apontou para o painel de partidas, gritando pela atenção da mãe. Um a um, todos os voos programados apareceram cancelados.

Cambaleando em meio ao séquito de passageiros, lembrava-se de quando havia descoberto que participaria do concurso para a Fashion Week, do intenso trabalho de um ano dedicado ao projeto de sua peça piloto, dos pais incentivando-a para aquele que poderia ser seu *début* e ingresso definitivo no mundo da moda. E, mais do que tudo isso, ela se lembrou de que sua mala havia sido despachada, com a peça piloto lá dentro.

Em meio ao empurra-empurra, o celular começou a tocar um *funk*. Nunca aquele ritmo soara tão fora de propósito. Seu novo namorado, André, havia selecionado especialmente um batidão para identificar suas chamadas. Antes que a letra chegasse na segunda linha — não à toa Beatriz ficava cada vez mais rápida ao aceitar as chamadas dele —, ela respondeu:

— André, você não imagina o que aconteceu!

— Vi agora na tevê. Que sacanagem, coelhinha...

Ela ainda estava se acostumando ao apelido. Ele emendou outra informação:

— A França acabou de anunciar confinamento total por causa da pandemia. Melhor você voltar pro hotel.

— Confinamento?! — ela se espantou, parando abruptamente onde estava. — Minha peça piloto está na mala. E a mala já foi despachada!

— Cacete!

Foi a última coisa que ouviu de André. Um dos seguranças que acompanhava o fluxo puxou Beatriz pelo braço. Com isso, o celular caiu de sua mão e foi pisoteado pelo grupo de pessoas que se espremiam ao redor dela.

Sem bagagem, sem comunicação e a ponto de perder a cabeça, conseguiu chegar à saída do aeroporto. Ali, a fila de táxis que parecia infinita só não era maior do que a fila de pessoas à espera de qualquer outro meio de transporte que as tirasse daquela confusão.

— Covid dos infernos! — Beatriz desabafou em alta voz, como se alguém fosse entender seu desespero em português.

E, porque o azar daquele dia ainda não estava completo, alguém prestou atenção em sua exasperação. Um brasileiro que já aguardava ali há meia hora puxou-a para perto de si.

— Ei! Não vou furar fila! — ela reagiu, afastando-se.

— Então, problema seu! — ele urrou, empurrando Beatriz. — Fresca. Só podia ser loira...

Ela se reequilibrou sobre o salto da bota de cano longo e chegou bem perto do homem, a ponto de sentir o bafo dele em seu queixo. Ele devia ter uns bons vinte centímetros a menos de altura.

— Ei, você deixou cair alguma coisa — ela falou apontando o dedo para baixo. — Acho que foi o seu nível.

Um pequeno grupo de estudantes francesas que passava pela calçada assistiu à cena e parou para observar. Beatriz aproveitou a plateia.

— Gente, *allez*! Vamos bater palmas pro macho? — ela perguntou enquanto aplaudia.

— Ah, ainda por cima é *feminazi...* — ele disse, já se distanciando na fila que andava.

— É por causa de gente como você, o machinho oprimido, que temos uma longa luta pela frente. E é para calar gente como você que eu não me calo!

As estudantes, uma a uma, ergueram o dedo do meio para o táxi que arrancava com o passageiro mal-educado à janela. Os aplausos da audiência foram, enfim, para Beatriz, que ainda foi marcada em fotos postadas no Instagram das novas militantes, numa demonstração de que sororidade não tem idioma nem nacionalidade.

De volta ao hotel, chamou-lhe a atenção, à entrada, o distribuidor de álcool em gel, que não estava ali naquela manhã. Também não lhe passou despercebido o ambiente de tensão que dominava o saguão. Ainda que as máscaras disfarçassem, hóspedes e funcionários evidenciavam a mesma incerteza no olhar. Havia mais perguntas do que respostas. Assim como mais hóspedes do que elevadores. Uma fila se formava. Um hóspede por vez.

Marchando de um lado a outro com o fio do telefone a atravessar o quarto, Beatriz tentava sem sucesso um lugar no voo de repatriamento do dia seguinte. A música instrumental do outro lado da linha era a segunda maior responsável pela angústia da espera. A primeira era a própria Beatriz, em sua quinta tentativa antes de a chamada cair. Mas nem tudo eram más notícias. Para seu alívio, recebeu do departamento de moda a notícia de que a apresentação final do seu curso, assim como todas as atividades da universidade, estavam suspensas por tempo indeterminado.

— Tudo culpa desse tal de covid, mãe. Nem a Fashion Week escapou.

— Bia, o mundo inteiro está parando — disse Aurora, expondo sua aflição. — É o fim dos tempos!

Num golpe brusco de otimismo, a jovem olhou através do vidro da janela, embaçado pela sua respiração, e desenhou nele um arco-íris em meio às nuvens que escureciam o panorama da Cidade Luz.

— Ou um novo começo — suspirou.

Aos 22 anos, a meta de Beatriz era ver seu molde produzido e como peça integrante de um dos desfiles da Fashion Week. Além da visibilidade que o evento lhe traria, ser selecionada significava ganhar uma bolsa de estudos para especialização em Milão e um estágio junto a um dos grandes estilistas brasileiros que faria parte do júri do concurso. Fora Aloísio Braga, professor titular especialista em Branding e Design de Moda, que, orgulhoso do desempenho da aluna, a inscrevera com outros quatro estudantes do último período para representar sua instituição.

Tinha sido para redescobrir as técnicas e, principalmente, inspirar-se na *art nouveau* caracterizada nas peças de seu ídolo, Paul Poiret, que Beatriz viajara a Paris, terra natal dele. Poiret era um dos maiores *fashion designers* que já haviam existido, mas, antes de tudo, um artista da moda apaixonado por pintura, que dera ao estilo da mulher mais liberdade, praticidade, novas cores e estampas, e que definira a silhueta feminina logo nas primeiras duas décadas do século 20. Ela sabia que a data do seu regresso ao Brasil seria quase no dia da apresentação final do curso, mas não poderia deixar de participar do leilão e exposição inédita de algumas das mais importantes criações de Poiret. Croquis, modelos, ambientes, pinturas e cenários tinham sido fundamentais na concepção e confecção da peça mais importante de sua primeira coleção, aquela que levava na mala para revelar ao seu orientador e à banca. Ninguém ainda havia visto a peça piloto. E a surpresa seria parte do espetáculo.

Para surpresa geral, no entanto, o mundo inteiro havia parado por causa de uma pandemia. A cultura do cancelamento não poupava ninguém. Havia quem dissesse que o ano de 2020 fora cancelado nas redes sociais e havia quem preferisse enxergar o momento como oportunidade. Beatriz, que não tinha praticamente nem mais um centavo na conta bancária e não fazia ideia de como pagaria as noites a mais em Paris, preferia pensar que novas tendências surgiriam com o isolamento. Talvez sua peça piloto estivesse obsoleta quando o mundo voltasse ao normal, ou o "novo normal" lhe permitisse criar algo inovador.

Agasalhada pelo roupão branco com o logotipo do hotel, os cabelos loiros pós-lavados e amarrados de qualquer jeito no topo da cabeça, Beatriz sentou na poltrona com vista para a Torre Eiffel. Aproveitando a neve que se acumulava romanticamente no parapeito da janela, o aroma do chocolate quente fumegando na mesinha ao lado e o computador no colo, começou a digitar.

Salvaria aquele arquivo na pasta Meu Diário. Certas coisas não lhe exigiam originalidade. Bastavam a inspiração de um dia frio, um imprevisto e um pouco de solidão.

Paris, 23 de março de 2020

Querido diário,
Ignore as duas últimas frases que escrevi ontem. Não vou fazer meu début profissional na Fashion Week de 2020. Simplesmente porque o concurso não vai acontecer! 😭

Ainda por cima, estou presa na França, às vésperas de entrar em vigor o isolamento social em todo o país, com nada além da roupa do corpo e alguns tostões que me sobraram na conta bancária. Tudo porque cismei de vir para uma das cidades mais caras do mundo produzir a peça piloto a todo custo. A essa hora, ela deve estar chegando ao Rio, onde terá sido vista pela última vez nas esteiras rolantes do aeroporto Antônio Carlos Jobim. 😢

Em plena crise de ansiedade, decidi caminhar sem rumo, mas toda fashion, de máscara cirúrgica, pelas ruas da cidade. Não foi uma boa ideia esse passeio, porque acabei gastando as únicas duas notas de euros que ainda tinha na carteira. Podia ter me contentado em me perder nos corredores do Musée d'Orsay, ou em observar o movimento circular dos carros na praça do Arco do Triunfo, o vai e vem dos casacos de vison na Champs Elisées, ou o navegar do tempo no reflexo das nuvens nas águas do Sena. Em vez disso, fui ao encontro do esconderijo para um crime perfeito numa viela sem nome. A ausência de uma placa me pareceu providencial, porque nunca conseguiria voltar de memória a esse lugar. Tive um déjà-vu ao ver uma luz acesa no fim da rua e caminhei até lá. Era um antiquário que parecia uma loja saída de algum filme ambientado nos anos 1920.

Naquele refúgio do tempo, havia de tudo. Desde roupas e adereços a livros e obras de arte. Duvidei, mas a proprietária do lugar me garantiu que o quadro que mais me chamou atenção era um Picasso original. Madame Chermont, que caminhava para os seus 90 anos de idade, ainda disse que o havia adquirido no ateliê do próprio artista. Comprei! Mas não o Picasso, porque, você sabe, sou mais o Renoir. Comprei algo mais modesto. 🔷

Uma garrafa.

Logo à primeira vista, percebi que aquela garrafa era fora do comum. Não tinha sido atraída para ela à toa. Havia uma bailarina lá dentro.

"É uma garrafa musical", disse Madame Chermont, estendendo a mão cheia de anéis na direção do objeto. Não escondi minha surpresa. É claro que a senhorinha tirou proveito disso, e acrescentou: "É uma raridade". Ela apontou para um número na base da caixa de música: 1796. Podia ser o número de série, mas ela disse que era o ano de fabricação.

Perguntei logo se funcionava. O suspense pela resposta foi tanto, que minha curiosidade ressuscitou o gato que se escondia atrás de um espelho. Dei um pulo, sobressaltada, mas o dele foi maior.

Ela, então, usou o artifício que me convenceria a comprar sem pensar duas vezes: a caixa de música havia sido arrematada pelo seu falecido marido em um leilão de peças da estilista Elsa Schiaparelli, em Nova York, nos anos 1970. Mas, como não tocava mais, faria um desconto para mim.

Imagina a minha cara de choque! 😲

Déjà-vu ou não, soube que estava no lugar certo e na hora certa. Parecia até loucura que, poucas horas antes, eu tivesse desejado estar em qualquer outro lugar.

Sua confessora, Bia

2
O MÉDICO E O MONSTRO

CAROLINA

O último dia do ano chegou com um calor sufocante. O banho de banheira não serviu para refrescar Carolina. As mangas compridas da camisola grudavam na pele. Disse à mãe que a cabeça doía e que precisava voltar para a cama. Preocupada, Flora antecipou a consulta marcada com o doutor Luís Eduardo Mesquita. O jovem, por sua perspicácia e competência, era o médico de confiança da família Oliveira. Mesmo porque Luís Eduardo era das poucas pessoas que faziam Carolina aceitar qualquer remédio, por mais amargo que fosse, estivesse ela adoentada ou não.

Os cavalos ainda trotavam e a moça já espiava o coche pelas portas envidraçadas da varanda. Fazia seis meses que não via o médico. Aquele havia sido o período mais longo que passara sem se consultar com ele. Não por sua vontade, nem por vontade dele. O trabalho, porém, o levava a viajar para regiões do interior do país, onde havia menos médicos.

Luís Eduardo Mesquita não nascera na elite, como Carolina. Era filho de um viajante naturalista franco-brasileiro, viúvo e alcoólatra. Sua mãe, de origem indígena, morrera de febre amarela aos 21 anos, logo após o nascimento do único filho, durante um dos vários surtos que atingiram Manaus. Tinha sido adotado por uma família de posses do Rio de Janeiro, que investira em seus estudos. Os pais adotivos, já em idade avançada, não o viram se formar, mas o filho carregava seu sobrenome com orgulho. Tivera como colega de faculdade Oswaldo Cruz e, juntos, costumavam relacionar-se nos meios intelectual e científico. O médico não era de falar de si mesmo a ninguém, mas à Carolina havia contado, certa vez, que escolhera a medicina para ajudar a erradicar aquela e outras enfermidades que flagelavam, em especial, a população menos favorecida.

Ao ouvir passos na escada, passou a escova rapidamente pelos cabelos e correu para a cama. Um torpor tomou conta de si assim que puxou as cobertas. Talvez, inconscientemente, tentasse convencer seu corpo de que estava doente. Não se sentia à vontade com a ideia de enganar o médico. Ao mesmo tempo, sabia que seria impossível ludibriá-lo como fizera com a mãe. Flora falava em tuberculose, malária e até em febre amarela.

Luís Eduardo, conduzido até o quarto da paciente, entrou sem fazer cerimônia. Pousou a maleta numa cadeira e, ignorando os devaneios da mãe aflita, foi logo medindo a temperatura. O toque do médico fez com que Carolina se encolhesse. Mal conseguia disfarçar que aquela visita mexia tanto com seu corpo quanto com seu coração. Ela considerava o médico um homem bonito. Era alto, de ombros largos e porte elegante. Carregava no rosto traços miscigenados da herança genética, como o formato amendoado dos olhos, que, na opinião dela, eram do tom de castanho mais dourado entre todos os tons amadeirados. Apesar de os atributos físicos não passarem despercebidos, Carolina o considerava, sobretudo, charmoso. E ela tinha certeza de que ele nunca desconfiaria de quanto seu caráter, maturidade e, principalmente, seu olhar tímido por trás dos óculos de grau o deixavam atraente.

Não pela incontestável vocação e cultura médica, mas por conhecer sua paciente já havia quase cinco anos e, como homem na casa dos 30, reconhecer os ardis femininos, Luís Eduardo pôde sumariamente descartar todos os diagnósticos levantados por Flora. Bem como pôde descartar todos os que não tivessem relação com as vontades da filha única dos Oliveira.

Ele considerava Carolina mimada e acreditava que pouco havia amadurecido desde que tinham se conhecido. Acompanhando de perto sua família, era capaz de ponderar e compreender alguns dos motivos pelos quais ela se deixava anular pelos pais, como a baixa autoestima, que a faziam se envolver em situações arriscadas ao desafiar o pai e a mãe. Ele sabia que ela gritava por socorro para ninguém ouvir, já que, na maioria das vezes, era a primeira a tapar a própria boca para não decepcioná-los. Por isso, queria ajudá-la, mas não sabia como. Algumas raras vezes, como aquela, a moça deixava o grito ecoar.

— Sabe, doutor, não queria decepcionar minha mãe. Ela estava contando com minha companhia para irmos mais tarde ajudar as irmãs viúvas Arminda e Almerinda com a barraca de queijos na quermesse, logo depois da reunião paroquial — queixou-se Carolina, a voz fraca. O olhar vivaz, no entanto, denunciava a estratégia.

Enquanto Flora esperava que o médico prescrevesse uma longa receita à filha, ele escrevia algumas poucas palavras, elevando os olhos para Carolina com a ternura e a malícia de um irmão mais velho. Antes de entregar a prescrição, espiou-a uma última vez e piscou. Ela conteve o sorriso, não por disfarce, mas por ansiedade, principalmente.

— A senhorita deveria ter seguido meu conselho em nossa última consulta — ele disse em tom de reprimenda. — Acredito que não seja tarde para que o faça.

— Que conselho foi esse, doutor? — Flora perguntou, ao pé da cama.

O médico se virou para a mãe preocupada.

— Fique tranquila. Sua filha *ainda* não está doente. O que teve foi uma queda de pressão. — Voltando para a paciente, continuou: — A senhorita está debilitada porque sua imunidade está baixa. O organismo precisa de sol para que os ossos se fortaleçam. — Ele respirou fundo, para frisar e denotar a importância do que diria a seguir: — Recomendo banhos regulares de sol e de mar, duas vezes por semana, sendo uma delas aos *domingos pela manhã.* — Ao ver a mãe da moça estreitar os olhos, Luís Eduardo emendou uma mentirinha: — Foi cientificamente comprovado que no primeiro dia da semana nosso organismo está mais preparado para absorver os nutrientes necessários à prevenção de moléstias. — E completou com uma verdade: — Além disso, muito se tem discutido em conferências médicas sobre as propriedades da balneoterapia na cura de males do corpo e da mente.

O semblante de Carolina reacendeu. O de Flora, nem tanto, ainda que ela confiasse plenamente no que dissera o médico. Cada palavra dita por ele era como uma diretriz incontestável que ela seguiria, sem pestanejar. Desse modo, ao longo dos últimos quatro anos, Luís Eduardo havia conquistado muitos dos direitos que Carolina exercia. Exemplo disso era que a partir daquele dia ela não precisaria mais comparecer às reuniões paroquiais impostas pela mãe, todos os domingos, antes da missa das nove da manhã.

Luís Eduardo esperava uma reação animada, mas tudo o que recebeu foi um agradecimento contido. A moça estava satisfeita com o desfecho, mas tinha algo a lhe falar, a sós.

— Por favor, mamãe, em agradecimento ao doutor por ter se deslocado até aqui, a senhora poderia pedir que nos preparem um suco de laranja? Acredito que ajudará a me fortalecer também. E o doutor Mesquita há de concordar.

Ele consentiu, e Flora deixou o quarto. A porta, entretanto, ficou propositadamente aberta.

Luís Eduardo anteviu a seriedade do assunto. Raras vezes Carolina tomara a liberdade de ficar sozinha com ele. Essas, entretanto, haviam sido suficientes para que os dois construíssem uma relação de cumplicidade.

— Meus pais me comunicaram a data do meu casamento — ela informou, rompendo o silêncio. — O senhor deverá receber o convite nos próximos dias, mas eu queria que soubesse por mim.

Ao ouvir a notícia, o médico baixou os olhos e buscou as palavras que melhor disfarçariam o que sentia. Olhar para ela poderia ser revelador.

— Suponho que deva felicitá-la. Os meus parabéns, senhorita. — Ele tomou-lhe a mão e beijou-a num gesto meramente cordial. — Quanto ao convite, sinto-me deveras honrado. Preciso confirmar meus compromissos, pois talvez esteja fora da cidade.

Ela, ao contrário dele, não era capaz de disfarçar seu desapontamento.
— Será em maio. Ainda há tempo...

Naquela reticência, ela esperava que coubessem tantas palavras quantas o médico fosse capaz de adivinhar. Queria dizer tudo e acabou não dizendo nada.

— Verá que com os preparativos o tempo há de passar bem depressa! — ele acrescentou, apressado em se despedir: — Agradeça sua mãe pelo suco de laranja, mas, lamentavelmente, não posso ficar. Não deixe de aproveitar a beleza agreste das praias oceânicas e os ares salutíferos do seu banho de mar! Até a vista, senhorita.

Carolina, certamente, não deixaria de aproveitar o último dia do ano. Não era a primeira vez que ia à praia, porém, a primeira sem a companhia dos pais. Convencer Flora de que sentia-se bem para sair de casa foi custoso, mas Iolanda, uma jovem alforriada que por sua lealdade e excelentes préstimos havia recebido aulas particulares de português e boas maneiras com Carolina e, mais recentemente, se tornado governanta da residência dos Oliveira, oferecera-se para acompanhar a patroa e, assim, facilitara a permissão para o passeio de final de tarde.

Chegar ao Balneário High Life na rua Barão do Flamengo foi, por si só, uma viagem divertida. As duas optaram por ir de coche até o largo da Carioca e, de lá, apanharam o bonde verde que partia a cada cinco minutos em direção a vários bairros da região sul da cidade. O transporte elétrico era uma novidade para elas, como era para muita gente, já que até então os bondes puxados por burros eram maioria. A Companhia Ferro-Carril do Jardim Botânico fazia propagandas para atrair passageiros e, de fato, eram bastante eficazes. Os bondes circulavam lotados. Carolina passou a viagem observando o ir e vir de pessoas e, pelo modo como estavam vestidas, tentava adivinhar de onde vinham e para onde estavam indo, criando histórias que faziam as fartas e coradas bochechas de Iolanda doerem de tanto dar risada. Como o bilhete era caro, a maioria dos passageiros possuía o mesmo *status* social de Carolina e estava nitidamente incomodada com a presença de Iolanda na carruagem. Quanto mais Carolina fazia a governanta rir, mais incômodo provocava nos demais, e ela achava isso muito divertido.

Ao se aproximarem do destino final, as jovens se espantaram com a quantidade de moradias em construção à beira-mar e as ruas novas que haviam surgido. Muitos moradores buscavam um estilo de vida mais moderno, e os bairros litorâneos se tornavam mais acessíveis graças aos trilhos e túneis que vinham sendo inaugurados. O balneário para onde se dirigiam era um dos melhores da cidade, com 124 quartos e aposentos para famílias da aristocracia, espaço para ginástica e terraço para recreação sobre o mar. Já avistavam o estabelecimento quando, no caminho, Iolanda teve a ideia de comprar leite nos estábulos, uma tradição para depois do banho de mar.

Carolina se trocou na cabine dos vestiários com a ajuda de Iolanda e, guardando a necessária decência e a compostura, cobriu-se com um vestido branco e azul com gola de marinheiro e comprimento na altura do joelho, sobre meias-calças escuras. Nos pés, calçou sapatilhas de feltro bordadas com fitas que ela mesma havia desenhado e costurado, e que a amiga havia ajudado a prender em seus tornozelos. A touca de linho, outro item que ela mesma confeccionara, compunha o figurino.

O sol já não estava tão forte quanto pela manhã e a brisa soprava fresca. Ainda assim, na altura da desembocadura do rio Carioca, Carolina atravessou a curta faixa de areia e entrou no mar por breves instantes, apenas o suficiente para sentir o sal da água grudar na pele e os pés soterrados na areia reluzente e úmida. Gostava da sensação de estar em contato com o solo e o horizonte por meio da água. Assim, sentia tudo o que desejava conquistar ao seu alcance.

Antes do último mergulho, ainda na água, livrou-se das meias-calças, que dificultavam seus movimentos, desobedecendo o regulamento afixado em um dos avisos fincados na areia. Só pela oportunidade de notar o olhar indiscreto de algumas damas e cavalheiros, por aqueles momentos de liberdade, teria valido a pena pagar a multa que fosse.

— A senhorinha não acha que deveria ter cuidado? — Iolanda correu para cobrir a patroa com o robe assim que ela deixou o mar.

Carolina reparou nas damas que cochichavam, lançando-lhe olhares sem muita discrição por sob as sombrinhas rendadas.

— Achas que me importo, Iolanda? — Carolina deu de ombros. — De fato, eu me importo. Mas não com o que pensam ou dizem. Não vim de tão longe para mergulhar como uma pata-choca. Seria uma frustração!

— Gostaria de evitar a próxima frustração da senhorinha — comentou a governanta, cobrindo a boca em seguida.

— Do que estás a falar?

O suor que se formava no rosto de Iolanda deixava evidente que conhecia as consequências do que estava prestes a dizer. E o faria mesmo assim, pois nem sua lealdade aos pais de Carolina era-lhe mais cara do que a amizade que tinha por ela.

— Haverá um baile de ano-novo no Clube Imperial às oito da noite. Seus pais estavam comentando que pretendem ir. Como seu noivo está viajando, não acham certo que a senhorinha vá.

— Que disparate! — Carolina exasperou-se. — Deixarem-me em casa, sozinha, em plena noite de ano-novo!

Enquanto Carolina resmungava, Iolanda permaneceu calada até as duas retornarem às instalações do balneário. Carolina se livrou da roupa ensopada e logo uma poça se formou aos seus pés. Os cabelos respingavam sobre os ombros encolhidos e o rosto entristecido. Mas seu semblante não permaneceu assim por muito tempo.

— Posso vestir a senhorinha? — perguntou Iolanda, retirando as peças do vestido do cesto.

— Rápido. Nós vamos a esse baile e já estamos atrasadas.

— *Minka pode bai!* — disse a outra, nervosa, em crioulo cabo-verdiano, sua língua nativa.

— Ah, tu podes ir, sim!

— Haja língua para tanta boca...

A governanta bebeu o último gole do leite que comprara. Da próxima vez que resolvesse acompanhar Carolina em alguma de suas aventuras, refletiu para si mesma, precisaria de algo mais forte.

Rio de Janeiro, 1º de janeiro de 1900

Querido diário,
Passa de três da madrugada e eu não consigo dormir. Algo extraordinário aconteceu à meia-noite. Algo que não aconteceu ao acaso, e isso poderá mudar o rumo da minha vida para sempre.

Quando cheguei ao Clube Imperial de braços dados com Iolanda, todos pararam de dançar para ver a nossa entrada. Afinal, eu tinha os cabelos soltos e molhados e não estava em trajes adequados à ocasião, muito menos Iolanda, que é totalmente inadequada aos olhos daquelas pessoas.

Não demorei a atrair a atenção dos meus pais, sentados à mesa reservada a eles, fartando-se de beber e comer na companhia de um casal de amigos. Meu pai levantou-se e caminhava a passos largos na nossa direção. A mão de Iolanda suava. Estava preparada para ser arrastada dali pelo braço. Tu sabes que não seria a primeira vez que uma desobediência minha se tornaria pública.

O salão estava todo enfeitado com balões, fitas coloridas e faixas de feliz ano-novo. Não fosse por elas, iria pensar que era Carnaval. Havia confete e serpentina caindo da claraboia a todo momento. As mesas no entorno da pista de dança estavam lotadas com os nomes dos mais influentes aristocratas da cidade, que comiam e bebiam como se o mundo fosse acabar. Havia iguarias de todo tipo em grandes mesas, nas quais os convidados podiam se servir à volonté.

A banda tocava brilhantemente a mais recente composição de Chiquinha Gonzaga, "Ô abre alas", convidando toda a gente a abandonar o sagrado momento da ceia e juntar-se no meio do salão. Naquele alvoroço, perdi papai de vista e fui convidada a dançar com um nobre cavalheiro de 13 anos, que se apresentou para mim como Heitor. Ele foi elogioso sobre minha escolha de figurino, referindo-se a ele como: arrojado. Contei-lhe que acabara de sair da praia e ele não se importou com o fato de meus cabelos pingarem no casaco dele. Houve tempo para me contar que seu pai, recém-falecido, o sr. Villa-Lobos, lhe fizera um violoncelo. O jovem musicista me convidou a assisti-lo no teatro e eu prontamente aceitei. Antes que pudéssemos combinar, entretanto, nossa conversa foi interrompida pela mão de alguém a puxar-me para trás. A princípio pensei que fosse Iolanda, mas ela estava ao meu lado, com os olhos esbugalhados de assombro encarando essa pessoa. Não tinha dúvidas de que papai havia me alcançado, e de que a festa tinha chegado ao fim.

Para o meu espanto, a mão revelou ser do doutor Luís Eduardo Mesquita, a quem gentil e desesperadamente concedi a minha. Refazia-me da surpresa quando Iolanda despertou-me do transe, dizendo: "Vão! Depressa!". Quando dei por mim, atravessávamos o salão, driblando os convidados que ainda dançavam, animados, ao som da marchinha.

Nos jardins, quando enfim paramos e nos olhamos, percebi que ele mal sustentava o corpo e ainda achava isso engraçado. O mui distinto médico, sempre tão sério e comedido, estava levemente ébrio. O que mais me *surpreendia, entretanto, era nunca ter notado o tom de âmbar que iluminava seus olhos numa suave pigmentação avermelhada. Eram os olhos mais belos que tinha visto. Havia também uma tristeza latente que eu bem conhecia, que ele só dividira comigo num único momento de solidão; sabia que não havia razão para que confiasse segredos a mim.*

Para ele, não passo de uma menina mimada. E a culpa não é dos meus pais, é minha, da insegurança que de mim se apodera toda vez que estou perto dele. Tenho tanto a dizer, mas tudo parece bobagem. Talvez por eu não ter nada a contar sobre a vida monótona que levo. Existem muitos contrastes entre nós, e muitas afinidades também. Podemos conversar horas sobre livros, música, pintura e ciência, por exemplo. Sempre quis aprender a nadar, e ele é um exímio nadador. Ele havia prometido me ensinar, tempos atrás, quando eu ainda pensava que seria livre para tomar minhas decisões.

Ali, porém, não existiam barreiras, impedimentos, conflitos. Naquele momento e lugar, não tínhamos distração alguma. Não havia mais ninguém, mais nada. Ao longe, a música havia silenciado e o coro da multidão começava a contagem regressiva para o novo ano. Tinha esperado tanto tempo que dez segundos pareciam uma eternidade. Num arroubo de vontade, nossos sorrisos se desarmaram, ele tomou-me nos braços e beijou-me. Foi o meu primeiro beijo. Foi intenso, desejado e o que de mais verdadeiro aconteceu em toda a minha vida.

Então, quando os últimos fogos de artifício ganharam o céu, Luís Eduardo afastou-me num rompante de consciência, olhando-me com culpa e tormento, como se me tivesse roubado a inocência. Não houve palavras para preencher o vazio instalado entre nós. Apenas aceitei que me levasse para casa em seu coche, e assim, junto com o encanto que se partiu, ele também se foi.

Entrei na casa vazia e escura, corri para meu quarto e desatei a chorar sobre os lençóis que mamãe comprara para o meu enxoval de casamento. Manchei-os com a maquiagem e continuei a chorar. Chorei para que o sono viesse, para que papai não brigasse comigo, para que Iolanda não fosse despedida, para que eu não tivesse de me casar com um homem que mal conheço. Sobretudo, chorei porque algo extraordinário havia acontecido e eu não sabia mais como me contentar com o que escolheram para mim.

Da tua confidente desolada,
Carolina

Carolina adormeceu enquanto a bailarina com seu novo *tutu*, mais volumoso com as novas camadas confeccionadas por ela, girava no espaço limitado da garrafa. E continuou, mesmo depois que a música parou, completando e reiniciando voltas em torno de si mesma, como os ponteiros de um relógio defeituoso que acelerasse o tempo.

Beatriz

Ela foi uma das primeiras passageiras a desembarcar, afinal, não precisou aguardar na esteira de restituição de bagagem. Os minutos de vantagem, entretanto, perderam-se enquanto tentava encontrar André, que havia esperado por ela no desembarque doméstico.

— Coelhinha! — gritou ao avistar Beatriz a arrastar-se pelo saguão.

Ela não pensou que ficaria feliz ao ouvir de novo aquele apelido, mas fazia tanto tempo que não abraçava alguém querido que se entregou ao abraço forte do namorado como se nunca mais quisesse largá-lo.

— Por que demorou tanto? — ela o interpelou.

Ele só queria saber de beijá-la. Tentou beijar cada sarda do rosto de Beatriz, mas ela o interrompeu, com pressa:

— Vamos pela Zona Sul. A Linha Amarela está perigosa.

— Relaxa. Eu protejo você — ele garantiu com uma expressão pretensiosa, apontando o controle remoto para o Toyota Prius prateado.

Ela não tinha tanta certeza disso, mas o mundo ter parado por completo devido a um vírus originado na China era algo tão insólito que se permitiu acreditar em André.

— A companhia aérea avisou quando vai entregar minha mala? — perguntou, assim que fechou a porta do carro.

Ele já girava a chave na ignição, mas desligou o motor. O que tinha para lhe contar sem dúvida ela não gostaria de ouvir. Havia pensado em levar Beatriz para almoçar e, então, quando estivessem mais à vontade, contaria sobre a mala extraviada.

Diante do olhar inquisidor da namorada, teve de ser o mais objetivo possível:

— Telefonaram hoje cedo para avisar que não sabem sobre o paradeiro dela.

Beatriz viu uma cratera abrir-se no carpete do carro sob seus pés. Preferia que a alucinação fosse real, pois, de todos os seus medos, perder sua obra-prima era o maior.

— Não pode ser... — a voz saiu fraca, quase inaudível.

— Tem a possibilidade de a mala não ter saído de Paris.

— Te disseram isso?

— Não. Só estou supondo. Mas...

— Mas o quê?! — Beatriz exasperou-se.

— Disseram que existe a possibilidade de a mala ter sido levada por algum passageiro por engano.

— Por que não falou antes? Precisamos passar no balcão da companhia, porque eles me garantiram que foi despachada.

— Vamos perder a reserva que fiz no restaurante — disse ele.

Antes que Beatriz abrisse a porta do carro, mesmo contrariado, ele tirou a chave da ignição.

Uma hora depois, os dois deixavam finalmente o aeroporto após a funcionária da companhia, que fizera contato com o balcão de atendimento em Paris, obter a informação de que os Achados e Perdidos ainda não haviam localizado a mala, mas que ela seria entregue no endereço de Beatriz assim que recuperada.

No restaurante, a mente dela vagava tentando assimilar não apenas o que acontecia em sua vida pessoal, mas no mundo inteiro. Ali dentro, apesar dos funcionários de máscara, parecia que ninguém se importava com a crise sanitária e tudo o que isso implicava. Aos olhos de Beatriz, naquele pequeno e estranho circo, todos se fartavam de comer, rir e beber, ignorando o caos lá fora. E André fazia parte do espetáculo, ignorando o caos dentro dela.

— Li ótimas críticas sobre o *chef.* — André se animou ao sentir o cheiro da carne sangrenta que passava por ele. — E manja só esse visual do Pão de Açúcar!

Beatriz sequer tinha apetite. Ele, enfim, notou o distanciamento dela e pegou sua mão:

— Sei que está tensa com o desaparecimento das suas coisas, mas pensa bem. Se não conseguirem achar sua mala, que sirva de estímulo para você começar de novo. — Suspirou antes de filosofar: — A vida é feita de recomeços.

— Coisas? — Beatriz cruzou os braços e olhou com firmeza para o namorado. — Meus sonhos não são coisas. Naquela mala estão croquis, tecidos, meu material de pesquisa, minha vida!

— Fala sério, Beatriz.

Era a segunda vez que ela ouvia seu nome ser pronunciado por André. A primeira havia sido quando tinham se conhecido.

— Cai na real — ele continuou. — Para que tanto drama? O mundo não é para sonhadores. O mundo é dos práticos, dos valentes, dos fortes.

— Está me chamando de fraca?

— Cara, você escolheu uma profissão de gente fresca.

— Não estou entendendo aonde você quer chegar.

— Tá bom. Vou ser claro — ele se interrompeu, olhou para os lados e prosseguiu: — Esse mundo está cheio de borboletas. Borboletas demais. Tantas borboletas que a gente se esquece de que isso aqui é uma selva. Não é nenhum parquinho, não! Entendeu?

Beatriz se esforçou para compreender o argumento dele.

— Não, não entendi nada. É uma metáfora?

André não sabia o que era metáfora, mas suspeitava de que não tinha nada a ver com câncer.

— Pode ser — ele falou. — Se eu disser viadinho em vez de borboleta, fica mais claro?

— Você só pode estar brincando! — exclamou Beatriz, irritada. — O que a minha profissão tem a ver com esse discurso sem pé nem cabeça?

— Deixa pra lá — disse ele, baixando o tom de voz. — Todo mundo já notou que a gente está discutindo.

— Não vou deixar pra lá, não. Eu poderia usar outras palavras, mas, no mínimo, você está sendo preconceituoso! — ela respondeu ainda mais alto.

— Preconceito é outra coisa. — André olhou para a mesa ao lado, depois comentou: — Está vendo aquele casal ali? Eu prestei atenção quando eles chegaram. Ele abriu a porta do restaurante, puxou a cadeira, serviu a bebida para ela. Até agora, fez tudo o que o garçom deveria ter feito e se esqueceu de prestar atenção nela. Porque, desde que ela entrou, não parou de olhar para mim.

Beatriz mal conseguia segurar o queixo, mas, àquela altura do campeonato, achou produtivo levar a conversa adiante.

— Não entendi o que isso tem a ver com preconceito. Você mudou o foco da conversa.

— Ela é uma vadia, está na cara que engana o marido. Eu poderia ter concluído só pela roupa vulgar, mas não. Estou te mostrando as evidências.

Só se forem evidências do seu cérebro pré-histórico. Podia sentir a língua encostar com força no céu da boca, as palavras engasgando na garganta.

Precisou controlar o impulso e a ânsia de exercer sua militância feminista. Queria preparar o terreno para o seu lugar de fala. Queria dar chance para que pudessem dialogar. Se esticasse a corda, se partisse para a ofensa, toda a oportunidade de ação e discurso se perderia. Pousou os cotovelos na mesa, juntando as mãos.

— Você se acha no direito de julgar o caráter de uma mulher pelo jeito como ela se veste. É isso mesmo?

— Exatamente. E o cara aí do lado é um frouxo por não botar rédea na mulher e deixar que ela se vista desse jeito.

Beatriz respirou fundo, comentando em seguida:

— Ela não é vulgar, André. É apenas livre. O comportamento dela é livre. A sexualidade dela é livre. Livre justamente desse tipo de rótulo que a sociedade opressora insiste em reproduzir por meio de discursos controladores como o seu.

Ele não se incomodou nem se interessou em entender a observação de Beatriz.

— Esse papo de liberdade é muito perigoso. Eu sou pelo certo. Quem se veste e se comporta assim não pode reclamar de assédio. Mas pelo menos com isso não preciso me preocupar, coelhinha. Você sabe se comportar. — Ele terminou de mastigar e bebeu o último gole de sua cerveja. — E fica uma gata mesmo quando inventa de vestir as roupas esquisitas que você cria.

André era o mais machão dos namorados que tivera. Beatriz gostava de homens viris. Mas de homens machistas não. Engoliu sem vontade o que tinha na boca e pousou o garfo no prato lentamente, enquanto digeria o que tinha acabado de ouvir. Embora a conversa a tivesse feito perder o apetite, não cruzaria os talheres ainda. Encarou o molho madeira a contornar o arroz à piemontesa sem se misturar a ele. Tinha o hábito de comer separadamente cada elemento do prato para saboreá-lo. Hoje, faria diferente. Enquanto ia quebrando o ritual, do fundo do estômago ia lhe subindo a ousadia de experimentar algo novo, ia criando coragem para quebrar este-reótipos, para levantar sua bandeira. Aproveitando que o garçom passava por eles, Beatriz fez sinal pedindo mais uma cerveja. Desabotoou os três primeiros botões da blusa que vestia, prendeu o cabelo num coque desajei-tado e sacou o batom vermelho da bolsa.

— Tá quente aqui, né? — ela perguntou enquanto pintava os lábios. Espremeu o bastão com força e contornou sensualmente a boca com o tom encarnado.

Depois de imprimir um beijo no guardanapo para tirar o excesso, be-beu de uma só vez a tulipa de chope que o garçom havia acabado de servir.

— Já te disse quanto esses seus bíceps e abdome definidos me excitam? Ele respondeu com hesitação:

— Não...

— Ei, moça! — Beatriz gritou para a mesa ao lado. — Com todo o res-peito pelo cavalheiro que a acompanha, o meu *boy* não é gostoso?

O casal se entreolhou pela primeira vez desde que se sentara à mesa.

— Podem olhar. Todo mundo aqui pode olhar. Sem falso pudor. Olhar não tira pedaço, não. — Beatriz continuou: — Quem quiser, pode chamar de gostoso também. Não sou ciumenta.

— O que está fazendo? Querendo causar? — sussurrou André, roxo de vergonha. — Não vou te arrastar daqui, como deve estar esperando que eu faça. Com esse showzinho, você conseguiu passar dos limites. Geral tá olhando. Tem gente até filmando já. Satisfeita?

Pelo menos dois clientes apontavam os celulares para a mesa deles.

— O limite foi você quem extrapolou faz tempo. Se me conhecesse, saberia que não deixo passar a oportunidade de expor qualquer tipo de machismo ao ridículo.

— Se brigarmos, você perde — ele ameaçou. — E você sabe disso. Por esse motivo é que está comigo, porque gosta de alguém para domar seus impulsos. Faço isso muito bem, em todos os sentidos.

— Na força, você pode me domar mesmo. Afinal, todo o tempo que passa malhando tem de dar algum resultado. Mas vou te dar uma dica: se atualiza. Há muitas formas de afirmar a masculinidade no século 21. Troglodita é um conceito ultrapassado. Aliás, todo o seu discurso é antiquado.

— Tô ligado que hoje em dia as mulheres entendem mais de masculinidade do que os homens.

— Masculinidade positiva, hegemônica, tóxica... sobre qual delas quer conversar?

Uma mulher que havia filmado tudo e observava a sequência com admiração aplaudiu Beatriz.

— Qual o seu nome, moça? — Beatriz quis saber.

— Giselle.

— O meu é Beatriz. Posta o vídeo no Instagram e me marca em @giacominibia. Vamos viralizar e trazer mais gente para a nossa luta.

— Isso. Vamos denunciar essa sociedade moralista! — exclamou a mulher.

André enxugou a testa suada com o dorso da mão.

— Abotoa os botões da sua blusa e vamos embora — ele falou em tom autoritário.

— Hegemônica — Beatriz retrucou.

Ele avançou a mão sobre a mesa até segurar o braço de Beatriz.

— Tóxica — ela continuou, enquanto tentava se desvencilhar.

— Ei, cara. Larga a mina — interferiu um rapaz engravatado que almoçava numa mesa redonda com mais alguns colegas. — Você ficou uns dez minutos envergonhando a gente com esse seu papo machista. Pega leve aí. Na boa.

Fez-se silêncio de talheres na louça e tilintar de copos.

— Positiva — interrompeu Beatriz, suspirando ao se libertar. — Adeus, André.

Ela pousou os talheres sobre o prato limpo, encerrando a refeição. Tirou da carteira um valor estimado para pagar a conta do almoço, levantou-se e, antes de deixar o restaurante, entregou o guardanapo marcado de batom para o homem engravatado. Não porque a defendera, e sim porque ele, ao contrário de André, sabia o significado de um batom vermelho para uma mulher. Um símbolo de poder, rebelião e feminismo.

O táxi parou em frente a um sobrado em Santa Teresa. Beatriz desceu e caminhou devagar até o portão. Duas horas de engarrafamento ouvindo a seleção de músicas do taxista haviam contribuído para a dor de cabeça que sentia. Entrou no estúdio recém-alugado, inspirando o aroma do lar como se dele houvesse sentido muita falta. Esquecera-se de que não tinha mais celular e o procurou na bolsa pensando que poderia estar descarregado. Quando lembrou-se de que ele se espatifara no chão do aeroporto, pensou em comprar um aparelho novo, com um número ao qual André não tivesse acesso.

Dentro da bolsa, viu um embrulho em papel de seda. Sorriu com a breve recordação de Madame Chermont, antes de colocar a caixa de música sobre a prancheta de desenho. *Se ao menos servisse para alguma coisa*, pensou, um tanto frustrada. Ficou por alguns instantes observando o objeto e se lembrou da função primordial de qualquer garrafa. Foi até a geladeira buscar vinho. O que ela ainda não sabia era que aquela não era uma garrafa qualquer. Era uma caixa de música, antes de tudo. E a bailarina que estava presa ali esperava uma oportunidade para dançar de novo.

Da cozinha, Beatriz ouviu as primeiras notas musicais se libertarem quase em descompasso. O acontecimento foi tão inesperado que ela se esqueceu de levar o vinho.

A dançarina de saia vermelha deu sua primeira volta num rodopio preguiçoso. Os pezinhos mal tocavam a pequena plataforma sobre a qual, minutos antes, parecia repousar profundamente. A dança era graciosa, e a melodia, suave. Enquanto a bailarina despertava de seu sono e rodava cada vez mais depressa, fugindo do compasso da música, Beatriz sentia as pálpebras pesarem e uma vontade irresistível de fechar os olhos.

Bocejou, espreguiçando a caminho do sofá, e, durante mais algum tempo, esforçou-se para não dormir. Viu quando tudo a sua volta começou a girar, mas já não tinha certeza de se o que girava estava fora ou dentro da garrafa. Então, o inusitado aconteceu. Onde era dia, fez-se noite, e onde era longe, fez-se perto.

Não houve tempo para o diário.

3
O ELO

Santa Teresa, Rio de Janeiro, 26 de março de 2020

O barulho da chuva no telhado se tornou mais forte do que a melodia que repercutia no fundo da memória.

Uma luz intermitente ofuscava sua visão ainda embaçada após o sono profundo. Relâmpagos eram projetados no teto. Carolina correu os olhos pelo entorno. Tudo lhe parecia uma construção do subconsciente, exceto por um objeto, único elo da realidade com aquele tempo e espaço: a caixa de música. Não se lembrava sequer de ter adormecido, mas temia ter se esquecido de acordar.

— Onde estou? — O eco na casa vazia foi a resposta.

Carolina beliscou o braço para verificar se sonhava e percebeu que não vestia a camisola de mangas longas. Usava um traje que nunca vira, composto de duas peças de roupa minúsculas. A princípio, tão incômodo quanto a camisola; em especial a parte de baixo, que mal cobria as nádegas. Nádegas que até então não percebera serem tão volumosas. Olhou para si e estranhou seu corpo inteiro.

O vento e a chuva que entravam pela janela traziam o cheiro de cidade molhada para dentro da casa. Carolina, certa de que sua imaginação a levara a sonhar tudo aquilo, começou a duvidar de si, quando as cortinas revelaram a vista familiar. De onde estava, no alto do morro, era possível avistar a baía de Guanabara, o Pão de Açúcar e a urbanização intensa se estendendo ao longo do litoral. A vizinhança consistia de sobrados ao longo de uma rua em declive. Carolina não se lembrava de haver casas degradadas em seu bairro. Na verdade, a residência de sua família era a única construção finalizada na alameda das Palmeiras. Aliás, onde estariam as palmeiras?, indagou-se.

Na casa onde estava não havia quartos, apenas uma sala espaçosa que precisava de pintura e reparos urgentes. Uma bancada separava a cozinha da sala de jantar. O banheiro estava localizado no único corredor da casa. Não havia relógios nem nenhuma referência do tempo em lugar algum. Sonho ou não, ocorreu-lhe que aquele poderia ser um cativeiro.

— Fui raptada!

Carolina se esforçou para recordar a noite anterior. Veio-lhe à memória o beijo que Luís Eduardo lhe dera, seguido de sua partida intempestiva. Veio-lhe a lembrança da pior sensação que tivera na vida, um pouco antes de cair no sono em sua cama e acordar ali.

— Onde eu vim parar?

Pensou nos pais e no quanto ficariam preocupados quando não a encontrassem no quarto. Por mais que pudesse ter desejado fugir para não enfrentar o castigo por sua desobediência, o que realmente queria era poder fazer as próprias escolhas. Estava arrependida de, mesmo que por breves instantes, ter desejado desaparecer da própria vida. Fechou os olhos, desejando voltar para casa. Mas nada do que via e sentia parecia fruto de sonho algum.

Embora a paisagem e os arredores lembrassem o bairro da Glória que conhecia, Carolina imaginava que seu raptor a esconderia da melhor forma possível. Mas quem era ele? Por que não se comunicava? Por que havia deixado a janela aberta para que fugisse? Claramente a levara para o alto da colina porque ali não havia transporte de nenhum tipo, ela pensou. Certa vez tinha ouvido de Iolanda histórias sobre rapto de mulheres virgens. Dentro da realidade absurda que vivia, aquela era uma possibilidade.

Carolina, então, teve a ideia de sair da casa e procurar por um estábulo onde pudesse tomar emprestado um cavalo. Apavorou-se ao pensar que o raptor poderia voltar a qualquer momento ou cruzar seu caminho e se apressou em buscar um objeto para sua defesa. Na cozinha, indecisa entre a faca no escorredor de pratos e a vassoura encostada à parede, preferiu a segunda. Não era capaz de fazer mal a uma mosca.

Assim que chegou à porta, no entanto, o porteiro eletrônico chamou. Ela se alarmou ao ver a imagem de um homem na pequena tela do aparelho.

— Mas o que é isso? — perguntou, tocando a imagem com os dedos. — Meu Deus, alguém está preso aí! Será que pode me ouvir?

Após muito insistir, André decidiu falar:

— Abra a porta, coelhinha! Não se faça de difícil! — gritou do lado de fora.

— Coelhinha? Será algum código que o raptor usa com sua prisioneira? Ele a trata como sua presa! — ponderou Carolina.

— Ao menos atenda o interfone. Ouça o que tenho para dizer.

Carolina não sabia o que fazer. Queria sair da casa para buscar ajuda, mas em seu entendimento da situação havia um homem chamando lá fora e outro no porteiro eletrônico. Até que André começou a bater à porta e forçar a maçaneta. Assistindo a tudo pela tela, enfim percebeu que eram a mesma pessoa.

— Coelhinha, sei que está em casa. A bicicleta está no portão e você não sairia sem ela. Já estou todo molhado aqui fora... — ele implorou.

— De fato. Parece um pinto molhado este pobre rapaz!

Por fim, encorajou-se a abrir a porta.

Os olhos de André mal alcançaram Carolina e ele já a abraçava. Paralisada, ela se encolheu, aprisionada pelos braços fortes do desconhecido.

— Não me faça mal, senhor, por favor!

André afrouxou o abraço, afastando-se um pouco para encará-la.

— Eu nunca te faria mal — ele disse. — É exatamente o contrário.

Pensei a noite toda na gente e no quanto quero cuidar de você. Quero te dar o mundo. Eu te amo, Beatriz Giacomini!

Carolina encarou André por alguns instantes antes de fugir de um novo abraço e disparar porta afora. Correu mais depressa do que imaginava ser capaz. Ela pensava que fugia mas, na verdade, buscava o caminho de casa.

A chuva seguiu Carolina, que correu sem buscar abrigo sob as marquises e sem desviar das poças do asfalto. Ela não tentou reconhecer a direção para onde estava indo, nem olhou para trás. Não saberia fazer o caminho de volta, mas, conforme avançava, o sentido do desconhecido lhe parecia mais familiar.

Ou seria a música tocando em algum lugar e se tornando mais alta à medida em que seus passos se tornavam mais lentos? No fim daquela rua, o lampadário circular de um poste lembrava a circunferência da Lua. Não parecia que ainda era dia. Carolina se deixou guiar pelo som e pela luz até a vitrine de uma loja de instrumentos musicais.

Os pés descalços, agora sujos e doloridos, pararam abruptamente. De frente para o reflexo no vidro, os olhos percorreram o corpo inteiro. Certificando-se de que estava sozinha, começou a procurar a si mesma na imagem que enxergava. O peito inflou e esvaziou, e a respiração embaçou o vidro. Afastou-se para se ver melhor. Tocou a face, o cabelo, os ombros e, por um breve momento, ficou muda e impassível diante da mulher no reflexo. Avaliou-se. O cabelo era loiro e os olhos eram verdes, não castanhos como os seus. O nariz, um pouco mais longo. As sobrancelhas eram polidas e moldadas. O tom de pele, levemente afetado pelo sol como se nunca tivesse usado um chapéu na vida. Impossível não reparar nos lábios carnudos e nos seios mais fartos. Ela, por fim, assustou-se com o esmalte vermelho nas unhas.

Viu uma lágrima se formar no canto do olho. Acompanhou a gota riscando a face até tocar os lábios. Ela ainda não sabia quem chorava.

— Eu sou Carolina — murmurou para a imagem na vitrine, que a água da chuva escorrendo no vidro deixava turva. — Quem é você?

Bairro da Glória, Rio de Janeiro, 2 de janeiro de 1900

O grupo de bem-te-vis havia passado a manhã pousado no parapeito da varanda aberta. As longas cortinas de *voil* praticamente não se moviam à luz dos raios de sol que atravessavam o quarto.

Beatriz havia dormido por quase dois dias e ainda se sentia exausta. A impressão era de que havia feito uma longa viagem numa poltrona desconfortável de avião. Na verdade, a cama onde dormia era bem o oposto disso: o colchão era grande e macio, os lençóis de seda recendiam a lavanda recém-colhida no campo, o travesseiro era forrado com penas de ganso europeu. Era tudo muito sofisticado.

Beatriz sentiu o nariz coçar. Talvez fosse alérgica às penas de ganso. Talvez fosse o aroma vespertino a encher seus pulmões, em especial, a fragrância das flores que Iolanda havia arranjado num vaso e deixado sobre a penteadeira. O buquê chegara pouco antes do meio-dia.

Quando acordou estava sozinha. Estranhou tudo em volta e voltou a afundar a cabeça no travesseiro, pensando tratar-se de um sonho. Embora parecesse um sonho bom, queria acordar. Por várias vezes fechou e tornou a abrir os olhos. Da última, contou cinco pessoas em volta da cama. Ergueu o corpo depressa demais e sentiu a cabeça girar. Não se lembrava de ter bebido nem, mais perturbador ainda, de como havia chegado ali.

— Quem são vocês? — ela perguntou, com os olhos semicerrados devido à claridade. — Que lugar é este?

Flora e Manoel se entreolharam, preocupados. Iolanda esbugalhou os olhos, e Jacinta, a cozinheira que trazia nas mãos uma bandeja com o café da manhã, não reagiu diferentemente. O único sem manifestar reação foi o médico. Até seu suspiro de alívio foi discreto.

— Como está se sentindo, senhorita Carolina? — ele perguntou, abrindo a maleta.

— Oi?! — Os músculos do rosto de Beatriz se franziram. — Quem diabos é Carolina?

Luís Eduardo pediu que todos se retirassem, mas Flora só saiu arrastada pelo marido. Aquela era uma situação inusitada para os Oliveira. Tudo o que queriam era entender e ter sua Carolina de volta.

— Ei, moça! Pode deixar a comida! — falou Beatriz, antes que Jacinta deixasse o quarto.

Quando ficaram sozinhos, Luís Eduardo tomou a liberdade de fechar a porta. Sentou-se à beira da cama onde Beatriz já se empanturrava de pão com geleia e pôs a mão em sua testa. À primeira vista, ela parecia bem de saúde.

— Achei que pudesse estar delirante por conta da febre, mas agora percebo que agiu com artimanha.

— Artimanha? — Beatriz estranhou, falando de boca cheia.

— Sua confusão diante de todos foi muito convincente — disse o médico, em tom de aprovação.

— Olha, moço, eu não sei quem são essas pessoas. Só quero ir para minha casa. Desculpa qualquer coisa — falou, colocando a refeição de lado e afastando as cobertas para se levantar. — O 134 passa aqui?

Luís Eduardo olhou para o lado, constrangido. Ainda que fosse seu médico, nunca vira Carolina em trajes íntimos de dormir. O robe, embora cobrisse todo o corpo, era de cetim muito leve, o que revelava as curvas de seu corpo.

— Senhorita, preciso lhe falar sobre a noite de ano-novo. Desculpar-me.

— O semblante do médico deixava nítido quanto estava atormentado. — Agi intempestivamente. Fui tomado de súbito por um desejo avassalador. Fui um moleque. Eu... não devia tê-la beijado. Asseguro-lhe que jamais voltarei a tocá-la desse modo.

Beatriz não sabia o que lhe causava mais confusão: se a roupa estranha que ambos vestiam ou a conversa maluca daquele homem.

— Imagino que esteja indignada, e com toda a razão, senhorita. Mas garanto-lhe que tudo será como sempre foi. Ou, se preferir de modo adverso, indicarei a seus pais um outro médico de família.

— Indignada coisa nenhuma. Eu acho é que pirei.

A testa dele se franziu.

— É natural que esteja confusa, que diga frases desconexas, afinal, dormiu por dois dias.

— Dois dias? — Beatriz gritou. — Não pode ser! Meus pais devem estar morrendo de preocupação. Me empresta o seu celular?

— Vou receitar-lhe um elixir que poderá ajudá-la. — Luís Eduardo tirou o receituário e uma caneta-tinteiro da maleta. — Infelizmente não trago nenhum frasco comigo hoje, senhorita Carolina, mas providenciarei para que meu cocheiro faça a entrega amanhã mesmo.

— Olha, eu já disse que não sou a Carolina. Não conheço nenhuma das pessoas desta casa. Nem mesmo moro aqui!

Beatriz decidiu que não perderia nem mais um segundo naquele sanatório. Dirigiu-se à porta, mas, antes de abri-la, resolveu espiar o quarto uma última vez. Poderia ser o quarto de uma princesa da Disney, imaginou. Mas nem a Disney teria imaginado cenário mais convincente para rodar um filme de época. Talvez a excêntrica família vivesse os costumes vitorianos para fugir à dura realidade do século 21?, teorizou. Preferiu, por fim, acreditar que a tal Carolina parecia-se muito com ela, o que teria gerado aquela confusão. Ao contrário da outra, entretanto, Beatriz jamais ousaria se dar o luxo de fantasiar uma vida de princesa.

O nobre desconhecido, que pela forma como estava vestido lhe fazia lembrar o personagem de Christopher Reeve em *Em algum lugar do passado*, observava-a com inquietação. Ele agia de modo genuíno e bem-intencionado, mas, tanto quanto os outros, estava enganado a seu respeito. Chegou quase a sentir pena dele.

— Moço, não quero enganar ninguém. Eu me chamo...

Os olhos de Beatriz, percorrendo cada centímetro do lugar, fixaram-se no único objeto com o qual tinha familiaridade: a caixa de música. Ela ocupava o seu espaço na penteadeira, como se sempre houvesse pertencido àquele lugar. Ao se deparar com sua imagem no espelho que compunha o móvel, não tardou a descobrir que ela mesma, querendo ou não, também pertencia àquele lugar.

— Que palhaçada é essa? — Até sua voz lhe soava estranha.

Uma sensação de vertigem tomou-lhe o corpo todo. Sentiu-se subitamente incapaz de se manter em pé. As pernas fraquejaram e se curvaram antes mesmo de perder a consciência.

4
A BUSCA

CAROLINA

No interior da loja de instrumentos, um flautista ensaiava uma valsa observando a moça de semblante confuso parada em frente à sua vitrine. O vento açoitava a chuva contra o vidro, atingindo-a impiedosamente, mas ela não se importava. O olhar do rapaz cruzou com o dela e ele foi envolvido pela dramaticidade da cena. Nos dedos que dançavam sobre o corpo da flauta, no sopro que transformava cada respiração em nota de música, a valsa foi chegando ao clímax. Nos tons monocromáticos daquela manhã sombria, havia mais claridade fora do que dentro da loja. A moça não o via, mas o podia ouvir. Consciente disso, ele parou de ensaiar e passou a tocar para ela. Por obra da chuva, não podia ver as lágrimas que desciam no rosto dela. Entusiasmou-se em variações e escreveu uma nova partitura a partir da própria vibração cardíaca. Quase nas notas finais, ela baixou a cabeça e virou o rosto ligeiramente para o lado. Isso provocou uma alteração no movimento sonoro. Ele se apressou em finalizar a música para não perder de vista a mulher que se distanciava e levava consigo a sua inspiração.

A luz artificial e a melodia sentimental haviam atraído Carolina até ali, mas o que a trouxera de volta a si tinha sido a voz do homem que ouvira quando a porta se abriu:

— Posso ajudar você com alguma coisa?

Ela não sabia o que responder, porque começava a perceber que nada do que aquele gentil cavalheiro ou qualquer outra pessoa soubesse poderia lhe explicar o que estava acontecendo com ela.

— Acho que estou perdida — respondeu, a voz fraca e receosa.

— Não quer entrar? Na loja, você se abriga melhor.

Antes de aceitar o convite, Carolina olhou para o alto e se deparou com o ano de construção do edifício: 1906. Reparou que não apenas aquele, mas todos os outros também datavam da primeira década do século 20.

— Em que ano estamos?

— Dois mil e vinte. Quinta-feira, dia vinte e seis de março — ele respondeu.

O rapaz não escondeu o estranhamento, mas a pergunta dela não era mais incomum do que os trajes que vestia. Não era todo dia que uma mulher saía na chuva de *baby-doll*.

— Hoje faz um mês do primeiro caso de coronavírus no Brasil... — ele ainda informou, destacando o assunto mais comentado na atualidade.

Ela não conseguia fixar os olhos em nada. Os veículos motorizados estacionados na calçada, os postes de iluminação pública ligados por cabos de eletricidade, transeuntes falando em aparelhos telefônicos portáteis, a antiguidade das casas como último endereço de um passado que não morava mais ali — tudo eram indícios de que Carolina não estava onde pensava estar. Até mesmo o belo e moderno piano que se destacava no mostruário da loja indicava isso.

— Imagino que aquele Steinway também seja mais jovem do que eu... — ela disse, intrigada, ao espiar lá dentro.

Ele não entendeu a colocação, mas percebeu que havia uma correção a fazer.

— Na verdade, fazemos aniversário juntos. Esse Steinway é de 1995. Perdoe-me a indiscrição, mas acredito que você seja mais jovem do que eu.

Carolina refletiu. Pelas suas contas, se chegasse com vida ao ano 2020, teria 140 anos.

— As aparências enganam — retrucou misteriosamente, e mais uma vez fitou sua imagem na vitrine. — Mas, como é evidente, estou vivendo a vida de outra mulher.

Para o rapaz, que procurava sinais de ironia no que Carolina havia dito, parecia-lhe ainda mais ilógico permitir que ela permanecesse na rua com os cabelos e as roupas encharcados. Escancarou a porta e convidou-a de novo a entrar. Ela reparou nele com mais atenção. Ele usava uma gravata quadriculada sobre uma camisa xadrez, suspensórios e calça social sob medida. Ela não conhecia o estilo *hipster* e tampouco os padrões de moda atuais, mas gostou da excentricidade.

Até então tomada pela confusão mental das novidades, Carolina, enfim, aceitou o convite.

Entrou no estabelecimento com os olhos curiosos a percorrerem cada peculiaridade do lugar. *Art déco* era o estilo predominante, tanto na arquitetura do lugar como no mobiliário e na decoração. Qualquer cliente que visitasse o espaço se sentiria fazendo uma viagem a um passado distante, mas, para Carolina e suas referências vitorianas, era como fazer uma viagem a um futuro mais próximo à realidade que conhecia. A ausência absoluta de conexão temporal com aquele espaço serviu para transtorná-la ainda mais.

— Não posso ficar aqui. Havia um homem atrás de mim... ele me confundiu com alguém. Na verdade, enquanto eu ficar, serei essa outra pessoa. Preciso procurar o caminho de casa!

Ele avaliou suas palavras e seu semblante, e, mesmo sem encontrar sentido no que ouvia, teve certeza de que ela precisava de ajuda. Pelo aroma forte de café que se espalhava pela casa, concluiu que o avô, com quem vivia, logo estaria de volta do almoço e saberia o que fazer. Num impulso, tocou o braço que Carolina estendia para a porta.

— Não vá embora ainda. Fique, pelo menos, até a chuva passar — ele pediu.

Carolina lançou-lhe um olhar angustiado, mas ele percebeu que não era dele que ela sentia medo.

— Talvez um café possa fazer você se sentir melhor. Ajuda a esquentar.

— É muito amável da sua parte, nobre senhor, mas preciso mesmo ir.

Ao abrir a porta, o vento atirou a chuva para cima dela.

— Vamos nos sentar perto da lareira. Venha. — Ele lhe mostrou o sofá.

Carolina ponderou diante da paisagem nebulosa do lado de fora. Na boca, ainda sentia o agridoce das lágrimas misturadas à chuva. O conforto da lareira foi mais persuasivo e ela se permitiu sentir o aconchego que a fonte de calor proporcionava. Não que estivesse tanto frio ou que faltasse energia elétrica para justificar uma lareira em pleno centro do Rio de Janeiro, mas a família Peixoto conservava hábitos atípicos.

— Meu nome é Bernardo Peixoto, moro aqui. Esta loja é do meu avô.

Ela olhou melhor para o rapaz, avaliando o que ele havia acabado de dizer. Soava-lhe incomum o fato de ele ter traços negros — como o tom de pele marrom — e morar num sobrado como aquele, repleto de objetos de valor. Conhecia raríssimos casos de homens e mulheres descendentes de escravos alforriados que haviam prosperado na vida. Ficou feliz em constatar que a sociedade havia evoluído nesse sentido.

— Muito prazer — ele disse.

O gesto do rapaz com a mão estendida para o cumprimento a pegou de surpresa.

Acostumada a estender a mão, embora nunca a estranhos, Carolina entendeu que os novos tempos pediam uma inversão das regras de etiqueta que aprendera nos manuais. Girou a mão de Bernardo e a beijou. Ele ficou mais atordoado com o ato inesperado do que a própria Carolina, a quem nem passava pela cabeça que um homem pudesse propor a uma dama o tradicional aperto de mão entre cavalheiros.

— Eu sou Car... Beatriz. — Ela suspirou, inconformada, pigarreando ligeiramente.

Não sabia se era o certo a fazer, mas, se estava presa àquele corpo e sem acesso aos próprios documentos, parecia-lhe mais seguro assumir a identidade da mulher que todos pensavam ser ela.

— Obrigada pela acolhida, senhor Peixoto.

— Apenas Bernardo. Ou vai fazer eu me sentir tão velho quanto meu avô — e acrescentou sussurrando: — Que ele não me ouça...

Mesmo seu mais singelo esboço de sorriso merecia que o tempo parasse, pensou Bernardo, antes que Peixoto começasse a descer as escadas em caracol, trazendo-o à realidade. A madeira velha dos degraus rangia a cada passo, fazendo todo o lugar tremer. Desde lá de cima, Peixoto observava Carolina, tentando se lembrar de onde a conhecia.

— O que está fazendo que não ofereceu uma toalha à moça?

O rapaz, até então distraído com outros assuntos, reparou numa gota que se desprendera de um fio do cabelo, deitara sobre o colo e escorrera pelo caminho do busto. Tudo tinha acontecido numa fração de segundo, mas a mente de Bernardo havia registrado em câmera lenta. Culpa da blusa de cetim fino que grudava na pele, reforçando a copa dos seios e atiçando sua imaginação.

— Que desligado! Nem me toquei disso... — Ele pigarreou.

Carolina não entendia o acolhimento dos dois homens, mas aceitou-o de bom grado. Sentia-se cada vez mais confortável e confiante na presença deles. Um pouco mais quando Bernardo a cobriu com a toalha quentinha. Quase começava a se esquecer de que não pertencia àquele lugar.

— Chega para lá, rapaz. Você já monopolizou a moça demais. — Peixoto afastou o neto. — Chamo-me Augusto. Todo mundo me conhece como Peixoto dos Pianos. Aparentemente restam poucos afinadores de piano na cidade, e eu sou um deles. Suspeito que seja o único com essa alcunha.

— Bem, suspeito ser também um espécime único nesta região.

Ela quis contar sua história, mas a ideia de pedir socorro logo se transformou em medo. Podiam considerá-la uma histérica e internarem-na em algum hospital psiquiátrico. Iolanda lhe contara histórias horripilantes sobre como muitas mulheres emocionalmente instáveis foram diagnosticadas com histeria por não serem compreendidas. Além do mais, nem eles nem ninguém poderia ajudá-la a voltar para o ano de 1900.

— Estou em busca da minha casa, no bairro da Glória. Mas acho que estou perdida, senhor Peixoto dos Pianos.

— Apenas Peixoto, se não se importa. E não está tão perdida assim — disse o velho, com um sorriso generoso. — A Glória é aqui pertinho. Estamos em Santa Teresa.

— Ora, bem, será que eu poderia abusar de vossa hospitalidade e pedir que me indiquem o caminho? Preciso chegar à Alameda das Palmeiras.

Peixoto conhecia a região como a palma da mão. Vivera ali toda a sua vida e não conhecia nenhuma Alameda das Palmeiras. Ainda assim, pegou um mapa velho que não fazia ideia de há quanto tempo estava guardado e estendeu-o sobre a bancada. Substituiu os óculos pelas lentes de leitura e estreitou os olhos para observar o papel desgastado.

— É possível que não esteja sequer no mapa. Deve ser uma ruela — apostou.

Bernardo, que os assistia de longe, não perdeu tempo. Sacou o celular do bolso, abriu o aplicativo do Google Maps, digitou o nome do lugar e fez os olhos de Carolina reluzirem de encantamento.

— Incrível! — ela se assombrou. — Parece bruxaria!

— Seria bruxaria se ele encontrasse a tal alameda, Beatriz — desdenhou o avô. — Essas modernidades só servem para desviar a atenção do que realmente interessa.

— Não é bem assim. A tecnologia já me salvou de muita furada. Não dá para imaginar um mundo onde não exista o celular.

— O que faz exatamente este objeto? É um instrumento de navegação? Uma bússola de altíssima precisão? — Ela vibrava em sua tentativa de adivinhação. — Posso tocá-lo?

O espanto não era só de Carolina.

— Claro! — Bernardo entregou o celular na mão dela.

O aparelho vibrou e, assustada, por pouco não o deixou cair no chão. Bernardo tomou-o de volta e lhe mostrou algumas funcionalidades.

— Deveras impressionante!

— Sim. É um bom modelo de *smartphone*. Além de tudo isso que te mostrei, ele serve para fazer ligações. — Ele achou que a piada tinha graça e riu sozinho. — Não é de última geração, mas dá para o gasto.

— Ele faz ligação de voz? E funciona em qualquer lugar, mesmo sem cabos de comunicação?

Bernardo coçou a cabeça.

— A função principal de um celular é ser um telefone portátil. — Tinha a impressão de estar sendo redundante.

— Intriga-me como algo assim tão pequenino possa fazer tantas coisas!

Ela não parecia estar brincando.

— Sério que nunca viu um? De onde você vem?

Peixoto precisou interromper os dois, pois trazia dos fundos da loja uma notícia. Havia encontrado a Alameda das Palmeiras. Sob o braço, um livro antigo e empoeirado que havia anos fora considerado perdido. Pertencera ao seu pai, bisavô de Bernardo.

Abrindo na página marcada, o livro ilustrava uma fotografia da Chácara das Figueiras, com destaque para a residência de Carolina. Nenhum músculo da face dela ficou indiferente.

— Minha casa! — Ela apontou para a impressão em preto e branco. — Não sei por que vim parar aqui, mas preciso voltar. Preciso voltar para casa.

Peixoto trocou olhares incrédulos com o neto.

— Querida, se ler a legenda, vai ver que isso é impossível. Sinto muito.

PROCESSO DE MODERNIZAÇÃO E REFORMAS NO BAIRRO DA GLÓRIA: A IMPONENTE RESIDÊNCIA OLIVEIRA, ONDE VIVEU O BARÃO DOS TECIDOS E SUA FAMÍLIA, DEMOLIDA EM 1905.

BEATRIZ

Por sorte, Luís Eduardo estava ao lado de Beatriz e a amparou a tempo de impedir que desabasse no chão. Carregou-a até a cama e usou um de seus preparados homeopáticos para ajudá-la a recobrar os sentidos. Beatriz despertou com o incômodo, afastando do nariz o vidrinho que o médico segurava e esbarrando de leve em sua mão. Os olhares se cruzaram e se demoraram, até o silêncio incomodar.

— Dê um gole neste suco de laranja com tomate — ele ofereceu. — É rico em potássio e vai fazer-lhe bem.

Seu rosto se retorceu enquanto afastava o tronco do encosto da cama.

— Um gole, certo? — ela perguntou.

Ele a encarou incisivamente até ela se render. Beatriz apertou os olhos e deu um gole tímido na bebida. Ao perceber que o gosto não era tão ruim, bebeu tudo. O médico não conteve a admiração.

Começava a acreditar que nunca houvera encenação. Carolina poderia estar, numa hipótese cada vez mais clara, com amnésia. Lera sobre o assunto em literatura psiquiátrica e ouvira falar de alguns casos raros. Ao que tudo indicava, o beijo que lhe roubara teria sido o único acontecimento incomum à rotina da paciente nos últimos dias.

— Acredito que a senhorita esteja sofrendo de amnésia dissociativa temporária, que pode ter sido causada por sobrecarga emocional, como um acontecimento inesperado...

Beatriz levou sua atenção para a caixa de música sobre a penteadeira e, sem refletir por muito tempo, interrompeu o médico:

— Luís Eduardo, não é? Não devemos ter grande diferença de idade, por isso, não deve fazer muito tempo que me conhece. Me conte tudo o que sabe — ela pediu.

Para entender o porquê e o propósito de tudo o que estava acontecendo, Beatriz decidira que era preciso conhecer Carolina, saber quem era e que relação poderia existir entre elas. A melhor forma de saber quem era aquela moça de quem todos cuidavam com tamanho afeto era pelo seu círculo familiar e social. Não havia outro jeito, senão colocar-se no lugar de Carolina, vestindo seus calçados de princesa. Literalmente. O que não lhe parecia, à primeira vista, sacrifício algum. Essa missão prometia ser, no mínimo, bem divertida.

— Pode começar pela nossa história, se quiser — ela continuou, convencida de que ele teria algo relevante a relatar.

— Nossa história?

Tão perspicaz quanto Luís Eduardo, Beatriz havia notado o constrangimento do médico ao abordar o assunto sobre o beijo que trocara com Carolina na noite de ano-novo. Enquanto tentava se justificar e desculpar-se, ajeitava sem necessidade os óculos, apertando o arco contra o dorso do nariz. E agora repetia o mesmo tique nervoso.

O médico se inclinou para mais perto, reacomodando os travesseiros nos quais ela se recostava.

— Nos casos de sobrecarga emocional, a memória costuma voltar gradualmente. Enquanto isso, deve seguir alguns conselhos meus para aliviar os sintomas.

— Na sua opinião, a sobrecarga emocional foi por causa do beijo?

A pergunta desconcertou o médico.

— Não creio que este assunto seja útil à sua recuperação, senhorita.

Por mais que estivesse se desviando do objetivo de extrair informações pertinentes sobre Carolina, Beatriz estava gostando de provocá-lo — sobretudo porque havia acabado de descobrir que seu fetiche pela saia escocesa de

Jamie Fraser em *Outlander* acabava de ser superado pelos trajes vitorianos de Luís Eduardo Mesquita.

— Tudo o que me disser sobre aquela noite pode contribuir para a minha recuperação, doutor.

Luís Eduardo se viu num impasse. Para ele, o assunto estava terminado, mas Beatriz tinha um bom argumento.

— Não é seguro falarmos disso aqui — ele respondeu em um tom baixo. — Mas, pensando bem, acho que tem razão. Se a senhorita for confrontada com o episódio que possivelmente causou a amnésia, talvez funcione.

— Ok, então. Você me permite fazer uma experiência? — ela perguntou, aproximando seu rosto do dele e inspirando seu perfume. — Os sentidos evocam memórias.

Antes mesmo que Luís Eduardo reagisse à afirmação, Beatriz mirou seus lábios, fechou os olhos e o beijou.

— Foi parecido com este?

Ele não verbalizou nada porque não pensava direito.

— Não sou médica, mas sempre ouvi falar em tratamento de choque.

Não podia imaginar a extensão da confusão mental que provocava nele.

— Por um tratamento destes, muita gente se internaria voluntariamente em clínicas psiquiátricas.

Beatriz caiu na gargalhada. Ela o havia desestabilizado mais do que poderia supor.

— Perdoe-me, senhorita! Não sou dado a esse tipo de comentários ordinários. Não sei o que se apossou de mim!

Diante da vermelhidão que se estendia de um lado a outro do rosto dele, Beatriz imaginou se Carolina teria retribuído o beijo do médico na fatídica noite de ano-novo. Provavelmente não. Pela reação surpresa dele, a outra deveria ser muito menos ousada. Sentiu-se à vontade para avançar em sua busca por informações.

— Comecei a me lembrar de quem sou, mas ainda estou perdida no tempo. Vou arriscar e você me corrija se eu estiver errada, ok?

Luís Eduardo continuou calado, pois ela já havia lhe dado motivos para temer o jogo que propunha.

Era o momento de colocar à prova todo um semestre de estudo ao analisar a indumentária caracterizada pela *Belle Époque* para o trabalho final da disciplina História e Cultura da Moda, que havia lhe rendido uma nota dez. Sem nenhum pudor, Beatriz avaliou o traje masculino diante de si a partir dos botões presentes na calça comprida. Não podia ignorar o que estava longe de ser um mero detalhe, afinal, havia ali um mau acabamento na braguilha. O fato de ter se demorado um pouco mais nos salientes botões trouxe à sua lembrança que o zíper teria começado a ser usado para aquela finalidade apenas a partir de 1912, portanto, aquela peça de vestuário datava de antes disso. O estilo presente no colete curto, nas calças ajustadas no tornozelo, na gravata estreita do período eduardiano, o tecido, além do tipo de corte de alfaiataria e do número de botões nas mangas do paletó, deram-lhe algumas pistas sobre o *status* social e a profissão de Luís Eduardo, mas não eram suficientes para confirmar o ano. Ela hesitava entre a última década do século 19 e os primeiros anos do 20.

Enquanto Beatriz indiscretamente investigava cada centímetro do corpo e das vestes dele, o médico tentava disfarçar tanto seu embaraço como sua impaciência. As consultas com Carolina eram sempre as mais demoradas e, apesar de não se importar em passar mais tempo com ela, era um homem de muitos compromissos, e este era o caso naquela tarde. De modo discreto, mas não o suficiente para o olhar afiado dela, puxou o relógio de bolso pela corrente presa a um botão do colete. O mero ato de constatar quão atrasado estava foi decisivo para que ela, enfim, fizesse sua aposta. O relógio de pulso só surgiria em 1904. Mas as abotoaduras que ficaram à mostra quando ele movimentou o braço eram de uma edição limitada, lançada em comemoração à virada do século e vendidas com exclusividade pela Casa Worth, fundada pelo pai da alta-costura e mestre de Paul Poiret, o costureiro inglês Charles Frederick Worth.

— Estamos no ano de 1900... — disse para si mesma antes de cair em si. — Cacilda!

Sem entender o que ela quisera dizer com a interjeição, Luís Eduardo foi até sua pasta sobre uma cadeira, tirou de lá um papel e começou a escrever. Ao terminar, estendeu-lhe a folha.

— Lamento, mas preciso ir, senhorita. Tenho um paciente no instituto e já estou largamente atrasado. Espero que meus cavalos estejam bem preparados para uma corrida.

Beatriz estreitou os olhos diante da caligrafia ornamental.

— Letra de médico desde sempre foi ilegível. Isso é fato.

— São apenas algumas recomendações que a senhorita deve ler com calma e alguns cuidados que deve tomar antes do seu casamento.

Ele chamou a atenção dela ao fitar o arranjo de flores do campo sobre a penteadeira, e continuou:

— Iolanda confidenciou-me que as flores vieram acompanhadas de um bilhete de desculpas por não tê-la acompanhado ao baile.

Por um instante, com a confusão de identidades, Beatriz quase se esqueceu de quem era.

— Previsível. São todos iguais. Mulheres não querem flores, querem respeito — desabafou, referindo-se a André. — Mas ele não perde por esperar!

— Pensa fazer algo?

— Terminar, claro.

Uma ruga se formou entre os olhos castanhos do médico.

— Romperá o noivado?

Mal havia Luís Eduardo feito a pergunta, Beatriz se deu conta da sua confusão.

— Noivado?

— A senhorita sabe de quem o senhor Álvaro Faria Mattos é filho.

O coronel é proprietário das mais produtivas fazendas de café de São Paulo. A vossa união foi pensada, estritamente, para atender interesses comerciais.

Beatriz viu os cavalos na cocheira, e, até onde sua vista era capaz de alcançar, o Rio de Janeiro de que se lembrava ainda não existia. Aquele era, porém, o menor dos problemas. A construção de direitos levaria muito mais tempo a evoluir do que uma cidade a se erguer. Era evidente quanto mais limitado ainda era o papel das mulheres e quanta luta teriam pela frente pela igualdade de direitos.

Mais do que nunca, Beatriz se dava conta de que o caminho que suas antepassadas abriram se solidificava entre as mulheres de sua geração e que, pelos resultados dessa conscientização feminina, toda a luta valeria a pena. Munida dos valores ancestrais de liberdade e igualdade que sempre nortearam seu referencial sobre ética e sociedade, não guardou para si seu ímpeto revolucionário:

— Quem em sã consciência pode aceitar um casamento assim, fruto de uma sociedade patriarcal que subjuga a mulher e subtrai seus direitos? Que mulher é essa que, podendo carregar a força de gerar uma vida, não consegue conquistar algo tão primário quanto fazer sua voz ser ouvida? Uma sociedade só evolui quando as pessoas se mobilizam por justiça e equidade. Não aceito e vou contestar esse casamento.

Ao fim da interlocução entusiasmada de Beatriz, Luís Eduardo estava impressionado.

— Ninguém mais do que eu ficaria feliz com o teu posicionamento. Contudo, nem teu pai nem o coronel o aceitarão facilmente.

— Como em toda luta, a união faz a força — ela disse, e ousou fazer um convite: — Posso contar com você?

Luís Eduardo tomou as mãos de Beatriz nas suas. Esqueceu-se de que estava diante da filha mimada do Barão dos Tecidos, esqueceu-se até mesmo de que estava diante de uma paciente. Sentiu-se próximo o suficiente dela, a ponto de deixar de lado toda formalidade que sempre pautou o relacionamento dos dois.

— Admiro-te e admirava-te, Carolina, mesmo com a tua inocência de pensar que poderias enfrentar o mundo sem antes fazer-te ouvir em tua própria casa. Mesmo nas tuas atitudes intempestivas, tu sempre mostraste a tua essência libertária sob a educação repressora que recebeste. Mas esta é a primeira vez que te percebo segura do que realmente queres, e por isso deixo de lado as cerimônias e tomo a liberdade de dizer-te que, haja o que houver, podes contar comigo.

Enxergar-se com os olhos de Luís Eduardo a fez se sentir estranhamente orgulhosa. Orgulhosa de Carolina, ainda que o discurso que o tenha motivado a aproximar-se tivesse partido de si, e não da outra.

— Dá para ver que temos muito em comum, Edu.

— Decerto, senhorita. Nossos ideais são parecidos — ele confirmou, e acolheu com carinho o apelido que ela lhe dera.

Beatriz se perguntava por que Carolina ainda não havia enfrentado a família e assumido seus sentimentos por Luís Eduardo. Diante de si estava um homem bom, inteligente, que parecia conhecê-la como nem ela própria conhecia. Era interessante enxergar aquela mulher pelos olhos dele e saber que, afinal, as duas não eram tão diferentes como a princípio poderia supor. A princesa que morava naquele quarto de conto de fadas era uma prisioneira do seu tempo.

Ao olhar-se mais uma vez no espelho da penteadeira, sentiu-se forte e determinada no corpo de Carolina. Sentiu que nada do que vivia era por acaso e se deixou envolver por um debate filosófico interno entre casualidade e determinismo, que a fez concluir que estava onde deveria estar naquele momento. Foi até a caixa de música, mas teve receio de colocá-la para tocar e quebrar o encanto daquilo que sentia.

— Você acredita que todos temos uma missão? Sinto como se tivesse acabado de descobrir a minha — ela refletiu.

— Acredito que estamos todos em busca de algo. — Ele procurou os olhos, mas o que viu foram os lábios de Beatriz. — De alguém.

Depois de tudo o que conversara com Luís Eduardo e descobrira sobre Carolina, Beatriz decidiu que não poderia beijá-lo de novo. Estava segura de que não eram seus olhos nem seus lábios que ele procurava.

— A essa altura do campeonato, se era caso de vida ou morte, acho que seu paciente já bateu as botas — ela falou, cortando o clima.

Na impossibilidade de discordar, ele colocou o chapéu, pegou a maleta e lhe deixou um terno sorriso antes de partir. Ela foi até a varanda e assistiu o coche se distanciar e desaparecer naquele Rio de Janeiro desconhecido. Suspirou diante da confusão em que estava prestes a se meter e da busca que apenas começava.

5
O PIANO

Carolina

Fazia quase dez minutos que Carolina olhava, paralisada, para a imagem da sua casa naquele livro antigo.

— Nós não podemos reescrever a história, querida — Peixoto falou. — O que podemos é começar de novo e escrever um novo fim. É um dos ensinamentos de Chico Xavier que mais usei na minha vida e acho que pode ser útil para você.

Ele podia não entender a relação entre ela e a mansão demolida, mas não a deixaria sem uma palavra de consolo. Buscava adaptar as lições aprendidas na vida à realidade à sua volta. Poderia servir, ainda que não tivesse ideia da realidade da qual Carolina vinha.

Beatriz enxugou as lágrimas que haviam caído sobre o papel.

— Eu acredito nisso também.

A flauta invadiu a conversa e expulsou a melancolia. O choro de Zequinha de Abreu era o que de mais alegre Bernardo podia se lembrar. "Tico-Tico no fubá" era inédita para ela. Embora conhecesse o gênero e o ritmo por intermédio de Iolanda, esse tipo de música não era executado nos bailes e salões da alta sociedade carioca. Era considerado pela aristocracia tão somente música africana, portanto, restrito a uma classe social da qual os pais de Carolina procuravam, ao máximo, afastar a filha.

Abriu espaço para um sorriso e até arriscou mexer os ombros. No final, se desmanchou em aplausos.

— Então esta é a obra de arte que meus pais chamam "música selvagem"? Perdoem-me a ignorância, é a primeira vez que ouço algo não europeu que seja tão original. Preciso com urgência começar a frequentar os saraus da verdadeira música brasileira!

Por breves instantes ela havia se esquecido de onde estava. Quando se lembrou, se deu também conta de que era um privilégio estar ali, naquele ambiente acolhedor, cercada de belos e imponentes instrumentos musicais, relíquias e antiguidades de um passado que para ela ainda seria futuro. Alguns instrumentos estavam na família Peixoto havia três gerações. A flauta transversal de Bernardo era um dos mais modernos ali, a única ligação dele com o pai, de quem não tinha notícias desde que a mãe morrera. Paradoxalmente, ele usava esse mesmo elo para expulsar a tristeza.

— Um dia, posso levar você para as rodas de chorinho que frequento.

O convite foi recebido com cautela. Carolina sabia que não seria justo com Bernardo se aceitasse e não pudesse aparecer.

— Por que não fazemos isso agora mesmo?

Ela foi até o Steinway de 1995 e sentou-se no banquinho. Estendeu as mãos sobre o teclado e perguntou:

— Conheces a maestrina Chiquinha Gonzaga?

— Melhor não há — ele falou.

— Tentei decorar a partitura de "Atraente" numa revista. Vamos ver se consigo lembrar... — Ela fechou os olhos, respirou fundo e sentiu a textura das teclas sob as digitais dos dedos.

As notas estavam impressas na memória de Carolina. Logo na introdução, mostrou que havia domado o piano, deslizando as mãos no teclado com leveza e força. A seu turno, Bernardo posicionou as mãos no corpo da flauta cor de ébano, que de tão familiarizada com ele tornou-se uma extensão de seu próprio corpo. Enquanto ela produzia uma poesia rítmica, ele soprava para extrair uma perfeição tímbrica. Atentos e admirados um com o outro, os dois nem perceberam quando o ensaio despretensioso se transformou num duelo. Não havia entre eles a necessidade de impressionar ninguém, apenas uma vontade genuína de descarregar a avalanche de sentimentos que consumia ambos. Tocavam apaixonadamente, cruzando olhares furtivos com a decência de dois amantes fiéis aos próprios instrumentos. Ao final, Carolina percebeu o suor escorrer por baixo dos cabelos compridos. Bernardo, ao afastar os lábios do bocal, sentiu-os secos. A chama da lareira havia se apagado, e o pedaço de madeira ainda incandescente já não servia como fonte de calor.

Resguardado ao silêncio dos observadores, estava o velho Peixoto. Não sabia dizer qual dos dois tinha dedos mais velozes, mas podia confirmar que ambos dominavam seus instrumentos com excelência. Impressionado com o que acabara de presenciar e cada vez mais intrigado, ainda não conseguia se lembrar de onde conhecia Carolina, mas a paixão pela música, definitivamente, era algo que tinha em comum com sua falecida mulher. Ela estaria rodopiando pelo salão se ali estivesse.

— Bravo! — aplaudiu o espectador solitário. — Vocês deveriam formar um dueto.

Ainda sob o efeito da excitação da batalha, os dois se cumprimentaram. Carolina se levantou do banco e fez a vênia de agradecimento.

— Sinto muito deixá-los agora, mas preciso ir.

Peixoto sinalizou para Bernardo.

— Eu te acompanho — ofereceu o rapaz. — O tal sujeito que te seguia ainda pode estar rondando.

— Sinceramente, já não sei quem entre mim e ele tem mais direito a sentir-se ameaçado. Não sou quem ele pensa.

A testa de Bernardo se franziu, mas, apesar de todo o estranhamento, até gostava das respostas intrigantes que Carolina lhe dava.

A lua havia se tornado mais visível no céu enquanto caminhavam. Foi

Bernardo quem acendeu as luzes ao entrar na casa. Acostumada a vida inteira à luz intermitente das velas e dos candeeiros alimentados a querosene, o encontro com a lâmpada incandescente foi um choque e um incômodo para ela.

A grande mesa de desenho ao lado do sofá não passava despercebida na decoração minimalista. Havia poucos móveis no espaço de setenta metros quadrados. O andar de cima era usado como depósito pelo senhorio. Aos fundos havia um quintal com horta e uma pequena fonte. Nem de perto lembrava os jardins e as fontes da casa de Carolina, mas também era um bom lugar para apreciar o céu estrelado à noite, um de seus passatempos favoritos.

— São muito bons! — comentou Bernardo, espichando os olhos para cima da mesa de desenho.

Carolina só entendeu o elogio quando fez o mesmo que ele. Mal conseguindo disfarçar a surpresa, pegou um dos cadernos abertos e começou a folheá-lo com agilidade.

— Muito bons mesmo. Vê este aqui! Parece-se com o vestido que a minha prima Eleonora usou no último baile a que fomos juntas. Foi um escândalo!

— Por quê?

— Oras! Não vês como o vestido é folgado? É a libertação do espartilho! Minha prima é moderna para os padrões. *Très avant-garde!*

Bernardo teve certa dificuldade de imaginar por que alguém usaria um espartilho no século 21, pois sabia se tratar de uma peça controversa do vestuário feminino.

— Qual o propósito de vestir algo que incomoda? — ele perguntou.

— O objetivo é sustentar o tronco melhorando a postura e diminuir a cintura, evidenciando as curvas. O corpo ideal é uma questão de *status* social, elegância e classe. Até mais do que de autoestima.

— *Status* social? Fala sério.

— Estou a falar muito sério, Bernardo. Tenho alguns *corsets* vitorianos de metal e barbatana de baleia, e alguns mais modernos, de aço e ossos, também com um encaixe magnético.

O rosto dele se retorceu.

— Não consigo imaginar isso.

— Parece que nunca viste um *corset*. Na tua idade, já deverias ter visto. — Carolina sentiu as faces enrubescerem de leve. — São de tecido e amarrados às costas por laços, não sabes? Homens gostam, pois são peças sensuais. O que muitos não imaginam é a pressão que fazem nas nossas costelas! — Foi a vez de Carolina fazer uma careta.

— O uso desse negócio já foi considerado uma forma de opressão — ele comentou. — No início do século 20 se tornou um símbolo de luta pela emancipação das mulheres. Existem teses sobre isso, que usam o espartilho como metáfora para dominação, submissão e desigualdade. Infelizmente não evoluímos culturalmente o suficiente para desmistificar padrões de beleza que escravizam as mulheres.

Mais uma vez ela tinha se deixado levar pelas memórias e se esquecera de que estava diante de um homem de outro século.

— É apenas um ideal de beleza, um padrão social, mas parece-me justa essa interpretação também. Muito interessante o seu ponto de vista.

— Já leu Simone de Beauvoir?

— Não a conheço. Não deve ter nascido ainda.

Ele estava começando a se divertir com os enigmas que ela lançava.

— Eu te garanto que o mundo seria muito pior se ela não tivesse existido.

— Talvez eu ainda tenha a chance de conhecê-la.

— Você vai gostar de *O segundo sexo*.

Carolina arregalou os olhos.

— Meus pais nunca permitiriam um título como este em nossa biblioteca. Eles controlam o que eu leio, na maior parte, revistas e periódicos femininos. O resto, preciso esconder.

Ele falou num tom mais baixo:

— Eles não estão aqui agora.

Ela ficou introspectiva, o rosto enuviou. Então, ele mudou de assunto.

— Voltando aos seus croquis, já produziu algum desses modelos?

Ela também gostaria de saber. Considerava excêntricos os modelos desenhados por Beatriz, pois refletiam a tal emancipação feminina de que Bernardo falava. Para ela, Beatriz devia ser uma mulher livre e realizada, nascida numa época em que bastava querer para que tudo fosse possível, em que as mulheres tinham o direito de sonhar e a única obrigação era a de serem felizes. Sentiu-se desafortunada ao lembrar-se do espartilho; e com um pouquinho de inveja da outra.

Diante da ausência de resposta, Bernardo deixou os desenhos de lado e abriu a porta da varanda. Um suave aroma de grama molhada logo invadiu a sala. A chuva havia cessado, mas ainda gotejava do telhado. Carolina se juntou a ele no quintal.

— Conta-me algo sobre ti — ela pediu, quebrando o silêncio. — Certamente tens uma vida mais normal do que a minha.

— Acho que normal não define a vida de ninguém atualmente — ele falou, se referindo à pandemia à qual Carolina estava alheia. — Minha vida é simples. Você já conheceu minha flauta, meu avô, minha casa. Não há surpresas.

— Há sempre surpresas — ela contestou. — Deves ter sonhos que não contas a ninguém.

Ele baixou os olhos das estrelas para encontrar os de Carolina e pensou se não seria cedo para contar-lhe sobre seu pai. Ela esperava uma revelação e ele não queria decepcioná-la, pois, sobretudo, achava que ela merecia uma resposta àquela tentativa de aproximação. Mais do que isso, merecia a verdade.

— Gostaria de saber onde está o meu pai.

Não era realmente o que ela esperava ouvir. E, por isso mesmo, não pensou duas vezes no que lhe disse:

— As civilizações antigas olhavam para o céu como forma de prever o futuro. Talvez as estrelas tenham algo a nos mostrar. — Ela estendeu o braço apontando o Cruzeiro do Sul. — Posso procurar contigo.

— Não acredito em destino escrito nas estrelas. Nós fazemos nossas escolhas.

— Bem, eu não escolhi estar aqui. Acredito que há coisas que não dependem de nós. O meu destino magicamente se trocou com o de alguém, e isso deve ter uma razão. Sempre existe uma razão e só a descobriremos se formos atrás das respostas. E eu vou atrás porque quero saber como recuperar meu destino.

Mesmo sem compreender o que ela queria dizer, ele entendia aonde ela queria chegar.

— Nem tudo tem resposta — ele contestou.

— Porque talvez a resposta não tenha sido escrita ainda.

Ele sorriu.

— É, acho que me enganei. Você tem resposta pra tudo.

Foi a vez de Carolina sorrir.

— Qual é o modo mais rápido de conseguir um exemplar daquele livro de que me falaste, da Simone de Beauvoir?

— Eu consigo para você.

Ao se despedir, Bernardo se aproximou para beijá-la no rosto. Mesmo surpreendida com a intimidade do gesto, ela não se afastou. Liberdade era um sentimento novo. E ela gostava cada vez mais dele.

BEATRIZ

— Posso entrar, querida? — A voz doce atrás da porta era de Flora.

Beatriz contabilizava inúmeros motivos para não estar preparada para conhecer o casal Oliveira. Mas Flora não esperou pela resposta. Entrou no quarto às pressas, encontrando-a diante do armário aberto.

— Como adivinhaste que vim ajudar-te a escolher o vestido para esta noite?

Logo atrás, adentrou Manoel, não menos impetuoso, dirigindo-se a Beatriz:

— Escapaste de boa, mocinha. Deves estar a pensar que estou esquecido da trapalhada que fizeste!

— Nem quero saber do que escapei… — ela murmurou, imaginando a fortuna que Carolina teria de gastar com terapia para se recuperar do relacionamento tóxico com os pais.

— Não ralhes com a menina, Manoel. Lembra-te do que disse o doutor Mesquita.

— Santo doutor Mesquita… — anuiu Beatriz, pensando para si mesma enquanto voltava os olhos para o teto — … *que de santo não tem nada.*

— Ora bolas, Flora. Carolina não é feita de cristal. Ela sabe que errou. Estragou-nos a festa!

— Não sejas dramático. Estavas bem contente a comer aquele lombo assado. Parece até que adivinharam que é teu prato preferido.

— Contente uma pinoia! Aquele lombo estava cru. E o bacalhau estava salgado por demais. Não achaste?

Beatriz bocejava ao assistir à discussão entre os dois, meditando sobre a desculpa que daria para voltar para a cama. Suspeitava que dormir era a solução dos seus problemas, pois, ao acordar do sonho, estaria de volta à sua vida. Porém, antes disso, queria resolver uma ou duas situações que Carolina tinha criado. Luís Eduardo não chegou a lhe contar os pormenores, mas deixou claro que Carolina desobedeceu os pais na noite de ano-novo e que os dois só a haviam poupado do sermão porque ela lhes pregara um susto ao dormir por quase dois dias inteiros e acordar com amnésia.

Fiando-se no que lhe recomendara Luís Eduardo, Beatriz dramatizou:

— Prometo que nunca mais vou desobedecer vocês. E não vou reclamar se me punirem pelo que fiz.

Os dois pararam de discutir no mesmo instante, espantados pelo rompante de discernimento da filha. Flora, coração de manteiga, abraçou-a com ternura, satisfeita por achar que sua menina estava, enfim, amadurecendo. Manoel era um pouco mais endurecido.

— Mereces mesmo um castigo para aprenderes a obedecer. E Iolanda também, pois as duas agiram em conluio. Vou pensar e amanhã anuncio o meu veredito.

Beatriz se aproximou de Manoel e o enlaçou pelos ombros. Ele era pouco mais alto; apenas o suficiente para Beatriz pendurar-se nele, causando um embaraço geral.

— Que modos são estes! Assim derrubas-me, minha filha! — reclamou Manoel, com um sorriso oculto sob o farto bigode.

Flora tratou de separar os dois.

— Manoel, podes nos dar licença agora? O tempo está a escassear!

Beatriz observava enquanto a mulher tirava vestidos do armário e os espalhava sobre a cama. A extravagância em forma de fitas, penas, rendas, pérolas, babados, plissados, bordados, lantejoulas, rufos e outros ornamentos cansava a vista só de olhar.

— Vamos! Ajuda-me a escolher o teu vestido! Ou preferes que eu escolha por ti?

Ela pensou se a mãe de Carolina entenderia se lhe dissesse que estava maldisposta e que queria se deitar, mas, no fundo, a curiosidade era maior do que o sono, que sequer tinha.

— Posso ajudar, se me disser qual o evento.

— Teu noivo está a chegar! — Flora notou a apatia da filha. — Pelos vistos esqueceste que tens noivo!

Ela não havia se esquecido do noivo *de Carolina*, até porque as flores que acompanhavam o bilhete lhe davam alergia.

— Uma dama deve estar sempre arrumada, à espera do seu pretendente — ensinou.

Beatriz revirou os olhos.

— Mas está quase na hora de dormir — opinou, como se soubesse que horas eram.

Os últimos raios de sol ainda aqueciam o ambiente do quarto.

— Não exageres! Os lampiões nem foram acesos ainda.

Flora não ligava para as horas; nem para o que Carolina pensava. O importante era que sua menina parecesse a filha de uma rainha para receber o senhor Álvaro Faria Mattos. E, por isso, ela mesma a vestiria e pentearia. Imbuída desse propósito, organizou, em etapas, as várias camadas de vestimentas. Um dos adereços sobressaía aos demais.

Tudo começava com ele, o espartilho. Beatriz sempre o enxergara como o ícone do erotismo feminino. Apesar de nunca ter lhe passado pela cabeça algum dia usar um autêntico *corset* vitoriano, sempre desejou diminuir alguns centímetros de cintura. E nem todo o protesto de seu ídolo Paul Poiret para aboli-lo nos anos da *Belle Époque* conseguira convencê-la do tanto que aquele mero pedaço de pano se assemelhava a um instrumento de tortura.

— Normalmente não usamos o *corset* durante os chás e jantares em casa, mas, hoje, temos um convidado de honra e queremos impressioná-lo. Portanto, *voilà!* — anunciou Flora, exibindo a peça como um prêmio.

Quando a algoz Flora apertou o laço nos ilhoses empregando toda a força que ganhara ao longo dos anos de vida nas lavouras, Beatriz perdeu o equilíbrio e quase derrubou a penteadeira com tudo o que havia nela. Por sorte conseguiu segurar a caixa de música, mas nem um suspiro de alívio conseguiu soltar.

— Tu engordaste! — queixou-se Flora, enxugando a testa do esforço que fizera. E decretou: — Acabaram-se as *tartes* de maçã.

Beatriz tentaria responder à ofensa, se conseguisse falar. Respirar já lhe roubava todo o ar. Entendera, afinal, o paradoxo daquele objeto que tanto a seduzia quanto aprisionava. Aquele não era o mero acessório de fetiche que inspirava os estilistas que seguia. Era uma armadura. Quem pretendia impressionar, ou melhor, enfrentar com aquele aparato todo?

Em vez de Flora ter escolhido um *tea gown*, como eram chamados os vestidos para chá e jantares íntimos em casa, supostamente mais confortáveis por não exigirem o uso do espartilho, o eleito fora confeccionado em particular para jantares e recepções, quase um traje de baile, que combinava tecidos finos e era ricamente decorado com bordados e adornos de *strass*. Tratava-se de um modelo luxuoso da Maison Beer, assinado por um conhecido estilista da época, o alemão Gustave Beer, o que, de modo deliberado, evidenciava as posses da família.

Camada sobre camada, a indumentária foi se tornando mais e mais pesada. As rendas enfeitavam o vestido todo, caíam pelo decote, cobriam-lhe o corpo inteiro num volume excessivo. Beatriz logo perdeu a conta e a ordem das peças. Nos curtos momentos em que ainda podia se perguntar o que fazia ali, confortava-se em acreditar que viajar no tempo no corpo de outra mulher não passava de um sonho, o mais louco que tivera.

Flora terminava de prender os cabelos da filha num coque bem armado, quando Iolanda bateu à porta avisando que o coche do senhor Álvaro acabara de chegar à propriedade. Podia ver a dor no semblante da sua senhorinha. Iolanda sabia por quem a jovem patroa era verdadeiramente apaixonada. O que não sabia era que aquela dor não era de amor; e muito menos que, no avesso de todo o luxo vitoriano, se escondiam a alma e os sentimentos de uma mulher do século 21.

— Estaremos na sala à tua espera. Não te demores! — recomendou a mãe, deixando o quarto com Iolanda logo atrás de si. Antes de sair, entretanto, Iolanda teve tempo de intencionalmente deixar cair uma réstia de alho.

— Põe debaixo da saia!

Beatriz estava começando a gostar da encenação.

Conforme caminhava até as escadas que a levariam para a sala de visitas, o babado do vestido ia varrendo o chão. Cautelosa e desajeitada, Beatriz testava sua paciência, degrau a degrau, segurando a saia e as muitas camadas com rendas para que não tropeçasse. Sustentar a indumentária e ainda manter o bom humor não lhe parecia fácil. Um descuido e uma das saias se enrolou no calcanhar. Não seria a última vez que aconteceria. O tombo só não aconteceu porque Álvaro a amparou.

— A senhorita está bem? — ele perguntou.

— Já estive melhor.

O nariz incomodado se retorceu.

— Que cheiro é esse? — ele perguntou.

Beatriz disfarçou, ajeitando a réstia amarrada no quadril. Não era possível ter certeza de que o alho não cairia pelas pernas abaixo a qualquer momento. A ideia de afugentar Álvaro lhe parecia ainda mais estapafúrdia agora.

— Não cheira a alho? — Ele fez uma careta, aspirando o ar em torno de Beatriz.

Flora também se aproximou da filha, assim como Manoel, com seu extenso bigode, os três cercando Beatriz como lobos farejadores. Conhecendo bem os truques das moças solteiras, Flora não tardou a encontrar uma boa explicação para o odor que empesteava a sala:

— É difícil guardar surpresa quando a casa começa a cheirar. Espero que todos gostem de sopa de alho!

A julgar pela expressão que não abandonava seu rosto, Álvaro não era fã do ingrediente principal.

Manoel convidou todos a sentar, mas era com Álvaro que queria conversar. Ofereceu ao futuro genro um charuto Hoyo de Monterrey, enquanto Jacinta servia-lhes vinho do Porto com água tônica e uma folha de menta fresca, ao gosto do anfitrião.

O desconforto de Beatriz, tendo em conta a dificuldade de respirar com o *corset*, era evidente. Ao menos ninguém prestava atenção a ela, que se ajeitava a todo minuto para encontrar uma posição menos mortificante no sofá. Aproveitou para ouvir a conversa dos cavalheiros, enquanto Flora se ocupava em dar as últimas instruções antes de servir o jantar.

— Como tem estado a passar o meu mui estimado amigo coronel Faria Mattos?

— Oliveira, meu pai não pensa noutra coisa senão no enlace de nossas famílias.

— Eu também, meu caro amigo. A perspectiva cada vez mais próxima de uma filial da fábrica em Campinas dá-me mais disposição para tocar os negócios. Preciso ainda falar com teu pai sobre a questão das caldeiras e dos engenheiros americanos. Temos algumas divergências sobre a importação das máquinas.

— Certamente chegarão a um consenso. Papai também comentou comigo sobre os técnicos ingleses. Há dois mestres ferreiros e um mestre em manufaturas que já estão instalados e prontos para auxiliar na montagem. Eles têm muito a ensinar aos nossos operários.

— Existe alguma previsão de quando o coronel virá ao Rio de Janeiro? — perguntou Manoel, tragando seu charuto em meio à nuvem de fumaça que havia se formado.

Beatriz percebeu que ele estava mais preocupado do que queria aparentar e compreendeu que talvez pretendesse apressar o casamento. O pai de Carolina enxergava nos acordos comerciais com diferentes setores uma forma de estreitar os contatos com os estrangeiros que traziam novas tecnologias e que, atraídos pela agricultura cafeeira, contribuiriam para diversificar produtos também no ramo do algodão.

— Com sorte, ao final deste mês. Sabe, Oliveira, papai está a tirar leite de pedra. O mercado internacional vem sucessivamente desvalorizando nosso café, e Campos Sales não está sabendo negociar. Nosso país está a se afundar em dívidas e acumulando juros. Sem falar nos novos impostos! Mas o que poderíamos esperar de um partido republicano? Que falta faz um governo central forte, capaz de garantir o escoamento das nossas produções! Nossas alianças já quase de nada nos servem. Os princípios democráticos comprometeram tudo. Vivemos, isso sim, uma anarquia — Álvaro desabafou.

A Beatriz dos tempos de estudante de vestibular, mais interessada nas Ciências Humanas que nas Exatas, se sentiu enfim recompensada pelas noites maldormidas estudando para as provas de História do Brasil. O discurso de Álvaro revelando tendência ao conservadorismo e apreço pelo antigo regime monárquico a situou naquele momento histórico que estava vivendo. Sabia que a crise do encilhamento ocorrera no período entre o final da Monarquia e o início da República, e que seus efeitos perduraram durante toda a última década do século 19, sendo amenizados apenas no final do governo de Campos Sales.

As medidas políticas tomadas no período, em vez de promoverem o desenvolvimento pela industrialização do país, causaram o agravamento da concentração de renda e o aumento da dívida pública. O presidente Campos Sales ficara conhecido justamente por ter renegociado a dívida externa e conseguido equilibrar as contas públicas. Embora impopular e oligarca, não fora tão incompetente como o noivo de Carolina dizia.

À Beatriz não passavam despercebidas as intenções daquele que era, como o próprio governante a quem criticava, um autêntico representante da oligarquia cafeeira. E, por isso, ainda que nada pudesse fazer para resgatar o Brasil dos maus governos e da politicagem que marcaram décadas antes mesmo de ela nascer, não perderia a oportunidade de frustrar as expectativas de Álvaro, membro de uma classe que, por promover a concentração de poder, muito contribuiu para a desigualdade social. Querendo interferir na conversa, mas decidida a comportar-se como a dama que todos pensavam que era, levantou o dedo e esperou. Manoel, porém, emendou um comentário, ignorando-a:

— A indústria cafeeira anda a produzir mais sacas do que os europeus são capazes de consumir. Uma lástima. Mas, no que tange ao setor têxtil, não posso me queixar. Vai de vento em popa! — comemorou ele, olhando sempre e somente para Álvaro: — Não fiques tão perturbado, rapaz. Conhecendo bem teu pai, afirmo-te que já está a enxergar novas alianças.

— Iria dizer alguma coisa, senhorita? — perguntou Álvaro a Beatriz, intrigado.

Ela não se fez de rogada e apreciou o instante em que as atenções dos dois se voltaram em sua direção. Encheu-se de vaidade pelas informações privilegiadas que tinha, mas também de tristeza por conhecer as dificuldades que o futuro reservava ao país.

— Vocês estão reclamando de barriga cheia. Aliás, quanto mais cheia a barriga de uns, mais vazia a de outros tantos. Sinto decepcionar o senhor Faria Mattos, mas, ainda que aos trancos e barrancos e apesar de déspotas, coronéis, mitos e líderes populistas que espalham ódio e intolerância, o Brasil será e continuará sendo um Estado Democrático de Direito — ela falou, arrancando reações adversas dos dois cavalheiros.

Oliveira disfarçou o mal-estar com uma risada sem graça entre uma tragada e outra. Álvaro, ao contrário, fez questão de mostrar sua insatisfação com o rumo da conversa. No ar, ficou uma certa expectativa, que Manoel não quis estender. Ele pousou sua taça de vinho sobre a mesa de centro e se levantou do sofá, convidando o pretendente da filha a fazer o mesmo. Álvaro, no entanto, só tinha olhos e ouvidos para Beatriz. Certa de que estava prestes a transgredir uma lei qualquer sobre viagens no tempo, ela continuou:

— Independentemente da forma de governo, recessão, inflação, crise cambial, PIB em queda continuarão a ser temas recorrentes na história do nosso país enquanto houver políticas malfeitas e maus políticos. E digo mais, se o maior problema hoje se deve aos interesses privados se sobrepondo ao interesse público, esperem só chegar a ditadura militar, o Plano Collor, o corona...

— O jantar será servido! — anunciou Flora, interrompendo Beatriz, que pigarreou abafando o lapso.

Mais do que à opinião de Beatriz, Álvaro claramente se opunha ao conhecimento que ela demonstrava ter, e não conseguia nem poderia compreender de onde vinha.

— Não me leve a mal, senhorita, mas não vejo no que a política possa ser um assunto de interesse para mulheres — disse o rapaz, encarando Beatriz. — Não perca seu precioso tempo buscando entender assuntos que não lhe concernem. Tem sorte. Não precisa sequer se dar ao trabalho de votar.

— Felizmente essa realidade vai começar a mudar daqui a alguns anos, quando abolirem as restrições de gênero — ela alfinetou. — Temos tanto direito de exercer nossa cidadania quanto os senhores. Um dia assumiremos, inclusive, cargos políticos. — Ao perceber Flora ao seu lado, tentou incluí-la na conversa: — A senhora não se alistaria sabendo que estará contribuindo para a democratização do nosso país?

Flora não apenas ignorou a pergunta como arrastou Beatriz até a mesa de jantar. Seu lugar era à frente de Álvaro, sentado ao lado de sua mãe. Isso não teria sido um problema se ele não houvesse começado a palitar os dentes e olhar para ela de um jeito pretensioso, o que causou incômodo em Beatriz.

— Que sujeito insuportável! — ela deixou escapar.

Jacinta foi a única a ouvir, pois estava de pé logo atrás, e precisou conter a risada. Os restantes estavam ocupados ouvindo os feitos de Álvaro no tênis.

Após a sobremesa, a que Beatriz foi privada por ordem de Flora, os pais decidiram que a jovem Oliveira deveria prestigiar o convidado com um breve recital de piano. Segundo a teoria de Beatriz, que em breve seria posta à prova, impasses e situações de perigo seriam a hora certa para acordar de um sonho. A hora havia, portanto, chegado.

— Antes da belíssima apresentação com a qual Carolina nos agraciará, brindemos ao amor, à união entre os Oliveira e os Faria Mattos! — Álvaro elevou a taça, acompanhado pelos demais.

O nervosismo de Beatriz era tanto que bebeu o conteúdo do cálice de uma só vez. Imaginou que poderia se embebedar de champanhe até cair e ser carregada para o quarto, onde dormiria profundamente até 2020. Só que não havia mais tempo. Aparentemente, todos ali conheciam e enalteciam os dotes de Carolina ao piano.

A família de Beatriz, ao contrário dos Oliveira, nunca pôde lhe pagar aulas de música. A única valsa que conhecia era *Danúbio azul*, pois, da vez em que fora ao Theatro Municipal, a orquestra sinfônica fazia uma homenagem a Strauss.

O primeiro dedo a tocar uma tecla foi o indicador, que, como todos os outros, tremia. Tremia tanto que, num ato involuntário, fez soar a nota sol duas vezes. Era o começo de "Cai, cai, balão", que Beatriz aprendera com o pai quando ganhara de presente de aniversário um pequeno teclado acompanhado de uma partitura com cantigas populares infantis. Orgulhosa de sua boa memória, foi até o final.

O silêncio que se instalou com o fim da apresentação foi rompido por Iolanda, que percebeu o embaraço tomar conta do ambiente e aplaudiu sua senhorinha. Foi acompanhada de Jacinta e, algum tempo depois, das tímidas palmas de Álvaro. Flora disparou a rir, cutucando Manoel para fazer o mesmo.

— A nossa Carolina é mesmo uma caixinha de surpresas! — disse a mãe.

Beatriz recebeu de pé os aplausos e se curvou para agradecer os convidados. No mesmo instante, a réstia de alho se desprendeu da combinação e deslizou perna abaixo até chegar ao chão. Ninguém viu, uma vez que a saia tinha um formato largo na base. Beatriz sentiu graça da situação ridícula, sabendo que o único jeito de se mover do lugar seria empurrando e chutando os alhos com a ponta dos pés. Fez isso vezes seguidas, até Iolanda vir em seu socorro e varrer o plano frustrado para baixo da própria saia.

— Preciso lhe falar. É sobre a *verdadeira* Carolina — ela alertou. — Quando todos tiverem ido se deitar, vou até o seu quarto.

Havia uma sombra de mistério nos olhos da governanta, despertando mais do que a curiosidade de Beatriz. Pela primeira vez desde que acordara, percebeu que estava consciente demais para estar sonhando.

6
RIO DE HISTÓRIAS

CAROLINA

Ela adormeceu vendo os desenhos de Beatriz. Sonhou que vestia um dos modelos, de frente para a sua imagem refletida num espelho. Tocou-se, mexeu no cabelo e girou o corpo, apreciando o movimento e o caimento do tecido. Estava gostando de passar aquele tempo consigo mesma e de enxergar-se no seu antigo eu naquele vestido. A descontração foi interrompida quando a imagem estendeu-lhe o braço. O gesto assustou Carolina. Ao despertar, percebendo-se no corpo de Beatriz, olhou ao redor para confirmar onde estava. Deu-se conta de que sua estada na realidade da outra jovem poderia ser permanente e começou a chorar sobre os croquis que haviam servido de lençol durante a noite.

— Tu sabias, não é? Sabias o tempo todo — questionou à bailarina. — Não sei o que queres de mim. Estou a ponto de perder as esperanças. É isso o que queres?

No silêncio, no escuro e na solidão, Carolina se ouviu. Pareceu-lhe ingenuidade, bobagem e até mesmo loucura pensar que a caixa de música pudesse ser a resposta para aquele mistério. Mas, ainda que não fosse, era o único elo entre passado e futuro, entre ela e Beatriz, que conseguia enxergar. Talvez estivesse fazendo a pergunta errada, ou usando o canal errado para obter respostas. Ou, ainda, a resposta não pudesse ser ouvida por culpa sua, por culpa do caos de seus pensamentos.

E se não houver resposta?, perguntou a si mesma, frustrada, afastando a caixa de música com rispidez. *Como será que Beatriz está a sair-se no meu lugar? Se ao menos pudesse me comunicar com ela...*

Havia um objeto afixado na parede da sala que chamava sua atenção. Parecia uma janela, mas sem paisagem; um quadro, mas sem pintura. Uma boa maneira de decifrar o que era aquilo seria usando o controle remoto, mas Carolina não sabia disso. Ficou um tempo observando e tocando a tela preta, procurando alguma coisa trivial, como encontrou no porteiro eletrônico. Quando achou o botão, apertou. Uma imagem colorida ganhou a tela, e a voz do âncora de um telejornal falava, olhando para ela. Achou que pudesse ser a resposta às suas perguntas, mas logo percebeu que ele não a ouvia. Então, não era como o porteiro eletrônico.

A curiosidade e o espanto com o televisor foram deixados de lado quando Carolina ouviu as manchetes do dia: atentados no Afeganistão, 12 milhões de desempregados no Brasil, incêndio em Nova York, inverno rigoroso causando estragos e mortes na Europa, milícias atuando na Baixada Fluminense, crise econômica mundial, protesto de professores municipais por melhores salários, novas regras de fiscalização de trabalho escravo no Brasil e, enfim, uma notícia anunciada com otimismo era de que a vacina para o coronavírus começaria a ser distribuída no Reino Unido. Ela desligou o aparelho sentindo-se amedrontada e decidiu que só sairia de casa se fosse para retornar para 1900.

O bipe estridente do porteiro eletrônico fez seu coração descompassar. Relacionava o toque da campainha a André e seus braços de polvo querendo agarrá-la. Desta vez, entretanto, não era ele.

— Quem está aí? — perguntou à figura efeminada iluminada na tela.

— Alex, nega! O seu *best*! Não está me vendo? Será que esse troço tá bugado?

Carolina não sabia o que era mais estranho: a linguagem ou as roupas que a pessoa vestia. Por um momento, pensou que Alex deveria também estar falando em dialeto, como Iolanda falava. Depois começou a avaliar a fisionomia e viu que, apesar do vestuário feminino, ele tinha barba cerrada, e muito bem-feita. Os braços torneados em evidência e o relevo dos músculos sob a blusa também não deixavam dúvidas. Aliás, ele se vestia impecavelmente como mulher. Como Iolanda, tinha o mesmo tom moreno--jambo de pele, mas, ao contrário dela, que nunca deixou o cabelo crescer muito, Alex orgulhosamente ostentava uma volumosa cabeleira de caracóis.

— Abre logo! Tô derretendo. Tá um sol de rachar o quengo aqui fora! — disse ele em bom "nordestinês", deixando aflorar o sotaque baiano.

Quando abriu a porta, Alex a abraçou longamente. Era interessante notar que, das duas vezes em que abriu a porta, as pessoas estavam apressadas alegando condições meteorológicas. O clima havia se tornado um assunto muito importante, mesmo no noticiário. Devia ser algo próprio do século 21.

— É comum toda a gente se abraçar nos dias de hoje? — perguntou Carolina, ainda esperando o rapaz libertá-la.

Ele se afastou para investigar a expressão no rosto dela. Pensou que ela se referia à pandemia.

— Relaxa, nega. Fiz o teste na farmácia ontem e não tô com covid. Mas a saudade de você é tanta que não me importo de correr o risco. — Ele abriu os braços: — Posso te abraçar de novo?

Carolina deu dois passos para trás.

— Por que está tão escuro aqui? — ele perguntou, acendendo o interruptor.

— Não canso de me surpreender com esse mecanismo incrível! — Carolina exclamou, tentando manter os olhos abertos diante da luminosidade artificial com a qual ainda se acostumava.

Alex cruzou os braços. Depois, coçou o supercílio, avaliando cada centímetro de Carolina.

— Você tá diferente, nega... tá distante. Nem parece você.

— Para ser sincera, diferente aqui é o senhor... — ela o avaliou de volta.

— Senhor?!

Carolina deu a volta em torno de Alex.

— Devo dizer, embora possa soar um bocado despropositado, que gosto do seu estilo. É exótico, um pouco extravagante e controverso, mas muito curioso e instigante. Como a moda atual deve ser, imagino. Revolucionária em paradigmas.

Alex segurou o queixo.

— Ôxe! Até parece que é a primeira vez que me vê. Está tudo bem com você, meu bem?

Carolina percebeu que precisava agir com menos naturalidade. Disfarçar-se melhor.

— Claro que está. Lembro-me bem da primeira vez... que nos vimos... nega — Carolina sondou.

Em silêncio, Alex também sondou Carolina. Estranhava o comportamento e o jeito de falar dela.

— Você não me passou despercebido — continuou Carolina, ignorando a insegurança de sentir-se uma impostora. Queria enxergar Alex além da aparência. Sentiu uma vontade genuína de conhecê-lo melhor. — Fiquei intrigada com a sua autenticidade.

O olhar de Carolina se fixava no de Alex. Ele recapitulou momentos de sua amizade com Beatriz e logo deixou o estranhamento de lado.

— No dia em que nos conhecemos, fui tão agredido, que por pouco não desisti da minha vida. Lembro como se fosse ontem. Você foi minha salvadora.

Alex se emocionou e limpou com o dorso do dedo o discreto rímel dos olhos que havia borrado.

Carolina sentiu-se culpada por desenterrar uma história que mexia tanto com o emocional do rapaz. Mais que culpada, estava assustada;

parecia que o mundo todo andava precisando desesperadamente de ajuda.

— O que posso fazer por você? — ela quis saber.

— Você já fez! Estava pronto para saltar diante da faculdade inteira. Os covardes estavam lá assistindo, de tocaia, disfarçados. Mas eu sabia quem eram eles. Não tinham remorso. — Alex se interrompeu para olhar em volta. — E eu não tinha medo de morrer. Era mais doloroso viver daquele jeito, ameaçado, ofendido, uma aberração aos olhos de tanta gente. Então, você apareceu do meu lado como Xena, A Princesa Guerreira. Estava muito mal para prestar atenção em você, só me lembrava de já ter te visto pelos corredores. Não frequentávamos as mesmas turmas, mas eu sabia superficialmente quem você era: a loira poderosa da Moda que virava a cabeça dos *boys* da Engenharia. E você desceu do seu pedestal de aluna *pop* e apontou, um a um, aqueles que infernizaram a minha vida. Antes de existir pra mim, você já me notava. E não por causa do jeito como me vestia, mas porque você sabia que eu carregava um peso, na pele e na alma. Enquanto todos só me enxergavam como o *gay* excêntrico e extrovertido, você sabia que eu vivia me escondendo de mim mesmo.

Após algum tempo de silêncio entre eles, Alex sustentou o olhar interessado de Carolina e continuou:

— Não me esqueço da *make bapho* que você me ensinou a fazer naquele dia, dizendo pra mim: "Algumas pessoas usam maquiagem para esconder. Você, a partir de hoje, vai usar pra se revelar". Nunca foi fácil assumir o *crossdressing.* — Ele olhou para si, o olhar indo até os pés, e deixou emergir sua voz mais grave: — É preciso ser cabra muito macho para sair de casa desse jeito.

Ainda que o rapaz fosse um estranho aos seus olhos, seu relato fez Carolina lembrar-se de uma forma de discriminação que presumia conhecer. A sociedade da qual vinha havia recém-abolido a escravidão e não havia tomado medidas que protegessem a transição dos negros ao sistema do trabalho livre. Ouvira de Iolanda inúmeras histórias de quilombolas, vítimas de descaso e preconceito. Nunca entendeu ou aceitou que a mulher a quem considerava como amiga fosse tratada de forma diferente, não apenas por sua classe, mas, sobretudo, por causa da cor de sua pele.

Imaginou o que Beatriz poderia ter feito em seu lugar em cada uma das vezes em que presenciou cenas de preconceito e injustiça, e teve certeza de que Iolanda estava bem acompanhada. Quando deu por si, estava novamente abraçada a Alex. Desta vez, o gesto partira dela. Ainda se recompunha, quando ele lhe retribuiu com um selinho. O carinho a fez recuar por impulso. Ela encontrava dificuldade para acompanhar o ritmo das pessoas. Eram mais espontâneas e estabeleciam laços íntimos rápido demais.

— Você deve estar exausta, e eu aqui falando mais do que a preta do leite, como dizia minha *maínha* glamorosa, Maria dos Remédios. Desculpa a minha carência, mas o tempinho que você passou em Paris pareceu uma eternidade para mim. Por falar nisso, como anda o lance da sua mala? A companhia aérea já devolveu?

— Penso que não... — A voz saiu hesitante. Carolina não sabia daquela história, muito menos o que era uma companhia aérea.

— Eita lasqueira!

Carolina riu da expressão. Ria de nervoso, principalmente, do desafio de acompanhar o que considerava um novo dialeto brasileiro.

— Que bom que está mais relaxada. Da última vez que falamos você estava surtando. Não bastava cancelarem o voo, a mala com o projeto piloto ainda sumir! Mas tenho fé no meu pai Ogum que vão entregar. Repete comigo: — Alex segurou forte a mão de Carolina e gritou olhando para cima: — Ogunhêêêê!

Ela o encarou, indecisa. Ele não ficou satisfeito enquanto ela não entregou as próprias aflições na saudação ao Orixá.

— Só é uma pena o concurso ter sido adiado por causa do porre do covid — ele bufou. — Tantos planos adiados...

Ela não sabia nada sobre concurso algum, mas do covid, inevitavelmente, havia ouvido falar na tevê. Era o assunto do momento, e ela se orgulhava de poder fazer algum comentário que fizesse sentido para as pessoas daquele século:

— Pelo menos existe uma vacina. Folgo em saber que a medicina evoluiu tanto. Já existe vacina para tuberculose? — ela aproveitou para perguntar. — Minha tia-avó morreu disso.

Alex dissimulou uma expressão taciturna.

— Sinto muito pela sua tia-avó, que nem sabia que você tinha. Mas esse assunto está ficando meio deprê. Vamos mudar? Aproveitamos e mudamos de roupa também! É bizarro e meio desconcertante te ver de *baby-doll* a essa hora da tarde.

Carolina se deu conta de que as duas peças minúsculas às quais Alex se referia eram tão confortáveis que poderia nunca mais vestir outra coisa. Se ele deixasse.

Pararam em frente ao armário de Beatriz, que mais parecia um desmanche. As roupas sucateadas que estavam ali poderiam nunca ter sido lavadas ou passadas a ferro.

— Ôxe, mona. Juro que não entendo como alguém que pretende arrasar no mundo da moda cuida das próprias roupas desse jeito — recriminou Alex.

— Eu tampouco. — Carolina não podia evitar julgar o estado, a qualidade e o estilo das roupas. — Parece que foi tudo retalhado. Algumas peças estão rotas. Outras têm até rasgos e remendos! — espantou-se, erguendo uma calça *jeans* desbotada. — Quem terá feito tal estrago?

Alex encarou Carolina com um ponto de interrogação entre suas modeladas sobrancelhas, antes de escolher a roupa que a amiga vestiria. O que não foi difícil, já que era das poucas penduradas nos cabides e, ao que parecia, limpa.

Quando saiu do banheiro, arrumada e perfumada, olhou para os lados a fim de constatar se estava sozinha no quarto. O espelho revelava mais do que ela pensava que deveria mostrar e, envergonhada, cobriu-se com a toalha de banho.

— Não posso sair de casa assim! É demasiadamente sugestivo...

Alex surgiu por trás da porta, como uma assombração.

— Sugere quão gata você está. Vou dizer o mesmo que me diz quando fico inseguro: se joga, pintosa! Não é à toa que todo baiano tem Deus no coração e o diabo no quadril, como diz a canção. Tem que gingar o corpo desse jeito aqui, olha só.

Ele desfilou pela sala esbanjando estilo e confiança. Vestia macacão estilo camisa drapeado e faixa na cintura. O decote generoso foi dimensionado para mostrar um pouco mais do peitoral. O tênis plataforma completava o *look*.

— Lembra quando compramos esse *top* de seda em promoção naquela feirinha em Botafogo? — Ele olhou a etiqueta e continuou, dizendo com orgulho: — Ninguém nunca ouviu falar em Tânia Modas, mas quem liga? Você me ensinou que roupa chique é aquela que faz você se sentir você. E, amiga, cá entre nós, você é chique mesmo esfarrapada.

— Achas mesmo? — Carolina ainda avaliava com suspeita a sua estampa no espelho. — Não acho que me pareço muito comigo mesma neste momento. Como é que alguém consegue mover-se com algo tão justo?

Alex desatou a rir da forma como a amiga andava pelo quarto, as pernas arqueadas e as costas encurvadas para esconder o umbigo aparente por conta do comprimento da regata. Ele ajudou a ajustar o laço no pescoço, regulando melhor o caimento no busto e a altura da peça no corpo.

— Chega de inventar desculpas para não sair. Vou te levar num lugar que você adora. E tem uma surpresa esperando por você lá!

Com a curiosidade, Carolina logo esqueceu o incômodo e o acanhamento com as roupas de Beatriz. Mas, ao dirigir-se para a porta da rua, passou pelo espelho encostado a uma parede do salão, e sua aparente segurança desmoronou. Deparou-se com o estado lastimável dos cabelos de Beatriz. A leve crise de autoestima, ainda que em essência não lhe pertencesse, foi rapidamente controlada por Alex, que ofereceu a ela um tratamento especial com direito a massagem no couro cabeludo. Quando estava quase adormecendo e, portanto, sem muita energia para protestar, ele fez de Carolina sua cobaia, apresentando a ela uma gama de penteados modernos com a variedade de acessórios de Beatriz. Carolina aprovou algumas ideias, mas ainda era cedo para estilos mais radicais. Mostrou-se satisfeita apenas em prender uma pequena mecha e amarrá-la com um laçarote.

— Assim você parece a Clara em suas aventuras com a Heidi nos alpes suíços — ele contestou, desfazendo o laço. — Já que você hoje tá numa *vibe* mais romântica, vamos de trancinhas!

Bem menos conservador que Carolina, ele deu um jeito de subir duas tranças até o topo da cabeça, formando um coque de cada lado. Evidenciando as costas nuas, combinou romantismo e sensualidade.

Enquanto Alex finalizava o penteado com a exímia habilidade de um profissional, em meio a uma nuvem de laquê, ela foi tentando adivinhar qual seria o tal lugar que Beatriz adorava. Imaginava um endereço atual e contemporâneo, que estivesse de acordo com o estilo da casa e das roupas que vestia.

— Vou dar a dica e sei que vai acertar de primeira: inaugurou em 1894.

— Clube de Regatas Botafogo?!

Alex bufou.

— Deixa pra lá. Tem regata e Botafogo demais nessa história para o meu gosto. Eu sou mengão! — ele vibrou. E desdenhou: — Já você não passa de uma estrela solitária...

Carolina torceu o nariz, aceitando a provocação. Ficou intimamente satisfeita de saber que ela e Beatriz torciam para o mesmo clube. Enigmática, apenas respondeu:

— Nada no céu é o que parece a olho nu.

A Confeitaria Colombo de que Carolina se lembrava era diferente, assim como todos os caminhos que levavam até lá. O centro da cidade era uma experiência sensorial. Seus cinco sentidos disputavam entre si diante da geometria dos arranha-céus espelhados, da fumaça do gás carbônico, das buzinas impacientes dos automóveis presos na Rio Branco, do aroma da pipoca caramelizada quentinha. Observava tudo sem piscar porque não queria perder a visão das calçadas repletas de homens sem chapéu e mulheres de calças compridas, os vendedores ambulantes e suas quinquilharias, o letreiro chamativo do Mc Donald's, os nomes e sobrenomes de ruas que ainda eram as mesmas, mas não eram mais endereço das mesmas livrarias, nem das famosas lojas de tecidos.

    A Colombo não havia mudado de nome e continuava no mesmo lugar. Mas, como a cidade ainda começava a respirar os ares da *Belle Époque* em 1900, Carolina não conheceria os salões reformados da confeitaria até a segunda década do século passado. Para ela, nenhum detalhe da decoração *art nouveau* passou despercebido. Encantou-se particularmente pela claraboia, cujos vitrais lhe lembravam os do salão principal do Clube Imperial.

    Após algum tempo de portas fechadas a fim de se adequar aos novos protocolos de segurança e higiene instaurados com a pandemia, a casa reabria as portas naquela terça-feira pela metade de sua capacidade, e por isso estava lotada. Enquanto a vez de serem atendidos não chegava, Carolina e Alex velavam o balcão dos doces como se estivessem diante de um oratório.

    — Vou querer aquele! E aquele... e o que está à direita dele também... — Ela apontava. — Achas que eles embrulham para viagem?

    Alex desviou os olhos que estavam grudados na vitrine para Carolina.

    — Acho que o mil-folhas sozinho já é suficiente para te deixar em coma de açúcar — ele continuou, e deu as costas à tentação. — Aliás, estou ficando diabético só de olhar.

— Mesa para dois? — interrompeu a funcionária.

— Temos pessoas à nossa espera — ele informou, acenando com euforia para um casal sentado ao fundo do salão.

O espaçamento mais alargado entre as mesas foi providencial para que o casal viesse correndo ao encontro de Carolina. Aurora abraçou-a primeiro.

— Graças a Deus nada te aconteceu, guria! Mesmo nos garantindo que estavas bem, ficamos muito preocupados. Então, tu ficaste sem celular, voltaste para a casa e não deste mais notícias. Fiz tantas novenas!

— Tua mãe não podia ver uma igreja que queria entrar — disse Roberto, o próximo abraçá-la. — Não imaginas a saudade que sentimos, meu amor!

Carolina sentiu-se estranhamente confortável na presença daquelas pessoas. Por um breve instante, desejou ser a verdadeira Beatriz para que o abraço fosse verdadeiro para ela também. Sentiu, mais do que nunca, saudade dos pais.

Alex cortou o clima de comoção que se formava, arrastando todos para a mesa. Havia variedade de pães, bolos, biscoitos e chá, e Carolina se apercebeu do quanto havia sentido falta de um bom café da manhã como os que tinha em sua casa.

— Obrigada, meu querido — agradeceu a mãe de Beatriz. — Se não fosses tu, não teríamos notícias da nossa filha. — O tom foi de reprimenda.

— Espero que me possam perdoar — falou Carolina, pensando em quão estranha era a sensação de ser uma filha desnaturada de pais que ela nunca havia tido.

— Pena que ficam tão pouco! — Alex comentou.

— Infelizmente, é só um bate e volta mesmo. Amanhã à tarde já voltamos para Caxias do Sul. A filha do Henrique está para nascer e ele não tem ajudado muito na lida. Somos uma empresa familiar, então, cada braço faz falta.

— A vida no campo não é tão fácil como muita gente pensa, né? Mas, pelo que li nos jornais, a safra deste ano foi até boa.

— Está dando para recuperar, Alex — respondeu Roberto. — A colheita da uva foi antecipada. O clima ajudou.

Carolina queria saber mais, aproximar-se mais, e Alex ignorava quanto estava ajudando.

— Desculpem se estou desatualizado, mas a Bia não me conta nada! Já escolheram o nome da bebê?

— Fizeram uma lista. Não gosto de nenhum e ninguém gosta das minhas ideias — reclamou Aurora.

Carolina percebeu que era hora de participar da conversa.

— Há tantos nomes bonitos! — Falou o que de mais vago lhe passou pela cabeça, e começou a citar: — Hermengarda, Apolônia, Augusta, Benedita...

A desaprovação foi quase unânime.

— Você tirou esses nomes das páginas amarelas de 1920? — divertiu-se Alex.

— Eu gosto de Apôlonia — opinou Aurora.

— É melhor deixar os pais escolherem — comentou Roberto.

— Por que não Alexandra? Podemos apelidar de Alex. — Ele deu uma piscadela a Carolina.

Ela pensou no que Beatriz diria para ele naquele momento e não receou falar por si mesma:

— Tenho muita sorte em ter a tua amizade, Alex — disse. — Não estaria aqui agora se não fosses tu.

— Oxente, para com isso, nega! Fico tímido e isso é uma coisa que eu não sou! — Ele riu, jogando charme para um grupo de senhoras que se empertigavam na mesa ao lado, nitidamente cochichando sobre ele.

— Não se *avexe* não, Alex. Temos muito orgulho de ambos, bá! — falou Aurora, imitando o sotaque baiano para acabar puxando seu sotaque sulista.

Para Carolina, o contato com aquelas pessoas estava sendo uma aula de regionalismos, que ela, acostumada à influência do francesismo predominante nas altas rodas aristocráticas da região Sudeste, não conhecia.

— A Bia sempre foi o meu exemplo — Alex falou, numa tentativa de desviar o foco das atenções de si. — Veio sozinha para essa cidade caótica, trabalhou duro pegando uma porção de bicos para juntar dinheiro e pagar a faculdade. Vai se formar como uma das melhores alunas! Tenho orgulho de ter um mulherão desses como melhor amiga.

Carolina admirou a amizade despretensiosa de Beatriz e Alex, e se lembrou do sentimento que tinha por Iolanda, a quem sempre considerou uma verdadeira amiga. Muitas vezes preteriu passeios com filhas de políticos, banqueiros e comerciantes para ficar de conversa com Iolanda nos intervalos dos serviços e até mesmo oferecer-lhe uma mãozinha quando o assunto envolvia linha e costura. Grande parte das mulheres com quem Carolina convivia nas rodas aristocráticas eram frívolas e financeiramente dependentes dos pais ou dos maridos. Passavam os dias escolhendo e comprando os tecidos importados e distribuídos por Manoel para os diversos estabelecimentos da cidade, a fim de encomendar vestidos para os bailes e saraus dos clubes mais elitistas. Para elas, Carolina não passava de herdeira de um rico comerciante, e ela até preferia assim; afinal, não se identificava com o perfil de dama da alta sociedade que sua mãe tanto desejava que tivesse.

— És batalhador também, Alex. Vais se formar com mérito, apesar dos pesares — comentou Roberto. — Soubemos do tiroteio que aconteceu na comunidade perto da sua casa. Como estão as coisas por lá agora?

— Acalmou, por enquanto. Não tá mole, não, Roberto. Baixei até aquele aplicativo OTT-RJ, Onde Tem Tiroteio. A Tijuca está muito perigosa.

— Não estamos a salvo em lugar nenhum — Aurora desabafou.

Carolina ouvia a conversa e fazia poucas intervenções. Torcia para que ninguém se lembrasse de fazer perguntas que não soubesse responder, mas isso funcionou por pouquíssimo tempo.

— E o namorado novo? Pela foto que mandaste é um borracho!

— Além de gato, é podre de rico, Aurora. Meus agentes secretos confirmaram que o pai é dono de construtora. Mora numa cobertura na Barra e tem uma mansão no Guarujá — Alex completou. — O nome do bofe-escândalo é André!

Carolina gelou só de ouvir o nome. Considerou-se uma pessoa de sorte por ter como amigo alguém que conhecia tão bem a vida de Beatriz. E, aparentemente, não apenas a dela.

— Já conheceste o guri, Alex? — Aurora perguntou.

— Amanhã seria uma ótima oportunidade para me apresentar — ele cutucou a amiga. — Estamos combinando um cinema.

Quando a comida acabou e o chá ficou gelado, Alex se despediu. Aurora e Roberto não conheciam muito bem o Rio de Janeiro, e Carolina tampouco era capaz de reconhecer a cidade onde nasceu e foi criada. Ela se lembrou de que para chegarem ali Alex havia acenado para um carro amarelo, onde se lia "Táxi". Então, para todo carro amarelo que via, Carolina estendia o braço, até que um deles parou.

Impressionavam-lhe os veículos sem cavalos, a velocidade e a quantidade deles.

— É notável esse sistema de automóveis motorizados por aluguel. Há mais deles nas ruas do que pessoas — ela comentou, já confortavelmente instalada no banco do acompanhante. — Ainda assim, muito obrigada por parar, senhor.

— Este é o meu trabalho, moça. Para onde vamos?

Carolina não sabia seu endereço, mas, por sorte, antes que o motorista ficasse mais impaciente, Roberto disse que o tinha anotado em seu caderno de telefones.

— Não confio na tecnologia — justificou.

— Por falar nisso, filha, já tens número novo? — Aurora quis saber.

— Não... — ela arriscou a resposta.

— É de admirar que não tenha comprado logo um celular. Ao contrário do teu pai, tu não vives sem tecnologia.

— É preciso dinheiro para fazer compras e eu não tenho nem uma mísera moeda de réis.

Aurora e Roberto se preocuparam no banco de trás. Roberto tinha notas na carteira, juntou com mais algumas de Aurora e as estendeu para Carolina, que recusou. Eles insistiram a ponto de o motorista intervir:

— Por favor, moça, pegue esse dinheiro ou eu vou pegar!

Carolina não pensou duas vezes. Os vendedores de biscoito Globo gritavam do lado de fora da sua janela e ela não pôde resistir à curiosidade de saber o que tanto eles insistiam em vender. Analisou a nota de cinco reais com curiosidade antes de entregá-la; não fora apenas o nome do país que tinha encurtado. O poder de compra, aparentemente, também.

— Moça, só não abre esse biscoito aqui no meu carro! Ou só sai depois que limpar todo o farelo do estofado — interveio o taxista, inibindo Carolina de satisfazer seu ímpeto e sua gula.

Carolina continuou apreciando a paisagem pela janela, como se nunca houvesse estado naquela cidade antes. O Rio de Janeiro tão verde que conhecera se tornara uma selva de concreto e asfalto. Ali na Glória, o recuo do mar dera lugar a avenidas largas que se estendiam por todos os lados com o objetivo de receber aglomerados de pessoas e automóveis. E a beleza natural de muitas montanhas foi maculada pela ocupação urbana desordenada de suas encostas.

— Fica com o meu celular, Bia — ofereceu o pai, interrompendo a introspecção de Carolina. — Vamos, guria! Pega logo essa joça! Eu não preciso. Se precisar, uso o da tua mãe.

Carolina se emocionou ao ver uma foto da família na tela do aparelho. Foi a primeira vez que viu a verdadeira Beatriz e achou-a mais feliz do que na imagem que via no espelho. Quando a tela apagou, sacudiu o aparelho numa tentativa vã de fazê-lo reacender. Precisaria da ajuda de Bernardo para ensiná-la a usar, o que, aliás, lhe pareceu um bom pretexto para uma visita à loja de instrumentos.

O motorista ao seu lado estava ocupado buzinando e ofendendo o colega de profissão que lhe dera uma fechada. Ela se sentiu privilegiada por não estar no carro adversário. Depois de parar em todos os semáforos vermelhos, ficar presa em dois engarrafamentos, ver pedestres atravessando entre os carros em pistas de alta velocidade, chegou à conclusão de que a vida no século 21, definitivamente, não era para principiantes.

Carolina avistou referências que, até aquele momento, julgava imutáveis. No morro do Corcovado, onde antes ficava o mirante Chapéu do Sol, havia agora uma estátua. A igreja do Outeiro da Glória, porém, estava no mesmo lugar. Como se assistisse a um filme antigo que havia adquirido cores novas, ela percebeu que o carro acelerava e, com isso, se distanciava cada vez mais depressa do seu passado. Sem pensar duas vezes, abaixou o vidro da janela e apontou gritando:

— É ali. É ali que eu moro!

BEATRIZ

Dominada pela ansiedade da espera por Iolanda, Beatriz explorava todos os cantos dos dois grandes armários em seu quarto. Ficou impressionada com a qualidade dos tecidos, o requinte dos fios e bordados, a miudeza das rendas que suas mãos hesitavam tocar por medo de sujar ou desfiar. Maravilhou-se com as joias e acessórios que compunham o figurino da filha dos Oliveira, como chapéus, luvas, leques, echarpes, sombrinhas, sapatos de biqueira e uma infinidade de botinas. Teria adorado conhecer Carolina para lhe perguntar sobre bailes e personalidades, saber quem eram seus amigos, ídolos e sonhos. As roupas revelavam uma mulher jovem, recatada e sofisticada, que seguia os padrões da época. Alguns poucos modelos de saias menos volumosas, menos enfeitados e marcados, no entanto, levavam a crer que Carolina tinha uma visão de moda inspirada no que ainda estava por vir.

    Beatriz sentou-se no banquinho almofadado à frente da penteadeira ornada com três espelhos. Era talhada em madeira nobre com tampo de mármore e pernas curvas ao estilo Luís XV, um dos móveis mais imponentes do quarto. Olhou-se e viu-se como uma figurante de novela de época, uma intérprete secundária, vestindo roupas que não condiziam com o *status* do seu papel, atuando para se adequar a um lugar ao qual não pertencia, personificando alguém que nem sequer conhecia. *Eu não engano ninguém*, disse a si mesma, avaliando o porte de fidalga. Nem que quisesse, saberia fingir; gestos, olhar, postura, linguajar, tudo a denunciava como farsa. Até a beleza de Carolina, ao contrário da sua, harmonizava-se com a decoração rebuscada do quarto. Tinha rosto de boneca de porcelana e o corpo alto, delgado e simetricamente curvilíneo, que as roupas tentavam, com exagero, moldar. Fisicamente, Beatriz em nada se parecia com Carolina. Mas, por uma força inexplicável, cabia em suas roupas e em seu corpo, ainda que nada em si coubesse naquele reflexo.

    Tateou os objetos com delicadeza e cuidado, como se pertencessem ao acervo de um museu: os perfumes com borrifador, as escovas e alguns utensílios para penteados e maquiagem, que ficavam sobre o tampo de mármore. Nas gavetas, onde esperava encontrar outros cosméticos, encontrou diversas revistas de moda e cadernos com desenhos, croquis e anotações. Entre eles, o diário de Carolina.

    Quando Iolanda entrou no quarto, encontrou uma profusão de papéis espalhados no tapete e na cama. Beatriz havia organizado os desenhos por data e estilo. Os mais recentes evidenciavam inspirações e características que, anos mais tarde, fariam parte da assinatura de Paul Poiret, como a *art*

nouveau e o orientalismo, presentes em vestidos soltos e peças com linhas mais geométricas, nas cores vibrantes e nos padrões floridos e gráficos. Beatriz sabia que Carolina não poderia conhecer Poiret, afinal, no final do século 19 ele era apenas um jovem aprendiz que há pouco deixara a fábrica de guarda-chuvas para aprender o ofício de costureiro com Jacques Doucet. Poiret só abriria seu primeiro ateliê em 1903, portanto, dali a três anos.

— Lembro-me deste — disse Iolanda, sorrindo ao pegar um dos desenhos sobre a cama. — Foi um dos primeiros. A senhorinha tinha apenas 12 anos de idade!

Beatriz espiou o papel nas mãos de Iolanda e se lembrou de que na mesma idade desenhava bonecos-palito. Quando começou a se interessar por moda, aos 15, só conseguia desenhar copiando os modelos das revistas.

— Ela tem muito talento — disse, sabendo que não adiantava mentir.

O sorriso fugiu dos lábios de Iolanda.

— *Modi ki bu txoma*? — perguntou em crioulo.

O silêncio foi a confissão que Iolanda precisava.

— Como se chama? — repetiu a pergunta.

— Beatriz — disse baixinho, olhando a mulher com um misto de vergonha e temor.

— Nome bonito. De artista.

Iolanda inspecionou Beatriz da cabeça aos pés. O que mais lhe chamava a atenção não era a semelhança com Carolina; era, precisamente, a única diferença.

— O que vai fazer agora? Vai contar para todo mundo que eu sou uma farsa?

— A senhora não é uma farsa, dona Beatriz. É fácil ver que não é a senhorinha Carolina aí dentro. Os olhos são a janela da alma.

O medo deu lugar ao alívio.

— Preciso voltar para casa o quan...

— Não precisa — Iolanda interrompeu. — Ainda não.

— O que quer dizer com isso? O que você sabe?

— Quase nada. Mas conheço quem pode ajudar. Terá de vir comigo.

— Então, vamos! — Beatriz se entusiasmou. — Vamos agora!

— Calma. Não adianta ter pressa. — Iolanda acariciou os longos e sedosos cabelos de Carolina. — Por mais saudade que eu sinta da senhorinha, ela também precisa de tempo.

— Quanto tempo? Para quê? — Beatriz bufou. — Pode ser mais clara?

Iolanda suspeitava que a impaciência de Beatriz poderia ser um obstáculo.

— Nem tudo depende apenas da sua vontade — falou.

Acostumada a tomar a iniciativa, a dirigir sua vida com as próprias rédeas, Beatriz agora dependia da ajuda de alguém, e perceber que não estava no controle era escancaradamente difícil para ela.

— Me ajuda, por favor... — suplicou.

— Amanhã à noite, quando os senhores se recolherem. Vou combinar com o cocheiro. Espere por mim na estrebaria.

Antes de sair, Iolanda apagou todos os lampiões a óleo. Com tudo aquilo, Beatriz havia perdido o sono. No escuro quarto, foi até a varanda recorrer à claridade da lua para começar a ler o diário de Carolina. A noite seria longa.

7
FÉ

Carolina

Ao caos do trânsito juntou-se o caos das lembranças. Sem perceber a inconsequência do gesto, Carolina se libertou do cinto de segurança e levou a mão à maçaneta da porta.

— Por favor, senhor motorista, pare este carro imediatamente. Eu vou descer.

— Calma aí, moça. Preciso encostar primeiro!

— Já chegamos? — perguntou Roberto.

— Estamos no Flamengo, senhor.

— Tu não moras em Santa Teresa, filha? — perguntou Aurora.

Chamada à realidade, Carolina procurou as praias e o mercado que outrora existiram ali. O que havia no lugar era uma imensa avenida, edifícios e praças com monumentos que Carolina não reconhecia. A igreja no alto do Outeiro da Glória, sua única referência para localizar a chácara da família, parecia inatingível por aquele caminho.

— O senhor motorista pode levar-me até a igreja? Se for pelo Catete, é só seguir o Rio Carioca.

Mal sabia Carolina que, naquele trecho, o Rio Carioca corria subterraneamente desde 1905. O homem virou-se para o banco de trás, onde o casal também não parecia entender o que estava acontecendo.

— Então, patrão? Subo ou não subo? — perguntou a Roberto.

Carolina encarou o taxista. Pareceu-lhe inaceitável uma descortesia daquelas com uma dama.

— Faça como minha filha pediu — Roberto falou.

Assim que o carro parou, Carolina não deixou barato.

— É a primeira vez que vejo um cavalo a guiar o coche e não o contrário.

Roberto e Aurora se entreolharam e sorriram secretamente um para o outro. Aquela era a Beatriz que eles conheciam e de quem tinham sentido saudade.

Havia o plano inclinado inoperante e a escadaria. Com o calor de quase quarenta graus, o carro, ainda que guiado por um cavalo, teria sido melhor alternativa. No entanto, depois do que acabara de ouvir da passageira, o taxista deixou a família a pé ali mesmo, na boca da Ladeira da Glória.

A subida foi cansativa, mas, pela vista e, sobretudo, pela alegria de Aurora, Roberto teria subido os 130 degraus de novo.

Carolina, ao contrário, não estava feliz. Sabia que sua casa havia sido demolida em 1905 e que, com sorte, conseguiria localizar as ruínas. Com as obras de modernização da cidade no início do século 20, até a geografia dos bairros foi alterada, e a praia do Russel, a continuação da praia do Flamengo que avistava de sua casa, não existia mais. Dera lugar ao aterro e à avenida Beira-Mar, cujas sucessivas obras de urbanização não apenas mudaram a paisagem, mas a história de muitas famílias, como a da família Oliveira.

— O que estás procurando, Bia? — Roberto quis saber.

— Um atalho para voltar no tempo... — ela filosofou.

Ele percebeu a tristeza no olhar dela, um olhar que nunca tinha visto antes, que não lembrava o de sua filha. Da última vez que estivera com ela, alguns meses antes, estava animada com a perspectiva de vencer o concurso da Fashion Week. Imaginou que a tristeza se devesse a isso.

— Talvez o hoje seja o amanhã que tu procuras. Não desistas.

Carolina agradeceu as palavras, embora não conseguisse encontrar utilidade para elas naquele momento.

Uma vez que se encontravam ali e a missa de domingo estava prestes a começar, os três entraram na igreja e se sentaram no último banco, o único ainda disponível, tendo em conta o espaçamento obrigatório imposto pela pandemia. Dois bancos à frente, havia dois homens. Um deles se virou para trás ao ouvir a voz de Carolina. A máscara escondia parte do rosto, mas ela também não tardou a reconhecê-lo.

— Bernardo! — ela falou alto demais, quebrando o silêncio da oração de alguns fiéis. — O que fazes aqui?

Peixoto se virou fazendo sinal de silêncio. Durante toda a celebração, Bernardo e Carolina tentaram disfarçar a troca de olhares. Estavam ansiosos para conversar, o que conseguiram fazer na fila da comunhão:

— Eu e meu avô gostamos de vir a esta igreja. É uma das mais antigas do Rio — ele cochichou por trás dela. — E vocês? Quem é o casal?

— Aurora e Roberto são... meus pais.

Mais uma mentira. Mais um pecado. A fila andava depressa para que Carolina tivesse tempo de se perdoar por todas as inverdades que andava proclamando desde que assumira a identidade de Beatriz. Um sentimento de culpa ainda maior se apossou dela quando ficou de frente para o sacerdote que não conhecia. Lembrou-se dos severos sermões sobre temor a Deus do padre Sebastiano, naquela mesma igreja, que frequentava desde que nascera. Seria tarde demais para se confessar?

— Corpo de Cristo — disse o padre, elevando a hóstia sagrada.

— Não posso. Não sem antes confessar-me. — Ela deixou a fila depressa e se ajoelhou no banco, mantendo a posição até o final da celebração.

Uma tempestade se armava sobre a cidade. Peixoto ofereceu carona e os pais de Carolina aceitaram sem cerimônia. Bernardo abriu a porta do carro para Aurora e esperou que todos entrassem. Carolina foi a última.

— Está tudo bem? — ele perguntou, esperando para fechar a porta.

— Da última vez que estive aqui, eu era outra pessoa.

— Hum — ele refletiu. — Quando quiser conversar...

— Eu não sou — ela soltou um suspiro — quem todos pensam que eu sou.

O carro — *um Peugeot antigo, mas ainda ágil como o dono*, orgulhava-se Peixoto — fugiu da chuva e chegou depressa a Santa Teresa. O anfitrião convidou a família para um café com torradas.

Aurora, ao ver a dúzia de bananas que estragava na cozinha, logo encontrou os restantes ingredientes para preparar um bolo. Com os utensílios foi mais complicado, pois os poucos que havia eram obsoletos. Apesar disso, numa casa onde os objetos fariam inveja a qualquer acervo de museu, ela até achou charmoso mexer o bolo com a velha colher de pau.

O velho afinador de pianos ficou à vontade diante da simplicidade da família de Beatriz e pôs-se a contar as curiosidades de sua profissão. Da mesma forma, Roberto não se furtou a desabafar sobre os percalços da vida de vinicultor.

Enquanto o aroma doce invadia a casa, Carolina observava a lua. Bernardo viu a silhueta dela na varanda e, pensando em agradar, colocou um LP no gramofone, uma das peças mais antigas da casa. Pertencera ao seu bisavô.

— Nem parece que acabaram de se conhecer — ele comentou, se apoiando na porta da sacada onde ela estava. — Meu avô e seu pai parecem amigos de longa data.

Carolina permaneceu imóvel, sem dizer nada. A lua branca que a música homenageava nunca lhe parecera tão perto.

— Desculpa interromper — ele disse, dando um passo para trás.

— Não vás — Carolina falou quase num murmúrio. — Gosto da música. De quem é?

— Chiquinha Gonzaga. Ela compôs em 1912 — ele fez questão de dizer. Para alguém que mostrava conhecer o repertório da maestrina, não reconhecer uma de suas peças mais famosas era, no mínimo, intrigante.

Carolina ficou feliz por saber que sua adorada pianista ainda compôs mais aquela obra de arte, e sentiu um estranho conforto em pensar que, apesar de o progresso acompanhar tantas notícias tristes, o mundo não havia perdido totalmente a delicadeza.

Bernardo esperou que ela falasse mais alguma coisa, mas, quando a música parou, o silêncio entre eles se tornou alto e constrangedor.

— O entardecer aqui em Santa Teresa traz um cheiro diferente, não acha? Meio cidade, meio campo.

O odor mais forte que Carolina percebia era o de caramelo. O bolo de banana caramelada havia acabado de sair do forno. Podia sentir também a fragrância cítrica do perfume de Bernardo, que exalava outras notas masculinas, fazendo lembrar o mesmo aroma refrescante que sentia quando estava perto de Luís Eduardo. Pensou naquela semelhança entre eles e enrubesceu diante de seu pensamento.

— O que você quis dizer com "não sou quem todos pensam que eu sou"? — ele perguntou, e o rubor da face dela desapareceu.

— Não ligues para o que eu disse. Fiquei um pouco confusa com a homilia do padre, apenas isso.

— Quero que saiba que pode confiar em mim — ele falou. — Sou um bom ouvinte.

Para alívio de Carolina, Aurora chegava no momento oportuno para anunciar que a mesa estava posta e o bolo, ainda quentinho. À mesa, o assunto girou em torno de política e economia, e ela percebeu que as inquietações e insatisfações não haviam mudado com o passar do século. Não ousou comentar, mas pôde perceber que os ideais das duas famílias diante de si vinham ao encontro dos seus e, mais uma vez, se sentiu acolhida naquele lugar. Também mais descontraída, depois de descontar sua ansiedade numa ingestão descontrolada de açúcar, voltou a sorrir. Bernardo a chamou para acompanhá-lo, fazendo mistério.

— Posso te pedir para fechar os olhos? — ele perguntou.

Sem hesitação, ela fechou.

Ele a conduziu pela mão até uma sala nos fundos da casa, onde pediu que se sentasse numa cadeira de estofado de couro. Ela reconheceu o material pelo cheiro, pela textura e pelo som, pois os demais sentidos estavam mais apurados. Outros odores se destacavam, mas um deles era possível sentir em todos os ambientes. A família Peixoto espalhava-o pela casa de diversas formas para espantar traças e cupins.

— Sinto um cheirinho de capim-limão — ela disse.

As pálpebras tremiam de curiosidade, mas ela estava gostando do mistério.

Bernardo colocou um objeto em seu colo. Ela tocou suavemente a superfície lisa. Havia uma inscrição em baixo-relevo. Aproximou do nariz. Então, abriu. Folheou. E fechou.

— Um livro.

— O que você vê quando não enxerga?

Os dedos de Carolina percorriam os sulcos que desenhavam as palavras. Estava ávida por descobrir o título.

— A tipografia é cursiva — ela respondeu. E arriscou, deixando o pensamento escapar em voz alta: — Sexo?

Surpreso, Bernardo se esqueceu do que ia dizer. Quando ela sentiu os dedos dele cruzando o caminho dos seus, abriu os olhos.

Tinha em seu colo *O segundo sexo*, de Simone de Beauvoir, mas, diante de si, só enxergava os olhos de Bernardo muito próximos aos seus. Eram da cor do melado de cana que sua amiga Iolanda fazia como ninguém, e sobressaíam em contraste com a pele cor de canela.

— Consuma sem moderação — ele disse.

Carolina interrompeu a troca de olhares bruscamente. Só lhe vinha à mente a palavra "sexo" em alto-relevo e letras garrafais.

— Às noites, na privacidade do meu quarto — ela falou sem intenção de soar provocativa. — Obrigada, Bernardo, pelo presente.

A quantidade de livros a impressionava, mas, sobretudo, a variedade de gêneros. Ele mostrou a ela como catalogava o acervo e organizava as estantes, indicou-lhe a literatura feminista de Virginia Woolf, a poesia sensual de Hilda Hilst, falou-lhe da literatura "marginal" de Lima Barreto, apresentou-lhe a ficção regionalista de Jorge Amado, e eles perderam a noção das horas conversando sobre miscigenação, arte e cultura brasileiras, naquilo em que a realidade era comum a ambos. A distância entre eles, por fim, acabou diminuindo um pouco mais naquele comecinho de noite.

Na curta caminhada até a casa da filha, Aurora e Roberto quiseram conversar.

— Bernardo é bem simpático — disse a mãe. — Parece se preocupar contigo.

— É bom saber que moram próximos e podem frequentar a casa um do outro — disse o pai.

— Acho que o André vai acabar dançando nessa, não acha, Beto? — a mulher piscou para o marido.

— Seja quem for, que façam um ao outro felizes — o pai falou para a filha.

Aquele era um dos últimos assuntos que Carolina pensou que teria com os pais de Beatriz. Mesmo estranhando a abertura do casal Giacomini, refletiu sobre como sua relação com Flora e Manoel poderia ser mais fácil. Talvez dependesse mais da sua atitude do que sempre pensou. E, imaginando que estivesse diante dos pais, ousou perguntar:

— Então vocês entenderiam se eu escolhesse um casamento por amor?

Aurora e Roberto inspecionaram o semblante dela buscando alguma sombra de ironia.

— Casamento sem amor, isso existe? — Os dois se entreolharam. Aurora continuou: — Tu sabes que nunca julgamos tuas escolhas.

Carolina deixou escapar um suspiro.

— Ainda que minha escolha seja contra o que vocês acreditam?

— Nós acreditamos em ti, filha. Isso nos basta — disse Roberto.

Aurora se mostrou inquieta com o rumo da conversa.

— Estamos sempre prontos para te ouvir e te aconselhar, Bia.

Curioso, Roberto não segurou a dúvida:

— Vais casar, filha?

— Com o Bernardo? — Aurora sugeriu.

— Tu és "time Bernardo" descaradamente... — Roberto sussurrou para a mulher.

— Não é "time" que se diz, Beto, é "*team*"...

Carolina percebeu que tinha ido longe demais, mas acabou por achar graça da situação. Por mais que a época fosse outra, pais sempre seriam pais.

— Bernardo é apenas um bom amigo — ela disse, soando menos convencida disso do que gostaria.

Ao abrir a porta de casa, encontrou uma notificação na soleira. Era de uma transportadora, avisando da primeira tentativa de entrega de uma mala vinda de Paris. Aurora e Roberto festejaram a notícia.

— Não precisa nos levar ao aeroporto amanhã. Fica em casa para receber a mala.

— Seu pai está certo. Nunca sabemos o horário que eles vão fazer as entregas — alertou Aurora.

Diante da proximidade da viagem do casal, Carolina sentiu uma ponta de tristeza. Era fácil acostumar-se à proteção e ao carinho de uma família, mas o que ela sentia não era só carência de segurança e afeto. Já estava com saudades.

O celular acordou Carolina no susto às quatro da manhã. O despertador fora programado por Roberto, que tinha o hábito de se levantar antes mesmo de o sol raiar. Não sabia como desligar o aparelho. Pressionou todos os botões até reiniciá-lo, um engano providencial. Sem sono para voltar a dormir, ocupou o tempo explorando as funções; achou graça de alguns aplicativos de fotos e jogos, e, sem saber, abriu o Whatsapp, que revelou mensagens trocadas entre Beatriz e seu pai.

Passava das sete da manhã, Carolina continuava entretida com as conversas e fotos do passado, e, entre risos e lágrimas, tornou-se testemunha de desabafos, inseguranças, alegrias e conquistas de Beatriz. Percebeu que não eram muito diferentes, apesar da amplitude temporal que apartava suas vidas; que os dilemas e muitos dos obstáculos que enfrentavam para afirmarem suas escolhas e abrirem espaço para a realização pessoal e profissional eram bem parecidos. Carolina descobriu tons díspares de atitude e personalidade, que atribuía em parte às desigualdades na oferta de oportunidades na sociedade em constante transformação, em parte à criação que tinham recebido. Ela não culpava Flora e Manoel pelas decisões que tomaram por ela, pois sabia que também eles estavam condicionados aos costumes e às obrigações das convicções sociais. Talvez o problema não estivesse nas outras pessoas; talvez ela não pertencesse ao seu tempo, e estar na pele de Beatriz, naquele momento, fosse o futuro que jamais teria tido a chance de ter.

No momento da despedida, Roberto ofereceu a Carolina um exemplar de *Dom Casmurro*, de Machado de Assis, o livro favorito de Beatriz.

— Peguei naquela gaveta do teu quarto onde guardavas os cadernos da escola. Imaginei que tu gostarias de ter ele aqui contigo.

Carolina se comoveu. Dos romances de Machado, ela havia lido *Memórias póstumas de Brás Cubas*, este, aliás, um dos seus livros de cabeceira. Mal podia esperar para começar a ler algo inédito dele.

Malas postas no táxi, Aurora foi a primeira a entrar, porque queria esconder o choro. Diante de Roberto, que relutava em partir, e após ter ouvido suas recomendações e palavras de otimismo, ela quis dizer algo de valor, que trouxesse Beatriz para mais perto dele. Em várias mensagens que pai e filha trocaram no Whatsapp, ela percebeu que usavam o Zenit Polar como exclusividade dos dois, muitas vezes criptografando frases pelo mero divertimento de implicar com Aurora.

Embora detestasse a ideia de se apropriar de uma intimidade deles, Carolina sentiu vontade de dizer:

— *Ou ro ime.*

Roberto a abraçou com tanta força, que ela pôde sentir que o coração dele soluçava para não chorar.

— *Ou rimbom.*

Carolina nunca pensou que levaria tanto tempo para decodificar *eu te amo*. Talvez porque sempre tivesse acreditado que guardar um segredo era mais fácil do que revelá-lo.

O funcionário da transportadora deixou a mala logo na entrada e entregou a Carolina o papel e a caneta para que assinasse a guia de entrega. Era a primeira vez que assinava por Beatriz, e, com o nervosismo, a letra saiu tremida.

— Não ficou bom. Posso fazer de novo? — ela perguntou, ao que o funcionário deu de ombros.

— Se a senhora visse o meu garrancho... — falou ele.

Carolina recebera aulas de caligrafia e se orgulhava da habilidade. Percebeu que as pessoas do século 21, muitas vezes por culpa da pressa, se descuidaram desse hábito. A própria letra de Beatriz, um amontoado de caracteres indisciplinados, Carolina tinha dificuldade de entender. Imaginava como era possível alguém que parecia privada do mínimo de coordenação motora fazer desenhos esteticamente tão harmoniosos. A vida de Beatriz, como ela bem sabia, era bastante corrida. Tão corrida que ela, cada vez mais, precisava se apressar para acompanhar.

Assim que a van da transportadora dobrou no final da rua, um Toyota prateado surgiu e estacionou em frente ao sobrado. Carolina, que não havia pensado em fechar a porta, tentava descobrir a senha do cadeado que a impedia de abrir a mala.

— Coelhinha! — André entoou, invadindo a sala de braços abertos.

Ele vestia uma roupa de ginástica que realçava o corpo atlético molhado de suor. Vinha de uma corrida na praia. Ela conseguiu desviar do abraço correndo para trás da mala.

— Caraca! Sua mala chegou!

A euforia de André bateu de frente com o desalento de Carolina.

— Sim, mas não sei a senha — ela disse, cruzando os braços.

Ele foi até a cozinha, abriu o armário e tirou de lá uma caixa de ferramentas. Transpareceu confiança até ter experimentado pelo menos três alicates diferentes.

— Acho que vai ter que ser na força bruta mesmo — ele falou, inspirando forte.

Carolina reparou nas veias protuberantes do braço de André, conforme ele pegou o martelo.

— Não! — ela gritou. — O senhor está fora de si?

André soltou o martelo no chão.

— Senhor? Qual é, coelhinha! Para de sacanagem! Não vai começar com aquele papo estranho de novo...

— Só não quero que destruas a mala.

— Ah, mulheres! Eu sou a solução dos seus problemas. — Ele pegou novamente a ferramenta e lançou um sorriso convencido para Carolina. — Confia em mim?

Ela inspirou fundo antes de responder:

— Não.

Mais uma vez, André interrompeu o martelo no ar. Mas isso durou apenas o tempo de recompor a expressão de virilidade em seu rosto. Duas, três, quatro marteladas, e tudo o que ele havia conseguido foi entortar o cadeado de modo a inutilizá-lo definitivamente. André já estava partindo para a violência explícita ao buscar uma faca de churrasco.

Mas Bernardo, tendo chegado a tempo de ver pela porta entreaberta parte do trabalho de primeiros — e últimos — socorros de André, só esperava o momento apropriado para entrar em cena. Quando percebeu que o desconforto de Carolina havia se transformado em temor, se deu conta de que suas inexploradas habilidades manuais poderiam, convenientemente, disfarçar a pontinha de ciúmes que estava ali, começando a se manifestar.

— Vamos ver se meus anos imitando o MacGyver na infância surtem algum resultado — falou, aproximando-se com seu canivete em riste.

— Quem é esse sujeito? — interveio André.

Carolina preferiu não fazer as apresentações, pois nem sequer se lembrava do nome do namorado de Beatriz.

— Que objeto curioso! O que é? — ela se interessou.

— Prometo responder às perguntas quando terminar — disse, fazendo sinal de silêncio para os dois. — É um cadeado TSA — ele constatou.

Não levou mais do que alguns segundos.

— Bastou essa lâmina aqui funcionar como chave-mestra — ele mostrou, tomando o lugar entre ela e André.

— Ora essa! Isto foi deveras perspicaz, Bernardo. Muito obrigada!

— E o zíper permanece intacto — completou, orgulhoso.

André não deixou o exibicionismo de Bernardo ganhar o páreo.

— Eu sou André, namorado da Beatriz. E você, quem é?

— Bernardo é um amigo — falou Carolina, passando entre os dois e se colocando ao lado de Bernardo. — E o senhor, que diz ser meu namorado, está a colocar o carro na frente dos bois. Acaso pediu minha mão em namoro aos meus pais? Decerto que não. E digo mais, temo que meu pai não aprove este compromisso. O senhor pode ter um belo automóvel e muitas posses, mas não tem modos!

Bernardo não conseguiu disfarçar seu regozijo.

— Acho que vou nessa — falou o namorado. — Já sei como acaba quando você começa a agir esquisito assim. Deve estar naquela fase da lua.

— Ei, cara, olha o respeito!

André avançou para cima de Bernardo com o peito estufado.

— Vai encarar? — perguntou o marombeiro, estalando os dedos.

Carolina colocou a mão no ombro de Bernardo para afastá-lo, e ele disse:

— O dia que eu resolver lutar, vai ser contra alguém à altura.

Inesperadamente, André agarrou Carolina, forçando-lhe um beijo na boca. Ela não teve tempo de desviar. Bernardo não teve tempo de impedir. Mas houve tempo para o pontapé que André levou entre as pernas.

— Você enlouqueceu, garota?! — André urrou entre grunhidos de dor. — Mas eu gosto... eu adoro quando uma mulher se rebela. É bom conhecer esse seu lado de coelhinha selvagem!

Bernardo fez menção de intervir, mas logo percebeu que Carolina assumira o controle da situação. Não satisfeita com o golpe certeiro que dera, ela pegou o primeiro objeto que viu à sua frente. Era um ventilador de pé.

— É melhor o senhor sair agora — ela ameaçou, empunhando o eletrodoméstico —, ou não respondo por mim. Até porque não faço ideia de que objeto seja este que estou a segurar.

O momento em que os três se entreolharam foi um instante de trégua antes da grande revelação que Carolina decidiu fazer.

— Senhor André, eu não sou coelhinha de ninguém, muito menos uma selvagem. — Ela pousou sua arma no chão. — Por isso, ainda que eu tenha agido em legítima defesa da honra, peço que me perdoe por ter golpeado seu órgão genital. O senhor veio até aqui e tentou ajudar-me com a mala.

Ele ainda mantinha a mão em concha sobre a região atingida, e os olhos exprimiam dor e confusão mental ao mesmo tempo.

— Bernardo, quero pedir-te desculpas também. Tenho mentido para ti e isso tortura-me, porque considero-te um amigo.

Os dois encaravam Carolina, que não tinha certeza alguma de estar fazendo o certo. Ela sabia apenas que não suportava mais guardar aquele segredo só para si.

— Não sei o que vocês pensam sobre romances científicos, mas eu, particularmente, nunca li nenhum e duvido de que algum deles possa superar a realidade que estou vivendo.

Ela respirou fundo e oscilou o olhar entre um e outro. Enquanto André olhava para o relógio com ares de impaciência, Bernardo não desviava a atenção dela.

— Não sou Beatriz Giacomini. Chamo-me Carolina Oliveira e, se eu fosse viva hoje, teria 140 anos.

Embora a reação dos dois rapazes fosse a mesma, silêncio absoluto, apenas um deles havia compreendido.

— Quer dizer que você... tá morta? — André perguntou.

Beatriz

— Acorda, Carolina!

Flora abriu as longas cortinas para afugentar a preguiça da filha. Beatriz colocou o travesseiro sobre a cabeça, virando-se de lado na cama. Fazia pouco mais de uma hora que havia conseguido cair no sono.

— Que jornal é este?

A pergunta despertou Beatriz, que se lembrou de ter deixado o diário de Carolina aberto ao seu lado na cama. Com agilidade, tirou as cobertas, jogou o travesseiro longe e esticou-se para tirar o caderno que tinha ido parar nas mãos de Flora.

— Isso aqui é confidencial — alertou ao recuperá-lo e sentar-se sobre ele.

— Andas muito misteriosa ultimamente, Carolina. Não sei o que tanto escondes, nem onde aprendeste estes modos, mas saibas que nada é segredo nesta casa, mocinha! Tua vida deve ser sempre um livro aberto para teus pais. Passa isto para cá!

Beatriz, então, refletiu por um instante sobre a melhor estratégia para acobertar os segredos de Carolina.

— São apenas poemas que escrevo quando estou introspectiva — ela ensaiou. Observou a fisionomia de Flora se descontrair levemente. — Quando tiveres o dia inteiro livre, declamá-los-ei todos para a senhora! — falou com pompa, circunstância e malícia.

— Ah, não te apoquentes com isso. Poesia dá-me sono — disse Flora, bocejando só de pensar. Ela abriu o armário. — Agora levanta-te. Quero que te ponhas bem elegante. Vamos à confeitaria Cavé com a tia Lucíola e a prima Eleonora!

— Vou precisar usar o espartilho? — perguntou, amedrontada.

O salão de chá da confeitaria Cavé parecia a dependência luxuosa de um palácio. Mas nem o doce aroma de pastelaria fresca despertava tanto o olfato de Beatriz quanto o cheiro do estrume dos cavalos que passavam pela rua em frente. Ela se entretinha com a moda e o comportamento das damas e dos cavalheiros que entravam e saíam do estabelecimento, e salivava com os doces finos que se multiplicavam na vitrine a cada nova fornada; e, enquanto seu apetite se abria com a mistura de cheiros e se distraía com a profusão de chapéus floridos emplumados e cartolas, ninguém parecia se importar com o fato de ela não participar da conversa. Exceto a prima de Carolina, que reparava em cada trejeito seu.

Lucíola e Eleonora Castro Henriques eram mãe e filha tão diferentes entre si que Beatriz tinha a impressão de serem clones de Flora e Carolina. Depois de tudo o que lera no diário da filha dos Oliveira, não lhe restavam dúvidas de que Carolina era um pássaro de asas compridas demais para sua gaiola. Já Eleonora, pelo discurso idealista e estilo exótico e vanguardista que vestia, teria dado o seu grito do Ipiranga há algum tempo. Era a primogênita e a única de quatro irmãs a não ter casado ainda. Lucíola, tal e qual Flora, fazia de conta que não enxergava os desvios de conduta da filha.

Enquanto Beatriz se mostrava mais interessada nas conversas paralelas de outras mesas em volta, Eleonora continuava atenta a cada movimento fora do parâmetro Oliveira, estranhando inclusive a forma como a prima segurava a xícara, pelo bojo. A pouca cautela de Beatriz em não seguir o protocolo não era necessariamente algo ruim. Pensando ser novidade em algum lugar da Europa, uma vez que a prima era muito viajada, Eleonora fez do mesmo jeito.

— Reparaste nos dois cavalheiros ali atrás? — cochichou a jovem ao ouvido de Beatriz, retorcendo o pescoço e as regras de etiqueta.

Aproveitando que Flora e Lucíola, de tão empenhadas em contar fofocas, tinham esquecido a presença das filhas, Beatriz não resistiu à curiosidade e girou indiscretamente o corpo para trás. O choque com o que viu a fez engasgar-se com um pedaço de bolo.

— Beba um gole do chá, Carolina! — recomendou Flora.

— Preciso me refrescar um pouco. — Beatriz aproveitou a deixa e foi se levantando. — Vem comigo, Eleonora? — convidou.

Ainda vermelha do sufoco, Beatriz passou pela mesa dos cavalheiros sem fazer alarde. Entrou depressa no banheiro, puxando a outra.

— Não entendi! Por que não paraste para falar com o doutor?

— Porque ele está com... — Beatriz tentou recuperar o ar. — Com... o extraordinário... o incomparável... o maior escritor de todos os tempos!

— Achas? Pois acho os livros do senhor Machado por demais enfadonhos — suspirou Eleonora.

— Não fala uma coisa dessas! Ele era um gênio. Quer dizer... *é* um gênio! — Beatriz jogou água no rosto e esfregou. — Não acredito que posso pedir um autógrafo!

— O que estás a fazer? — assustou-se a prima, segurando Beatriz, que saía serelepe pela porta. — Vou ter que maquiar-te de novo! Para tua sorte, como mulher prevenida que sou, trago sempre meu estojo na bolsa.

— Não há tempo! — disse, afobada, e respirou fundo mais uma vez. — Ah, não sei o que dizer a ele. Você acha muita falta de criatividade perguntar se Capitu traiu mesmo o Bentinho?

— Achei que quisesses falar com o teu médico... — Eleonora insinuou, decepcionada. — Sei de um segredinho de vocês. Mas não te preocupes! Minha boca é um túmulo.

Beatriz gelou, fechando a porta do banheiro na cara de uma senhora.

— Que segredo?

— *O* segredo.

— Você tá sabendo do beijo?

Eleonora sorriu, mordendo os lábios.

— Eu vi tudo! Estava no jardim quando vocês chegaram de mãos dadas, correndo enamorados como Romeu e Julieta fugindo dos Capuleto. Ah, foi tão romântico! Assisti até o final, quando o medroso do médico estragou tudo.

Beatriz ainda não conhecia Eleonora o suficiente para saber se podia mesmo confiar nela. Carolina pouco havia escrito sobre ela em seu diário. Foram poucas menções, todas elogiosas, mas superficiais, denotando até mesmo uma ponta de inveja pela ousadia da prima em afirmar suas vontades perante a família e a sociedade.

— O que seria de Shakespeare sem a tragédia... — refletiu Beatriz.

— Mas já foi o tempo em que, para ser romântica, a história tinha que ser trágica.

— Concordo! Por isso mesmo, deixa-me maquiar-te. Tu não queres assustar o teu Romeu e arruinar tudo, queres?

— Ele não é *meu* Romeu.

— Será um contrassenso negares. Ele não beijou-te à força, beijou? Pareceu-me que gostaste.

— Eleonora — interrompeu Beatriz —, sei que você só quer ajudar. Mas, entre mim e o doutor Mesquita, só existe mesmo a relação profissional. Você sabe que eu tenho noivo. — Pareceu-lhe absurdo estar dizendo aquilo, mas era a vida e a reputação de Carolina que estavam em jogo, não a sua. Enquanto não soubesse as reais intenções de Eleonora, todo cuidado era pouco.

— Estive na tua pele um dia. Espantei todos os pretendentes que meus pais escolheram para mim e podia ensinar-te como, se quisesses. A esta altura, estão conformados de que só me casarei por amor.

— Você não é filha única. Isso faz toda a diferença — falou Beatriz, em defesa de Carolina.

Beatriz se avaliou no grande espelho à sua frente. Rosto borrado ou não, o retoque teria que ficar para depois. Alguém batia enfurecidamente à porta do banheiro.

A desilusão de ver que Machado não estava mais no salão só não foi pior porque ela havia acabado de inventar um bom pretexto para se encontrar com Luís Eduardo.

E pensando nele, querendo ou não, andava distraída pelas ruas. No caminho para pegarem um coche de aluguel, um vendedor de jornais atravessou correndo à sua frente a fim de alcançar o bonde que passava. Por sorte, ela tinha o braço dado com Flora, que a segurou. O rapaz deixou cair um exemplar do periódico, que Beatriz não deixou para trás e fez o possível para esconder, pois Flora já havia deixado claro que ler o noticiário era considerado impróprio para uma dama. Uma das notícias de primeira página era sobre a futura inauguração do Instituto Soroterápico e a campanha pelo combate à erradicação de febre amarela comandado por Oswaldo Cruz e sua equipe. O nome de Luís Eduardo aparecia relacionado.

Já no conforto dos lençóis de cetim, estendeu o jornal na cama. O artigo começava por dizer que o médico era responsável por discursos articulados sobre as condições de vida na cidade. Na entrevista que se seguia à matéria, ele teceu críticas ferozes ao sistema de saneamento da capital e propôs intervenções para restaurar o equilíbrio urbano por meio de reformas sociais que passavam por uma reorganização demográfica no centro e nas periferias. O texto vinha ilustrado por uma fotografia da equipe de higienistas, pesquisadores e médicos renomados, que Beatriz recortou com cuidado e guardou no diário de Carolina. Ela bem que gostaria de se sentir orgulhosa por Luís Eduardo, de se sentir amada por ele como o era Carolina. Mas aquela não era a sua vida. Ela pensava estar certa disso.

A manhã agitada na confeitaria levou Beatriz a passar toda a tarde desenhando novos croquis. Contribuíram para a súbita retomada de sua inspiração artística o quase encontro com seu escritor favorito, o estilo Poiret de Eleonora e Luís Eduardo, o médico engajado e cheio de surpresas. Este último, o grande amor de Carolina, protagonista de muitos dos seus relatos no diário, era um homem não apenas de relações interessantes, mas de grande coração.

Enquanto Beatriz criava, imaginava Carolina usando seus modelos modernos, bem menos pomposos e extravagantes, sem o exagero, a ostentação e o desconforto dos adornos vitorianos, mas tão clássicos e sofisticados quanto, pensados para os tecidos mais finos e esvoaçantes, que preservariam sua singela aura feminina e, ao mesmo tempo, lhe dariam mais liberdade para ser uma mulher do século 20. Carolina tinha as medidas ideais para se vestir para qualquer ocasião, em qualquer tempo. Beatriz olhou-se no espelho e pensou que deveria se aproveitar disso enquanto podia. Ela faria de Carolina a sua musa.

O sol estava se pondo, pouca luz ainda restava e, em breve, algum dos empregados da residência viria acender as lamparinas. Isso a fez lembrar que a hora de se encontrar com Iolanda estava próxima. Beatriz queria muito voltar para casa, mas temia não ter tempo de ajudar Carolina. Talvez Iolanda tivesse razão sobre o tempo certo. Havia um motivo para que estivesse ali e a outra no seu lugar.

Quando a noite caiu sobre a chácara e o fogo dançava nos castiçais dos outros cômodos, uma entediada Beatriz já havia lido todo o diário de Carolina, visto todos os seus esboços, experimentado todos os seus vestidos, desenhado em todas as folhas em branco que encontrou. Mais do que nunca, desejou ter ali o seu celular, um computador, uma tevê, ou, ao menos, um rádio, qualquer objeto, ainda que obsoleto, mas que produzisse algum tipo de comunicação com a sua realidade. Percebeu que o que a incomodava não era a falta de entretenimento, e sim o isolamento. Viu a sombra da bailarina da caixa de música na parede, foi até ela e deu corda no instrumento. Ela dançou, mas não solucionou seu problema.

Na varanda, Beatriz inspirava o sereno, que trazia consigo a transpiração do gramado úmido pela última rega, dos recentes cultivos em terra fresca, dos frutos caídos das árvores e o aroma não tão agradável dos excrementos dos cavalos que serviam para adubar o jardim e as hortas. Isso remetia às lembranças remotas de quando ajudava o pai a preparar o terreno para o plantio das uvas. Não era ruim que essa lembrança a procurasse tão longe de casa.

Ali, observando a monotonia do horizonte, naquele fim de mundo, naquele final de século 19, nunca imaginaria o que estava por vir, se não tivesse vindo de lá. Da cidade que lhe abrira os braços numa estátua de pedra-sabão no topo do morro do Corcovado, de bairros litorâneos e favelas com vista para o mar, de contrastes sociais, de grandes avenidas por onde ela ia e vinha às pressas, quando não estava presa no trânsito ou no ônibus lotado. Tanta coisa poderia ser diferente, mas não seria. O Rio que conhecia estava em construção. E ela também.

— Dona Beatriz! — chamou alguém do escuro do jardim.

Era Iolanda, a única pessoa que sabia seu nome.

Na calada da noite, o mínimo sussurro podia ser ouvido do segundo andar da casa. Beatriz se deu conta de que a lua estava alta no céu e que todas as luzes da casa haviam se apagado. Estava atrasada. Pegou a caixa de música, colocou-a na cesta, apagou as velas e saiu.

— Já pode me dizer para onde vamos? — Beatriz olhava pela janela do coche, e a baixa intensidade da iluminação pública, ainda alimentada a gás, não lhe permitia noção alguma do caminho.

A cidade se recolhia cedo e praticamente todas as residências da região estavam às escuras. Logo, o breu quase absoluto tomou conta da paisagem e o som oco dos cascos dos cavalos no asfalto foi substituído pela pisada seca em chão de terra. Beatriz precisou fechar a janela quando começou a sentir pó e areia entrarem-lhe nos olhos. Recostou-se no banco confortável do coche, mas os solavancos se tornavam mais desagradáveis conforme se aproximavam do destino.

— Estamos quase chegando — falou Iolanda, enfim. — Preciso alertar que não participo disso, não falo a língua e não entendo desse tipo de coisa.

Beatriz ficou preocupada.

— Que tipo de coisa?

— Dos rituais do candomblé. Eu sou cristã, como os meus antepassados que vieram de Cabo Verde. Os amigos que vou apresentar a você nasceram aqui, têm origem angolana e são da etnia Bantu. Eles me contaram várias histórias da crença deles, o candomblé bantu. Eu respeito a religião dos quilombos. Não é bruxaria, como muita gente diz. Eles têm um deus. Chamam de Nzambi.

Assim que o coche parou, Iolanda pegou a mão de Beatriz e pediu:

— Rogo à senhora, dona Beatriz, não conte a ninguém sobre esse lugar e essas pessoas. Eles são perseguidos. Por isso precisam se esconder para praticar a crença deles.

— Nunca contaria.

Iolanda sorriu por simpatia, mostrando os dentes bonitos. Era um sorriso que transmitia tranquilidade, e Beatriz pôde sorrir também.

— Carolina sabe desse lugar? No diário, ela relata muitas histórias que você contava para ela. Algumas, bem fantasiosas.

— A senhorinha nunca veio aqui. Sempre disse a ela que não sabia se as histórias eram verdadeiras ou não. Mas o povo do quilombo sempre acreditou.

— E você? Acredita?

Iolanda relutou.

— Eu sou cristã — ela repetiu. — Não devia.

— Não faz mal acreditar no que diz o seu coração, Iolanda.

A governanta sorriu de novo, dessa vez, porque ficou feliz.

8
VERDADE E...

CAROLINA

— Morta, eu? Nunca estive tão viva! — respondeu a André, atando definitivamente o nó que ele já tinha na cabeça.

Enquanto o outro ainda desfazia a imagem fantasmagórica que havia criado de Beatriz aos 140 anos, Carolina olhava para Bernardo esperando que ele dissesse alguma coisa. Retribuindo, ele disse:

— Eu gosto de romances científicos, de Chiquinha Gonzaga e, aparentemente, de me relacionar com mulheres mais velhas que subvertem a ordem temporal e me fazem contestar teorias da Mecânica Quântica. — Ele ofereceu um aperto de mão. — Acho que vamos nos dar bem, Carolina.

— Pode ser um pouco confuso no começo, mas eu acho que podemos encontrar um sentido nisso tudo — ela respondeu, retribuindo o gesto.

— Um pouco confuso? — André questionou, após observar o diálogo, recolhido aos seus muitos pensamentos. — Esse papo é doido. Eu digo não às drogas, falou? Vou é ralar peito. Felicidades pro casal.

Quando a porta bateu, e antes de Bernardo se lembrar de que precisava abrir a loja, ela olhou pela primeira vez com menos reservas para ele. Não ousava enxergar os dois como um casal, mas, perto das incontáveis possibilidades que uma viajante no tempo poderia viver, a ousadia nem lhe parecia tão absurda.

Carolina amanheceu encarando um dilema diante de si. Não era muito grande, mas ocupava metade da cama. No conteúdo, o sonho de Beatriz: a peça piloto de que falara Alex, o modelo que poderia ser o começo de uma promissora carreira.

Olhou para a mesa de desenhos sobre a qual recaía o foco de luz da única luminária do ambiente. A casa não tinha muitos objetos de decoração, mas era evidente a obsessão de Beatriz por velas aromáticas. Depois de acendê-las, esperou que sua consciência lhe dissesse o que fazer.

Quem lhe disse, porém, foi Roberto: *Talvez o hoje seja o amanhã que tu procuras*, ela lembrou.

Debaixo das grossas camadas de lã cheirando a inverno, havia mais casacos, roupas térmicas e cachecóis. Foi possível constatar que, apesar dos apuros, Beatriz não passou frio em Paris. Uma investigação mais a fundo revelou, ainda, que ela tinha um estilo despojado e prático, ao mesmo tempo clássico e elegante, composto em essência por suéteres, saias plissadas, calças estilo alfaiataria e cardigãs. Claramente, Beatriz levara suas melhores roupas para a viagem.

A peça piloto era destaque entre elas, e acompanhava uma pasta chamada "Projeto Sonho", que continha a ficha técnica, os desenhos vetoriais e o estudo descritivo do processo de confecção do modelo, incluindo custos, previsão do tempo de produção, uso de maquinários e equipamentos, e até um cálculo de materiais e aviamentos necessários para fabricação em larga escala.

Ao analisar os estudos, Carolina ficou impressionada com a geometria e a arquitetura envolvidas na transição do desenho plano para a realidade espacial, e sentiu orgulho de Beatriz, o que era uma experiência nova; tal qual o protótipo caindo-lhe quase como uma luva, ainda que não tivesse sido costurado para suas medidas.

Seu pouco conhecimento de moda e estilismo não lhe permitia compreender os critérios técnicos usados para atender às exigências de qualidade, tampouco avaliar defeitos e modificações necessárias que satisfizessem características da anatomia humana, como simetria, forma e postura. Tudo isso era grego para ela. Mas Carolina não teve dúvidas sobre a vestibilidade da peça. E de que queria seguir os passos de Beatriz, aprender com ela e ajudá-la no que pudesse.

Na etiqueta de outra pasta, Carolina leu "Projeto Social". Encontrou depósitos bancários de pequenos montantes numa conta-poupança e um projeto de empreendedorismo social chamado "A moda é ser cidadão", que previa oficinas de moda e estilo para jovens de baixa renda do estado do Rio de Janeiro. Percebeu a dimensão e o peso da responsabilidade do que tinha em mãos e ficou entusiasmada. Só não sabia ainda se seu entusiasmo vinha da possibilidade de ajudar Beatriz com uma causa nobre ou da oportunidade de desafiar a si mesma a sair definitivamente da sua zona de conforto. Mesmo sem ter certeza, estava ávida pelas duas coisas.

Em ambos os projetos, o nome de Alex aparecia escrito à mão no verso de algumas páginas, com curtas observações. Numa delas, Beatriz parecia indecisa sobre se deveria convidar o amigo. As palavras consultor e estilista apareciam ao lado de pontos de interrogação. Mesmo não conhecendo Beatriz e a amizade entre eles a fundo, ela não teve dúvidas de que Alex era a ponte que precisava para se aproximar de Beatriz e, como consequência, aproximá-la de seus objetivos. Então, pela primeira vez em sua vida, Carolina fez uma ligação no celular.

— Fala, sua biscate! Ouviu o áudio que te mandei no *zap*?

— Acho que foi engano. Com licen...

— Frésque não, nega. Fala aí!

— Como adivinhaste que sou eu? Não cheguei a falar com a telefonista.

— Hã? — Alex riu. — Passa o telefone para a minha amiga, que eu não tenho o dia todo.

— Sou eu. — Mesmo sem entender direito a brincadeira, Carolina se sentiu estranhamente bem em autoafirmar isso em alta voz.

— Sei que é você, sua pirada.

— Tu confundes-me com teu jeito sempre tão espirituoso de ser. Bem, gostaria de conversar contigo. Quando podemos nos ver?

Ele desatou a falar.

— Explico tudo no áudio que te mandei no *zap*, mas tô vendo que você está meio aluada mesmo. Lembra que eu tinha reservado bilhetes para o lançamento daquele filme que a gente está esperando há séculos? Então, a sessão foi cancelada e todas as salas estão fechando por causa da pandemia. Enquanto eu xingava todas as hipóteses para a origem do covid-19 no mundo, o Vítor, que é muito mais esperto que eu, descobriu que existe um cine *drive-in* funcionando no estacionamento do mesmo *shopping*. — Ele fez uma pausa esperando uma reação do outro lado, mas Carolina estava mais ocupada acompanhando a história. — A gente pode até pedir pipoca. É só ligar o pisca-alerta do carro e a garçonete aparece de máscara! Você aponta o celular para o QR Code do cardápio e paga com a tecnologia de aproximação. E tem mais: do lado de fora do carro, é tudo silencioso, porque o áudio do filme é sintonizado no rádio. Super seguro, tecnológico e muito mais divertido!

Mesmo sem ter ideia alguma de que filme Alex falava ou o que significava *drive-in*, QR Code e pisca-alerta, ela já havia experimentado pipoca caramelada numa feira nos Estados Unidos. O cinema também não era exatamente uma novidade para Carolina. Ouvira falar do cinematógrafo dos irmãos Lumière e assistira a um de seus filmes em Paris, a primeira apresentação de *L'Arrivée d'un train à la ciotat* (A chegada do trem à estação), um dos episódios mais engraçados que vivenciara em sua existência, quando praticamente toda a plateia fugira da sala de cinema acreditando que o trem sairia da tela. Queria contar sobre o susto ao amigo, mas imaginou que Alex não acreditaria.

— Mal posso esperar! — ela se limitou a dizer.

— Massa! Nem acredito que finalmente vou conhecer o seu peguete.

— Quem?!

— O André!

— Ah... o *peguete* já era!

— Você parece aliviada.

— E como! Estou deveras aliviada de ter me livrado daquele néscio, Alex.

Ele ficou mudo do outro lado da linha. Não teve coragem de perguntar o sentido da palavra. Pareceu suficiente saber que não era uma coisa boa.

— Se eu bem te conheço, tem outro *boy* na parada.

— Livra-me disso!

— A fila anda depressa para você. Só me preocupa o seu dedo podre.

Carolina precisava saber o que aquilo significava. Fazia parte do seu objetivo de conhecer Beatriz melhor.

— O que queres dizer?

— Você só arruma sarna para se coçar.

Carolina pensou em comprar um dicionário de gírias e expressões para se comunicar com Alex.

— Do jeito que falas, devo estar mesmo mal de saúde.

— Oxente, Bia, isso tá parecendo conversa de surdos.

— Tenho dedo podre, sarna e agora sou surda!

Ele caiu na gargalhada.

— Chega de zoeira, viu? Claro que tem outro bofe na jogada. Você nunca terminou com ninguém sem ter outro na reserva. Quem é?

— Que horror! — Carolina pensou que, talvez, fosse melhor não saber mais nada sobre a conduta amorosa de Beatriz. — Já que insistes tanto, adianto que não estou pensando em casamento agora. Há outras prioridades. E é exatamente por isso que preciso conversar contigo.

Alex pensou um pouco. Ultimamente, a amiga andava imprevisível — para não dizer surpreendente. Mal podia ele imaginar que segredos Carolina ponderava revelar.

— Agora, eu é que não entendi nadica de nada mesmo.

— Hoje à noite, tudo pode mudar — ela lançou o enigma.

— Hum, adoro um mistério! Vou tentar não roer as unhas pra não estragar o acrigel. Por falar nisso, preciso te passar o contato da minha manicure...

Carolina avaliou uma das mãos e se deu conta de que o resíduo do esmalte vermelho-rubro era uma memória de Beatriz que ela não queria apagar. Pelo contrário. Precisava, cada vez mais, resgatar as qualidades e características que faziam de Beatriz a mulher que ela queria se tornar. E Alex era seu aliado nisso. Por isso mesmo, ainda não tinha certeza de se deveria contar a ele quem era.

Ele divagou um pouco até perceber que falava sozinho.

— Você ainda tá aí? Vê se não esquece a máscara e o óculos 3D. Enviei as coordenadas via *zap*. *Chêro!*

Carolina mal desligou o telefone, recebeu uma mensagem no mesmo aplicativo. Era de Bernardo.

Oi, Carol. Seu pai me passou o seu contato. Salva meu número. Beijo, Bernardo.

Duas coisas chamaram sua atenção naquela mensagem. Primeiro, o fato de Roberto ter agido como intermediário. Ela nunca poderia imaginar o senhor Oliveira, seu pai, a facilitar o contato entre ela e um homem, ainda que fosse um pretendente. E, segundo, o vocativo. Nunca lhe puseram apelido antes. Ela bem que gostou.

O rapaz ficou um tempo *on-line* esperando resposta, mas Carolina, sem prática com o teclado inteligente do celular, fez as frases saírem desconexas.

Oi Bernardes, tudo o resto é uma delas 🈯. nao estourou acordos. Obr🙏 Espero que esteja 👍. Voucher passagem nada cara. 👋 🆘

Poucos minutos depois, ele tocava a campainha da casa dela. Quando viu a imagem de Bernardo no monitor do porteiro eletrônico, Carolina sentiu o coração bater em descompasso. Deduziu que o sintoma se devia a não ter comido nada o dia inteiro. Antes de receber Bernardo, se olhou no espelho e não gostou do que viu. Correu para o armário, mas agora havia tantas roupas que precisaria de horas para experimentar e escolher. Sobre a cama estavam ainda algumas peças que havia tirado da mala, e a peça piloto, que experimentara mais cedo. Ela a guardaria para uma ocasião especial, pois via a necessidade de alguns retoques, então, preferiu vestir uma saia *jeans* e uma blusa confortável com o desenho de um arco-íris, deu um jeito rápido no cabelo e correu para atender a porta.

Ao bater os olhos em Carolina, ele se lembrou do quanto a achava bonita e quase se esqueceu do que o havia motivado a fazer aquela visita repentina.

— Desculpa aparecer sem avisar, mas fiquei preocupado. Não entendi a mensagem. — Ele procurou em volta algum sinal de perigo que justificasse o emoji "SOS" da mensagem. — Está tudo bem?

— Melhor em tua companhia — ela disse, e depois se apercebeu de que havia dito em voz alta.

Alguns instantes depois, ele ainda esperava no batente da porta. Ela o convidou a entrar e ofereceu o sofá. Sentou ao lado dele com a caixa de música na mão.

— Desde o ocorrido ontem, não parei de pensar em ti. Sei que podes me achar ainda mais louca do que já deves julgar, que podes não acreditar, mas preciso correr o risco. És a única pessoa em quem realmente confio.

Apesar de preocupado com a seriedade das palavras de Carolina, ele gostou do que ouviu. Era bom saber que ela confiava nele.

— Pode falar.

— Vou fazer uma experiência antes e preciso do seu testemunho. Confias em mim?

A pergunta o surpreendeu. Ainda melhor do que ouvi-la dizer que confiava nele era pedir que confiasse nela.

— Sim.

Ela deu corda na base da garrafa e a bailarina começou a rodar. Ele intercalou olhares entre a moça e a boneca até o momento em que a música parou.

— Conheço muitas antiguidades, mas nunca tinha visto uma destas — ele comentou, intrigado. — Você trouxe isso do passado?

Carolina parecia em transe, mas estava apenas tentando se concentrar.

— Carol? Ei? — ele chamou, balançando a mão em frente aos olhos dela.

— Pergunta-me quem sou.

— Ok. Quem é você?

— Eu me chamo Carolina. Nasci em 1880. Sou filha de Flora e Manoel Oliveira. Em 1900, na noite de ano-novo, adormeci em casa e acordei aqui, no corpo de uma mulher chamada Beatriz Giacomini. Trocamos de identidade. Agora eu preciso voltar para casa. Sei que me ouves, bailarina. — Carolina, então, pediu: — Podes levar-me de volta para casa?

Nas mãos dela, a dançarina da garrafa deu uma volta, em silêncio. E depois outra.

— Viu isso? — ele perguntou, se sacudindo no sofá. — A boneca dançou sem darmos corda. Foi uma resposta?

Em silêncio, Carolina esperou. Conforme o ponteiro do relógio na parede avançava, a tristeza ia tomando conta do seu rosto. Parecia-lhe absurdo acreditar que o poder do próprio pensamento havia atraído aquela situação, mas a quem poderia atribuir o feito de algo tão extraordinário quanto trocar de lugar com uma mulher de outro tempo? Considerando os longos sermões e os intermináveis estudos de teologia com o padre Sebastiano, não lhe parecia judicioso responsabilizar Deus e pôr em causa toda a sua vida baseada na fé. Tampouco fundamentar qualquer resposta que fosse naquilo que não tinha lógica. Mas precisava acreditar em alguma coisa.

— Aparentemente, duas voltas significa "não". — A voz minguou. — Só pode ser feitiço, Bernardo. Esta caixa de música está sob o efeito de alguma espécie de magia. Iolanda contou-me histórias. Ela saberia o que fazer. Ela sempre sabia.

— Quem é Iolanda?

— Minha amiga.

— Se sua amiga sabe de alguma coisa, ela vai dar um jeito de te levar de volta.

Ela assentiu, mas ele percebeu que Carolina não estava menos triste. Viu seu reflexo se desmanchar numa lágrima dela.

— Se eu voltar para casa, não vou mais poder ver-te. Na verdade, para ti, eu estarei morta.

Bernardo teve um ímpeto de ousadia e fez menção de tocar seu cabelo, mas se retraiu. Receou que ela se afastasse. No entanto, ela sequer reparou no gesto.

— Não vamos pensar nisso agora. Você está aqui neste momento, vestindo uma camiseta com um arco-íris. Ela é bonita. E você também — ele por fim encontrou coragem para dizer.

— Eu sou diferente da Beatriz, sabes? Sou morena, tenho olhos castanhos. Meu rosto não tem sardas e meu corpo é mais esguio, tem menos curvas. Talvez me achasses menos boni…

Ele a silenciou ao afirmar:

— Você é bonita de qualquer jeito, Carol. Mas…

— Mas?

Ele suspirou.

— Está faltando um sorriso nessa cara.

Ela alinhou os lábios, se rendendo.

— Muito bem. Eu topei a sua experiência e você me contou um pouco da sua história até o momento em que viajou até 2020. Agora é a minha vez de desvendar um pouco mais desse mistério. Vou te levar a um lugar onde acredito que poderemos encontrar algumas respostas.

— Um lugar? — Ela aceitou o enigma.

— Sua amiga Iolanda vai conseguir. Mas nós, do futuro, temos uma vantagem em relação a ela e podemos dar uma mãozinha.

— Sim, temos as memórias do que aconteceu de lá pra cá. Os livros, os jornais… as bibliotecas — ela pensou.

— Exatamente. Vamos à Biblioteca Nacional, uma das maiores do mundo.

Carolina abraçou Bernardo com força. Para ele, foi como se o tempo tivesse parado. Para ela, foi como se nunca tivesse passado.

BEATRIZ

Logo que desceu do coche, Beatriz foi tirando os sapatos de salto com biqueira, que, além de lhe apertarem os pés a viagem toda, dificultariam a caminhada no terreno arenoso. Deixou o chapéu e as luvas com o cocheiro e o instruiu a aguardar por elas por uma hora e, caso não estivessem de volta neste tempo, buscá-las no terreiro. Ela repetiu mais de uma vez que era uma ordem.

— Não precisa se preocupar, senhora. Ninguém vai nos fazer mal — garantiu Iolanda, braços enganchados com Beatriz.

— O seguro morreu de velho — disse, uma das mãos segurando a saia que riscava a areia, a outra carregando a cesta com a caixa de música.

Mal sabia Beatriz que Iolanda havia propositadamente pedido ao cocheiro que parasse a uma certa distância do lugar. Por questões de segurança, para que ele não soubesse a exata localização.

Quanto mais se aproximava, mais confusas eram as sensações. Conforme avançava, as plantas dos pés descalços iam se refrescando com a umidade do solo. O cheiro do ar esfriou e o sereno da noite tinha gosto de maresia. O aroma das ondas do mar era doce, não salgado.

Ao mesmo tempo em que queria voltar para casa, havia o sentimento de que deveria estar ali. Mesmo nada daquilo fazendo sentido, ela não duvidava de que existia uma causa e um efeito, uma verdade e uma consequência. Sua experiência sobrenatural, que um dia esteve restrita ao que vira nos seriados de tevê, a levava agora a aceitar que a realidade e a fantasia eram dois lados da mesma moeda. E essa moeda havia se tornado o preço mais caro que já pagara pelo seu ceticismo.

Havia uma clareira ao longe. Beatriz se perguntava por que o coche não se aproximara mais, já que fazia quase dez minutos que ela e Iolanda caminhavam pela costa da praia. De um lado, o horizonte noturno e, do outro, a mata fechada de uma floresta.

— Quanto ainda falta? — perguntou Beatriz, exausta de afundar os pés na areia carregando o peso das várias camadas de tecido sobre o corpo.

— Uma coisa a senhora tem em comum com a senhorinha Carolina.

— O quê? — perguntou esbaforida.

— A santa paciência não é um dom que o Senhor vos deu.

De repente, como se antes não fosse visível, se depararam com um mastro feito de bambu com uma bandeira branca, símbolo do tempo para o povo nômade bantu, o marco de chegada às portas do templo.

O vento soprou mais forte naquele momento, fazendo tremular a bandeira. Iolanda apertou o braço de Beatriz e sussurrou ao seu ouvido:

— Sinal de mudança de direção. Parece que uma nova jornada vai começar para a senhora.

— Para quem disse que não entende nada, você está fazendo muito bem as honras da casa! — falou Beatriz, tentando ignorar os arrepios no corpo.

Mais do que o vento fresco do litoral, era a atmosfera mística que mexia com seus sentidos e provocava-lhe reações físicas. Beatriz não temia o desconhecido, mas seu cérebro ainda não estava convencido disso.

As duas foram recebidas pela própria sacerdotisa do terreiro, conhecida por Mam'etu Dona Ná, que se aproximou entoando uma saudação. De semblante sério, recebeu Iolanda sem sorriso, mas deixou claro que estava feliz com sua visita. À convidada, que era visivelmente aguardada pelos presentes, lançou um olhar nebuloso, pedindo que repetisse as palavras de saudação:

— *Kitembo dia banganga, talenu. Nzara Ndembwa! Kiamboté Tat'etu Kidembu. Kiuá!*

Ao lado, Iolanda cochichava a tradução ao ouvido de Beatriz:

— Vejam! A divindade do ar, atmosfera. Glória ao Tempo! Eu te saúdo, nosso pai Tempo. Salve!

Beatriz espantou-se com o conhecimento de Iolanda, mas não implicou com ela desta vez porque estava ocupada tentando pronunciar do modo correto.

Um bando de crianças se aproximaram delas e foram logo tomando as mãos de Beatriz e arrastando-a para longe de Iolanda. Falando numa das línguas bantu, o kimbundu, convidavam-na para conhecer o terreiro. Era um espaço equivalente às dimensões de um campo de futebol, cercado por uma mata densa, composta essencialmente de gameleiras-brancas, grandes cerejeiras de folhas verde-escuras. Logo na entrada, Beatriz conheceu o assentamento de Kitembu, a divindade ligada ao tempo cronológico e mitológico. No centro ficava o barracão de pau a pique, os quartos de santo, o banheiro, a cozinha e a sala de jogo. Do lado de fora, os quartos de dormir, instalações simples, porém acolhedoras.

Beatriz achava graça das brincadeiras das crianças e acabou sendo acolhida por elas. Ficou contente porque não precisavam falar a mesma língua para se divertirem. Por alguns momentos, quase se esqueceu do que fora fazer ali. Uma das crianças, uma menina órfã de 11 anos de idade, chamada Iaiá, quis saber o que ela carregava na cesta da qual não se separava. Achando que eram oferendas, tomou-a de Beatriz e disparou correndo pelos quatro cantos do terreiro. Beatriz tentou alcançá-la, mas, de um instante para o outro, a menina desapareceu de seu campo de visão.

— Iolanda! — gritou em desespero. — Iolanda!

A governanta ouviu o chamado e correu para acudir Beatriz. Dona Ná acompanhou.

— Iolanda, uma menina pegou a caixa de música. E agora ela sumiu!

Iolanda não sabia o que fazer. Não entendia por que Beatriz havia trazido o objeto consigo.

— Não posso perder aquele objeto — continuou, circulando à procura de algum sinal da menina —, senão eu nunca mais volto para casa!

Dona Ná pousou a mão sobre o ombro de Beatriz:

— *Pambwa* — ela disse.

Beatriz olhou depressa para Iolanda, mas a governanta não traduziu. Foi a própria sacerdotisa a explicar:

— A sinhá está numa encruzilhada. Mas Njila vai ajudar.

— Ah, que bom! — ela suspirou de alívio. — Você fala português!

Dona Ná deixou a postura severa de lado e soltou uma gargalhada. Todos os presentes silenciaram para ouvir o riso raro e puseram olhos curiosos sobre Beatriz. O rosto da mãe de santo tornou a se fechar, como se uma sombra a cobrisse por inteiro.

— Njila vai conosco aonde vamos, está em todos os lugares, porque está dentro de nós, vê tudo que vemos, pois vê com nossos olhos, sabe o que vai acontecer, pois conhece todos os caminhos. Nkissi Pambu Njila impulsiona, faz evoluir, transforma a pessoa. Vai abrir teus caminhos, novos rumos vão surgir!

— Ela sabe o que está rolando? — Beatriz perguntou a Iolanda. — Que eu estou no corpo da Carolina? Não adianta ela abrir meus caminhos para o século 20 se eu pertenço ao 21!

Dona Ná fechou os olhos e permaneceu assim, concentrada, por algum tempo. Iolanda notou que Beatriz estava ficando impaciente e falou ao ouvido dela:

— A Mam'etu sabe de tudo. Se ela não souber, ninguém mais sabe.

O ceticismo de Beatriz estava sendo posto em causa mais uma vez. Parecia-lhe cada vez mais absurdo levar a sério a sua realidade. Talvez, por autodefesa e preservação de sua sanidade mental, tivesse tentado levar na brincadeira até aquele momento. Mas, ali, naquele lugar que nem endereço tinha, cercada de desconhecidos que pareciam saber mais da sua vida do que ela mesma, prisioneira no corpo de uma mulher que se apossara do seu corpo, existindo concomitantemente em dois séculos e sob identidades diferentes, estava sendo confrontada com suas crenças mais íntimas. Ainda que deixasse que aquelas pessoas acessassem seu subconsciente, não conseguia acreditar que alguém pudesse explicar nada daquilo. A menos que esse alguém fosse o Stephen King.

— *Kiuá Nganga Pambu Njila. Kiuá!* — gritaram os presentes.

— Os filhos de santo estão saudando a divindade Pambu, Senhor dos Caminhos — falou Iolanda.

— Ele é maquiavélico, criativo, contraditório. Pregaram peça na sinhá. Mas Nijla é inteligente. Sabe o que faz. Pode confiar — falou Dona Ná, ainda de olhos fechados.

— E agora, o que acontece? — sussurrou Beatriz para Iolanda. — Ela vai me pedir para fazer uma oferenda e deixar um prato de comida e uma garrafa de aguardente numa encruzilhada?

Iolanda encolheu as sobrancelhas.

— Como sabe?

Beatriz deu de ombros.

— É corriqueiro onde eu moro. Dizem que a gente não pode tocar, senão...

— Silêncio! — reclamou Dona Ná.

Beatriz cobriu a boca com a mão, mas não por muito tempo. Iaiá voltou a aparecer no barracão. Desta vez, porém, não vinha correndo nem trazia coisa alguma nas mãos.

— Peguem aquela menina! — gritou Beatriz, correndo e apontando para Iaiá, que se juntava à ciranda com outras crianças.

Iolanda observava que Dona Ná cerrava as pálpebras com mais força e agora falava baixinho, como se conversasse com alguém. Por mais condescendente que fosse com os visitantes, a sacerdotisa não admitia desordem no recinto sagrado. Bastou um movimento seu para que os homens e as mulheres, todos em vestes brancas, cercassem Beatriz. Eles começaram a entoar cantigas e a dançar em volta dela.

Angustiada, Beatriz tentava acompanhar o movimento da turba que dançava cada vez mais depressa, as vozes misturadas, confusas, atropeladas em torno do calor de uma fogueira alimentada pelo vento que trazia cheiro de brasa, de mar e de mato úmido. Quando os sentidos se esgotaram e as pernas enfraqueceram, Beatriz teve que se sentar no chão de terra batida com seu vestido imaculado.

Iolanda observava sem entender. Viu quando Iaiá saiu da roda das crianças, foi até Dona Ná, depois entrou no círculo onde Beatriz estava. Sentou-se à frente dela. Beatriz não correspondia ao chamado da menina. Tinha o corpo prostrado, como se dormisse.

Estava, na verdade, num estado passivo entre a vigília e o sono, que de alguma forma permitia abrir as portas do seu subconsciente.

A sacerdotisa caminhou até o centro do barracão, onde os atabaques, a dança e a cantoria pararam repentinamente, e todos, de pé, baixaram suas cabeças. Aproximando-se de Beatriz, falou:

— Desperta, sinhá.

Erguendo a cabeça, ela olhou para Iolanda.

— Senhorinha? — a governanta, emocionada, perguntou.

— Sinhá Carolina não pode te ouvir, só ouve a mim e ao Nkisi — disse Dona Ná. — Tá enfeitiçada. Não posso desfazer. Só o tempo. E o tempo pertence a Nkisi Kindembu. Vejo escuridão para a sinhá Carolina. Podia pedir ajuda dos ancestrais, mas não vou porque não vai adiantar.

— Salva ela, Mam'etu! — implorou Iolanda. — O que Mam'etu pedir, eu faço.

— Os gênios Bakisi foram invocados e personificaram uma boneca dançante. Foi fácil, porque esse espírito pertence a uma mulher que não era dona do seu destino, vivia presa, nas sombras, era triste, como muitas que fazem a alegria dos outros no teatro e no circo. Tentei chamar Nkisi para desfazer isso, mas ele me pediu para esperar o Nguzo libertar as sinhás.

— Nguzo? — perguntou Iolanda, confusa.

— Deus fez o mundo para que os seres precisem uns dos outros. O que há de sobra num, falta noutro, o que é o mal pra um, é um bem pro outro. Todos os seres necessitam uns dos outros pra haver harmonia e equilíbrio. O Nguzo é energia, é a causa de tudo. É neutro, não faz nem bem, nem mal. É a ação humana que determina onde e como o Nguzo é bem ou mal-empregado. O homem direciona segundo a sua vontade. Foi isso que as sinhás fizeram. Os Bakisi ouviram a alma sonhadora delas e fizeram a troca pra libertar o espírito condenado da dançarina. Eles brincaram com o equilíbrio, e Nkisi não achou ruim.

— Então não há nada que possa fazer, Mam'etu?

— Só o Nkisi poderia. Mas ele não pode interferir no livre-arbítrio dos humanos, só pode induzir o certo. Tem que esperar o vento forte de mudança. Nzambi tá vendo tudo. Sinhás vão enfrentar uma dura provação se o equilíbrio não for restabelecido.

— Quem está aí é a Carolina ou a Beatriz? — Iolanda perguntou, preocupada com as recentes revelações. Talvez nunca mais voltasse a estar com sua senhorinha.

— Beatriz — respondeu ela com a voz fraca, aos poucos voltando a si.

Enquanto recobrava a consciência, ia percebendo que a cabeça lhe doía e o corpo estava enfraquecido. Incomodava-lhe não conseguir mover-se nem pensar direito, tampouco formar uma frase para externar o que sentia. Só queria saber de se deitar. Havia em si uma sensação banal, de que havia dormido profundamente, sonhado e esquecido do sonho. Não ouvira, portanto, palavra alguma do que a sacerdotisa dissera. Segundo Dona Ná, o esquecimento seria natural, assim como sua tendência, dali em diante, de ouvir cada vez mais sua intuição. Isso podia significar que Beatriz tenderia a se esquecer de sua antiga vida um pouco mais a cada dia, passando a ocupar, sem relutância, o lugar de Carolina; e esta, o de Beatriz.

Iaiá correu ao encontro de Iolanda. Escancarando o sorriso travesso, devolveu a cesta com a caixa de música e disse:

— A sinhá vai precisar para poder encontrar o rumo de casa.

— Isso não é brinquedo não, menina! — Iolanda espiou para dentro da cesta e fez o sinal da cruz com fervor. — Nem coisa deste mundo é.

Para a sorte da governanta, que não tinha forças para sustentar o peso de Beatriz, o cocheiro atendeu à ordem da patroa e foi buscá-la, carregando-a desorientada até a carruagem.

9
... CONSEQUÊNCIA

Carolina

Peixoto lamentou pela comida que esfriou à espera de Bernardo. Quando o neto ligou avisando que levaria Beatriz para almoçar, colocou à mesa um prato a mais para a convidada. Os dois apareceram e estavam muito misteriosos, falando pouco e trocando olhares cúmplices.

A refeição estava até boa, mas o apetite lhe fugiu no instante em que se lembrou de onde conhecia a vizinha misteriosa. Foi um estalo, num momento de distração, depois de tanto ter puxado pela memória e quase ter desistido de pensar no assunto. O encantamento de Bernardo com a moça sempre o preocupou. Ele não costumava arrepender-se de dar ouvidos aos seus pressentimentos; e, desde a primeira vez que vira Beatriz, algo lhe dizia que, da mesma forma como surgira, repentinamente ela desapareceria.

Peixoto largou a comida no prato e, pedindo licença, retirou-se da mesa. Chegou o mais rápido que pôde ao sótão. Era um lugar esquecido na casa, exatamente porque lá ficavam as memórias que Peixoto queria evitar. A escadinha era perigosa e exigia perícia, por isso, levou um tempo considerável para subir. O mofo e o pó atacaram sua rinite, mas estava determinado a não sair dali enquanto não encontrasse o álbum. Recordava que eram dezenas deles, por isso talvez tivesse que passar a tarde procurando, um por um. Isso, se estivessem onde deveriam estar: na estante.

Da última vez em que mexera naquelas lembranças, sua mulher ainda era viva. A ocasião havia sido a do seu último aniversário, quando ela cismara com uma sessão nostalgia, para assistir aos filmes gravados na Super 8 de Peixoto. Nas películas, o pai de Bernardo ainda era pequeno. O avô nunca mostrara ao neto, pois queria evitar qualquer memória do filho. Ignorando as fitas, ignorou também o passado de felicidade ao lado da mulher.

O velho afinador de pianos continuou sua busca, revirando pilhas de pastas com documentos, cartas e cartões-postais pertencentes ao espólio da linhagem Peixoto. Sua persistência em enfrentar o passado era, para ele, um ato de bravura. No fundo, ao desafiar-se, nutria certo orgulho de si mesmo. A recompensa, enfim, encontrou repousando sob uma mesa de centro que fora aposentada por causa dos cupins. Sepultadas ao relento e à sombra do esquecimento, jaziam as carcaças de álbuns que um dia estiveram enfileirados e organizados por data; agora, não passavam de um amontoado de fotos em preto e branco desordenadas e desbotadas pelo tempo, e, sobretudo, pelo abandono.

Uma só foto era o objeto da caçada. Fora tirada em 1915, retratando seu pai, bisavô de Bernardo, então com cinco anos de idade, ao colo de uma amiga da família.

Peixoto não conseguiria ficar agachado por mais tempo. A coluna reclamava dessa única posição possível, pois não havia espaço para sentar-se ou ficar de pé. Ele pegou uma caixa de papelão, esvaziou-a do que havia dentro, sorteou entre a maioria dos álbuns e fotos avulsas e atirou-os ali.

Estava ensaiando a descida do sótão, quando ouviu Bernardo chamar:
— Vô! Vem depressa!

O avô desceu as escadas resmungando. Ao soltar a caixa no chão da sala de estar, acompanhando o estrondo, uma nuvem de pó se formou e uma das fotos soltas voou para fora dos limites do papelão. Quando a poeira se dissipou, revelou precisamente o que Peixoto buscava. Ele segurou firme as hastes dos óculos enquanto avaliava a fotografia em contraste com o piso de madeira. Com um sorriso vitorioso e o olhar desconfiado, guardou a foto no bolso da camisa.

— Não sei o que aconteceu. — Bernardo apoiava a cabeça de Carolina no peito. Os cabelos dela estavam emaranhados em suas mãos. — Faz uns dois minutos que tombou para o lado e desmaiou.

Bernardo acomodou a cabeça de Carolina numa almofada, estendeu o corpo dela no sofá e o cobriu com um lençol. Sentia o próprio perfume na pele e na roupa dela. Os seus dedos, onde os cachos estiveram enroscados, impregnaram-se de um aroma doce e floral. Não queria e não conseguia se afastar. Também não se iludia; precisava aprender a aceitar que Carolina estava na sua vida de passagem.

— Ela estava muito agitada — continuou Bernardo, aflito, sem desgrudar os olhos dela. — Falava coisas sem nexo.

O velho avaliou a temperatura de Carolina com a palma da mão. A testa estava suada e fria.

— Febre não tem.

— Tenho que acordá-la.

Peixoto segurou o braço do neto.

— Ela não desmaiou. Entrou em transe. Pode ter sido hipnotizada, o que explicaria as alucinações.

Bernardo encarou o avô. Se estivesse certo, a qualquer momento Carolina poderia não estar mais ali. Se era possível que uma caixa de música estivesse sob o efeito de um feitiço como ela dissera, tudo poderia acontecer, inclusive ela ir embora de uma hora para outra.

— Não pode ser... a bailarina não está aqui — ele murmurou para si mesmo. E, angustiado, indagou ao avô: — Ela teria sido hipnotizada por quem? Estive o tempo todo ao lado dela.

— Não disse que a moça entrou em transe aqui, meu neto.

A expressão angustiada no rosto de Bernardo se agravou, e o avô percebeu que ele talvez soubesse de alguma coisa que não lhe contara.

— O que exatamente vocês iriam pesquisar na biblioteca esta tarde?

Bernardo coçou a cabeça. Ele e Carolina não haviam conversado sobre revelar a identidade dela ao avô.

— Nguzo — balbuciou Carolina, ainda inconsciente, comprimindo as pálpebras como se precisasse ainda manter os olhos fechados.

— Vô, a Beatriz... ela, na verdade...

A hesitação de Bernardo esbarrou na impaciência de Peixoto, que sacou a fotografia do bolso, estendeu ao neto e então falou:

— É Carolina Oliveira.

Bernardo avaliou milimetricamente a fotografia que tinha em mãos. Apesar dos tons acinzentados da imagem, os raios mais claros dos cabelos sobressaíam no penteado sofisticado. Os trajes e as joias indicavam que tinha posses. A mulher da foto tinha uma postura descontraída ao segurar a criança ao colo. Os traços físicos eram idênticos aos daquela que dormia em seu sofá e em nada lembravam a descrição que Carolina lhe havia feito de si. Além disso, havia uma particularidade no jeito de sorrir e uma expressão do olhar que Bernardo não reconhecia. Isso, por si só, já lhe daria motivos para suspeitar de que aquela mulher não era Carolina, e sim Beatriz Giacomini.

Para Bernardo, a confirmação cabal, entretanto, estava no verso da foto, numa dedicatória ao seu bisavô: "*Alberto 'Peixtinha' em 1915, atrevido desde a tenra idade, puxando o laço do meu vestido. Invejosos dirão que não fui eu que inventei o photoshop. ;) Guarda a piada interna pro sarau. Um abraço da amiga, Carolina Oliveira.*"

Diante disso, ele não poderia concluir diferente; Carolina, afinal, nunca voltaria para casa e Beatriz teria assumido de vez o seu lugar. Foi inevitável que a inquietude que lhe tomava o coração desse lugar a uma estranha e egoísta sensação de alívio e, por isso, Bernardo sentiu-se culpado. Não desejava a infelicidade de Carolina, muito pelo contrário. Então, tomou uma decisão.

Devolvendo a fotografia para o avô, disse:

— Guarde isso a sete chaves. Ela nunca poderá ver essa foto, ou então vai desistir de tentar voltar para casa.

Peixoto arqueou uma das sobrancelhas.

— Você pode me explicar o que está acontecendo?

Bernardo sabia que não importavam as palavras que escolhesse para contar a história de Carolina e Beatriz, ela sempre soaria mais fantasiosa do que era. Isso porque ele escolhera acreditar nela.

— É melhor o senhor se sentar.

O avô não apenas atendeu à recomendação do neto, como serviu-se de um cálice de Porto. Bernardo não fez rodeio:

— Carolina e Beatriz estão sob uma espécie de feitiço que fez uma estar no corpo da outra.

Ao se ouvir, pensou que não julgaria o avô se o tachasse de maluco. Após um curto tempo em silêncio, o velho coçou a cabeça e indagou:

— Como foi que não pensei nisso?

Peixoto não estava ironizando. Ele não duvidaria de que, se o neto, a pessoa mais realista que conhecia, acreditava naquela história, era porque tinha motivos suficientes para isso. Perguntou:

— Como chegou a essa conclusão, meu filho?

Bernardo se mostrou satisfeito por ser merecedor da confiança do avô e por poder também ter a quem confiar aquele segredo.

— Existe uma caixa de música dentro de uma garrafa antiga. Nela, mora uma bailarina. Eu vi, vô: essa boneca parece ter vida própria. — Ele fez uma pausa para avaliar a expressão do avô, que, para sua surpresa, abanava positivamente a cabeça como se aquilo fizesse todo o sentido do mundo. — Pelo que entendi até agora, as duas possuem esse mesmo objeto em tempos diferentes, como se houvesse duas linhas temporais no mesmo espaço. Carol só se lembra de ter ido dormir na noite do ano-novo de 1900 e acordado aqui, no corpo de Beatriz. Ela concluiu que a outra assumiu seu lugar. — Bernardo apontou para a fotografia na mão de Peixoto e continuou: — Pensamos em buscar respostas na Biblioteca Nacional, mas não acho que encontraremos prova mais cabal do destino das duas do que isto: é a Beatriz, e não a Carolina, nesta foto de 1915.

Após ter ouvido o neto atentamente e estreitado os olhos atrás da lente de aumento da lupa, não convencido da afirmação, Peixoto perguntou:

— Se as duas mulheres são fisicamente idênticas, como pode ter certeza de que a mulher na foto é a Beatriz?

— Elas não são idênticas. Na verdade, são completamente diferentes. A Carol se descreveu para mim como morena, olhos castanhos, um pouco mais alta e magra do que Beatriz.

— Seu avô é velho, mas ainda não perdeu o juízo. Quer dar um nó na minha cabeça? A mulher da foto é loira e parece ter olhos claros — ele apontou para Carolina, no sofá.

Bernardo coçou o queixo.

— Não consigo entender por que a Beatriz aparece em seu próprio físico na foto.

— Já eu não consigo entender coisa alguma. Estamos nos indagando e fazendo suposições sobre algo que vai além do nosso entendimento. Ela que decida o que fazer sobre essa foto!

— Não, vô! — Bernardo se exaltou. — Ela não pode desistir de tentar. Não há muito que eu possa fazer por ela... por isso, quero preservar a única coisa que ela tem, que é a esperança de voltar para casa. A Carol confia em mim.

Carolina se remexeu. Continuava a dormir um sono pesado, mas, como um ato reflexo, procurou a mão de Bernardo. No espaço de sofá que estava livre, ele se acomodou e segurou a mão dela.

Peixoto olhou para o neto. Tudo o que enxergava era o seu moleque, que aos 7 anos de idade compunha canções numa flauta de madeira para o primeiro amor. O tempo podia passar e Bernardo continuaria passional e irremediavelmente romântico.

— Se ela confia em você, porque vai deixar que a moça procure o destino errado?

— Ela me disse que acreditava em destino escrito nas estrelas. Que tudo tem uma razão. Só quero dar a ela tempo para que encontre as suas respostas, como ela disse que faria. Essa foto pode ser a certeza de que Beatriz e Carolina estão onde devem estar. Mas, talvez, o destino delas seja a busca em si.

— E se elas puderem mudar o que aconteceu e essa foto deixar de existir? E se eu e você formos instrumentos nisso também? Ela precisa ver esta foto — insistiu o avô.

— Acho que já interferimos muito. E acho, também, que o senhor andou assistindo *De volta para o futuro* vezes demais.

Bernardo sempre acreditou que o destino poderia ser controlado pela vontade. Que os seres humanos são responsáveis por tudo, pois têm livre--arbítrio. Mas ele agora descobria forças que desconhecia e que o faziam duvidar de tudo em que acreditava.

— Por que fui me lembrar dessa foto? Nunca subo naquele sótão. Não foi por acaso. Essa foto precisava ser encontrada, Bernardo. Ou, então, a pobre moça vai passar a vida inteira buscando o caminho de casa. Uma casa em ruínas, porque o passado dela não existe mais — o avô continuou a teimar.

— Se ela vir essa foto, vai entender que seu destino está traçado. Não é justo que não tenha escolha. Ela merece todas as chances de encontrar o caminho de casa. Não pode parar de procurar.

— Como você parou de procurar pelo seu pai? — indagou o avô.

Bernardo se lembrou da noite estrelada e da conversa que ele e Carolina tiveram sobre livre-arbítrio. A mágoa que sentia pelo abandono do pai havia sedimentado nele a certeza de que cada um é responsável por suas escolhas e seu destino. Com a maturidade, convenceu-se de que talvez nunca mais visse o pai, pois isso não dependia da sua vontade.

— Só vou saber o paradeiro do meu pai quando ele quiser ser encontrado.

Peixoto deu um longo suspiro de resignação.

— Faça o que você quiser, Bernardo. Lavo as minhas mãos.

— Vô, o senhor sabe o que eu mais quero agora?

Bernardo lançou um olhar para a mão de Carolina entrelaçada na dele.

— Meter os pés pelas mãos?

O neto balançou a cabeça.

— Ajudar a Carol a voltar para casa.

A testa de Peixoto se franziu um pouco mais.

— Está gostando dessa moça de verdade, não é, filho? A ponto de perdê-la.

Sem responder, Bernardo pediu ao avô que devolvesse a foto para a caixa de papelão esquecida no sótão. O que quer que sentisse por Carolina, amor ou amizade, era despretensioso, sincero e o sentimento mais forte que alguma vez tivera por alguém. De volta ao prato frio do almoço, Peixoto atirou os restos no lixo e refletiu. Podia discordar do neto, mas como se orgulhava dele!

Ao despertar, Carolina notou que Bernardo dormia de mau jeito, com a cabeça apoiada no encosto do sofá. Não entendia o que os dois faziam ali, dormindo no meio da tarde.

Mensurando os movimentos para não acordar Bernardo, ergueu-se devagar e sentou-se ao lado dele. Ele respirava pesado. Depois de ajeitá-lo melhor, tocou-lhe o rosto de leve. Avaliou seu perfil desde a linha do nariz até o contorno do maxilar e passou a considerá-lo o perfil de homem mais bonito que conhecia. Uma fina camada de barba estava começando a aparecer no seu rosto de leves traços afro-brasileiros. Achou os lábios bem torneados; era a primeira vez que os notava assim de perto. Também não conhecia a covinha em seu queixo, que lhe dava uma expressão viril. Parou aí. Antes que caísse em distração, preferiu reparar que ele precisava de um corte de cabelo; os fios grossos já formavam caracóis, que lhe davam uma aparência ainda mais juvenil.

Foi um raio de sol que o despertou.

— Acordou faz tempo? — ele perguntou.

— Há uns quinze minutos, acho. Devíamos estar mesmo exaustos para cochilar quase pela tarde inteira. Não tínhamos planos de ir à Biblioteca Nacional?

— Podemos ir, se quiser.

Carolina percebeu Bernardo abatido. Ele, entretanto, estranhou a tranquilidade dela depois do sono repentino.

— Vamos! — ela falou com a voz animada. — Tive um sonho muito interessante. Acho que pode ajudar na pesquisa.

— Pode me contar?

— Claro. — Ela pensou um pouco, coçou a cabeça, pensou mais um pouco. — Que lástima, Bernardo! Esqueci-me do sonho!

— Não se lembra de nada, nadinha? Você pronunciou algumas palavras enquanto dormia — ele induziu.

— Quais?

O semblante de Bernardo se fechou.

— Espero não ter dito nenhum despropósito... — ela falou, desviando o olhar.

— Não, Carol. Nada disso. — Ele achou graça do pensamento dela. — É que eu não me lembro do que você disse. Eram palavras que desconheço, talvez em outra língua.

— O que poderia ser? Francês? Sonho em francês, às vezes.

Carolina sempre conseguia surpreendê-lo.

— Até para sonhar você é sofisticada.

— Só se sofisticação for acordar com olheiras após passar longas horas estudando todas as noites. Dormi incontáveis vezes sobre os livros.

— Não era francês. — Ele estava certo disso.

— Crioulo, talvez?

— Você não fala crioulo mesmo, fala?

Seu olhar sorriu, mas Bernardo não estava convencido.

— Sério?!

— Por que tanta surpresa?

— Imagina... supernormal alguém falar crioulo atualmente no Brasil!

Carolina riu do deboche, mas logo a expressão ficou séria.

— Acontece que no meu tempo... — ela parou um instante e hesitou, como se não tivesse certeza do que iria dizer. — Acontece que eu... eu... aprendi com Iolanda.

Recordar Iolanda provocou lembranças. Algumas eram suas e outras não. Uma forte dor de cabeça a atacou subitamente a ponto de obrigá-la a fechar os olhos. Um carrossel de imagens lhe passou pela memória, cenas em família, tardes de conversa com Iolanda no jardim, seus desenhos, a expectativa pelas visitas de Luís Eduardo, os saraus no Clube Imperial. Vozes sobrepostas que não reconhecia interferiram nas lembranças e elas desvaneceram, dando lugar a um imenso matagal cercado pela noite escura. Carolina começou a reviver o que Beatriz havia sentido no terreiro. De um ângulo superior, via uma roda branca, mas não distinguia as pessoas. Ouvia uma cantoria africana ao longe. Então, o som de atabaques foi se tornando ensurdecedor, latejando-lhe nas têmporas. Ela caía em queda livre, nunca alcançando o chão. Ouvia muito baixa a voz de uma mulher, e outra masculina, ecoando mais alto, mas ele falava numa língua estranha.

— Mais alto, por favor! — ela gritou, pondo as mãos nos ouvidos. — Não consigo ouvi-la!

Bernardo estendeu o braço para acalmar Carolina, mas Peixoto, que ouviu o grito e se aproximou, interrompeu-o o neto.

— Quem é a senhora? — Carolina indagou, aflita. — Por que estou aqui?

Carolina abriu os olhos e, ao ver Bernardo diante de si, trouxe-o para perto num abraço.

— Perdoa-me, Iolanda — ela disse. — Não sou capaz...

— Vai ficar tudo bem. — Bernardo deslizou as palmas das mãos quentes em suas costas, fazendo um movimento circular que começou a tranquilizá-la.

Peixoto trazia numa bandeja copos com suco de maracujá de caixinha.

— Não é natural, mas é o suco mais açucarado que tomei na vida. Beba logo dois copos, Carolina.

Despertando do transe, ela se afastou de Bernardo para encarar Peixoto.

— Carolina?! — ela repetiu.

— Quem?! — Peixoto rebateu, se fazendo de desentendido.

Carolina intercalava as atenções entre os dois.

— Quem dos senhores pode me explicar? — Fixou a atenção em Bernardo.

— Contei a sua história ao meu avô enquanto você dormia.

Carolina, então, se lembrou de que pretendia, ela mesma, fazer isso. Não havia motivos para não estender a confiança que tinha em Bernardo ao avô dele.

— Sei que estás tentando ajudar, Bernardo. Mas não estou mais tão convencida de que preciso de ajuda. De repente, sinto que o tempo resolverá tudo. Nem as constantes dores de cabeça que sinto desde que comecei nessa nova vida vão me incomodar mais.

— Nova vida? — Bernardo perguntou retoricamente.

Os Peixoto cruzaram olhares, confusos. Ela tirou da bandeja um copo de suco e completou:

— Tudo o que preciso agora é de um bom divertimento. — Ergueu o copo e bebeu de uma só vez. — Vamos ao cinema?

BEATRIZ

Pouco passava das seis da manhã quando Beatriz foi em busca de Iolanda nos alojamentos dos empregados. A maioria deles estava acordada e, ao avistarem a patroa a aproximar-se, chamaram uns aos outros para se perfilarem e a saudarem. Beatriz repetiu o gesto, inclinando a cabeça para cada um.

Encontrou Iolanda no refeitório, contando histórias para as colegas arrumadeiras. O espaço era amplo e o café da manhã estava cheiroso e convidativo. Tanto que mesmo sem convite sentou-se à mesa ao lado da governanta.

— Sinhá! — disseram as senhoras presentes, em uníssono, levantando-se da mesa.

— Parem com essa história de sinhá, pelo amor de Deus.

— A sinhá o que deseja? — perguntou a cozinheira.

Beatriz resolveu, por ora, ignorar a insistência do tratamento, pois a barriga roncava.

— Tudo! Estou faminta! Quero começar com as frutas. — Beatriz puxou uma travessa de papaia maduro em fatias.

— A sinhá não deve estar aqui com os criados. Diga o que deseja comer e mandarei levar aos seus aposentos — disse a cozinheira.

— Que delícia — falou, ainda mastigando a fruta. — Já provaram esse mamão?

As camareiras balançaram negativamente a cabeça.

— Vamos, meninas. Provem! — falou Beatriz, passando a travessa para o lado da mesa onde o grupo de mulheres a observava sem piscar.

— Foi colhido aqui mesmo — falou Iolanda. — Os mamoeiros ficam na aleia detrás da ala esquerda do jardim.

— Não sabia que temos frutas no jardim.

— Acredito que ainda não teve oportunidade de explorar a quinta.

Beatriz refletiu e concordou. Ela realmente não se lembrava da última vez que fizera o passeio, posto que lhe faltava fazer o primeiro.

Assim que as camareiras se dispersaram com a ordem de Iolanda e o consentimento de Beatriz, e a cozinheira precisou se apressar para preparar o café da manhã a ser servido pontualmente às oito na mansão, a governanta pôde perguntar:

— Veio até aqui à minha procura, dona Beatriz?

Beatriz torceu o nariz.

— Não, não me chame de dona, Iolanda! É sinhá pra cá, dona pra lá. É um formalismo desnecessário, além de me fazer sentir velha!

Iolanda pouco absorveu do que lhe parecia mais um devaneio de Beatriz.

— Podemos falar sobre ontem? Sobre o que aconteceu no terreiro? — Beatriz perguntou. — Não me lembro de nada.

— Nada? — a governanta indagou, preocupada. — Mam'etu avisou que a senhora podia esquecer, mas eu tinha um fio de esperança de que minha senhorinha pudesse ter ouvido. Se não se lembra, dona Beatriz, então, a senhorinha também não sabe de nada.

— Ah, sim! Eu me lembro de que caminhamos infinitamente até chegarmos ao terreiro e de que, quando chegamos lá, uma menina roubou a minha caixa de música! — Beatriz se exaltou, saltando no banco. — Precisamos voltar lá, Iolanda!

— A caixa de música está em seu quarto. Assegurei-me de que voltasse para o lugar de sempre: sua penteadeira.

Beatriz respirou aliviada.

— Não se recorda da roda? Da cantoria? Dos batuques? Das vozes? Do que elas diziam? Do...

— Pega leve, Iolanda... — Beatriz cobriu o rosto com as mãos. — Só sei que todo mundo vestia branco e que a matriarca não foi com a minha cara.

— Dona Ná. A senhora se lembra dela! Lembra do que ela lhe falou?

Beatriz sacudiu a cabeça.

— É inútil. Mas você pode me contar o que ela disse de importante. É sobre eu voltar para casa, não é?

— Está se cumprindo o que ela falou. Que a senhora vai se esquecendo e desistindo de voltar.

O que Iolanda dizia soava-lhe completamente despropositado.

— Papo furado. Nunca vou desistir, muito menos esquecer. E os meus pais? Meus amigos? A minha carreira? Como ficam? — Beatriz se levantou num rompante e Iolanda a acompanhou. — Não, Iolanda. Não existe a mínima possibilidade de eu... — ela sentiu uma tontura repentina e o que seria uma certeza se tornou uma dúvida: —... me esquecer *de mim*?

— A senhora está bem? — Iolanda a amparou, segurando-lhe o braço. — Vou com a senhora até o seu quarto. É melhor repousar.

— Sem chance! — exclamou Beatriz, se soltando de Iolanda.

Ela não entendia o porquê de suas fraquezas súbitas ou das cada vez mais frequentes crises de impaciência. Veio-lhe a sensação de que, quanto mais buscava o caminho, mais se afastava de casa. Mas qual caminho e qual casa? Nada disso lhe importava agora. Nada, além de sua vontade cada vez maior de liberdade.

— Estou cansada de ficar presa naquele quarto, limitada aos quatro cantos desta propriedade. Por maior que seja, é um tédio. Preciso sair.

— Podemos dar um passeio.

— É... — Beatriz deu de ombros. — Passear quebra o galho, por enquanto.

— Pode ir mais tarde a uma casa de chá com dona Flora. É um programa que ela certamente aprovará e vai lhe fazer bem.

— Jura que só existe isso para fazer nesta cidade?

Iolanda percebeu que seu hábito de arregalar os olhos tornava-se tão frequente como um cacoete. E a responsável estava bem diante de si.

— Pode ainda ir à praia! — ela propôs, animada, desconsiderando o ímpeto rebelde da patroa. — Doutor Mesquita recomendou e os patrões concordaram.

Praia nunca foi o programa favorito de Beatriz. Nos cinco anos em que viveu no Rio, não foi mais do que duas vezes. De tudo havia feito com o intuito de parecer carioca; menos o sotaque, pois este, sem querer, acabou adquirindo.

Pela careta, Iolanda percebeu que Beatriz e Carolina possuíam uma grande divergência no que se referia a passatempos.

— A senhorinha adorava ir aos banhos de mar. — Os olhos da governanta se distanciaram, e ela se lembrou da última vez. — Carolina livrou-se das meias sob a água, na frente de todos os banhistas, e, por pouco, os guardas não vieram atrás de nós!

Beatriz gostou de ouvir sobre o rompante de ousadia de Carolina.

— Neste mesmo dia, o último que passamos juntas, houve o baile — continuou a lembrar Iolanda. — A senhorinha chegou ao salão metido à besta do Clube Imperial parecendo um pinto molhado. Todo mundo se virou para olhar. Até a banda parou de tocar!

— E foi também nesse dia que aconteceu o beijo... — acrescentou Beatriz, chamando para si a lembrança de Luís Eduardo, que imediatamente a remeteu a um propósito bastante específico: — Já sei! Se a montanha não vai a Maomé...

A testa de Iolanda se franziu.

-— Vai Maomé à montanha?

— Finalmente falamos a mesma língua!

— O que a dona Beatriz quer dizer com esse ditado?

— Quero dizer que eu me lembrei de uma forma de passar muito bem o meu tempo.

O espanto de Iolanda se traduziu em silêncio.

— Não faça essa cara, mulher! — Beatriz caiu na gargalhada. — O médico gato é fiel à Carolina. Só quero que ele me apresente a um certo escritor que, segundo um dia constará na Wikipedia, mora no Cosme Velho.

A governanta, ao fim e ao cabo, concluiu que Beatriz buscava mesmo era romance e aventura. Ela e Carolina, afinal, acumulavam mais afinidades do que a princípio supôs.

— A senhora já pensou em como vai fazer para ir ao encontro do doutor Mesquita?

— Tenho certeza de que você tem algum plano infalível em mente, Iolanda.

Ao perceber Beatriz cada vez mais à vontade em ocupar o lugar de sua senhorinha, Iolanda decidiu que não dificultaria, mas também não facilitaria a vida dela.

— Nós nos metemos em muita confusão por causa da minha mania de ajudá-la. Minha credibilidade junto aos patrões está abalada.

Beatriz notou rabugice e implicância no discurso de Iolanda. Ela não podia perder sua única aliada. Teria que conquistá-la, e o único caminho para chegar ao coração dela era abrindo o seu. Para isso, caprichou no discurso:

— Iolanda, você não tem motivo algum para gostar de mim. Me desculpa se pareço estar me aproveitando de alguma situação, mas não tenho outra saída. Preciso aceitar o destino como ele está se revelando diante de mim. Não é fácil estar na minha pele quando nem sequer é a minha pele. Mas vai ser muito mais difícil sem você.

Iolanda ficou comovida e arrependida por julgar Beatriz quando era a única pessoa a saber a verdade: ela só estava ali por causa de um feitiço que só o tempo poderia mostrar como desfazer.

Pegando as mãos de Beatriz, sorriu elevando as bochechas e espremendo os olhos negros e expressivos:

— Quando terminar o desjejum e a leitura dos jornais, o senhor Oliveira vai para a fábrica, a dona Flora terá aula de jardinagem com o Humberto. Pedirei que ele capriche na aula de hoje. Assim, teremos a tarde livre.

— E o cocheiro?

— O Francisco sempre ficava muito grato com as lembrancinhas que ganhava da senhorinha.

Beatriz cruzou os braços, em protesto.

— O tempo passa, mas certas coisas não mudam, Iolanda. Mas só não mudam porque nós não mudamos. Como não sou a Carolina, comigo vai ser diferente!

Curiosa, Iolanda esperou para saber o que haveria de novo no esquema.

— Em breve não precisarei dever favores a ninguém para exercer os meus direitos. A começar pelo mais importante para mim: a liberdade.

O clima da cidade, em janeiro de 1900, não era muito diverso daquele ao qual Beatriz estava acostumada. Características como altas temperaturas, chuvas de verão e proliferação de insetos eram as mesmas. A diferença estava na sensação térmica por baixo das várias camadas de roupa que precisava vestir. Por mais que tivesse selecionado a dedo um vestido de tecido mais leve de musselina de seda pura, naquele dia, em especial, experimentava uma prova de fogo ao esperar por Luís Eduardo no Jardim Botânico. Por alguma razão inquietante para ela, os pernilongos davam um jeito de atacar suas pernas. Não havia saia longa, combinação e meia-calça que os impedisse.

Iolanda tentava espantar os insetos com os leques das duas, mas nem sua habilidade em abaná-los em sincronia se mostrava eficaz.

— Meu mundo por um ar-condicionado! — delirou Beatriz, inerte sob a escassa proteção de sua sombrinha rendada. — Não sei se percebeu, Iolanda, mas, quanto mais nos abana, mais calor você sente. Sossega um pouco! Faça como eu e respire devagar.

Ela estava vendo a hora em que a governanta ia ter um piripaque. Suava por todos os poros debaixo do vestido que, embora tivesse menos firulas que o seu, era de um tecido grosso de algodão.

— De todos os lugares desta cidade, por que o doutor foi escolher uma selva? — queixou-se Iolanda, percebendo movimentações nas folhas das árvores. Estava ciente de que não era o vento, porque nem brisa soprava ali.

— Venha cá! — chamou Beatriz, tirando os leques da mão de Iolanda.

— Vou te ensinar a respiração diafragmática. — Colocou a mão sobre o abdômen da pupila: — Quando for inspirar, encha os pulmões e prenda por dois segundos. Expire pela boca, esvaziando a barriga, e conte até quatro.

As duas ensaiavam a técnica juntas quando Luís Eduardo as avistou da entrada principal e apertou o passo na aleia das palmeiras imperiais. Beatriz estava concentrada em sua respiração quando sentiu o perfume dele a alcançar. Deu-se conta de que o havia reconhecido pelo olfato, e agora se perguntava qual seria o próximo sentido a denunciar que nada em Luís Eduardo lhe era indiferente.

— Edu! — se exaltou, virando para ele e atirando sobre Iolanda os leques e a sombrinha. Queria abraçá-lo com as mãos livres, e o fez, longamente.

Iolanda apenas observou enquanto ele, mesmo embaraçado com o gesto intenso e repentino, tinha nos lábios um traço de contentamento.

— É muito bom ver-te — ele falou ao seu ouvido, fazendo os pelos castanhos da nuca dela se eriçarem.

— Você anda sumido — disse em tom de reprimenda.

Olhando-a nos olhos, Luís Eduardo transmitiu claramente que seu desaparecimento não havia sido por vontade. Ofereceu-lhe o braço para caminharem lado a lado.

— Como tens passado? — perguntou a ela.

— Entediada. — Beatriz deu um suspiro. — Não há nada para fazer nessa cidade além de ir a casas de chá e passear nos parques.

Admirada com o tratamento íntimo de ambas as partes, Iolanda seguia logo atrás do casal, espichando os ouvidos.

— Creio que estejas sendo injusta com nossa cidade. Há muitos locais de entretenimento, mas as mulheres não costumam frequentar boa parte deles — ele comentou.

— Não costumam porque não querem ou porque são excluídas? — Beatriz foi incisiva na pergunta.

Na falta da resposta, ela alfinetou:

— Creio que o injusto seja você. Há mulheres que adorariam participar de rodas de conversa de bar, jogar sinuca no boteco ou praticar esportes ao ar livre.

— Nada as impede. Mas, com sinceridade, Carolina, a maioria não parece se interessar. Quando saem de casa, preferem ir ao teatro ou confraternizar nos salões aristocráticos a comparecer aos eventos promovidos pelo Democráticos, por exemplo.

— De que mulheres está falando? Certamente não de mulheres independentes como eu, que trab...

A governanta cutucou Beatriz, que quase tropeçou com o salto da botina no gramado próximo à fonte, onde algumas famílias se concentravam para inspirar o frescor da sombra promovida pelas árvores e da água corrente.

— Lamento não teres apreciado a minha sugestão de virmos ao Jardim Botânico. Onde gostarias de estar agora? Diga onde desejas ir e iremos — ele ofereceu.

— Não é que eu não goste daqui. Adoro lugares bucólicos! — falou Beatriz se colocando de frente para ele e rodando a sombrinha com inquietação. — Mas existe sim, não um lugar, mas uma pessoa a quem eu gostaria de ser apresentada.

Por mais que os mosquitos vampíricos e o sol abrasador testassem seus limites, Iolanda não podia aceitar que Beatriz expusesse Carolina daquele modo, apossando-se não apenas da vida de sua senhorinha, mas também de suas intenções. Ela, então, se intrometeu entre o casal, com um discurso apelativo até para os padrões astuciosos dela mesma:

— Se me permitem um conselho, fiquemos aqui pelo Jardim mesmo, doutor. Há diversas áreas de lazer que merecem visitação, como a estufa. Da última vez em que esteve na chácara, o próprio diretor, senhor Barbosa Rodrigues, fez um convite para que a família viesse conhecer as novas espécies que estão sendo cultivadas.

— Quem é a pessoa merecedora de tamanha consideração tua, Carolina? — Luís Eduardo ignorou solenemente a sugestão da governanta. — Eu conheço?

— Dona Carolina, devo lembrá-la de que seus pais não sabem que viemos dar este passeio — alertou Iolanda, desta vez se dirigindo a Beatriz. — Não podemos nos demorar. Muito em breve o senhor seu pai precisará dos serviços do Francisco.

— Por isso mesmo, cara Iolanda, convém despachar o cocheiro para que ele possa atender às demandas do senhor Oliveira. Vamos no meu coche — decidiu Luís Eduardo.

Assim como Iolanda, Beatriz se surpreendeu com a iniciativa do médico. Lembrava de ter lido nos diários de Carolina sobre conversas entre os dois, em que a filha dos Oliveira confidenciava sua insatisfação com a tirania dos pais e, como bom moço que até a si mesmo desapontava, aconselhava-lhe a ser uma filha obediente. No modo de ver de Beatriz, aquela mudança de comportamento era um progresso e tanto.

Ela também conhecia os sentimentos de Carolina em relação a Iolanda e temia prejudicar a governanta, que havia se arriscado mais de uma vez para ajudá-la. Por isso, chegou mais perto do ouvido dela e disse:

— Por que não vai para casa com o Francisco? Sentirei sua falta, mas acho melhor você voltar e me ajudar a despistar Flora e Manoel.

Percebendo que de nada adiantaria, Iolanda não contestou.

— E o que eu digo se derem pela sua falta, senhora?

— Vou chegar em casa a tempo do jantar. Mas, caso eu me atrase, direi a verdade.

— A verdade? — Luís Eduardo e Iolanda indagaram em uníssono.

— A verdade não dói mais do que a mentira quando descoberta. Além de ser libertadora — filosofou Beatriz, desamarrando o laço calorento que prendia o chapéu em sua cabeça.

Para cada um, a verdade geraria consequências diversas. Até porque, a verdade de um não era a verdade do outro. Para o médico, que ignorava a existência de Beatriz e ainda não sabia como agir diante da "nova" Carolina, seria o momento de se questionar sobre sua conduta e sentimentos para com aquela que era sua paciente e, também, amiga. Se Carolina estava disposta a assumir que passara a tarde inteira sozinha com ele, a ética profissional lhe impunha tomar uma decisão sobre o futuro daquela relação. Para a governanta, não restavam dúvidas de que, se Beatriz estava disposta a assumir as consequências de enfrentar a família, era porque começava a enxergar-se como parte dela. Por mais que lhe entristecesse ter sua senhorinha cada dia mais distante de casa, havia um sentimento controverso nisso. Cada dia que passava, Iolanda se rendia um pouco mais ao carisma e às maluquices de Beatriz. Ainda achava cedo para aceitar, mas estava se apegando à nova amiga.

— Não esquentem — disse Beatriz diante da inquietude nos olhares dos dois. — Mais fácil eles acreditarem que eu venho do futuro!

Ao contrário do médico, que se descontraiu com a piada, a governanta partiu contrariada, aplicando a técnica da respiração mais para acalmar os nervos do que para espantar o calor.

Luís Eduardo esperou Beatriz com a mão estendida. Pretendia ajudá-la a subir no coche, mas ela, inadvertidamente, ignorou o gesto. Ainda não se acostumara com cortesias.

— Que coordenadas devo dar ao cocheiro? — ele perguntou ao acomodar-se no banco.

— Ah, sim! — Livrando-se do chapéu e das luvas, ela ordenou: — Moço, vamos para a Livraria Garnier, na rua do Ouvidor!

Os cavalos seguiram por ruas que Beatriz não conhecia pelo nome que tinham à época, um mero detalhe para uma conhecedora do Rio machadiano. Ela tinha o mapa da cidade dos livros do escritor na cabeça.

— Esta livraria é ponto de encontro de grandes amigos meus. Posso saber a qual deles quer ser apresentada?

Voltando os olhos distraídos com a paisagem inexplorada de Botafogo para o médico curioso ao seu lado, Beatriz não se acanhou em presumir:

— Porque nunca pensei que pudesse frequentar as rodas intelectuais da sociedade carioca do século 19, e agora eu posso, vamos ao encontro do mais ilustre Joaquim de todos os tempos: o senhor Machado de Assis!

10
DESPERTAR

CAROLINA

O Cine Drive-In era uma novidade no *shopping* e um sucesso de bilheteria ainda maior do que o próprio filme naquele dia de estreia.

Fazia pelo menos meia hora que Carolina e Bernardo estavam na fila para entrar no estacionamento reservado ao evento. O Ford Corcel 1975, embora confortável e em bom estado, não costumava reagir muito bem aos engarrafamentos da cidade. Enquanto o rapaz respirava aliviado por terem finalmente chegado sem incidentes, ela lamentava que a viagem estivesse perto de terminar, afinal, os ruídos e solavancos do automóvel davam uma emoção a mais à aventura. Durante o percurso, ele havia notado o fascínio de Carolina pela condução.

— Quer aprender a dirigir? — ele perguntou.

Ela achou que ele estivesse brincando. Mas, então, sem esperar pela resposta, Bernardo passou a explicar o que era ponto morto e freio de mão.

— Esse pedal é a velocidade. E esse aqui é o freio... — continuou Bernardo, percebendo que ela estava interessada.

Ao contrário do que ele pensava, Carolina estava mais atenta aos atributos do professor, e seu olhar pairava indeciso entre as mãos, os olhos e os lábios de Bernardo.

— Podemos ir a um lugar calmo para treinar qualquer dia.

— Qualquer dia — ela repetiu para ele e para si mesma.

Uma angústia repentina dominou seu pensamento. Perguntou-se quantos dias ainda teria com ele e teve medo de descobrir a resposta.

Quando finalmente chegaram à vaga reservada no bilhete, a sessão já tinha começado. O carro de Alex e Vítor estava estacionado ao lado, mas Carolina só foi perceber a presença dos dois quando uma chuva de pipoca entrou pela janela, atingindo-a em cheio. Vítor tentou impedir o namorado e salvar o lanche, mas Alex estava determinado a esvaziar seu cesto até Carolina começar a revidar. E foi o que ela fez, arremessando na direção do amigo toda a munição que havia tombado no colo. Bernardo não tardou em aumentar o poder de fogo, encomendando mais artilharia. A funcionária do *drive-in* foi pega no fogo cruzado, mas escapou com um sorriso nos olhos por trás da viseira de proteção.

A guerra acabou e a paz foi restabelecida à distância, sem abraço, sem beijo, sem aperto de mão, seguindo as normas de segurança do evento. Bernardo sintonizou o áudio do filme no aparelho de som do carro e ajudou Carolina a ajustar o assento para ficar mais confortável. Ela não demorou muito para se aconchegar a ele, agarrando seu braço quando uma explosão intergaláctica atirou meteoros rumo à plateia. Indiferente aos efeitos especiais, Bernardo, pela primeira vez, viu vantagem nos óculos 3D. Nem sequer se importou com o braço dormente ao fim de quase duas horas de filme.

Enquanto os créditos subiam na tela, Carolina e Bernardo permaneciam em silêncio, olhando para a frente. Ele, porque não queria quebrar o encanto do momento. Ela, porque estava sob o efeito da experiência que acabara de ter, ainda mais estimulante do que a de assistir *A chegada do trem na estação*, que a levara, e os demais espectadores, ao delírio em dezembro de 1895.

— Nunca imaginei que um dia viajaria entre as estrelas! Dá até para acreditar que isso é possível na realidade — ela comentou, com a ingenuidade de uma sonhadora que desconhecia que o homem havia pisado na Lua algumas vezes.

Bernardo admirou-se e admirou-a. Seu rosto, iluminado pelas luzes intermitentes de diversos faróis em movimento, merecia um enquadramento em grande plano.

— Há tantas histórias que gostaria de te contar, Carol... — ele refletiu.

Cada dia ao lado de Carolina era uma nova descoberta, que Bernardo colecionava entre as suas memórias favoritas. As novidades não eram apenas para ela. Estava se dando conta de que seria impossível apagar a existência dela em sua vida, assim como também acreditava ser improvável que ela um dia se esquecesse dele.

Alex sugeriu que os casais esticassem o programa num piquenique no Aterro do Flamengo, passando pelo *drive-thru* do McDonald's mais próximo. Num dos pontos de encontro mais populares do bairro, em pleno sábado à noite, era de esperar que a fila de carros dobrasse o quarteirão.

Ao abrir a janela para receber as sacolas com os pedidos, o cheiro das batatas quentinhas invadiu o carro. Carolina sentia o aroma pela primeira vez e quis logo saber do que se tratava, espiando dentro do saco de papelão. Ela, que nunca havia provado *fast-food*, ficou intrigada com a praticidade do serviço.

— Cada alimento vem separado numa caixinha? — indagou.

Bernardo achou engraçado, mas tentou disfarçar.

Com a pandemia, programas ao ar livre haviam se tornado uma opção bastante procurada por grupos de amigos e famílias, e, por isso, o parque estava cheio. Após estacionarem os carros, os quatro marcharam lado a lado pelo gramado e escolheram um local mais iluminado do parque, onde Alex despiu-se do longo lenço esvoaçante que compunha seu modelo e estendeu-o sob os coqueiros para os amigos se sentarem. Era um fato incontestável que, aonde quer que chegasse, atraía todos os olhares. Aproveitando que Bernardo e Vítor haviam se enturmado e emendavam assuntos, Carolina convidou Alex a acompanhá-la até perto do mar. Os dois seguiram juntos até a faixa de areia. Durante a caminhada, ele parecia ignorar os comentários pejorativos, mas, no fundo, havia aprendido a se acostumar com eles.

Compondo um estilo jovial e sofisticado, Alex preferia peças fluidas e femininas, como vestidos de silhuetas leves e saias despojadas com blusas estampadas. Naquela noite, havia caprichado no salto alto e, principalmente por conta disso, atraía todas as atenções. Carolina admirava sua desenvoltura e equilíbrio, mas, sobretudo, sua coragem.

— Admiro-te, meu amigo. Tu inspiras-me a não ter medo de assumir quem sou — falou Carolina, orgulhosamente dando-lhe o braço.

— Já foi o tempo em que eu só tinha coragem para me vestir assim se fosse no Carnaval. Hoje me importo cada vez menos, mas isso não significa que não me importo — ele comentou, revelando que sua estratégia passava por olhar as pessoas nos olhos até elas desistirem e desviarem o olhar.

Mesmo que Carolina não o conhecesse como Beatriz conhecia, ela sabia que dele poderia sempre esperar a verdade. Ele defendia sua autenticidade a ponto de se vestir com ela.

— Tenho vontade de desenhar alguns modelos para você e homens como você.

Alex parou abruptamente seu desfile entre as ilhas de pessoas reunidas e vendedores ambulantes. Foi como se todos ao redor tivessem parado de comer e conversar.

— Na verdade, pensei em fazermos isso juntos — Carolina continuou.

De dentro da bolsa, tirou as cópias dos projetos e entregou-as nas mãos de Alex. Enquanto ele folheava e achava graça das anotações rabiscadas a lápis nos rodapés, Carolina ia explicando:

— Para o projeto "Sonho", tenho alguns modelos em mente, mas preciso de um estilista que tenha conhecimento técnico, que saiba manusear os tecidos, que entenda de corte e tenha outras habilidades, que tenho certeza de que tu aperfeiçoaste no teu curso. Para o projeto "Social", bem... — Ela então citou a frase de Madre Teresa de Calcutá que servia de epígrafe ao projeto: — "O importante não é o que se dá, mas o amor com que se dá."

Em silêncio, o amigo tinha os olhos vidrados no escopo do projeto "Social". Lembrou-se de uma conversa que teve com Beatriz quando os dois ainda eram calouros universitários e sonhadores, sobre criar uma ONG para promover oficinas de arte e moda com o objetivo de profissionalizar jovens de comunidades carentes. Ao fim dos anos, mais ciente dos entraves, do custo do investimento e dos procedimentos legais, pareceu-lhe mais realista alcançar suas metas pessoais primeiro. Achou que Beatriz tivesse chegado à mesma conclusão, por isso, não mais haviam falado sobre o assunto. Mas havia se enganado.

— O que me dizes? Aceitas? — Carolina perguntou, ansiosa, trazendo Alex de volta ao presente.

— Oxente, nega.

Foi tudo o que ele disse.

— Isso quer dizer *sim*?

— Isso quer dizer *eu te amo.*

Ele lhe roubou um selinho. Dessa vez, ela acolheu o gesto sem estranhar ou se afastar. Enxergou, naquele momento de intimidade, que a oportunidade de vivenciar novas experiências dependia de como ela reagia diante delas. Carolina não apenas se sentia pronta para aceitar os frutos daquela parceria como também para assumir a mulher independente que queria se tornar. E, mais até do que sentir-se pronta, sentia-se livre — além de privilegiada por viver uma liberdade conquistada pelos sacrifícios de muitas mulheres que, por ironia do destino e obra de um feitiço, viriam depois dela.

De frente para o mar que avançava cobrindo as pegadas na areia sob seus pés, Carolina via o horizonte apenas até onde a vista podia alcançar. Por isso, sabia que, embora muitos caminhos já houvessem sido percorridos, havia outros, novos e importantes, ainda por trilhar, e era sempre tempo para participar do movimento. Ainda que a vantagem de ter avançado um século de história sem ter precisado olhar para trás fosse um atraente convite ao silêncio e ao comodismo, assumindo aqueles projetos com Alex, ela fazia a escolha de se juntar a Beatriz e a todas aquelas mulheres, do passado e do presente, na luta por igualdade, justiça e liberdade, no combate a preconceitos e na busca por um futuro e sociedade mais justos.

— E então, o que achas de quebrarmos alguns paradigmas juntos? — Ela estendeu a mão para ele.

Ele segurava as duas pastas, e também as lágrimas.

— Tentei não estragar a *make*, mas não dá mais — disse, tirando os sapatos antes de pisar na areia e diminuir a distância entre os olhares. Devolveu o aperto de mão e segurou a mão dela por um tempo, até dizer:

— Sou seu fã. Vou honrar sua escolha.

Eles se abraçaram até deixarem o ir e vir da água tocar os pés. Depois retornaram até Bernardo e Vítor, que os esperavam para começar a refeição. Percebendo que Carolina hesitava a respeito do hambúrguer, retirou-o da embalagem e ofereceu-o a ela, que o inspecionou e cheirou antes de morder.

— Não me orgulho de estar fazendo isso — ele disse. — Esse negócio é um veneno. Mas é um veneno gostoso pra burro!

— Existem *apenas* dezessete ingredientes nesta batatinha frita — informou Vítor, despudoradamente saboreando uma.

Carolina ficou em silêncio da primeira à última mordida. Os três observavam enquanto ela se esforçava para não perder a folha de alface que escorregava pelas beiradas com a extravagante quantidade de maionese.

Alex tentava decifrar a amiga, pois nunca a tinha visto terminar um Big Mac na vida. Então, Vítor pediu a atenção de todos para fazer um convite:

— Quais são os planos de vocês para o próximo fim de semana? Estamos planejando uma festa surpresa para o meu irmão na praia de Copacabana. Vai ser tudo organizado respeitando as normas de higiene e segurança. Vamos?

Os namorados notaram os olhares cúmplices e a sintonia que começava a surgir entre Carolina e Bernardo.

— Você quer ir? — Bernardo perguntou.

— Vamos? — ela retrucou.

Os dois, por fim, confirmaram ao mesmo tempo.

— Não se esqueçam de levar alguma coisa que não seja refrigerante para brindarmos à altura que as comemorações exigem — insinuou Alex, desmerecendo o guaraná em seu copo.

— Por que não fazemos o brinde agora mesmo? — Carolina convidou, visivelmente emocionada. — Confesso a vocês que, neste momento, não há nenhum outro lugar onde eu desejasse estar. Por mais que o mundo esteja cada vez mais inóspito, com tanta coisa absurda acontecendo, hoje sinto-me mais livre do que alguma vez poderia imaginar. Com uma pandemia limitando nossos direitos, é um tanto contraditório sentir isso, eu sei. Mas falo em nome de alguém que nunca experimentou o gosto das próprias escolhas. Mesmo sabendo que algumas trazem riscos — ela olhou indisfarçavelmente para Bernardo — levam a novas descobertas. Estou aprendendo com vocês que pouco importa a força que nos empurra numa determinada direção; importa mais o caminho que escolhemos seguir. Obrigada por me ensinarem tanto.

Espelhando o gesto de Carolina, os demais ergueram os copos de plástico sob o suave balançar das folhas dos coqueiros.

— Aos novos projetos! — vibrou Alex, piscando para Carolina.

— À amizade! — encaixou Vítor.

— À ciência, ao SUS, ao fim da pandemia! — acrescentou Bernardo.

— À liberdade — brindou Carolina, enfim.

— Acho que você devia contar para o Alex — opinou Bernardo no carro, na volta para casa. — Sinceramente, não sei como ele ainda não percebeu que você não é a Beatriz.

— Também não sei. Eles são grandes amigos.

— De que novo projeto o Alex estava falando? — ele sondou.

— Vamos pôr em prática os projetos de moda da Beatriz. Acho que é o que ela gostaria.

— Como se sente em relação a isso? Você está assumindo responsabilidades em nome dela. Isso significa que está fazendo planos.

— É estranho. Às vezes, sinto que estou agindo sem pensar, mas, ao mesmo tempo, tenho a sensação de estar fazendo a coisa certa.

— A coisa certa seria o que Beatriz faria? Ou o que você faria?

Carolina espiou a paisagem por alguns instantes enquanto as perguntas de Bernardo permaneciam suspensas. Com a janela do carro entreaberta, sentiu a mistura de gás carbônico e maresia no ar. O carro passava pela orla de Copacabana, que ela não reconheceu.

— Onde estamos?

— Copacabana.

— Oh, não! Onde está a igrejinha? Foi demolida? — ela lamentou, ao reconhecer o promontório onde tinha sido construído o Forte de Copacabana em 1914.

— Não cheguei a conhecer essa igrejinha.

Carolina suspirou pensando nas ruínas da cidade, do tempo em que vivera.

— Parece que foi ontem o último passeio que fiz à praia — disse, lembrando-se do último dia que vivera ao lado de Iolanda: 31 de dezembro de 1899.

Ao pensamento em Iolanda se encadearam muitos outros e, de repente, uma palavra ecoou mais forte do que qualquer outra: *Kitembu*.

O rosto de Carolina ficou lívido e as mãos geladas. Sentiu a pressão cair. Inspirou mais uma vez, e o ar salgado tocou sua língua. Não foi suficiente para aliviar a grande inquietação que tomou conta dela de repente.

— Bernardo, acho que está se aproximando o dia da nossa despedida.

O semáforo fechou.

— Por que está dizendo isso?

— Pressentimento.

Um vento mais fresco entrou pela janela, balançando o cabelo dela.

— Queria muito que estivesse enganada. Acho que nunca quis tanto uma coisa na minha vida.

— Por quê?

O semáforo abriu.

— Porque eu...

As buzinas começaram a interferir na conversa, mas ele não ouvia. Não queria ouvir. Ficaria ali parado naquele semáforo a madrugada inteira para testar o limite da noite. E, quando amanhecesse, testaria o limite do dia também.

— Porque estou me apaixonando por você, Carol.

Ela tinha os olhos fixos no mar, cujas ondas se desdobravam preguiçosamente na praia. Não podia ouvir as buzinas, os xingamentos, a sirene da ambulância que passou raspando, porque sentia-se inundar pela calmaria tépida da confissão de Bernardo.

O semáforo fechou pela segunda vez.

— Não quero te perder — ele falou.

— Também não quero perder-te — ela respondeu, virando o rosto para ele. — Meu coração está acelerado — assumiu.

Ele girou a chave da ignição novamente, como se aquele fosse o ponto de partida.

— Vamos embora daqui.

O semáforo tornou a abrir.

— Até que enfim, hein! — gritou o velho mendigo que havia sido acordado com o buzinaço e, por conta disso, assistido a tudo da calçada ao lado.

Ele acenou até depois de o carro desaparecer no tráfego.

Bernardo dirigiu corajosamente pelas ruas íngremes de Santa Teresa. Toda vez que o motor do Corcel morria, uma força inexplicável o despertava de novo. Era preciso chegar ao alto.

Apesar do céu encoberto, enxergavam-se algumas estrelas. Do Parque das Ruínas, era possível avistar a paisagem temperada das luzes cintilantes da cidade. Não existia rivalidade entre o brilho do céu e da terra, porque tudo era parte igualmente importante do cenário.

Depois de esgotarem os conhecimentos de astronomia um do outro, os dois haviam passado os últimos minutos em silêncio. Ele, contando o tempo. Ela, os automóveis que enxergava numa estrada longínqua. Na caminhada até o mirante, os ombros mal se encostaram. Então, quando os carros escassearam e o tempo pareceu ter estacionado, ele decidiu falar:

— Sei que somos de mundos diferentes. Você vem de uma família abastada, teve acesso a uma educação que hoje em dia nem existe mais. Eu cresci soltando pipa na rua, fazendo arruaça pelo bairro e, de tudo o que a vida tentou me ensinar, só entendo de música. O que tenho para te oferecer é muito pouco, mas é tudo o que tenho.

Carolina olhava para o perfil de Bernardo sem entender por que ele se preocupava em lhe oferecer o que quer que fosse. Se ele falava de bens materiais, ela havia percebido que nenhum dos seus vestidos e das suas joias lhe faziam falta. Se lhe falava de sentimento, constatava que o mínimo que ele tivesse para dar era mais do que algum dia recebera de um homem.

— Tu és parvo, Bernardo? Digo-te que meu coração bate acelerado por ti e tu gastas palavras em vez de ganhares tempo.

Ela esperou, de olhos fechados, semblante sereno, cabelos soltos e mãos dadas nas costas. Tentou facilitar, desfazer o impasse. Sabia que ele queria beijá-la fazia algum tempo, mas apenas havia pouco percebera que era o que também queria. Fosse do jeito que fosse, mas que não demorasse.

Ele tentou disfarçar o nervosismo olhando para o lado. Escondeu as mãos nos bolsos da calça depois de passá-las pelo cabelo. Tentou não beijá-la, porque isso era o que mais queria fazer. E era para ser de algum jeito que não se parecesse em nada com o único jeito que conhecia de beijar.

Quando ela cansou de esperar, ele fechou os olhos. Ela os abriu. Quando ele quis encostar os lábios nos dela, ela afastou. Então, descobriu de novo que ele tinha uma covinha no queixo e, mesmo gostando dela, os demais sentidos lhe boicotaram a visão até sua boca ir ao encontro da dele. Sentiu que os lábios sorriam ao se unirem aos seus. Mais impetuoso, ele pôs a mão na curva da sua cintura, juntando-se a ela, respirando com ela, e ela com ele.

Carolina sentiu os músculos das costas de Bernardo sob a palma das mãos. Não sabia se vinha dele o calor que se espalhava pelo seu corpo, mas podia jurar que nem em estado febril havia alguma vez sentido aquela moleza e aquela temperatura. Não queria que o beijo chegasse ao fim, por isso, distanciava sua consciência da realidade o máximo que podia. Até que um pensamento traiçoeiro encontrou uma brecha, e ela afastou os lábios dos dele.

— Bernardo... — Pronunciou o nome dele quase como uma súplica, debruçando no muro de pedra abaixo do qual se estendiam os prédios, os morros e o mar. — Já sinto saudades tuas.

Ele se debruçou ao lado dela, abriu os braços sobre a cidade e citou Chico Buarque:

— E se o destino insistir em nos separar? Danem-se os astros, os autos, os signos, os dogmas, os búzios, as bulas, anúncios, tratados, ciganas, projetos, profetas, sinopses, espelhos, conselhos. Se dane o evangelho e todos os orixás. Serás o meu amor, serás, amor, a minha paz.

— Esse é o nosso dueto. A nossa música. A minha promessa para você de que nada pode nos separar — disse-lhe ele logo depois.

Por mais que achasse que nada poderia ser mais forte que o destino, ela acreditou em Bernardo.

BEATRIZ

Beatriz reconheceu o lugar logo que chegaram. Joaquim Manuel de Macedo, autor de *A moreninha*, outro de seus livros favoritos, certamente não havia exagerado quando descreveu a rua do Ouvidor como "a mais passeada, concorrida, leviana, indiscreta, bisbilhoteira, esbanjadora, fútil, noveleira, poliglota e enciclopédica de todas as ruas da cidade do Rio de Janeiro".

Passou-se algum tempo desde que se escondera por trás da escadaria nos fundos da Livraria Garnier. O ato de coragem que a impulsionara ao encontro do seu ídolo pareceu-lhe, assim que o pôde ver em carne e osso, uma atitude audaciosa, digna de ficção. Como inverossímeis eram também as suas intenções de se apresentar diante dele como a mulher que não era, nem nunca seria. Beatriz acreditava não estar à altura nem de Carolina, nem da mulher do século 21, tampouco de Capitu, a famosa personagem de seu livro preferido.

Assim como Capitu, Carolina e muitas mulheres modernas vistas sob o prisma do patriarcado, Beatriz se questionava sobre sua autonomia, comportamento, direitos, e se valeria a pena sacrificar sua liberdade de sonhar e realizar para pertencer e se encaixar nos moldes das convenções sociais. Na história de *Dom Casmurro*, a sociedade repressiva havia conseguido enfraquecer a personalidade feminina de Capitu, transformando-a numa mulher frágil, submissa, invisível. Por isso, a perspectiva de Machado de Assis em seu contexto sócio-histórico, como escritor realista, crítico social, observador perspicaz da psique humana e homem à frente do seu tempo era tão importante e tão intimidadora para Beatriz.

Pelo desejo de ser independente sem abrir mão de si mesma, Beatriz culpava Capitu e, de modo inerente, a si mesma. Para se salvar do auto-julgamento, queria saber do criador daquela personagem, a quem somente foi dada voz ativa para que fosse silenciada pela narrativa do protagonista masculino, se era inocente. Buscaria perdoar-se, pedindo, ainda que em seu íntimo, absolvição ao escritor. Ninguém melhor do que o próprio criador de Bento Santiago, primeiro homem culturalmente machista com quem Beatriz tivera contato na literatura, para, ainda que sem dizer palavra, acatar seus argumentos de fã e absolvê-la. Mas, para que isso acontecesse, precisaria confessar quem era, de onde vinha e quais eram seus intentos.

Enquanto lidava com a ansiedade indo e vindo de um lado a outro, passeando os olhos desatentos por prateleiras de livros de medicina e jurisprudência, Luís Eduardo esperava surgir um momento oportuno para apresentar Beatriz ao amigo, ocupado a cumprimentar jovens estudantes que o abordavam a todo instante a fim de obter um pouco da sua atenção. Para sorte de Beatriz, Machado havia ido à livraria para conferir as primeiras cópias impressas de *Dom Casmurro* que chegavam de Paris com atraso de quase um mês. O escritor não parecia satisfeito com a demora nem com a baixa tiragem, mas isso só confidenciou a Luís Eduardo quando conseguiu certa tranquilidade para se sentar:

— Meu caro Mesquita! Alegra-me muitíssimo ver-te.

— Meu nobre amigo — Luís Eduardo o cumprimentou com um abraço. — Minha alegria é maior!

— Perdoa-me o convite para sentarmos, mas sinto-me deveras cansado. A saúde já não é a mesma de outrora. Quase não lembra o tempo em que carregava-te ao colo.

— Ora, és moço ainda. Se não espalhares essas histórias, garanto-te que não serei só eu a dizer.

Machado colocou a mão no ombro de Luís Eduardo. A troca de gentilezas era constante entre eles. Saudoso e um tanto sensível por conta do lançamento do livro, Machado deixou que as memórias falassem por ele:

— Estou orgulhoso do homem que te tornaste. Lembro-me bem de quando foste à minha casa acompanhado do teu pai para dar-me, em primeira mão, a notícia de que havias ingressado na faculdade de medicina. Tu te formaste com Oswaldo, que agora dá o que falar na imprensa. Há sinal de progresso para a reforma sanitária?

— Fala-se em regeneração. Estamos empenhados. Tanto, que tivemos uma nova adição ao grupo esta semana. É um jovem estudante de medicina, deveras promissor, Carlos Ribeiro Chagas. Tem ideias interessantes para o combate à malária. Nossa campanha começará com expedições científicas para o interior.

O entusiasmo de Luís Eduardo era observado com cautela por Machado, sempre cortês e ponderado sobre qualquer assunto.

— Tenho meus temores com as reformas urbanas que acompanham as campanhas, mas acho louvável o sentimento que move o grupo. *Sanitas sanitatum et omnia sanitas!* — brincou, adaptando a expressão em latim traduzida como "vaidade das vaidades, tudo é vaidade", citação do Antigo Testamento em referência à pequenez das coisas no mundo.

Machado, ao contrário de outros intelectuais, não era entusiasta da modernidade nem do progresso que tomava conta da cidade e que tomaria ainda mais no despertar do século 20. Luís Eduardo riu alto da sagacidade do amigo, chamando a atenção de Beatriz, que espreitava os dois, aguardando seu momento de entrar em cena.

— Apesar de nossas divergências de pensamento, és sempre espirituoso, meu amigo. Como passaste estes últimos dias? Em grande expectativa, suponho.

— Supões corretamente. Como antecipei-te em nosso último encontro, a remessa chegou com atraso e os exemplares não vieram na quantidade esperada. A boa notícia é que Garnier, apesar das escusas, assegurou-me a reimpressão tão logo esgotem.

— Haverá mais a sair do prelo, decerto! A primeira edição vai esgotar em dois tempos. Hei de garantir a minha e a de minha amiga hoje mesmo.

Machado externou surpresa.

— Estás acompanhado, Mesquitinha? — perguntou, fazendo uso da alcunha carinhosa que ele mesmo havia colocado no amigo. — Quem é a moça que faz até a pupila dos teus olhos sorrir?

Nitidamente desconcertado, apertando o arco dos óculos por força do hábito, Luís Eduardo respondeu tão logo pigarreou:

— Não é o que estás a pensar, Machado. É somente uma amiga; na verdade, uma paciente. Trata-se da filha de Manoel Oliveira, o Barão dos Tecidos.

— Estás a ludibriar teu velho amigo, mas não faz mal. Sempre foste reservado. Se ocorrer-te desabafar, achar-me-ás sempre pronto. Escreva-me, ou dê um pulo em minha casa quando quiser.

Os dois partilhavam anos de intimidade pelo olhar. Luís Eduardo sabia que, numa disputa sobre quem conhecia o outro melhor, Machado ganharia mesmo que não quisesse competir.

— Sou ingênuo por ainda acreditar que posso enganar-te como fazia quando menino, a trocar as cores dos pares de tuas meias. Deixava dona Carolina enlouquecida!

Ao mencionar a mulher de Machado, Luís Eduardo, enfim, encontrou ocasião para apresentar a sua Carolina. Antes, porém, que se movesse para ir buscá-la, Beatriz não estendeu por nem mais um minuto a sua angustiada espera, irrompendo por detrás da escadaria e marchando com seu vestido esvoaçante a passos firmes sobre o carpete felpudo do salão.

Enquanto o bom humor predominava nas conversas e os estudantes mantinham-se entretidos com a chegada de Euclides da Cunha, outro distinto assíduo visitante daquela livraria, Beatriz não passava despercebida como a única mulher no estabelecimento. Nada era mais digno de contorcer o pescoço dos cavalheiros do que uma dama vaidosa, convicta, segura de si a abrir caminho num recinto predominantemente masculino.

Beatriz era o centro das atenções de todos e o motivo da distração de Luís Eduardo. Ao amigo que havia se levantado para o cumprimento, ele disse, com um pouco de atraso:

— Machado, apresento-te Carolina Oliveira.

Ao fazer sua reverência, o chapéu desamarrado de Beatriz caiu aos pés do escritor.

— Ai, que vergonha! — ela disse, se agachando.

O escritor fez o mesmo, mas ela foi mais ágil. Percebendo a dificuldade dele em reerguer-se, Beatriz ofereceu-lhe a mão, fria e um pouco suada pela emoção. Ele a segurou e a beijou.

— Seus pais foram muito felizes em agraciar-lhe com este nome, senhorita. É o nome da minha companheira da vida toda. Posso garantir-lhe que há boa ventura em chamar-se Carolina.

Mesmo não sendo o seu nome, ela se deu o direito de sentir-se a mulher mais bem-aventurada do mundo.

— Este nome ainda vai inspirar canções — ela falou porque, de fato, sabia disso.

— Vejo que a semelhança entre a senhorita e a minha Carola manifesta-se também na doçura.

Conhecer Machado de Assis e ainda receber dele um elogio foi demais para Beatriz, que começou a abanar-se com um almanaque astronômico, o primeiro livro que seu braço pôde alcançar na estante. Atento não apenas ao golpe de calor que atingiu a moça, o escritor ofereceu-lhe seu lenço e devolveu a edição datada de 1703 do *Lunario Perpetuo* de volta à estante. Luís Eduardo, agora mero coadjuvante, limitou-se a concordar com o elogio do amigo. Aproveitou o momento em que sua presença havia se tornado de minoritária importância e foi até o caixa comprar os livros. A ausência foi de imediato apreciada por Beatriz, que aproveitaria para ter com Machado a conversa que intimamente ensaiara.

— Senhor Machado, em primeiro lugar, preciso dizer que tenho muita estima pelo senhor — ela falou enquanto enxugava o rosto com o lenço que pretendia não devolver ao escritor. Imaginou emoldurá-lo ou, se conseguisse ser mais ambiciosa e menos fã, leiloá-lo.

Cortês, ele retrucou:

— Folgo em ouvir isso, minha jovem amiga.

Ao ouvir Machado tratá-la por amiga, Beatriz emudeceu. Tudo o que estava engatilhado para ser dito ficou, de repente, suspenso — além de se dar conta de que não sabia como contar a ele a verdade. Para falar de si mesma precisava falar em viagem no tempo, pois, sem mencionar isso, não poderia justificar a linha do tempo invertida que fazia dela, naquele momento, a primeira leitora do recém-lançado *Dom Casmurro*.

— Em segundo lugar, li *todos* os seus livros — enfatizou. — Um deles mudou a minha vida.

Machado estreitou os olhos por trás do seu característico pincenê.

— E qual dos meus pobres livros pode se considerar merecedor de tal fortuna ou infortuna?

— *Dom Casmurro*.

O escritor ouviu Beatriz e acreditou ter compreendido errado.

— Segundo me consta, apenas uma Carolina o leu até esta data. E que leitora exigente, a minha Carola!

Ele esticou o pescoço para identificar Luís Eduardo entre aqueles que faziam fila diante do caixa e, como viu que o amigo agora conversava com Euclides, tornou a se sentar, convidando Beatriz a fazer o mesmo.

— Então, alivie-me da dúvida de ter ficado ou surdo ou louco e explique-me como a senhorita já foi apresentada à Maria Capitolina Santiago.

— À moça de Matacavalos e à dama da Glória. Da primeira à última página.

Era difícil adivinhar o que ia no pensamento de Machado. A única certeza que ela tinha era que ele a observava e ouvia ainda com mais atenção.

— Espero não estar interferindo no curso da humanidade ao contar isso para o senhor, mas... a verdade é que li *Dom Casmurro* pela primeira vez em 2008, que será daqui a 108 anos.

Ele agora mostrava flagrante descrença, mas não deixou passar a oportunidade de descontrair:

— E ainda se lembra?

O Machado espirituoso que estava conhecendo era uma agradável novidade.

— Lembro como se tivesse sido ontem. A Capitu mexeu muito comigo.

— Por quê?

— Para mim, ela é o arquétipo da feminilidade. Sinto uma certa culpa por me sentir tão parecida com ela. Senhor Machado, o que é mais errado: ser ou não ser Capitu?

Intrigado, mas principalmente instigado, ele levou adiante o que até aquele momento ainda lhe parecia um blefe.

— Por que precisa ser errada uma coisa ou outra? Uma coisa e outra estão certas. Contanto que não se deixe de ser quem se quer ser. A senhorita já se perguntou quem deseja se tornar?

Beatriz não hesitou na resposta:

— Quero ser estilista, fundar minha própria marca e dar voz às mulheres por intermédio dela.

Ela teve ali um vislumbre do futuro e sentiu algo muito próximo de uma epifania. Na passarela fictícia do seu imaginário, as manequins desfilavam modelos atemporais, mesclando a era eduardiana com o que de mais contemporâneo o século 21 ainda iria revelar. Aquela era a primeira vez que visualizava uma futura coleção inteira sem pegar em papel e caneta.

— Quero criar um conceito inspirado em mulheres românticas e sensíveis, porém fortes e determinadas, conscientes do seu papel no mundo.

A essência é valorizar a feminilidade sem restringir a liberdade, dialogar harmoniosamente entre passado e presente, reinventar a sofisticação de forma leve e descontraída.

A empolgação era tanta que Beatriz havia esquecido brevemente com quem falava. Fez, então, uma pausa para avaliar a expressão no rosto do seu interlocutor. Machado a observava contemplativo, sem mostrar sinal de estranhamento. O que não significava que não estivesse mergulhado em incerteza. Apenas que era muito bom ouvinte. Confiante, ela continuou:

— Também gostaria de viver um grande amor, casar e ter filhos. Na sociedade em que vivo, conciliar a vida profissional e doméstica é natural, mas ser bem-sucedida nas duas é quase impossível. Muitas mulheres abdicam do que são por uma ilusão do que querem ou do que outros querem para elas. Quero ser a narradora da minha própria história. Não quero ter que escolher.

Naquele instante, o escritor deixou cair por terra a suspeita de que Beatriz estivesse fingindo. Por trás dos óculos de grau, o olhar do jornalista se acendeu diante do que considerava uma ameaça à sua inabalável habilidade de percepção. Na impossibilidade de decifrar o teor do discurso, preferiu aceitar uma tese que não pusesse em risco seu faro investigativo. A mulher lhe parecia simples e genuinamente confusa. Foi quando decidiu deixar as desconfianças de lado e ajudá-la. Lançou a pergunta:

— É mesmo este o seu dilema? A própria escolha?

— De certa forma. Meu plano profissional estava indo de vento em popa. Minha vida amorosa, ao contrário, ladeira abaixo. O melhor que eu podia fazer com meu pouco tempo livre era responder os *matches* do Tinder. Então, foi tudo interrompido e vim parar aqui. Tinha certeza do que queria até ontem. Mas, agora... — Beatriz baixou o tom: — Não sei mais se quero voltar ou ficar, nem o que é certo ou errado fazer.

— Desconfie das dicotomias — ele disse.

Machado era ponderado, mas não ignorava nenhuma vírgula do

discurso de Beatriz. Também não ignorava que ela hesitava ao olhar para Luís Eduardo. Praticamente nada do que ela dizia lhe fazia sentido, mas acreditou ter matado a charada. Seu amigo Mesquitinha, com quem certa vez conversara sobre as peripécias de escrever *Dom Casmurro*, deveria ter dado com a língua nos dentes.

— O que a Capitu faria? Ela não tomaria nenhuma decisão? — Beatriz queria saber.

— Um personagem pode se tornar atemporal; todavia, a sociedade muda muito. A senhorita pode ser mais livre do que Capitu pôde ser. Por isso mesmo, saberá o que fazer.

— Desejo o que não é meu. Cada vez mais.

— Desprenda-se dos conceitos dos outros, inclusive dos meus. Esqueça Capitu e faça de conta que não lhe disse nada do que vou dizer. De acordo?

Beatriz sabia que aquela combinação era só um artifício de retórica do escritor.

— Prometo tentar — disse, sorrindo da forma mais austera de que era capaz.

— Uma pessoa deve ser fiel a si, antes de o ser aos seus ideais, pois só quando não está a ludibriar-se vê onde quer chegar. E fará tudo por isso, porque, ao final, não é a verdade que vence, é a convicção. A ordem natural não é "se sabe o que quer, acredite em si", mas "acredite em si para saber o que quer". Então, se puder, minha cara Carolina, convença-se da sua inocência nesta querela. A senhorita já tem o álibi.

— E qual é ele?

— Eu.

Beatriz enxugou uma lágrima e, pegando Machado desprevenido, aplicou-lhe um beijo estalado na face.

— Mais difícil é me convencer de que isso não é um sonho. Não sei como agradecer o Edu por ter possibilitado esse encontro.

— Beije-o também — ele sugeriu.

Não podia ignorar a perspicácia da psicologia e malandrice machadianas.

— Quero retribuir a sua generosidade, senhor Machado. Antes que o Edu volte, vou lhe contar um segredinho, porque um *spoiler* só não faz mal.

Não passou despercebida a Beatriz a ruminação que acabara de plantar na cabeça do escritor.

— No século 21, o senhor será muito popular. Seus livros serão clássicos da literatura mundial. E digo além: o próximo será mais um marco na sua carreira.

Verdade ou não o que a mulher enigmática lhe dizia, o escritor procurou não se lisonjear, mas uma coceira no bigode deu-lhe a impressão contrária. E, claro, sua quase indomável curiosidade, que o fez querer saber mais.

— A senhorita conceder-me-ia a graça de conhecer mais um desses seus *spoilers*?

— Ele se chamará *Esaú e Jacó*.

— Interessante. Eu tinha um enredo um tanto menos bíblico em mente.

— Posso contar um pedacinho da história...

Ele ergueu a mão em protesto.

— Peço-lhe encarecidamente que não o faça, senhorita. Confesso que sinto-me tentado, mas sou cauteloso, sobretudo. Não sabemos as implicações de tal traquinagem.

— Desta, não. Mas... — a face de Beatriz resplandeceu diante da possibilidade da solução de um mistério — ... posso garantir que uma traquinagem sua mexe muito com o imaginário dos leitores.

Uma das sobrancelhas do escritor se elevou.

— Afinal, senhor Machado, a Capitu traiu ou não o Bentinho?

Ele não fez suspense e foi sucinto. Inclinou-se para o ouvido de Beatriz e balbuciou duas ou três palavras. Ela se considerou absolvida de ter julgado Capitu, independentemente de culpa ou inocência. Agora entendia que a convicção era uma coisa e a verdade era outra. Entendia que elas tinham tudo e nada a ver uma com a outra, não importando suas escolhas.

Para a casa, levaria, orgulhosa como quem segurava um troféu sob o braço, uma cópia autografada da primeira edição de *Dom Casmurro*. No anterrosto, a dedicatória fora escrita ao nome que ela caprichosamente segredou ao escritor:

A Beatriz Giacomini,
Legítima representante do seu tempo e do seu lugar, seja ele quando e onde for. A quem importa o existir antes do ser e o ser antes do estar. Somente o inexplicável conhece-lhe a alma. E o que lhe desvenda é a própria natureza.
Vem dela a força que mantém a Lua pendurada no céu e que é a mesma que nos mantém presos à Terra. Eu, contudo, em vista do poder inquestionável da vontade humana, duvido de que isso nos impeça de, um dia, cruzar o cosmos.
A vida é sábia, minha querida. Humildemente, rogo que creia mais nos paradoxos do que na ciência.
E no amigo,
Machado de Assis

— Nossa, não dei nem bola para o Euclides da Cunha! — ela comentou, já no coche, tentando manter seu exemplar longe do alcance de Luís Eduardo.

— Por que mudas de assunto? — ele questionou, incomodado. — Deixa-me ler o que meu amigo escreveu-te!

— Me conta como se conheceram?

Luís Eduardo deu um suspiro contrariado.

— Conto, se tu me mostrares o livro.

— Como você é teimoso, Edu! Que homem insistente!

— Determinado — ele corrigiu. — E justo! Mostrei-te a minha dedicatória. Nada mais democrático do que me mostrares a tua.

— A minha é bem mais legal! — ela vibrou, apertando o livro junto ao peito. — Ele foi meio sucinto na sua.

— Estás a ser cruel de propósito — ele disse, virando o rosto para a paisagem da baía de Guanabara.

Beatriz achou graça da expressão birrenta.

— Muito bem. Vou fazer melhor do que mostrar a dedicatória.

Ela alongou o tronco para chegar o rosto o mais perto possível de Luís Eduardo e fechou os olhos para beijar-lhe a face. Ele, porém, sentindo o aroma quente da respiração, virou e recebeu o beijo nos lábios. Fechou também os olhos e retribuiu com entusiasmo, impedindo Beatriz de suspender o acontecido. Rendida, ela não apenas se entregou, como entregou Machado.

— Minha intenção foi, apenas, seguir a sugestão do seu amigo. Só não sei se ele se referiu a beijo na boca... — ela falou, os sentidos ainda reféns da volúpia do rapaz.

— Ele, certamente, se referiu a beijo na boca — afirmou Luís Eduardo, afagando-lhe os lábios de leve com a ponta dos dedos.

Não resistindo aos carinhos, deixou-se ser beijada novamente. Experimentou não pensar em nada apenas para descobrir as reações de estar apaixonada num corpo tão diferente do seu. Permitiu, portanto, que as reações enganassem seus sentidos e, também, aquele corpo. Lábios, músculos, sangue e pulsação à flor da pele. Naquele breve momento, baixou as defesas e não se importou com as consequências que acompanhavam o desejo. Nenhum outro sentimento teve importância, até ser tomada pela incerteza provocada por um dos mais nocivos deles: o ciúme.

— Quem você pensa que eu sou? — ela gritou, de repente, empurrando Luís Eduardo.

Mesmo querendo acreditar que aquele era um bom momento, que os dois eram feitos um para o outro, convenceu-se de que aquele lugar era de Carolina, assim como era Carolina a mulher que Luís Eduardo queria beijar.

— Perdoa-me, Carolina... — ele falou, recolhendo os braços que um instante atrás a envolviam com carinho.

— Não devíamos ter feito isso.

A expressão de Beatriz se tornou rígida, que era como desejava que estivessem seu coração e cada músculo do corpo. No entanto, as sensações que havia pouco experimentara amoleciam seus sentidos e estavam, a partir de agora, registradas de forma definitiva em seu pensamento.

O coche parou em frente à mansão. Ela desceu depressa, sem esperar que Luís Eduardo a acompanhasse, sem se lembrar de que, no momento do beijo, colocara o livro sobre o banco.

11
INSTANTÂNEO

Carolina

Bernardo esperou por Carolina na entrada do sobrado. Quando a porta se abriu, imaginou como a recepção no paraíso deveria ser. Ela estava de branco, adornada por um vestido simples, que realçava mais a essência do que o corpo. Quando a abraçou, ele não sentiu apenas curvas sob a palma das mãos. Sentiu, sobretudo, o sentimento de paz que vinha dela.

— Você está muito *Carolina* hoje. — Ele se afastou para vê-la outra vez.

O rosto dela se iluminou e ela passou a mão pelo cabelo que havia cacheado para a ocasião, envaidecida com o elogio. Sentia-se cada vez mais em sua pele, cada vez mais confortável em reconhecer-se na imagem que via no espelho. Ao mesmo tempo, o comentário de Bernardo fez para ela ainda mais sentido, pois ele estava, enfim, enxergando quem era Carolina.

O edifício Ribeiro Moreira, onde morava Vítor, era um dos mais antigos da rua Ronald de Carvalho, construído em 1928. A entrada ampla e sofisticada, em estilo *art déco*, traduzia a atmosfera de um tempo que nem Carolina nem Bernardo conheceram.

Já o morador, seu João Firmino, de 93 anos, fez questão de contar que nasceu no prédio, então recém-construído. A curta viagem no elevador encerrou a conversa assim que a porta pantográfica se abriu — para o alívio de Carolina, que, apesar de ter gostado da prosa, não podia dizer o mesmo do transporte.

— Venha, me dê a mão — pediu Bernardo, oferecendo passagem.

— Nunca estive tão longe do solo em minha vida. A que altura estamos?

— Essa informação vai fazer você se sentir melhor?

Carolina sacudiu negativamente a cabeça. Ele insistiu estendendo o braço, mas ela não conseguia se mover, escorada à parede como se um mero movimento seu pudesse desequilibrar o carro e fazê-lo despencar.

— Os riscos são maiores aqui dentro do que lá fora. Estamos suspensos por cabos de aço, que...

— Tens consciência de que esta informação também não é relevante agora, não tens?

— Tenho consciência de que precisamos sair do elevador. Há outras pessoas esperando.

Diante do medo paralisante de Carolina, Bernardo não encontrou outro jeito que não carregá-la no colo. Apesar dos protestos, ele levou adiante o papel de herói, beijando-a antes de colocá-la de volta no chão, à porta do apartamento onde Alex, providencialmente, os esperava.

— Um lacre é um lacre, né — ele externou, diante da porta aberta. E se queixou: — Vocês estão super estilosos, mas mega atrasados. Quando você me disse que tava saindo, nega, eu calculei meia hora, no máximo. Vocês vieram de quê, de triciclo? — perguntou ele, em tom de ironia.

Carolina e Bernardo se entreolharam. Eles protegeriam a identidade do Corcel, mesmo que para isso fosse necessário assumir total responsabilidade. E foi o que fizeram.

— Eu que me atrasei — os dois disseram ao mesmo tempo.

Alex escancarou a sua expressão favorita de espanto.

— Chocado — ele disse. — Vocês têm mesmo uma sintonia bizarra. Não precisam dizer mais nada. — E sussurrou no ouvido de Carolina: — A menos que queira me contar os detalhes *calientes* quando estiver mais soltinha no fim da festa.

Bernardo não ouviu o que ele disse a ela, mas, pela vermelhidão que tomou o rosto de Carolina, pôde imaginar. Ele tratou de cortar o assunto, perguntando:

— Qual é o plano pra surpresa?

— Por conta das circunstâncias, a surpresa está longe de ser o que tínhamos em mente. Reduzimos o número de convidados para os mais próximos. Então, somos só nós e os melhores amigos do Thiago mesmo. O Vítor acabou de me ligar, avisando que está saindo da casa dos pais e trazendo o aniversariante pra cá.

Ele puxou o casal pelo braço e os levou até o varandão, de onde podiam avistar toda a extensão da praia. Na areia, uma inscrição era iluminada por dezenas de tochas, formando a palavra "Parabéns". Alex, então, carregou os braços com sacolas de bebidas e comidinhas, distribuiu o peso igualmente entre todos, e deixou o apartamento com eles. Carolina fez menção de pegar a escada, mas foi rebocada para o elevador por Alex, que se enganchou nela.

Rostos desconhecidos e mascarados se voltaram para os recém-chegados. Havia mais algumas poucas pessoas dançando ao som da música que emanava das potentes caixas acústicas.

Alex foi logo oferecendo as bebidas e os conduziu para o meio da roda, onde os convidados praticavam a coreografia do *hit* do momento. Havia projeções de *laser* e um globo de luz giratório sobre uma mesa de doces e salgados variados. A profusão de luzes, formas e cores rapidamente começou a incomodar Carolina, mas ela percebeu que Bernardo estava gostando da festa. Em poucos minutos, ele havia feito amizade com todo mundo. Por conta do volume excessivamente alto da música e das máscaras, que abafavam as vozes das pessoas, ela não conseguia ouvir ninguém e se limitava a balançar a cabeça toda vez que olhavam para ela. O rapaz que assumiu o posto de DJ, aos olhos de Carolina, parecia ter escapado de um campo de trabalhos forçados pelos imensos rasgos na roupa. A *playlist* era eclética e incluía música eletrônica, *funk*, MPB e até alguns sucessos de bandas como Beatles, U2 e Bruce Springsteen.

Para entusiasmo de Bernardo, houve espaço na lista de reprodução para que o DJ encaixasse pedidos. Imaginando que Carolina pudesse gostar de descobrir um pouco mais da diversidade cultural do seu país, teve uma ideia.

— Já volto! Não saia daqui — gritou ao ouvido dela, e desapareceu entre os convidados.

Incomodada com o barulho e com as luzes intermitentes, Carolina foi se afastando cada vez mais do centro da festa, onde encontrou Alex enchendo copos de bebida.

— Cata um — ele ofereceu o copo. Tinha a voz um tanto embolada.

— Alex, tens chá de erva-cidreira?

Ele, já sob o efeito da bebida, achou que só podia ser piada e entornou mais vinho branco na taça de Carolina. A bebida transbordou para o vestido dos dois, e Alex disparou a rir, puxando Carolina de volta para o círculo. Ela sentia que podia desabar a qualquer momento.

— Tá tocando aquela música do meu ídolo, da coreografia que a gente adora! — Surpreendendo pela afinação, ele começou a cantarolar *You Make me Feel,* do Sylvester. — Vem!

Bernardo apareceu a tempo de impedir. Alex lhes deu as costas, levantando areia ao arrastar o comprimento do vestido que se estendia até os calcanhares descalços.

— Quis fazer uma surpresa e acabei perdendo você de vista.

— Bernardo, eu...

— Vamos voltar para a pista, vem...! Pedi uma música para a gente dançar.

Sob a máscara que cobria o rosto, ele não podia ver que os lábios dela haviam perdido a cor. As pernas fraquejavam, mas ela não queria estragar o momento.

— A senhorita aceita dançar forró comigo? — perguntou, fazendo uma vênia.

— Forró?

Ele embalou o corpo dela antes mesmo que "Te faço um cafuné", de Dominguinhos, revelasse os primeiros acordes na sanfona e na voz da intérprete. O cansaço que ela sentia, no movimento ágil do seu par, se transformou em energia. Nos braços habilidosos dele, se esqueceu da fraqueza.

Puxando-a mais contra si, ele se inclinou para juntar seu rosto ao dela. Passando gentilmente pelas costas, foi subindo a mão que estava pousada na cintura até chegar na nuca. Ao mesmo tempo em que lhe domava o corpo, acariciava os cabelos, enroscando-os nos dedos.

— Iolanda me ensinou que cafuné é uma palavra africana — ela falou.

— Mas tu acabaste de lhe dar um novo significado... — completou, ao notar a reação ao carinho de Bernardo em sua pele.

Não bastasse o ritmo sensual da melodia, ela descobria que arrastar pés e colar corpos era uma forma mais divertida de dançar. O DJ emendou outro clássico.

— O que é xodó? — Carolina agora quis saber. — Ele canta o tempo todo "que falta me faz um xodó...".

— É o que você é para mim, Carol. A minha namorada.

Ela parou de dançar e o vestido deu uma volta no último rodopio. Foi como se os ponteiros do relógio estacionassem, mas tudo ao redor continuasse acontecendo. Ele soltou sua mão da dela na expectativa de uma reação. Uma balada substituiu o forró, espantando os poucos convidados da pista. Só ficaram os dois, que, sem dançar, permaneciam de frente um para o outro. As cores do globo estampavam figuras indistintas no vestido branco, que sacudia ao sabor do vento forte soprando do mar.

A música que tocava era "Grão de amor" e falava de separação. Seria um prenúncio ou apenas um recurso do destino para que continuassem a dançar? Eles preferiram pensar na melhor opção e, quando ninguém mais prestava atenção aos dois, tiraram as máscaras, encostaram testa, nariz e lábios. Ela, então, apoiou a cabeça no ombro de Bernardo e valsou com ele de olhos fechados.

Ao anunciarem que o aniversariante chegaria em menos de cinco minutos, a balada romântica foi substituída pela batida agitada de mais um sucesso das rádios. Em breve dariam início à contagem regressiva, e tudo o que Carolina e Bernardo queriam era que o tempo ficasse suspenso. Mas, Alex, mal sendo capaz de se equilibrar, apareceu com uma câmera polaroide, disparando o *flash*.

Enquanto a foto era revelada, a verdade permanecia tangível. E o coro clamava:

Dez, nove, oito...

— Por que as pessoas contam os segundos que faltam de forma decrescente?

— Acho que é uma forma de aumentar o suspense por algo muito aguardado.

Sete, seis, cinco...

— Mas o tempo não anda para trás.

Quatro...

— Eu me apaixonaria de novo por você.

Três...

— Não quero voltar para casa. Quero ficar aqui com você.

Dois...

Alex surgiu entre os dois com uma garrafa de champanhe em punho.

A rolha estourou ao som da explosão de um foguete que alguém soltou no momento em que o aniversariante chegou.

— Fica — ele pediu, enquanto o brilho dos fogos ainda refletia nos olhos dos dois. — Eu prometo tocar a nossa música.

Sobre a mesa onde os restos de comida pereciam, a foto de Carolina e Bernardo lentamente se fazia nítida. Ao lado da câmera, diversas outras imagens contavam histórias de sorrisos mascarados, que agora faziam parte do passado, para nunca serem esquecidos.

Ela havia adormecido no banco do Corcel. Ele a pousou sobre a cama, cuidadosamente tirou seus sapatos e limpou os grãos de areia que ainda estavam grudados nos pés. Ao sentir o colchão macio sob as costas, acordou, mas tornou a fechar os olhos sem que ele percebesse. Queria espiar os passos dele.

Bernardo foi até o armário procurar um cobertor. Distraiu-se lendo as frases motivacionais que Beatriz havia colado no espelho da porta. Cobriu Carolina com o único lençol que encontrou. Depois, foi até a cozinha e bebeu um copo d'água. Ficou um tempo com o copo na mão, pensando. Olhou para ela, mas, atenta, ela fez de conta que ainda dormia. Por um instante, achou que tivesse sido flagrada. Ele foi até onde estava a caixa de música e, num tom de voz tão baixo que ela não conseguiu ouvir, disse alguma coisa, colocando a caixa de música dentro do armário. Ela nunca saberia o que ele tinha dito, mas era algo sobre ter decidido lhe contar, assim que amanhecesse, sobre a fotografia de seu bisavô Augusto e Beatriz.

Sentou-se à beira da cama, ao lado de Carolina, e contemplou seu semblante tranquilo e dissimulado. Foi até a janela, encostou-se e começou a tocar sua flauta imaginária. Sempre que tocava, seu coração pulsava num ritmo diferente, tentando acompanhar as batidas da música. Cada sopro era como se a flauta respirasse por ele e ele arfasse à espera de oxigênio. Ele reconhecia nessa simbiose uma necessidade e não precisava sequer tocar para ter consciência disso. A ilusão bastava. A ilusão de um amor encantado, mas impossível.

Ela se levantou e se aproximou dele devagar. Podia adivinhar a cantiga silenciosa que ele dedicava à lua. Era ainda mais bonita do que se lembrava, porém continuava a ser uma melodia triste. Pormenores, como a forma como ele segurava a flauta, desta vez, não passaram despercebidos. Não era mais o som ou a habilidade que a fascinava. Afinal, não existia nada de concreto acontecendo entre Bernardo e sua flauta, além da mímica. Era o toque. Um toque quase sensual, de mãos másculas acariciando as teclas, imprimindo desejo e extraindo satisfação. Ele fechava os olhos, extasiado de prazer. Ela quis mais do que tudo compartilhar aquele momento. Fechou também os seus e se permitiu tocar. Imaginou o dueto que faria com ele ao piano. Imaginou se ele tocaria seu corpo com aquele mesmo sentimento e necessidade. Abriu os olhos sentindo-se envergonhada por ter invadido a privacidade dele com aquele pensamento.

Ao notar a presença dela, ele parou de tocar o instrumento invisível e a lua escondida saiu por detrás das nuvens.

— Desculpa se te acordei — ele falou, retraindo os ombros como fazia normalmente ao final de um espetáculo, tímido diante da plateia.

De uma outra perspectiva, a noite clara revelou a cor da vergonha nas faces de Carolina. Ela perguntou:

— No que você pensa quando toca?

Bernardo respirou fundo.

— Ultimamente, em você.

Ela teve vontade de abraçá-lo pelas costas, e o fez, unindo as mãos na barriga dele. Nunca tinha tomado tamanha intimidade com alguém. Bernardo, por sua vez, sentiu vontade de se virar, beijá-la e amá-la. Ao mesmo tempo em que pensamentos de luxúria tomavam conta de seu corpo, penitenciava-se por desejar Carolina daquele jeito. Por isso, se afastou, quebrando o laço.

— É melhor eu ir — ele decidiu.

— Não, Bernardo. Eu quero que fiques.

Ele não conseguia decifrar o teor do convite.

— Você quer... — Dirigiu os olhos para a cama.

Carolina não entendeu.

— Quero. Preciso! — ela falou, com veemência.

Bernardo engoliu em seco.

— Então... somos dois.

Ela sorriu e levou Bernardo pela mão até a cama.

— Tu primeiro — ela falou, afastando o lençol.

Bernardo livrou-se depressa do suspensório, desabotoou a camisa e começou a tirar a regata que tinha por baixo. Carolina, ao perceber que pouco faltava para ele terminar de se despir, se virou de costas, acalorada, cobrindo os olhos com as mãos.

— O que estás a fazer? — perguntou com a voz nervosa. — Tens o hábito de dormir nu?

Agora foi a vez de ele não entender.

— Dormir?

Ao se dar conta da situação, ele tornou a abotoar a calça e apanhou todas peças que jogara no chão.

— Quando se virar, juro que estarei...

— Recomposto, eu espero — ela falou, esforçando-se para apagar a imagem de Bernardo sem camisa. — Acho que sinalizei errado. Perdoa-me.

— Não, eu que entendi errado. Vamos dormir, cada um na sua casa. Na sua cama. Quero dizer, na sua própria cama.

— Não quero dormir sozinha esta noite. Dormes ao meu lado?

O teor do pedido escancarou a insegurança que ela sentia e exigiu todo o autocontrole dele.

Desfeito o mal-entendido, os dois não conseguiram mais olhar um para o outro com naturalidade até se deitarem. Carolina foi a primeira, encostando-se à cabeceira. Na outra extremidade, virado para ela, ele deixou o colchão se acomodar ao peso do corpo e não se moveu mais. Algum tempo depois, sem conseguir dormir, ela foi se aconchegando devagarzinho e estendeu o braço para afagar-lhe os cabelos. Os caracóis crespos fizeram cócegas na ponta dos dedos. Sem poder evitar, seus olhos passearam pela anatomia masculina. Lábios, braços e peito, esculpidos à semelhança do que ela, até então, só conhecia por intermédio dos livros de arte.

Era a primeira vez que observava, além das formas, também os tons da pele negra. Sob o único foco de luz do quarto, um abajur ao lado da cama, Carolina explorou a mesticidade das nuances e dos contrastes, tirando proveito da penumbra. O jogo de sombra e claridade revelou a robustez dos músculos num corpo são e sem cicatrizes. Não se parecia com nenhum outro corpo africano marcado pelo passado de dor, cujas imagens guardava na memória mais longínqua dos tempos da infância nas antigas propriedades rurais que frequentara com os pais.

Bernardo se esforçava para manter os olhos fechados, mas, por mais indiferente que tentasse parecer, ao sentir o calor da aproximação de Carolina, cada terminação nervosa do seu corpo despertava e o coração batia cada vez mais forte. Ele tentou pensar em qualquer coisa agradável que o afastasse dali, como uma pelada com os amigos, um bife com batata frita ou um concerto de flauta. Mas, então, de repente, o carinho em seus cabelos cessou e as distrações deram lugar à curiosidade. Ele abriu os olhos para confirmar que ela havia adormecido. Assim, poderia voltar a tentar dormir em paz.

Carolina, entretanto, não dormia. De forma muito natural, descobria o desejo em si mesma, tocando-se, experimentando-se, feminilizando-se e tornando-se mulher. Ao perceber que ele a observava, ela hesitou, encolheu-se, cobriu-se. Os tabus, mais do que suas partes íntimas, ainda ardiam sob os lençóis. Percebendo a confusão de sentimentos em Carolina e já incapaz de controlar sua excitação, Bernardo traçou um mapa sobre o tecido que roçava o corpo dela. Desenhou montanhas e planícies sem encostar os dedos nela. Ainda assim, ela pôde sentir a atração e a incandescência do toque atravessando as tramas do tecido.

Ela acompanhava a sombra da mão que sobrevoava seu corpo. Não piscava sequer, não queria adormecer. A lembrança do beijo em Santa Teresa tomou todo seu campo de visão e foi aprisionando um a um seus outros sentidos. Podia tocar o gosto das ondas do mar se desmanchando no céu da boca enquanto dançava forró de rosto colado. Podia saborear a melodia que vinha da flauta invisível e tinha cor de capim-limão. Podia ouvir a textura do relevo em cada uma das quatro letras estampadas no couro da capa de um livro que ela havia aberto para nunca mais fechar. Sexo. Em letras garrafais. Ela imaginava o sexo como um êxtase de sons, paladares, texturas, cores e odores. Sinestesia. E, de repente, não imaginava mais nada porque agora Bernardo havia apagado a luz.

Bernardo tinha a respiração ofegante de tanto ter contemplado a anatomia topográfica de Carolina. Virou-se de costas para ela. Tentou acostumar os olhos ao escuro, arquitetando os móveis e as janelas do quarto enquanto convencia os hormônios de que não havia nenhum odor feminino exalando da mulher ao seu lado. O coração de Carolina acelerava só de pensar na saudade que sentia de tudo o que Bernardo provocava nela. Não poderia esperar nem mais uma noite sequer. Então, ela ousou acender de novo a luz. Gentilmente se debruçou sobre ele, derramando os cabelos sobre seus ombros. Guiou a mão dele até sua cintura. Bernardo sentiu toda a musculatura enrijecer e soltou o ar. As tentativas frustradas de se distanciar de Carolina perderam a importância quando ela o envolveu calidamente e gemeu nos seus braços. Ele viu no olhar dela um fulgor e constatou que era um chamado de urgência.

BEATRIZ

Não demorou para Beatriz se dar conta de que havia esquecido o livro no coche de Luís Eduardo. Mal havia passado pelos portões da chácara, voltou atrás correndo. Chamou, acenou em vão, e ainda viu o carro desaparecer na alameda.

Esbaforida e praguejando contra si mesma, nem sequer reparou que havia visitas na casa. A família Oliveira a aguardava para o jantar, e todos, incluindo o noivo de Carolina e o coronel Faria Mattos, levantaram-se ao darem pela sua presença. Ao verem Beatriz em tal estado de descompostura, cruzando a antessala onde eram servidos os aperitivos, Flora e Manoel, que haviam inventado a desculpa de que a filha tinha passado a tarde a ajudar nas missões de caridade promovidas pela paróquia, a repreenderam com os olhos.

— Ih, ferrou! — ela exclamou ao se deparar com os convidados.

O coronel foi o primeiro a se manifestar, inclinando-se para beijar a mão de Beatriz. Seu frondoso bigode, de fazer inveja a qualquer *hipster* do século 21 fez coceira, e ela, não muito discretamente, esfregou as costas da mão no vestido.

— Não sei como é possível, mas a senhorita fica mais bonita a cada vez que a vejo. — Arqueando as grossas sobrancelhas na direção do filho, disse: — És um femeeiro de sorte, Alvinho!

Femeeiro? Alvinho? Beatriz sentiu cheiro de paradoxo no ar. Olhou para o homem grande com ar entediado que se aproximava dela, e de imediato concluiu que, por debaixo do traje burguês, existia um menino mimado.

— Eu não teria tanta certeza disso, coronel — ela comentou, referindo--se, somente, ao comentário sobre a sorte do noivo.

— Ora, não seja modesta, minha querida! Meu pai está certíssimo, como sempre. Ponho-me a imaginar os belos filhos que teremos, todos os seis.

— Seis?!

Aos domingos, levarei os rapazes às afamadas touradas em Laranjeiras, como fazia meu pai comigo.

Pensando alto para si mesma, ela deixou escapar:

— Será que já fundaram as sociedades protetoras dos animais? Eu quero me associar!

Flora deu um salto de onde estava e puxou a renda da manga do vestido de Beatriz quase a ponto de desfiá-la.

— Minha filha é tão caridosa, coronel! Imagine o senhor que ela passou o dia a ajudar o padre Sebastiano com os preparativos para a quermesse!

— Temos muito orgulho da nossa prendada Carolina. Sabe fazer de tudo numa casa, além de se interessar por música e literatura — completou Manoel, verificando o relógio pela terceira vez em menos de um minuto. Estava quase na hora do jantar e ele sempre ficava ansioso para cumprir os horários.

— Música e literatura, meu caro Oliveira? — O coronel torceu o comprido nariz. — Ora, não sei no que estas bobagens poderão ter serventia para a mulher de um grande fazendeiro. Entre os afazeres domésticos e as obrigações conjugais, poucas chances a vossa filha terá para tais distrações.

— Grande fazendeiro e, em breve, um promissor industrial! — animou-se Manoel. — Precisamos falar dos nossos negócios, meu amigo!

Enquanto os dois tomavam seus lugares nas largas poltronas e emendavam o assunto da fusão de suas propriedades, Beatriz sentou-se no sofá, procurando mentalmente em si mesma alguma etiqueta que referisse seu código de barras. Por mais que soubesse quão repugnante poderia ser o discurso machista da época, estava segura de que aqueles homens tinham conseguido estabelecer um novo parâmetro que dificilmente poderia ser superado, naquele ou em qualquer outro tempo e lugar. Tornava-se cada dia mais difícil para ela participar daquele teatro.

Álvaro tomou a iniciativa de se sentar ao lado da noiva, diminuindo ao máximo o espaço entre eles. Ela, sem perder tempo, esticou-se até tomar a maior distância que o sofá permitia.

Flora, convencida pelo desassossego do marido com o horário, pediu licença para verificar o andamento do jantar. Ele se sentou logo a seguir, acompanhado do coronel, que terminava seu charuto. Beatriz, valendo-se do assunto sobre os cafezais dos Faria Mattos, interrompeu os dois ao disparar:

— Coronel, é verdade que o senhor mantém ilegalmente mão de obra não remunerada em condições similares à da escravidão em suas fazendas?

Antes que o homem pudesse desarmar a expressão hostil que arrepiou até o farto bigode, a campainha soou. Foi uma agitação geral, pois ninguém mais era esperado àquela hora.

— Salvo pelo gongo, hein! — Ela deu uma cotovelada que ficaria latejando a noite inteira no braço de Álvaro.

Iolanda, que havia estado na cozinha comandando a preparação do jantar, enxugou as mãos no avental antes de verificar quem era. Ela localizou Beatriz no sofá, fez o sinal da cruz e abriu a porta.

Luís Eduardo entrou, sem cerimônia, com manifesta autoconfiança no olhar, trazendo o livro na mão.

— Não é necessário anunciar-me, Iolanda. Creio que todos aqui sabem quem eu sou. E creio já conhecer todos, ou quase... — Ele fitava Beatriz incisivamente.

Beatriz foi a primeira a se levantar. Ela era a pessoa mais surpresa no recinto, em especial, porque pensava ter certeza do que Luís Eduardo tinha ido fazer ali: seria ele capaz de desmascará-la na frente de todos?

Quando Flora retornou avisando que a refeição estava pronta para ser servida e convidando os presentes a se mudarem para a sala de jantar, encontrou todos de pé.

— Doutor Mesquita, que visita inesperada! — Percebendo o embaraço da situação, emendou: — O senhor é sempre muito bem-vindo nesta casa. Janta conosco?

— É um convite amabilíssimo, dona Flora, especialmente porque invado um jantar em família.

— Não esquenta, doutor, não vamos levar a mal se não ficar. Imagino que esteja cansado de um dia longo de trabalho. Fique à vontade para recusar! — Beatriz lançou um olhar imperativo para o médico.

— Tal cuidado comigo até me comove, senhorita — disse ele, com um sutil tom de ironia. — Mas a verdade é que fica difícil resistir ao delicioso aroma que me chega da cozinha! Dona Flora deve ter adivinhado que arroz de pato é meu prato favorito.

— E não é que o doutor acertou? Visitas ilustres pedem cardápios especiais — Flora fez questão de dizer, ampliando o sorriso ao coronel e ao seu filho.

Os lugares à mesa foram dispostos conforme as regras de etiqueta, o que levou Beatriz a ocupar o lugar ao lado de Luís Eduardo. À sua frente, Álvaro. O coronel, como convidado de honra, ficou ao lado de Manoel, sentado à cabeceira.

Enquanto era servido o primeiro prato, Beatriz avaliava as ações e reações de cada um. Podia assegurar que Álvaro não era apreciador do prato principal, que o coronel preferia conversar sobre política a ter de ouvir as observações de Manoel sobre os negócios têxteis, que Flora estava sem apetite, e Iolanda, doida para lhe segredar alguma coisa. Luís Eduardo, entretanto, a intrigava. Beatriz não tinha dúvidas de que ele havia lido a dedicatória no livro e estava ali com o intuito de desmascará-la, porém, não entendia por que ele faria isso publicamente. Não lhe parecia ser do perfil dele, um homem discreto e cauteloso, agir dessa forma. Ele era a pessoa mais à vontade à mesa, a comer feito um desalmado, mostrando logo aí que não era o Luís Eduardo de quem Beatriz esperava prudência e moderação. Ou mostrando, apenas, que não havia mentido quando dissera que adorava arroz de pato.

— Precisamos conversar — murmurou Beatriz com o canto da boca.

Ele iniciava a segunda porção que Iolanda havia acabado de lhe servir.

— Dona Flora, preciso registrar que está divino. Espero que não se incomode de estar a repetir! — disse ele.

Álvaro mal conseguia comer metade do que tinha no prato. Encarava Luís Eduardo com alguma inveja.

— Faça-me o favor e coma o quanto quiser, doutor! — disse Flora, dirigindo-se depois à Iolanda: — Sirva mais uma porção ao senhor Álvaro. Ele come feito um passarinho. Parece estar tímido esta noite!

— Não! — Álvaro tratou de, rapidamente, cruzar os talheres sobre o prato. — Obrigado, dona Flora. Estava delicioso, mas, o fato é que não sou dado a exageros.

— Já o doutor come feito um touro! — comentou Manoel, positivamente impressionado com o desempenho de Luís Eduardo.

— Paraste por aí, Alvinho? Não reconheço em ti um Faria Mattos, meu filho — falou o coronel, sinalizando para que Iolanda o servisse. — Não é à toa que os homens de nossa família são robustos! Faça o favor, criada.

Ele apontou o prato do filho à Iolanda, que aproveitou a oportunidade para despejar o dobro de uma porção. Álvaro, sob o olhar fiscalizador do pai, praticamente fechava os olhos para não lacrimejar enquanto encarava o pratão à sua frente.

— Filho meu não arrega diante uma boa contenda — falou o coronel, satisfeito por incluir o filho na disputa gastronômica.

Manoel achou que poderia comer um pouco mais e ficou com a raspa do tacho. Por ordem do patrão, Iolanda foi até a cozinha buscar mais.

— Não querendo incitar meus concorrentes, mas comam o quanto quiserem, pois eu sigo na frente — provocou Luís Eduardo.

Beatriz poderia estar se divertindo com a batalha se não estivesse incomodada com o estranho comportamento de Luís Eduardo. Ela acabou explodindo:

— O homem é um bicho primitivo mesmo. Nunca foi diferente. — Olhava propositadamente para o médico ao seu lado.

Percebendo que havia conseguido atrair a atenção de todos, exceto do médico, ela encontrou um bom pretexto para deixar a mesa e refugiar-se no quarto, longe da ameaça de ter sua identidade revelada a qualquer momento. Apoiou a mão na mesa para se levantar, mas Luís Eduardo a deteve, impondo a sua sobre a dela.

Todos os olhares estavam sobre Beatriz e, agora, sobre Luís Eduardo também.

— Com licença! — ela falou, já de pé, insistindo para que ele soltasse sua mão.

— Doutor Mesquita, o senhor pode nos explicar o que está acontecendo? — Manoel engolira depressa para perguntar.

— Pois bem, senhores e senhoras, o que vou fazer agora é autoexplicativo.

Tomado por uma ousadia que julgava ter somente para os assuntos de trabalho, Luís Eduardo se levantou, tirou os óculos e pousou-os na mesa. Ajeitou a gravata no colarinho, respirou fundo, laçou Beatriz nos braços e a beijou impetuosamente e com ardor.

— Doutor Mesquita, o senhor... francamente! — Foi tudo o que Flora conseguiu expressar, antes de apoiar-se no marido.

Ao ver o livro esquecido sobre o banco do coche, Luís Eduardo havia lutado contra a curiosidade para não ler a dedicatória de Machado no livro de Beatriz. Resistiu e seguiu seu instinto. Em vez de desafiar a confiança de Beatriz, preferiu desafiar a si mesmo. Em vez de seguir a direção conhecida e segura rumo a sua casa, decidiu dar meia-volta. Mesmo sabendo que era um caminho sem retorno. E também por isso.

Nem em suas maiores fantasias, Beatriz teria imaginado um ato de rebeldia como aquele de Luís Eduardo. Por mais que houvesse pensado inúmeras vezes em enfrentar a família de Carolina e terminar o noivado da moça com Álvaro, não havia conseguido ainda reunir a coragem necessária para interferir no destino da mulher cuja identidade assumia. Ainda que involuntariamente, a cada respiração sua, respirasse por essa outra mulher. Naturalmente, haveria consequências. A mais séria delas, assumia em seu íntimo, era ter se apaixonado por Luís Eduardo.

Ao corresponder ao beijo, assumiu não apenas a sua vontade como as consequências de ter as próprias vontades. Não queria pensar no que Carolina faria ou deixaria de fazer, queria ou deixaria de querer, porque assim deixaria de ser quem era. E Beatriz nunca havia desejado tanto ser Beatriz como naquele momento:

— Você vem? — ela convidou, ainda sentindo os lábios formigando do beijo.

Ele não teve tempo de pensar duas vezes. Ela o arrastou pela mão e, como dois fugitivos, escaparam da vista de todos. Sob os protestos de Flora e do coronel, os únicos que conseguiram manifestar reação, o casal correu pela sala, encontrando Iolanda à espera deles com a porta aberta. Beatriz parou um instante e deu um beijo no rosto da governanta.

— Eu a verei de novo, senhora? — Iolanda perguntou.

— Obrigada por tudo — disse ao partir.

Os dois se lançaram ao jardim, de mãos separadas, por caminhos diferentes, correndo por entre as aleias, contornando as fontes, agitando as flores. Não tinham um plano em comum, mas seguiam na mesma direção. Luís Eduardo, ofegante de contentamento, subiu primeiro no coche e estendeu a mão para Beatriz, que percebeu-a tão trêmula quanto a sua. Isso a fez sorrir.

O céu escureceu de repente, com nuvens encobrindo totalmente a Lua. Uma abundância de chuva batia na janela do coche embaçando o vidro. Luís Eduardo havia pedido ao cocheiro para não se distanciar muito da propriedade dos Oliveira.

Quando viu que já não havia residências em volta, ele soltou a tranca da fenestra e colocou a cabeça para fora. Ela tentou puxá-lo para dentro, mas logo percebeu que não havia mais ninguém na estrada e o único risco que Luís Eduardo corria era pegar um resfriado. Então, fez o mesmo do outro lado, deixando a chuva lavar seu rosto da maquiagem desgastada do dia.

— Estou apaixonado! — gritou ele para a imensidão de céu sobre a sua cabeça.

Surpreendida, Beatriz voltou o rosto para dentro. Gotas de chuva salpicavam nas maçãs do rosto e desaguavam pelo queixo. Certa de que ele havia lido a dedicatória em seu livro, perguntou:

— Por quem?

Os cabelos de Luís Eduardo, sempre tão bem-arrumados, estavam caoticamente desalinhados. Ele olhou para baixo com um sorriso oculto, tirou o livro do bolso interno da casaca e devolveu a ela.

— O que achou? — ela emendou.

— Não li.

Ela mal havia desfeito a expressão do rosto e já encontrava um novo motivo para se surpreender.

— Você nunca pisa na bola?

Ele não tinha certeza do que ela queria dizer com aquilo.

— Fazes-me perder o juízo. E gostas disso!

Beatriz abriu o livro na folha de rosto e leu a dedicatória em alta voz. Quando terminou, avaliou Luíz Eduardo com expectativa.

— Beatriz Giacomini? — ele pronunciou, e ela achou que seu nome soou melódico na voz dele. Após algum suspense, ele tornou a falar: — Não precisas explicar nada. Eu percebo o porquê de precisares usar um pseudônimo para justificares a presença deste tipo de literatura em sua casa.

Ela engoliu em seco. Mas estava determinada a não perder a chance de contar a verdade. Ainda que estivesse sendo mais difícil do que imaginara.

— Ela existe.

— Deve ser uma mulher destemida, à frente do seu tempo.

— Machado não poderia ter me descrito melhor — ela completou, envaidecida.

Luís Eduardo tirou o chapéu da cabeça e ficou um tempo olhando para o fundo da copa, como que buscando o rumo da história que havia perdido. Ela respirou fundo e disse:

— Não existe pseudônimo nenhum. A Beatriz sou eu.

Ele mirava os olhos dela intensamente à espera de receber alguma pista sobre o enigma que acabara de ser criado.

— O que mais meu amigo Machado sabe que eu não sei?

— Vamos para algum lugar onde possamos conversar com privacidade — ela pediu. — Não podemos ficar dando voltas e voltas aqui a noite inteira.

A escuridão lá fora era um lembrete de que na sociedade daquele século não havia opções de vida social para uma moça de família dar uma esticadinha depois de um jantar. Mas Beatriz deixou bem claro para Luís Eduardo que preferia ignorar isso.

— O Democráticos? — sugeriu ele, referindo um endereço sobre o qual ela já havia manifestado interesse.

— Muito público — ela descartou. — Vamos para a sua casa.

Ele apertou os lábios.

— Uma dama desacompanhada na casa de um homem solteiro...

— Ah, qual é? Eu estava gostando tanto do Edu vanguardista!

Luís Eduardo coçou o queixo, sempre impecavelmente liso.

— Tens razão. O que é uma imprudência a mais para dois pecadores?

Beatriz encarou o médico:

— Doutor Mesquita, o senhor... francamente! — disse, imitando a reação espantada de Flora.

Luís Eduardo vivia num modesto sobrado de uma vila do bairro de São Cristóvão, antigo reduto imperial, cada vez menos elitista, mas ainda charmoso. A poucas quadras dali, a Quinta da Boa Vista convidava famílias a passeios pelos jardins e a visitar o Palácio de São Cristóvão e o de Leopoldina, o qual, antes da demolição anos depois, passou a servir de repartição pública.

Debaixo da chuva torrencial, Luís Eduardo tirou a casaca e usou-a como coberta para abrigar Beatriz até a entrada da casa. Ainda assim, as poças de água haviam encharcado quase toda a barra do vestido.

Ao entrar, ela tirou os sapatos, que eram forrados de tecido. Gostou de sentir a textura do tapete macio na planta dos pés.

— Vais pegar uma gripe se não te aqueceres — ele avisou. — Vem comigo.

Ele a direcionou até a sala, onde a convidou a sentar-se no sofá e lhe serviu uma dose de licor.

— Bem pensado — ela falou. — Bebida primeiro. Assim ficamos mais à vontade para tirar a roupa.

Ele engasgou no primeiro gole.

— Desculpa! Essa foi terrível. Só falo besteira quando fico nervosa.

— Estás nervosa?

Ela terminou de uma só vez a sua dose de licor.

— Sei que pareço segura de mim, mas, quando estou do seu lado, nem controlar o que falo consigo.

— Tu és uma mulher de coragem, Carolina.

— Beatriz... meu nome é Beatriz.

Ele se sentou ao lado dela no sofá e tentou analisar a expressão séria em seu rosto.

— Giacomini. — Ele havia gravado o sobrenome. — Deveria me preocupar com esta sua crise de identidade? — perguntou e apontou o olhar para sua maleta de médico que repousava sobre uma cadeira.

— Vou te contar tudo, Edu. Mas, antes, me empresta uma toalha e uma roupa? Até a minha calcinha ficou molhada!

Luís Eduardo tentou aparentar naturalidade, mas a cor rubra em suas faces o traiu.

— Toalha, claro, posso providenciar. Mas lamento não ter vestimenta adequada a uma dama. Não sou dado a anáguas e rendados — ele falou num esforço para descontrair.

— Confio em você. — Ela piscou para ele.

Enquanto ele foi até o quarto buscar alguma peça de roupa, Beatriz usou a toalha que ele lhe entregara para enxugar os braços e o colo, e amarrou-a no cabelo, que ainda pingava. Perambulou pela casa explorando os cômodos do andar térreo. A casa de Luís Eduardo não possuía muitos objetos, e os poucos móveis conviviam harmonicamente. A decoração era sóbria, revelava um apreço pela cultura indígena, lembranças de suas origens e de suas expedições. O restante servia de complemento para o essencial, que incluía o estritamente necessário para um homem solteiro que passava mais tempo fora do que dentro de casa. A exceção ficava a cargo de um cavalete de pintura exibindo o esboço inacabado de uma criança soltando pipa, que estava estrategicamente posicionado ao lado da janela mais luminosa. Do lado mais sombrio do salão, alguns papéis avulsos com anotações e livros científicos desgastados de tanto terem sido folheados cobriam quase todo o comprimento da mesa de jantar. Ela concluiu que ele apreciava a própria companhia, tinha pouco tempo para *hobbies* e uma paixão genuína pelo seu trabalho. Reconhecia-se nisso, pois sentia muita falta de desenhar seus croquis: sempre havia sido a melhor forma de conectar-se consigo mesma.

— Não deverá assentar-te, obviamente, mas esta camisa é o menor modelo que tenho. E tem o par de calças, que...

— Eu tenho uma calça parecida com essa! — vibrou, reparando no tecido Oxford, que ela adorava por não amassar muito. — Desabotoa para mim?

Beatriz se virou de costas, à espera de que ele a ajudasse com o vestido. Ela não precisava enxergar para saber que as mãos do rapaz hesitavam entre uma casa e outra. Contou pelo balanço do pêndulo do relógio carrilhão à sua frente os dois minutos inteiros que ele levou para abrir dois dos 23 botões.

— Geralmente é a Iolanda quem faz isso. Ela tem tanto jeito que merece um adicional para fazer esse tipo de trabalho. — Alguns minutos depois, ao soarem as badaladas do quarto de hora, bufou: — Pode deixar, eu termino!

— Sê paciente. Vou até o final. É questão de honra agora!

— Você é o médico, então, devia saber que, se eu ficar mais duas horas com esse vestido, posso pegar uma pneumonia...

— Pronto! — ele falou, exageradamente contente.

— Já?

— Se Iolanda merece um adicional, o que mereço eu?

— A verdade — ela respondeu, sem hesitação. — Crua. E *nua*.

Ela livrou-se do vestido, que desmontou aos seus pés como uma cortina de teatro a revelar o segredo dos bastidores. Ou quase isso. Luís Eduardo tinha ótimos reflexos para além dos irrepreensíveis atributos de cavalheiro e foi bastante rápido ao cobrir os olhos.

— Tu és...

— Linda? Maravilhosa?

Ele balançou a cabeça, titubeando. Ela não aceitou a provocação, e continuou:

— Perfeita?

— Espontânea, ousada, surpreendente... — ele falou, espiando por entre os dedos. — E tudo o que disseste também.

— Eu queria te mostrar como realmente sou, Edu. Não o corpo por baixo de montes de camadas e combinações, mas a mulher que não aguenta mais se esconder dentro dele.

Assustado com o que ela poderia revelar a seguir, virou-se de costas. Beatriz achou a situação cômica, mas logo se deu conta de que não era engraçado. Lembrou-se de Carolina. Desta vez, não sentiu ciúmes, apenas uma grande tristeza.

— Não é disso que estou falando — ela disse. — Estou falando da minha identidade.

Ela aproveitou para despir a combinação e trocá-la pelas roupas dele. Quando ele se virou, na expectativa de encontrá-la já composta, com as curvas devidamente cobertas, o que enxergou, de fato, foi um olhar feminino radiante e um sorriso ao mesmo tempo angelical e diabólico. Para seu desespero e também excitação, os trajes masculinos evidenciavam ainda mais os atributos que buscava ignorar. Sabia que, independentemente da identidade pela qual quisesse ser conhecida, estava diante de uma mulher de atitude, e não mais de uma menina mimada.

— É irrevogável — ele falou, interrompendo o silêncio e a busca frenética dos olhares. — A partir de agora, cada batida do meu coração, és tu quem comandas. Não me importam os teus segredos, porque tu me absolveste de todas as minhas penitências.

Ela, que não era dada a suspiros, não pode evitar.

— Por que tudo o que você diz soa para mim como um poema?

Impactada com a força do que ele disse, cobriu os olhos como ele havia feito antes e também espiou por entre os dedos. Tinha medo de que Luís Eduardo desaparecesse da sua frente, pois era a primeira vez que desejava ficar com alguém para sempre.

— Se você não existisse, Machado teria inventado você, Edu.

Ele afastou as mãos dos olhos dela e entrelaçou-as nas dele. Era a primeira vez que um homem a tocava com tamanha delicadeza e veneração. Ele a beijou, suavemente. E ela sentiu que não precisava ter pressa.

PARTE II

— que entre raiz e flor há um breve traço:
o silêncio do lenho, — quieta liça
entre a raiz e a flor, o tempo e o espaço.

(Jorge de Lima, "A raiz e a flor", *Livro de Sonetos)*

12
DISFARCES

Beatriz

Bairro de Santa Teresa, Rio de Janeiro, verão de 2020

De dentro do armário era possível ouvir a melodia que se dissipava no ar feito fumaça invisível. Escapava pelas frestas das portas e das gavetas e se espalhava sombriamente em partículas sonoras.

Envolto naquela aura que confundia realidade e ilusão, Bernardo esteve ao lado de Carolina durante toda a noite.

Em algum momento, depois de Carolina ter adormecido enquanto lia o livro que lhe oferecera, aninhou-a junto ao peito e colocou o braço sobre sua cintura. Pela manhã, os cabelos repousavam sobre seus ombros, acariciando-lhe a pele e perfumando o ar que respirava. Quando a campainha tocou, ele já não dormia, mas ainda sonhava. Não queria ter despertado. Porém, quem quer que estivesse à porta, dada a insistência, tinha urgência.

Bernardo andou depressa, mas a passos leves até a entrada. Pelo porteiro eletrônico, viu Alex com cara de poucos amigos e braços cruzados. No rosto, resquícios de rímel manchado lhe davam uma aparência ainda mais atormentada. Mal a porta abriu, Alex foi ordenando:

— Chama a Beatriz, por favor. — Ele pôs as mãos na cintura.

Ao reparar que Bernardo vestia a mesma camisa branca com os dizeres

"Born to Be Wilde" com a foto do escritor Oscar Wilde encarando-o na estampa, revirou os olhos.

— Ela ainda está dormindo — Bernardo sussurrou. — Quer entrar?

Alex o puxou pela gola da camisa para fora da casa. A soleira da porta tinha um pequeno degrau, o que criou instabilidade e Bernardo quase tombou no chão.

— Quem você pensa que é? — Alex perguntou com ira.

— Não entendi — falou Bernardo, retomando o equilíbrio.

O outro deu uma baforada de irritação.

— E o cabra ainda é sonso! Você não vale o que o gato enterra.

— O que aconteceu? — perguntou Bernardo, genuinamente confuso.

— Vim até aqui para alertar a minha amiga, mas, infelizmente, cheguei tarde demais.

— Alertar do quê? De mim?

Alex era a própria pomba da paz personificada, mas, se existia algo que ele valorizava acima de tudo, eram suas amizades. E Beatriz não era apenas sua melhor amiga. Era sua advogada, defensora de todos os seus direitos e promotora da integridade e da justiça. Por ela, sobretudo por ela, permitia-se descer do salto da elegância e vestir coturnos de guerra.

— Sei que bebi demais ontem, mas lembro que tirei essa foto de você com a Bia. — Alex entregou uma fotografia na mão de Bernardo. — Quem é essa periguete? Você tá chifrando a minha amiga?

Bernardo encostou a porta atrás de si. Nunca tinha visto o rosto da mulher de cabelos castanhos que o abraçava na foto, mas sabia quem era. Sabia, também, que não cabia a ele a decisão de contar para Alex a verdade. Então, falou:

— Acho melhor você conversar com ela, cara.

— Estou mais curioso para ouvir a sua versão.

Bernardo percebeu que, além de transtornado, Alex estava exausto da noite provavelmente não dormida.

— Não quer entrar? — convidou novamente. — Vou fazer um café bem forte pra gente.

Ao perceber que Bernardo se preparava para lhe dar as costas, Alex arregaçou as longas mangas da bata que vestia e deu um passo à frente, se posicionando a apenas um palmo de distância dele. Estendeu a mão para puxá-lo mais uma vez para a calçada, quando foi paralisado pela amplitude e intensidade de um grito ecoando muito perto dali.

Uma ventania repentina derrubou as latas de lixo diante das casas, arrastando poeira e jornais velhos pela calçada. O céu de parcas nuvens, entretanto, não dava indícios de mudanças meteorológicas. As velhas dobradiças rangeram por trás de Bernardo, e Alex fixou os olhos na forma de uma mulher que ganhava nitidez conforme a porta se abria.

— Entrem, por favor — a voz feminina clamou. — Preciso de ajuda.

Bernardo se virou para ela e, sem sombra de dúvida, falou:

— Beatriz.

Enquanto Bernardo procurava Carolina em todo canto da casa, Beatriz abraçava Alex como se não abraçasse o amigo há muito tempo. E isso era verdade.

— Nega — ela disse ao ouvido de Alex —, morri de saudade.

Mesmo sem entender coisa alguma, Alex se deixou abraçar, aproveitando o gesto de carinho.

A angústia foi tomando conta de Bernardo. Ele olhava para os lençóis desfeitos e o formato do corpo que Carolina deixara no colchão. Por mais que soubesse que o corpo nunca fora o dela, presumia reconhecer suas formas mesmo sem nunca a ter tocado. Num ato de desespero, foi até o armário e começou a tirar tudo de dentro.

— Ei, o que você está fazendo? — Beatriz perguntou. E quis saber de Alex, que observava a cena, chocado: — Qual é o nome dele?

— Bernardo — respondeu o próprio, e continuou atirando peças de roupa sobre a cama. — Deveria estar aqui! É a única maneira de trazer ela de volta...

— Você está procurando por isto? — Beatriz tinha a caixa de música em suas mãos. — Não adianta dar corda. Tentei agora há pouco.

— Danou-se. Devo ter comido água para estar com uma ressaca dessas, *vei*. — Alex se atirou sobre o sofá com a mão na testa. — Alguém me explica o filme, porque eu cheguei atrasado e perdi o começo...

Beatriz foi até Bernardo, que tinha o pensamento perdido em algum lugar longe dali. Ela viu que ele não tirava os olhos da fotografia que trazia na mão.

— Posso ver?

Uma lágrima desceu em seu rosto no momento em que ela percebeu que a mulher na foto era a outra em pessoa.

— Essa é a Carolina — Bernardo falou, ainda sob o efeito do choque de estar conhecendo a real aparência de Carolina.

Alex, assistindo a tudo, começou a fazer massagens com os dedos indicadores nas têmporas.

— Estou vendo... — ela disse. — Como é que pode a câmera ter capturado a imagem verdadeira?

— Talvez ela capte o espírito — ele sugeriu.

— Não pode ser. Alma não tem forma — ela contestou.

— Alguma teoria metafísica talvez explique.

— Tempo! — gritou Alex, fazendo sinal com as mãos. — Agora o papo tá ficando mais esquisito. Abilolei de vez, foi?

— Vou te contar tudo — tranquilizou Beatriz. — Só não sei por onde começar...

— O começo já é um bom começo. Manda ver — o amigo pediu.

Durante todo o tempo em que Beatriz e Alex conversaram, Bernardo ficou calado, pensando que, àquela hora, num século que passou e num Rio de Janeiro que não existia mais, Carolina estava de volta à sua vida, uma vida que ele nem sequer conhecia e nunca poderia conhecer.

— *Vei...* eu tô passado. Até percebi que você estava diferente, mas nunca poderia imaginar um babado desses. Às vezes eu achava que estava só zoando.

— O que a Carolina sabe sobre a caixa de música, Bernardo? — Beatriz perguntou.

— Ela acredita que é um elo. Mas nunca entendeu por que vocês trocaram de lugar.

— Você acha que ela queria ficar aqui?

Bernardo não respondeu e baixou a cabeça pressionando o polegar sobre os olhos.

— Desculpa — ele disse, a voz ligeiramente embargada. — Não sei.

Alex se aproximou devagar, sentou-se ao lado de Bernardo e colocou o braço sobre seus ombros, puxando-o para perto. Os dois ficaram abraçados enquanto alguns soluços escapavam entre as brechas do silêncio.

Beatriz deu corda na bailarina e a música acompanhou seu movimento giratório. Segurando a garrafa pela base, olhou através do vidro e enxergou uma realidade turva do outro lado, onde nuvens se movimentavam depressa no céu emoldurado pelos esquadros da janela. Sua noção de tempo havia sido definitivamente invertida e o passado havia se transformado em futuro.

— Eu estou feliz lá — ela falou, no presente do indicativo, atraindo a atenção de Bernardo e Alex. — Estou fazendo avanços, planos, perto de encontrar o meu lugar. Conheci meu ídolo, visitei lugares e vi paisagens que só conhecia de fotos em preto e branco e fui cortejada como nunca pensei que seria, por um homem que pensei que só pudesse existir nos livros...

Os dois rapazes se entreolharam, compartilhando a mesma dúvida.

— Por que você disse que precisa da nossa ajuda? — Bernardo perguntou.

— Porque eu quero voltar.

— O quê? — Alex perguntou. Tinha os olhos vidrados na dançarina, que piruetava graciosamente dentro da garrafa pousada no colo da amiga.

Percebendo o fascínio, Beatriz interrompeu abruptamente o balé.

— Vocês precisam me ajudar a voltar para o passado.

Peixoto observava a verdadeira Beatriz. Era claro para ele que ela e Carolina guardavam mais diferenças do que semelhanças. Uma das evidências que não demorou a atrair sua atenção era que Beatriz era um desastre no piano.

— Sério! Vocês precisavam ter visto a cara dos pais da Carolina quando eu comecei a tocar "Cai, cai, balão" no recital. — Ela contava a história enquanto reproduzia a música num piano que Peixoto havia recentemente arrematado num leilão e acabado de afinar para um colecionador.

— Nota-se que a habilidade musical passou longe de você — ele comentou, servindo o café. Havia escolhido seu melhor jogo de porcelana.

— Mas sou ótima em muitas outras coisas. Por falar nisso, Alex, a universidade retomou as atividades? O Aloísio remarcou as apresentações? Aliás, a pandemia acabou?

— E você se importa? Não vai embora? — indagou o amigo, amuado.

Beatriz deixou o banco do piano e foi sentar-se ao lado dele, no sofá.

— Eu estou aqui agora, não estou? — Ela pegou a mão dele. — Vamos aproveitar esse tempo juntos, enquanto ele durar. Porque ele passa depressa, e a gente não tem garantia do amanhã. Eu preciso do meu *best*.

— Até o dia em que você conseguir o que quer e não precisar mais?

— Ele se desvencilhou da sua mão. — Vixe, quando foi que você se tornou egoísta assim?!

— Ei — interveio Bernardo —, vamos nos concentrar no que interessa agora. Depois vocês se entendem. Meu avô encontrou uma pista...

— Não levem a mal, mas não posso participar disso — Alex interrompeu. — Não consigo nem imaginar como encarar a Aurora e o Roberto depois que tiver ajudado a filha deles a dar uma de Mestre dos Magos e desaparecer do nada!

— Você está apelando, Alex. Isso é crueldade — falou Beatriz.

— Eu até estava gostando da Carolina, viu? Pelo menos ela me valorizava.

— Do que você está falando?

— Do convite para participar dos projetos. A Carol me chamou para a oficina de moda e ainda falou que vou ser estilista da loja dela.

— Loja *dela*? Aqueles projetos são meus!

— Claro. Lógico. Você nunca teria me convidado.

— Parem! — gritou Bernardo, colocando-se entre os dois no meio da sala. — Não é hora e nem lugar disso.

Peixoto se recostou, apertando uma almofada contra o peito. Alex baixou a cabeça em anuência.

— Tem razão. Toda a razão — falou Beatriz. — E posso dizer que entendo um pouco sobre hora e lugar certos. Porque, agora, sei onde pertenço.

— Eu também — disse Alex, se levantando. — E estou sobrando aqui.

— Ixe! — emitiu Peixoto, apertando a almofada com mais força.

Os ânimos estavam exaltados e ninguém ali tinha condições de se colocar no lugar do outro. Era preciso neutralizar a fonte do conflito retornando as atenções para o que realmente era importante. Bernardo, percebendo que inteligência emocional não era o ponto forte do casal de amigos, tomou emprestadas a paciência e a sensibilidade que durante a vida inteira havia praticado como músico e decidiu ajudar. Segurou o braço de Alex e o puxou para perto de si, dizendo algumas palavras ao ouvido dele. Não demorou muito, o amigo tornou a se sentar ao lado de Beatriz.

— O que ele te disse? — Beatriz, mais curiosa do que orgulhosa, perguntou a Alex.

— Também gostaria de saber — manifestou-se Peixoto, desencostando do sofá.

Fazendo mistério, Alex ignorou por alguns momentos a pergunta. Queria saborear sozinho o próprio trunfo. Não foi difícil para Bernardo, levando em conta a vaidade de Alex, encontrar o argumento certo para convencê-lo da importância de sua participação para a história.

— Ele agradeceu a foto que *eu* tirei — disse Alex, convencido. — E disse que foi graças *a mim* que ele hoje sabe que a Carolina é muito mais mulherão que você.

Beatriz arregalou um olhar de espanto. Vendo que havia atingido a amiga no seu brio, Alex soltou uma risada.

— Tô brincando, sua boba.

— O que eu disse é que, graças ao Alex, eu sei como a Carol se parece — falou Bernardo para Beatriz. — E confidenciei para ele que acho vocês fotogênicas.

Beatriz não sabia se agradecia o elogio de Bernardo ou se dava um tapa em Alex. Era verdade que a foto que o amigo tirara revelava o grande segredo que existia entre ela e Carolina. Mesmo sem conhecer o porquê ou as implicações disso, não tinha dúvidas de que aquela fotografia deveria ser guardada a sete chaves.

— Eu e Carolina nunca poderemos estar juntas numa foto — ela pensou alto.

— Fato — concordou Alex. — Seria pedir demais não ter que abrir mão de nenhuma? — choramingou.

Certo de ser o momento oportuno, Peixoto pediu licença, foi até o sótão e voltou com a fotografia em preto e branco batida em 1915. Com a anuência do neto, entregou-a para Beatriz.

— Minha querida, essa é você no futuro. — Ele achou que soou estranho, e corrigiu: — Quer dizer, no passado.

Beatriz leu a legenda que ela mesma ainda iria escrever e experimentou a sensação de *déjà-vu* ao contrário, o *jamais-vu*. Aquela realidade que lhe era familiar lhe parecia totalmente desconhecida. Sabia que eram suas palavras, mas como ter certeza, se ainda não as havia escrito?

— E eu que achava aquele filme *De volta pro futuro* confuso... Só espero que você não comece a desaparecer da foto! — preocupou-se o amigo.

Em silêncio, os três convergiram as atenções para a fotografia.

— Melhor não esperar pra ver — falou Bernardo, quebrando a angústia da expectativa.

— Mesmo que não fosse a minha cara chapada, eu saberia que sou eu. É bem o meu estilo dar esse apelido ao teu bisavô, Bernardo. *Peixtinha*...

— Você parece bastante feliz na foto, minha querida. Meu pai nem se fala! — participou Peixoto. — Ele foi um excelente pianista. Como será que se conheceram?

— Nos saraus? — ela sugeriu.

— Meu bisavô foi muito amigo de Heitor Villa-Lobos.

— Tá de sacanagem? — Alex segurou o queixo. — Bia, se rolar a oportunidade, conta pra ele que "Bachianas n. 5" vai virar *hit* em todos os casamentos.

— E se eu disser para vocês que conheci Machado de Assis?

Os três esqueceram a foto no mesmo instante e focaram nela.

— Gente, ele autografou a primeira edição de *Dom Casmurro* para mim! E essa relíquia ficou lá... — ela lamentou. — Pelo menos está sã e salva com o Edu.

— Quem é Edu? — Alex quis saber, erguendo a longa sobrancelha.

— Te conto os babados depois. — E confidenciou indiscretamente ao ouvido dele: — Era o *crush* da Carol, mas, por via das dúvidas, é melhor o namorado dela não saber.

— Quem será que bateu a foto? Quem mais viu? Quem mais sabe? — Peixoto escrevia perguntas soltas numa folha de papel.

— O Edu — opinou Alex.

Beatriz deu um puxão na volumosa cabeleira do amigo.

— Quem é Edu? — foi a vez de Bernardo querer saber.

— Todo detalhe pode ajudar! — Alex impulsionou, revidando o puxão de cabelo.

Beatriz o fuzilava com os olhos, mas sabia que estava certo.

— Luís Eduardo Mesquita, epidemiologista e também médico particular da família Oliveira. Ele e Carol viviam um romance platônico, porque ela estava prometida em casamento para o Álvaro Faria Mattos, uma versão de *playboy* do século 19.

Ao contrário do que antecipara Beatriz, Bernardo não se mostrou preocupado com as informações acerca da vida amorosa de Carolina:

— Precisamos pesquisar sobre essas pessoas. Elas cruzaram o seu caminho, Bia, então, se seguirmos os rastros delas, saberemos os passos da Carol.

— Só existe um lugar onde passado e presente se cruzam — Peixoto induziu.

— O museu? — ela arriscou.

— A Biblioteca Nacional — falou Bernardo.

Alex balançou a cabeça.

— Você vive em qual planeta, meu rei? A BN fechou ontem por causa da pandemia!

Diante da notícia, com exceção de Alex, os demais baixaram os braços em sinal de desalento.

— Mas isso não quer dizer que a gente não possa entrar — insinuou o amigo de Beatriz, tirando o celular da bolsa. — Eu sou sócio do FBI, sabiam não? Se eu não tenho o contato na minha agenda, é porque o contato não existe.

— Tá pra nascer baiano mais *retado* que você — falou ela, orgulhosa.

Ele ficou íntima e extroverdidamente envaidecido.

— Você tá cansada de saber, nega: baiano não nasce, estreia!

No carro, a caminho do centro da cidade, o noticiário transmitido pela rádio falava de diversas passeatas a favor e contra o governo em diferentes pontos da cidade. Um helicóptero da emissora sobrevoava a região avaliando vias alternativas. Peixoto precisou saber se mudavam a rota ou cancelavam o plano. Bernardo, ao lado do condutor, atento aos aplicativos de trânsito, não via maneira de escapar das retenções que bloqueavam diversos pontos do trajeto.

— E então, mosqueteiros? — perguntou Peixoto. — Se seguirmos por aqui levaremos umas três horas para chegar.

— O problema é que a pessoa que vai nos ajudar não vai poder esperar tanto tempo assim — informou Alex. E sugeriu: — Podemos pegar o atalho que passa em frente à minha casa.

— Nega, você mora no fim do mundo — lembrou Beatriz.

Ele torceu o nariz, mas não contestou.

— Do jeito que esse engarrafamento vai longe, o fim do mundo está me parecendo até perto — comentou Bernardo. — Qual o seu endereço, Alex?

Peixoto pegou o primeiro retorno e o carro acelerou enquanto contornava o tráfego na pista alternativa. Alex acenou para os carros estagnados, satisfeito com seu plano. Mas sua alegria foi mais tarde interrompida.

Ao apontar sua casa do outro lado da estrada, algo novo chamou a atenção. Conforme a distância diminuía, a dimensão do choque ganhava tons mais berrantes. A frase, pichada em letras maiúsculas, se estendia de uma ponta à outra do muro: PRETO E AINDA POR CIMA GAY. CAI FORA, VIADO!

As pupilas se contraíram em contato com a luz que atravessava o vidro da janela e os longos cílios carregados de rímel baixaram. Beatriz se deteve observando aqueles detalhes em Alex e, por alguns momentos, lembrou-se da menina gaúcha acanhada e determinada, recém-chegada no Rio de Janeiro. Lembrou-se de quando Alex tomou coragem para erguer aqueles mesmos olhos, de antes da maquiagem, enfrentando o medo de se assumir. Estava ao lado dele quando ambos ainda não sabiam quem eram, muito menos quem queriam ser.

— Há quanto tempo esse muro está assim? — ela perguntou.

— Não estava assim essa manhã — respondeu, sem virar o rosto para ela.

Beatriz conhecia o amigo e percebeu que, por mais forte que ele fosse, por mais escudos que tivesse inventado para se defender, estava ferido. Aquela era a sua casa, a sua vizinhança, o bairro onde cresceu e onde se sentia protegido.

— Você tem um palpite de quem foi?

Ele não respondeu. Sabia aonde ela queria chegar, mas Alex não era de briga e, mesmo quando ameaçado, buscava a paz.

Bernardo, que ouvia a conversa, pediu para o avô encostar. O silêncio que se instalou com o motor desligado serviu para aumentar a tensão.

— Se não me disser, vou dar um jeito de descobrir. E você sabe que eu não desisto — ela insistiu.

— Isso não é prioridade agora, nega, relaxa — Alex falou, se recostando no banco. E pediu: — Vô Peixoto, pode arrancar.

— Não pode, não — Beatriz contestou. — Alex, escuta: não é só pela causa. Não é só por você. É por nós. Hoje, mais do que nunca, entendo que se não expressamos o que sentimos, corremos o sério risco de deixar de existir. Temos que ser fiéis a nós mesmos, antes de sermos fiéis aos nossos ideais. A pessoa que pichou seu muro pode ter sido qualquer um desses manifestantes extremistas, e não posso ignorar tudo em que acredito e não confrontar esse ato criminoso. Sou aquilo em que acredito.

— Alex, todas as manifestações são legítimas desde que respeitem o regime democrático. Já promover a intolerância, a discriminação e praticar atos de violência é ilícito, ilegal, imoral. O problema é que grupos extremistas se acham legitimados, em especial se têm o apoio das esferas de poder — disse Bernardo. — Precisamos fazer a nossa parte e defender a democracia.

Peixoto olhou para o relógio e depois para o neto. Bernardo sabia que ainda podiam chegar à biblioteca a tempo. Sabia, também, que Carolina se orgulharia dele pelo que estava decidido a fazer.

— Quem mais quer resolver isso agora? — perguntou.

O avô hesitou, mas levantou a mão. Beatriz levantou as duas. Alex cruzou os braços e balançou a cabeça em contestação. Mas seus 1 metro e 87 de teimosia não foram impedimento para a amiga, que conseguiu colocá-lo para fora do veículo logo na primeira estrofe de "True Colors", cantarolada numa desafinação de doer os tímpanos.

— Definitivamente, essa moça não dá pra música — disse Peixoto, o primeiro a deixar o carro.

Os quatro passaram pelo portão ao lado do muro, onde a tinta *spray* ainda estava fresca. Alex, contrariado, abriu a porta de casa, convidando-os a entrar. O plano de Bernardo incluía nada além de um balde de tinta e um rolo de pintura, e foi exatamente isso que ele pediu a Alex, que trouxe da garagem o que restava da última obra que havia feito em casa. Não seria suficiente sequer para cobrir uma palavra.

Beatriz teve, então, uma ideia mais ousada. Em meio a tantas manifestações legítimas ou não desafiando a pandemia, viu espaço para mais uma que respeitasse as medidas sanitárias. Em poucos minutos criou um grupo no aplicativo de mensagens. Nomeou-o "We Want You for Love Army!", tomando emprestada a foto da famosa propaganda de recrutamento do Tio Sam. Em menos tempo ainda, recebeu resposta dos primeiros a se alistarem, vizinhos que viram a transformação de Alex e conheceram seus pais, antes de eles regressarem a Salvador, sua terra natal.

Das janelas, alguns indecisos observavam.

— Trouxemos tinta azul e vermelha. Infelizmente não temos mais cores — disse o casal morador da casa em frente.

Aos poucos, mais gente foi tomando coragem para se aproximar. Não demorou para que houvesse mais participantes do que palavras para cobrir e mais tons de tinta do que as cores do arco-íris.

— Gente, eu sei que todo mundo aqui quer contribuir. Então, vamos organizar para não aglomerar e nem tumultuar! — falou Beatriz, lembrando o distanciamento social.

A algazarra na rua chegou aos ouvidos de Alex, que, depois de borrar os olhos com as lágrimas que revelou apenas para si, se recompôs e, enfim, deixou seu quarto. Ia radiando confiança conforme afastava os pensamentos negativos e de autodepreciação que volta e meia o assombravam. Ele praticava meditação, fazia ioga e terapia, estava aprendendo a lidar com os gatilhos, mas o processo era longo e o esforço era diário; assim como as vitórias, que colecionava em papeizinhos coloridos dentro de um jarro de vidro. Todo último dia do ano, como um ritual, ele quebrava o jarro e lia cada uma das vitórias que guardara ali. Assim como grande parte da população mundial, Alex nunca desejara tanto chegar ao final de um ano como naquele 2020. Mas ali, naquele momento, ele desejou estar vivendo aquele dia, aquela vitória, e nunca se esquecer dela.

Na sala, à sua espera, estava Peixoto. Ele tinha um pincel na mão e uma pergunta:

— Você me empresta o seu estojo de maquiagem?

Mesmo sem compreender o objetivo, Alex trouxe o que foi pedido.

— Não tenho prática alguma — falou Peixoto, soando frustrado e estendendo o pincel para Alex.

Explicou-lhe o que queria e, momentos depois, diante do espelho do banheiro, a expressão naturalmente circunspecta do avô de Bernardo contrastava com o sorriso do arco-íris pintado em seu rosto.

— Modéstia à parte, ficou um escândalo. Se o senhor quiser, posso fazer do outro lado também — ofereceu Alex.

— O que um avô não faz por amor... — suspirou, apontando para a outra face.

Alex olhou pela janela e viu seus vizinhos empunhando trinchas e rolos de pintura, atirando baldes de tinta contra o muro e extraindo do concreto cinza e frio as nuances, formas e cores de uma imensa bandeira do movimento LGBTQIA+. O símbolo do orgulho gay era agora visível de várias ruas do bairro.

— Se bater um vento, acho que ela sacode! — disse Alex, sem esconder a emoção desta vez.

Algum vizinho aumentou o som e o refrão de "Baianidade nagô" foi cantado em uníssono, mesmo pelos indecisos às janelas. Na impossibilidade do abraço, o grupo rodeou Alex, formando uma corrente de mãos que, mesmo sem se tocar, uniam, abarcavam e protegiam. No centro daquela e de outras tantas comunidades de vozes e de anseios diversos, Alex não se sentia discriminado como nas ruas, esquinas e avenidas do seu cotidiano. Em meio às tantas desigualdades que formavam a massa de iguais que cruzava seu caminho todos os dias, ele era o anônimo negro e *gay* que se orgulhava da sua masculinidade ao mesmo tempo em que só se reconhecia quando se vestia de mulher. Alex gostava do seu corpo másculo e de evidenciá-lo em trajes femininos, o que não mais lhe causava inquietação, mas confundia até mesmo outros *gays*.

Beatriz, como sua confidente ao longo de cinco anos, sabia que seu papel já havia sido mais explorado. Alex estava mais confiante de si a cada dia, e ela se orgulhava dele. Os anos que serviram para fortalecer a amizade também fortaleceram as identidades. No fim, saber quem havia sido o responsável pela pichação se tornou irrelevante também para ela. Lembrou-se das várias paradas *gays* das quais participara ao lado do amigo, de quão maior e mais importante era a liberdade de expressão e todas as conquistas obtidas em tantas lutas. Lembrou-se, então, da flâmula que ocupava uma parede do quarto de Alex. E foi quando teve outra ideia.

Sob o listrado multicolorido, os corpos se tingiam da luz do sol e se transformavam, também eles, em bandeiras. Sob o olhar atento do avô, Bernardo observava Beatriz e Alex dançando sob as ondas lineares e os ásperos trançados do tecido. Enxergava, na alegria estampada no rosto dela, o sorriso que havia perdido quando Carolina desapareceu. Mesmo que por um breve instante, Bernardo teve vontade de sorrir. Beatriz estava amparada pelas suas escolhas, engajada numa luta por liberdade tão íntima quanto coletiva, e lhe parecia genuinamente feliz. A felicidade dela era tamanha, que ele novamente ficou triste.

— Você não pediu o meu conselho, meu neto, mas darei mesmo assim. Não interfira. Você não tem controle sobre nada disso. O que tiver que ser, será.

— E se já foi? — murmurou o rapaz.

CAROLINA

Bairro de São Cristóvão, Rio de Janeiro, verão de 1900

Como habitualmente fazia, Luís Eduardo levantou cedo para buscar pão, ovos, leite e frutas no mercado que ficava a uma curta caminhada de casa. À saída, cumprimentou Clementina, a moça que cuidava dos afazeres domésticos alguns dias por semana, jogou bola com os meninos que brincavam no beco da esquina e, poucos passos depois, recebeu as sacolas com suas mercadorias das mãos de Joaquim, o português que primeiro havia estabelecido negócio na rua principal. A oferta e a diversidade de serviços e mercadorias cresciam, e também proliferavam estabelecimentos jurídicos e financeiros. O comércio local atraía novos profissionais e moradores.

Luís Eduardo gostava de ver o bairro expandir, mas lamentava o crescimento desordenado pela falta de infraestrutura, um problema que afetava toda a cidade. Estudioso da medicina social e ativo defensor de políticas destinadas a promover uma saúde pública digna e acessível, ele enxergava na proliferação dos cortiços o aumento dos surtos de varíola e febre amarela pela falta de condições sanitárias e higiênicas nas moradias comunitárias, especialmente no verão. Nesse sentido, ao lado de colegas da classe médica com forte influência política, integrava uma comissão de vigilância sanitária e vacinação domiciliar com foco no combate epidemiológico. O trabalho lhe demandava quase dedicação total, por isso, quase não tinha tempo livre, e, quando tinha, viajava para as áreas rurais, carentes de assistência médica.

A vida solitária sempre havia sido uma opção, mesmo depois que conheceu Carolina, com pouco tempo de formado, quando começou a atuar como médico. A família Oliveira era das poucas que ele ainda visitava, já que os assuntos da comissão haviam se tornado a sua prioridade. Carolina era o foco da maioria das consultas, a pedido dela mesma, que, ele bem sabia, inventava motivos de saúde para escapar às obrigações que a família impunha. Ele imaginava que seu interesse amoroso nunca tinha sido correspondido, pois, à parte do único beijo que ele lhe roubara, nenhum dos dois chegara a efetivamente declarar-se.

Beatriz era outro caso. Era a mulher que despertava nele sentimentos controversos aos quais julgava ser imune. Ela o havia desafiado a descobrir-se mais audaz e, ao mesmo tempo, vulnerável. E, quando percebeu, tinha revelado a ela sua força e sua fraqueza, e em retorno, mesmo sem saber, ela lhe ensinara que muitas vezes era preciso enfraquecer para encontrar a força. Luís Eduardo nunca se sentira tão disposto, enérgico, entusiasmado para a vida. A solidão já não fazia sentido para ele. E Beatriz era o motivo.

Passando pelo florista no retorno, sentiu o aroma das flores do campo e pensou que Beatriz poderia gostar de um arranjo a enfeitar a mesa do desjejum. Ao fechar o portão da vila equilibrando as sacolas e o ramalhete no colo, teve a ajuda de uma de suas vizinhas, que lhe pareceu não estar ali à toa:

— Bom dia, doutor!

— Bom dia, dona Carminha. Como vai a senhora?

— Muito bem, meu filho. Vou passar no florista também. Hoje é dia de visita!

Dona Carminha visitava o falecido marido todas as sextas-feiras e substituía as flores do túmulo.

— Quais serão desta vez?

— Cravos, as favoritas dele. Ele fez por merecer, atendendo a um pedido meu. — Ela arqueou uma sobrancelha sobre os óculos de grau. — Quer saber qual foi?

Ele preferia não invadir a privacidade da vizinha, mas ela falou assim mesmo:

— Uma namorada para o doutor!

A surpresa foi tanta que uma das sacolas quase virou.

— Não me diga, dona Carminha!

— Ah, digo sim, pois é verdade cristalina. Pensa que não vi, ontem à noite, a moça que chegou consigo no coche debaixo de chuva? — Satisfeita com sua astúcia, dona Carminha abriu o sorriso erguendo as fartas bochechas: — Ela ainda está lá dentro!

— Não quero desiludi-la, mas a moça que viu ontem, na verdade... — Luís Eduardo se interrompeu, lembrando os momentos de aventura com Beatriz. Depois de assumir o romance perante a família e o noivo dela, não fazia mais sentido negar. Afinal, pensou para si, que riscos uma vizinha poderia oferecer? — ... é, sim, a minha namorada.

Havia um brilho malicioso nos olhos da mulher. Ela considerava, em breve, já ter dado conhecimento do namoro do médico a toda a vizinhança.

— Tenho certeza de que, assim como eu, todo São Cristóvão festejará este acontecimento! O doutor é um homem como poucos, que sempre fez muito por nós. Não merecia o triste destino de não ter quem cozinhe e cuide do senhor. Agora, me diga, quem é a afortunada que receberá as flores?

Luís Eduardo, então, percebeu que havia riscos; riscos da dimensão da língua de dona Carminha, que poderia facilmente ultrapassar as fronteiras de São Cristóvão, chegar aos ouvidos de conhecidos da família Oliveira e até mesmo prejudicar-lhes os negócios. A identidade de Carolina deveria ser preservada a qualquer custo.

— Dona Carminha, se realmente nutre por mim alguma admiração, rogo-lhe que, por favor, não comente sobre isso com ninguém — disse, apertando o passo.

— Não posso saber nem o nome da moça? — insistiu, bisbilhotando enquanto o médico ia entrando em casa.

— Obrigado, dona Carminha. Sabia que podia contar com sua discrição.

A porta bateu.

Era para ser uma manhã rotineira na vida de Luís Eduardo, mas o português do mercado não sabia que deveria ter incluído um segundo pãozinho na sacola.

Ele escolheu a mesa de tampo de vidro do jardim de inverno para usar a toalha rendada que pertencera à sua mãe. No centro, o jarro foi adornado com os ramos frescos que comprara. Havia de tudo para o desjejum de Beatriz, mas, por via das dúvidas, ele havia feito café. E também havia dispensado Clementina, pagando-lhe pelo dia de trabalho perdido. Era importante que os dois pudessem estar à vontade para conversar.

Estava sentado à cadeira de balanço na sala quando percebeu passos no andar de cima. Ela havia acordado e se movimentava depressa. Esperaria por ela ali mesmo, pois não queria invadir-lhe a privacidade dos hábitos matinais.

O cheiro do pão quentinho foi, para ela, tentação mais difícil de resistir do que o colchão macio do quarto de hóspedes. Quando abriu os olhos no ambiente escuro, Carolina não tinha visibilidade para estranhar o lugar, e chamou-lhe mais a atenção a forma como estava vestida. Tinha a cabeça apoiada no braço, coberto pela manga de uma camisa masculina. Não se parecia com nenhuma roupa que Bernardo usaria, tampouco se lembrava de ter adormecido com roupas de homem. Levantou-se da cama ainda sem conseguir enxergar muito bem, foi até a janela e empurrou as cortinas, que se abriram para revelar a vista de uma rua de fundos, pouco movimentada. Uma carroça passou vendendo hortaliças.

Luís Eduardo ouviu um grito. Correu pelas escadas para encontrar Carolina no banheiro do corredor, estática, diante do espelho. Ela o viu pelo reflexo e, em silêncio, se virou assustada.

— De todos os lugares por onde imaginei que ela andaria, este é o que eu menos esperava!

Luís Eduardo a avaliou inteiramente. Prendeu-se e perdeu-se nos seus olhos por alguns instantes.

— Carolina?

— Nós dois dormimos...? Quer dizer, vocês...

— Dormi em meu quarto. Não houve nada, juro.

Para o seu próprio espanto, ela não se sentia aliviada, mas estranhamente cúmplice.

— Imagino a confusão que vai em sua cabeça, doutor. Não se preocupe, pois também estou mais perdida do que cachorro em dia de mudança.

A fisionomia de Luís Eduardo se contorceu ainda mais.

— Desculpe. Não estou ajudando. — Ela tentava endireitar o rumo da conversa. — O avô Peixoto dizia isso quando o GPS do carro ficava sem rede.

À parte do vocabulário novo, ele reconhecia Carolina perfeitamente na falta de habilidade que ela sempre tivera para ir direto ao ponto.

— De fato, estou um bocado confuso. Até ontem eu olhava para a ti... perdoe-me, para a senhorita, e *ela* dizia chamar-se Beatriz.

Carolina sorriu ao ouvir o modo informal como ele se dirigia a ela sem, contudo, deixar os modos de cavalheiro de lado. Por mais intimidade que tivessem, continuava a ser o mesmo Luís Eduardo Mesquita de sempre. Tão polido que não era capaz de esconder seu desconforto diante daquela situação.

— Acho que podemos nos tratar por "tu", afinal... — Ela olhou para baixo, contemplando-se, e percebeu que até se sentia confortável naquelas roupas. — Antes de tudo, somos amigos.

Carolina lhe parecia diferente, mais solta e confiante. E ela estava mesmo. Queria, inclusive, que ele notasse. Embora ainda desnorteada com o regresso à sua própria pele, estava ansiosa para contar a ele sobre sua experiência no século 21 e também ouvir o que Luís Eduardo tinha a lhe contar sobre Beatriz.

— Beatriz contou-me ontem à noite sobre o que vos aconteceu. Conversamos até o momento em que ela adormeceu. — A angústia tomou conta do rosto dele. — Eu não devia ter saído daquele quarto...

Carolina sentiu o impulso de abraçá-lo como todos se abraçavam no futuro, acolhendo a fragilidade do outro sem medo de demonstrar afeto. Mas ela não o fez. Em vez disso, deixou a própria fragilidade aflorar. Por uma fração de segundos, confundiu egoísmo com ciúmes:

— Preferias que ela estivesse aqui, e não eu.

Uma voz maliciosa no fundo do seu subconsciente lhe dizia repetidamente que Beatriz tomaria tudo o que era dela. Era a voz da insegurança.

Luís Eduardo foi atraído pela imagem de Carolina ao espelho.

— Não é uma questão de preferir uma à outra — ele rebateu, olhando para a imagem. — As duas são importantes para mim, por razões diferentes.

Carolina já havia começado a se esquecer do quanto ele sempre a motivara a ser mais segura de si e, no entanto, paradoxalmente, do quão mais insegura se sentia sempre que estava ao lado dele. Querendo silenciar de vez a voz da insegurança, autocriticou a Carolina que ficou para trás. Percebia que nada do que um dia tivera era efetivamente seu, pois nada podia pertencer a alguém que ainda não se tornara alguém. Não era para aquela Carolina que ela, um dia, quisera voltar. Tampouco para Luís Eduardo, por quem sempre havia tido a mais alta estima, mas nenhum outro sentimento além de gratidão e amizade.

Pegando as mãos dele, sentiu que estavam aquecidas. Lembrou-se das muitas vezes em que aquelas mesmas mãos pousaram em sua testa medindo a sua temperatura. Houve sempre muitos pretextos e pouca febre. Consciente disso, ela falou:

— Nutres uma amizade por mim, mas estás apaixonado por ela. Como eu apaixonei-me por outro homem, mas sempre terei a ti em meu coração.

Assim como Carolina, ele, hoje, compreendia melhor o sentimento que um tinha pelo outro. O carinho e o senso de proteção que sempre tivera por Carolina o confundiram no passado e só agora ficava sabendo que o mesmo tinha acontecido com ela.

— Perdoa-me a minha confusão de sentimentos, Luís Eduardo — disse Carolina, certa de que devia a ele um pedido de desculpas por todas as artimanhas em que o envolvera em busca da sua liberdade. — Naquele tempo, achava tudo na minha vida fora de lugar. Devo estar sendo punida por isso.

— Que bobagem… — disse ele, balançando a cabeça.

— Tens explicação melhor?

Ele soltou as mãos das dela para ajeitar uma mecha de seu cabelo que caía sobre os olhos.

— Conhecer Beatriz me fez perceber que não precisamos ter explicação para tudo. Mas, de uma coisa tenho a certeza: viver nunca é uma punição. Amar, é — poetizou.

Ao ouvir o nome da outra e a palavra amar na mesma frase, Carolina foi espontaneamente transportada para uma realidade que acontecia em hora e lugar bem distantes dali.

— A esta hora ela deve estar tentando entender o que faz na cama com Bernardo — disse, com certa naturalidade.

A expressão dele se agravou.

— Na cama com Bernardo?!

— Não te preocupes. É um bom homem como tu. Fez cada minuto que passei lá ter valido a pena. Eu seria mesmo capaz de ficar lá para sempre.

— Consigo entender isso, porque meu tempo também ganhou novo sentido com Beatriz. Seria mesmo capaz de ir até ela.

As confissões mútuas encontraram mais do que simpatia um no outro.

— Mas isso não seria possível, seria? — Carolina refletiu.

Luís Eduardo, cético, porém otimista, mostrou um brilho novo no olhar.

— Talvez eu não possa, mas minhas palavras podem. Acabaste de descobrir outra forma de viajar no tempo, Carolina. A imprensa!

Ela se viu imediatamente arrebatada pela ideia. Lembrou-se de que ela e Bernardo haviam, também, pensado nisso.

— Os principais periódicos ficam catalogados na Biblioteca Nacional. Se Bernardo seguir o nosso plano, ele a levará lá. Mas, como teremos acesso ao editorial?

Luís Eduardo tinha a resposta na ponta da língua, mas, pensando que Carolina pudesse ser tão fã do amigo quanto era Beatriz, preferiu não anunciar.

— Sei de alguém que ficará feliz em ajudar. E que adorará conhecê-la.

Ao sentarem-se para o café da manhã, o pão já não estava quente, mas o cheirinho fez Carolina se lembrar de uma das pouquíssimas coisas que, felizmente, permaneceria imutável ao longo dos anos.

— Não é bem como a primeira vez que ele te vê. Não precisas demorar tanto a te aprontares — queixou-se ele, havia pelo menos um quarto de hora aguardando do lado de fora do quarto de vestir, reconfirmando pela quinta vez as horas no relógio de bolso.

— Verás que valeu a pena esperares! — ela anunciou, fazendo mistério.

Carolina ainda tinha as roupas de Luís Eduardo, mas, para compor o visual de forma mais elegante, acrescentou uma casaca negra, uma camisa engomada de colarinho alto e uma cartola a combinar. Ela, que nos tempos em que seu único papel na sociedade era o de representar a figura da sofisticada herdeira do Barão dos Tecidos, que sempre havia tido ajudantes para se vestir e se pentear, com os truques que Alex havia lhe ensinado, conseguiu ajeitar sozinha os longos cabelos num coque sobre a cabeça. Orgulhosa pelo feito, desfilou pelo piso de madeira de pés ainda descalços, bailando com a ginga que aprendera com o amigo.

A porta finalmente abriu. Carolina surgiu, ainda na sombra. O sol que irradiava pela janela do quarto formou um foco de luz no corredor escuro, e foi onde ela pisou. De onde estava, escorado à parede, Luís Eduardo não se moveu. O impacto de ver Carolina em trajes masculinos só não foi maior do que a constatação de que, afinal, estava mesmo diante de uma nova mulher. Ao mesmo tempo que as roupas largas escondiam seus atributos físicos, destacavam a atitude, a confiança e uma ousadia flagrantemente femininas.

— Que tal? Será que hão de reconhecer-me assim? — ela perguntou ao encerrar o desfile, abrindo os braços e dando uma voltinha.

Despertado do estado de inércia, ele se aproximou e ajeitou o chapéu na cabeça dela.

— Estás deverasmente... bela.

— Bela?! — Carolina mostrou-se desapontada.

— Bela demais para parecer-se com um varão. Mas, podemos dar um jeito nesta postura. — Ele a ajudou a projetar o peito e relaxar os ombros.

No extenso *hall* dos quartos, ele a guiou no exercício de caminhar e no aperfeiçoamento dos trejeitos masculinos. Ainda que a brincadeira fosse divertida, no fim da lição, ela revelou preocupação:

— Confesso-te que preferia usar meu vestido, mas não secou completamente. E, considerando o que me contaste sobre o que tu e Beatriz aprontaram no jantar em minha casa com o coronel e as suspeitas de tua vizinha, fico mais segura usando este disfarce.

— Para onde vamos, não há perigo. Ademais, ainda que houvesse, eu a protegeria — disse ele, cheio de motivação.

— Aprecio a sua honradez, meu amigo. Mas é bom que saibas que agora sou uma mulher do século 21, e, lá, a mulher é mais autônoma e defende-se sozinha.

Luís Eduardo teve um momento de dúvida ao oferecer a mão para ajudar Carolina a subir em seu coche. Era bem verdade que ela estava mais confortável e livre vestindo as calças dele e poderia subir um par de degraus sem auxílio algum. Mas, independentemente da época, ela valorizava atos de gentileza. E ele não precisou estender-lhe a mão para que confirmasse isso; mulheres sempre seriam mulheres.

— Para onde vamos, doutor? — perguntou o cocheiro.

— Para o Cosme Velho — Luís Eduardo respondeu. — Vamos visitar um grande amigo.

Carolina empertigou-se no banco preparando-se para uma nova viagem que, bem sabia ela, já havia começado com Beatriz.

O número 18 da sossegada rua Cosme Velho pertencia a um casarão de dois andares e três varandas onde vivia um casal feliz. E o cachorrinho Zero.

— Ó Zero, onde te meteste? — chamava uma voz feminina e cansada com sotaque português. — Não tenho fôlego para deambular atrás de ti!

O cachorro pretinho surgiu ao longe, vindo lá da Bica da Rainha, dando a volta no muro de pedras que ladeava o pequeno riacho em frente à moradia. Ele correu até Carolina, saltando e latindo por carinho.

— Perdoem os maus modos do Zero. Ele adora que lhe façam festas — disse a mulher, baixinho, sem olhar os visitantes nos olhos, para logo a seguir identificar Luís Eduardo e deixar as reservas de lado: — Oh, Mesquitinha, és tu. Dá cá um abraço!

As mulheres se olhavam com curiosidade.

— Não me vais apresentar o teu amigo?

Foi só então que Luís Eduardo se deu conta de que não havia ainda pensado em como faria isso, preservando a dignidade e a boa impressão de Carolina. Conquanto, ele sabia o quão discreta e virtuosa era a mulher de Machado de Assis e que, fosse como fosse, receberia sua amiga sem nada questionar.

— Carolina, esta é Carolina.

Uma revelou o sorriso jovem no rosto; a outra, a doçura da idade no olhar. A Carolina de Machado era mais alta e tinha a pele claríssima, contrastando com os olhos escuros. Transmitia serenidade e recato nos gestos e na voz. As Carolinas gostaram de imediato uma da outra.

A dona da casa fechou o portão de ferro alto e gradeado, e indicou o caminho pelo jardim bem cuidado, de modo a evitar que o casal, sem querer, pisasse sobre o terreno onde anos atrás fora enterrada a cadelinha fiel que em tempos áureos vivera ali. Luís Eduardo, ainda criança, brincou muito com Graziela e lembrou-se do tão grande amor que o amigo Machado e a esposa tinham por ela, que os levou a emoldurar e pôr na parede do quarto conjugal uma meada branca de seu pelo. Andar por ali reavivava muitas de suas memórias de infância, entre as quais os finais de semana com Laura, filha de uma sobrinha de Carolina, que, proibida de entrar no escritório, dava sempre um jeito de infiltrá-lo lá, só para atualizá-la dos trabalhos do tio. Fazia tempo que ele não visitava o amigo em sua residência, uma vez que Machado, apesar de mais dedicado à escrita de seus romances naqueles tempos, tinha uma vida social ativa com os afazeres da Academia Brasileira de Letras, que fundara havia quatro anos.

Junto com Zero, vizinhos da Mata Atlântica como pássaros e micos fizeram as honras da casa, e o ambiente se tornou acolhedor logo à entrada. Entre dois janelões, a porta era mantida aberta, convidando para a sala de visitas onde Machado jogava xadrez, cercado do seu econômico mobiliário, pinturas e fotografias de amigos ilustres.

Machado não reconheceu a pessoa que acompanhava Luís Eduardo, tampouco percebeu que se tratava de uma mulher vestida de homem. Foi sua Carolina a alertá-lo:

— Machadinho, tu não percebeste? O moço é moça!

Carolina tirou o chapéu que fazia sombra sobre o rosto e as madeixas castanho-escuras se desmancharam sobre as ombreiras da casaca.

— Ora essa! — sobressaltou-se ele.

— Esconder-se sob o pseudônimo George Eliot fez imenso jeito à Mary Ann Evans, a inglesa que escreveu *Middlemarch*, um dos meus romances favoritos. Mas, no caso, apesar de ter um bom enredo para vos contar, me sairia uma péssima escritora. Estou assim vestida simplesmente porque dormi fora de casa. — Ela suspirou. — Garanto-vos uma história que envolve ação, romance, aventura e muito mistério!

— E haja mistério! — Luís Eduardo ressaltou.

— Sou todo ouvidos, senhorita. Atende pelo nome de Carolina Oliveira, se bem me recordo...

A indecisão dela serviu para reavivar a memória do escritor. Ele se lembrava de que havia escrito uma dedicatória em outro nome.

— Sim, claro. Peço desculpas, faz algum tempo que não me chamavam pelo meu nome verdadeiro.

— Não que corra algum risco de ser descoberta. Mas eu não poderia, ainda que preciso fosse preservar teu anonimato, esquecê-la.

Em dado momento da conversa descontraída dos quatro, a jovem se mostrou encantada pelo quadro *Dante e Beatriz*, de Henry Holiday, pendurado à parede. Reparando nos olhos espertos que sondavam a pintura, o dono da casa se levantou da cadeira de braços e foi até ela.

— Era o ano de 1274, na conflituosa Florença — começou Machado —, tinha Dante 9 anos de idade. Durante a festa do Calendimaggio, que acontecia todo primeiro dia de maio em celebração pela chegada da primavera, encantou-se pela figura angelical de Beatriz, da mesma idade, filha de um abastado burguês. Naquele tempo, o casamento era motivado por alianças políticas. Ela estava prometida a um banqueiro, e ele desde cedo sabia que deveria casar-se com uma certa moça.

Carolina prestava extrema atenção a cada palavra, deixando-se envolver pela narrativa do escritor. Não foi difícil para ela enxergar-se como a protagonista da história.

— Dante foi reencontrar Beatriz nove anos passados do primeiro encontro — continuou Machado. — Aos 17, ela já estava casada. Aos 24 anos, apanhou-a uma moléstia, o óbito veio repentino, e ele, que a amava desde a primeira vista, embora nunca tivessem trocado mais do que um par de palavras, fez dela musa dos seus sonetos e canções.

— Na obra *La vita nuova*, Dante narra a história do seu amor platônico. Se não leu, recomendo fortemente que o faça — participou a Carolina de Machado, trazendo da cozinha chá e biscoitos para as visitas.

— E tu, Luís Eduardo, já leste? — Carolina dirigiu-se a ele. — Parece-me que, se tivesses lido, talvez não me tivesses feito esperar tanto tempo pelo primeiro beijo.

Luís Eduardo enrubesceu em tantas matizes que foi impossível não atrair todas as atenções.

— Era bem menos tímido nos tempos de miúdo — confidenciou o escritor, contribuindo para o rubor do amigo.

— Pobre do rapaz, Machadinho — compadeceu-se a mulher do escritor. — Deixa-te de saliências, que já não és moço!

— Minha Carola, eu e ele conhecemo-nos de outros carnavais!

Percebendo que o assunto ganhava contornos mais particulares, ela pediu licença para voltar aos afazeres na saleta de costura, onde terminava de bordar uma toalha. A dona da casa fez questão de deixar Carolina à vontade antes de desaparecer com Zero saltitante no seu encalço.

— Eu conheço-te bem, caríssimo. Já tu, decerto, não conheces a senhorita que me acompanha — provocou Luís Eduardo, aproveitando para tocar no assunto que os levara até a casa do amigo.

Machado cruzou os braços num gesto de evidente contestação.

— É claro que conheço esta jovem, Mesquitinha. Tu apresentaste-ma na livraria.

— Naquela ocasião conheceste Beatriz. E foi a ela que dedicastes um exemplar de teu livro.

O escritor se aproximou para avaliar Carolina mais de perto. Mesmo servindo-se dos óculos, a vista cansada não lhe permitia enxergar detalhes que não passariam despercebidos aos olhos de um observador como ele, não fosse pela idade. Neste caso, porém, acreditou que o amigo simplesmente troçava dele. As duas mulheres eram idênticas. Pensou mesmo que pudessem ser gêmeas.

— A senhorita está a enganar estes olhos gastos pela segunda vez. Não sente remorsos?

— Perdoe esta humilde e gratíssima admiradora do seu trabalho — assumiu Carolina. — Há muitos anos acompanho tuas crônicas publicadas nos jornais, em especial, seus folhetins do *Jornal das Famílias*, a que minha mãe tinha acesso mesmo antes de eu nascer. Ela não sabe e nem deve saber disso, mas devo ao senhor alguns dos conceitos menos conservadores que aprendi. Permito-me ainda dizer que, mesmo sem concordar com tudo, minha mãe foi uma leitora assídua da seção "Romances e novelas".

— Folgo em ouvir isso, sobretudo a parte da discordância. Este jornal serviu como um importante laboratório. Tenho boas lembranças.

— O meu conto favorito era o "O anjo das donzelas". Pobre Cecília… — Ela se referiu à protagonista, leitora assídua de romances, que, em promessa feita a um anjo, acabava por temer o amor.

— É no que dá ler folhetins demais — ele ironizou. — Mulheres governadas pelo coração, que se deixam seduzir pela imaginação, se afastam de suas obrigações.

— Em *Confissões de uma viúva moça*, o senhor foi deveras audacioso ao dar voz e protagonismo a uma adúltera ao invés de silenciá-la, como fez com outras mulheres em suas obras.

— Quis tão somente provocar minhas leitoras mais decentes.

— Muito obrigada por isso — finalizou Carolina.

Ele devolveu o agradecimento com um sorriso breve e voltou a sentar-se em sua cadeira. Estava confuso, pois, de fato, era como seus olhos o enganassem: apesar da impressionante semelhança física, a mulher diante de si lhe parecia, de fato, outra mulher. Mais comedida e parcimoniosa, ele não podia negar.

— E pois que para que minha querida amiga Carolina Oliveira pudesse regressar, minha amada Beatriz Giacomini teve de partir — comentou o médico, trazendo-os de volta ao motivo da visita.

Ao ouvir o sobrenome da mulher, veio-lhe imediatamente à lembrança o nome do seu próximo livro, anunciado por ela mesma. Não era coincidência que, poucos minutos antes da chegada das visitas, ele houvesse definido os nomes dos protagonistas gêmeos da história: Pedro e Paulo. O escritor, enfim, não via saída que não render-se ao inacreditável.

— Como não percebi as implicações de tal trama insólita logo no primeiro instante? Oh, Mesquitinha, por amor ou favor, aceita o perdão deste velho amigo, cujas poucas qualidades a idade já levou ou tem diminuído!

Luís Eduardo piscou o olho para Carolina, participando Machado do momento de cumplicidade.

— Preciso de um obséquio teu, portanto, aí terás a tua chance de redimir-te.

— Digam-me, então, meus queridos, que motivo os trouxe cá?

— Antes, quero que saibas que foi graças à tua dedicatória no livro de Beatriz que eu te fiz testemunha deste caso rocambolesco. Confesso, francamente, que não é fácil vir até ti, meu amigo, pedir-te isto. Mas, por Beatriz, estou a ser movido pelo mais arrojado dos sentimentos. Eu vivo e morro por ela. Neste momento, vivo devagar e morro depressa.

Carolina, ouvindo Luís Eduardo, emocionou-se. Machado, ainda a refazer-se do seu estado de perplexidade com o desenrolar do enredo inverossímil, em nome da suspensão da descrença, de um pacto ficcional com o impossível algumas vezes presente na própria literatura, e, claro, da amizade de longa data, deixou a incredulidade de lado e mostrou-se expressamente complacente e, acima disso, conivente.

— Tua sinceridade e o tom de tua confidência são comoventes, Mesquitinha. Parece-me que o que tens a pedir-me é sério. Não sei o que é, mas, com o perdão da modéstia, vieste até a pessoa certa. Tu conheces meu fascínio pela fantasia e minha postura crítica e subversiva aos padrões sociais. Além de que conheço o sentimento que o move e conheço a ti. É escusado reafirmar-te minha afeição.

— És tão meu amigo que mesmo a aflição do meu coração consegues apaziguar. Não me admira que tenhas sido tu a quem minha Beatriz escolheu revelar-se primeiro e que agora sejas a ponte que me levará até ela. O que eu preciso, Machado, é que incluas uma carta minha na *Gazeta de Notícias*.

O escritor ajeitou os óculos no rosto.

— Posso ceder-te o espaço de um artigo na minha coluna dominical.

— Não quero que isto seja um estorvo, meu amigo. Tens certeza?

— O fim é nobre, a necessidade é evidente. O texto da próxima semana chamar-se-á "Carta à Beatriz". Envia-me ela e considere-a publicada.

— Isto é o que os modernos chamam de cápsula do tempo! — Carolina intuiu, lembrando-se do enredo de um filme que assistira por acaso, enquanto explorava os mais de duzentos canais da tevê a cabo de Beatriz.

— É uma expressão interessante, senhorita. Oxalá esta cápsula do tempo cumpra o seu propósito — estimou Machado.

— Oxalá! — repetiu o casal.

A brisa que entrava pela varanda aberta trazia para dentro da casa o perfume do mato do quintal, que tinha cheiro de bom presságio.

13
ESTAVA ESCRITO

BEATRIZ

Um mar de gente tomava conta da principal avenida do centro da cidade. Vista de um panorama superior, a massa humana marchava unida, segurando faixas, erguendo cartazes, empunhando bandeiras e entoando gritos de ordem em defesa dos seus direitos. Do ponto de vista de Beatriz, entretanto, os grupos se dividiam entre os que respeitavam e os que ignoravam as recomendações sanitárias de proteção ao covid. Na Cinelândia, onde acontecia a concentração, forças de segurança acompanhavam a multidão. Os protestos visavam atacar ou defender a liberação das atividades econômicas suspensas desde o início da pandemia. Independentemente de seu posicionamento, Beatriz via na liberdade de expressão uma condição necessária ao exercício da cidadania. Não fosse a urgência da missão que a levava até ali, teria participado daquele acontecimento histórico como participara de muitos outros.

Driblando o cordão de isolamento que cercava a Biblioteca Nacional, Alex arrastou Beatriz, Bernardo e Peixoto para um refúgio na lateral do edifício.

— Ninguém solta a mão de ninguém — disse ele, liderando a corrente.

— Era por aqui que eu chegava até o meu esconderijo nos tempos de pivete. A BN era onde eu vinha matar aula — confidenciou, sinalizando para uma pequena janela, a única que não tinha grades. Tinha, no entanto, uma fechadura.

Antes tarde do que nunca, Beatriz descobria agora o caráter subversivo do amigo e gostava disso. Chegando ao ponto de encontro que Alex havia marcado, qual foi sua surpresa ao não encontrar ninguém. Os quatro esperaram.

— Que belo agente secreto você foi arrumar, hein! — reclamou Peixoto, se escorando num poste, quinze minutos depois.

— Será que chegamos atrasados demais? — perguntou Bernardo.

— A pessoa me garantiu que estaria aqui — respondeu Alex.

— Tente ligar pra ela de novo — insistiu Beatriz. — Uma hora ela vai atender.

Enquanto discutiam, não perceberam que uma menina que aparentava uns 11 anos de idade havia se aproximado de mãos dadas com um policial.

— São eles! — a menina apontou.

— Dedo-duro — foi dizendo Peixoto, mesmo sem entender nada.

O policial militar inspecionou-os um a um, demorando-se mais em Beatriz.

— A senhora me parece muito jovem para ser mãe dessa menina — falou ele, e, virando-se para a criança, disse: — Se tiver sorte, vai puxar a beleza da sua mãe quando crescer.

A menina fitou Beatriz torcendo o nariz e mostrou a língua para ela. Quando se preparava para devolver o insulto, Beatriz foi interrompida por Alex.

— Obrigado, senhor policial, por nos reunir novamente. Estávamos agoniados correndo atrás dessa abestada! — ele dramatizou, puxando a orelha da menina.

— Aiiii! — ela gritou.

Beatriz se agachou para simular um abraço e sussurrou ao ouvido dela:

— Bem feito.

— Passeata não é lugar de trazer criança. Essa história teve um final feliz, mas quantas acabaram estampando panfleto de poste! — disse o policial, satisfeito por expressar sua lição de moral.

Ainda sem entender o que acontecia, Peixoto fez menção de intervir, quando um pequeno grupo de manifestantes dispersos agredia verbalmente transeuntes contrários ao que pregavam nos cartazes e começaram uma algazarra a poucos metros dali. O policial se distanciou para intervir e chamar reforços.

— Oxente, Úrsula... pensei que não viesse mais — exclamou Alex, aliviado. — Vambora! Antes que o batalhão de choque inteiro resolva aparecer aqui.

— Essa pirralha é o seu contato, Alex? — surpreendeu-se Beatriz.

— Pirralha? Eu tenho 14 anos, tá? — defendeu-se a menina. — É que sou pequena. Aliás, é graças a isso que vão conseguir invadir o edifício.

— A mãe da Úrsula era minha colega de escola. Éramos parceiros no crime — explicou Alex. — Hoje trabalha no arquivo da BN. Deixou tudo separado pra gente, porque infelizmente tá de quarentena por causa do contato com alguém com covid.

— Peraí... — interrompeu Peixoto. — Invadir o edifício como? Não vou dar cabo da minha coluna pra passar por essa janelinha aí, não!

Exibindo um sorriso malicioso, Úrsula caminhou até o basculante, tirou uma chave do bolso da calça e abriu a portinhola, por onde deslizou com destreza. Do lado de dentro, colocou a cabeça pra fora, soprou alguns beijos na direção dos quatro e tornou a fechar a janela.

Não muito distante, no fim daquela rua, o barulho da algazarra crescia. Pessoas se amontoavam e já era possível ouvir as sirenes dos carros policiais que se dirigiam para o local. Passaram-se mais alguns minutos e nada de a menina cumprir o combinado.

— Qual é o combinado? — perguntou Bernardo.

— Ela deveria abrir aquela porta lá. — Alex indicou uma entrada por trás de duas caçambas de lixo. — Dá para uma área de serviço.

Percebendo o perigo cada vez mais próximo, Bernardo foi até a porta. Avaliou a fechadura e se voltou para Beatriz:

— Por acaso, você não teria um grampo de cabelo, teria?

Ela fez que não.

— Tenho isto — falou Peixoto, exibindo um clipe de papel. — Acho que assistimos juntos àquele episódio de *Profissão perigo*.

Bernardo conhecia o mecanismo de pinos daquela fechadura, pois era o mesmo do portão da sua casa. Era um sistema tradicional, por isso, só funcionaria se ele conseguisse dois clipes. O primeiro, para servir de pinça. Assim, poderia levantar cada um dos sete pinos individualmente enquanto criava uma alavanca formando um ângulo de noventa graus com o segundo. Infelizmente, só tinham um clipe.

E o tempo escasseava. A manifestação invadia a rua pelo lado oposto e avançava empurrando a confusão entre os opositores na direção dos quatro.

— Vou matar aquela fedelha! — irritou-se Beatriz.

Úrsula não devia ter ouvido a ameaça, porque a porta se abriu. Bernardo, ajoelhado, ainda tentando realizar algum milagre com a ferramenta rudimentar que tinha em mãos, acabou caindo aos pés da menina.

Cruzando os braços, estourou uma bola com o chiclete que tinha na boca e solenemente abriu passagem para eles:

— Não escolhi a vida bandida. A vida bandida é que me escolheu — ela falou.

Beatriz se debruçava sobre os periódicos que a bibliotecária havia deixado separados sobre a bancada de estudos. Fazia algum tempo que Bernardo avaliava-lhe o perfil parcialmente encoberto pelos cabelos dourados. Entre os dois, pilhas de jornais e revistas diversos espalhadas pela mesa. Depois de hesitar duas ou três vezes, ela afastou uma das pilhas e o encarou.

— Não vai ser em mim que você vai encontrar alguma pista... — falou ela, ajeitando os cabelos para trás.

Como ele não disse nada e também não esquivou o olhar, ela continuou:

— Sei que faço você se lembrar da Carolina o tempo todo, mas ela não vai voltar se, em vez de nos ajudar a encontrar pistas, você continuar aí parado.

— Você é a maior pista de todas — ele falou. — Tem como conseguir o contato da pessoa que te vendeu a caixa de música?

Ela balançou a cabeça.

— Vai ser meio difícil. Comprei num antiquário de uma rua que nem sei o nome em Paris.

Peixoto, que folheava arquivos de 1910-1920, parou a pesquisa que fazia para acessar o celular.

— Seria, por acaso, esta loja aqui? — perguntou, exibindo a tela do aparelho. — Existem centenas, mas este é um antiquário conhecido lá.

Beatriz esticou os olhos e refletiu.

— Pode ser, mas não me lembro de ser possível estacionar carros — ela falou. — Ficava numa ruela escondida. Talvez seja mais fácil procurar pelo nome da proprietária, Madame Chermont.

O avô de Bernardo não perdeu tempo, acessou o Google e digitou o nome com certo desembaraço. Para seu desgosto, a pesquisa não encontrou resultados.

— Para quem vivia criticando a tecnologia, até que o senhor está bastante à vontade com ela — Bernardo comentou.

— Não tive saída, senão me render. Você sempre pede o almoço no mesmo restaurante que faz entrega pelo aplicativo. Chega de comida chinesa — protestou. — Agora sou eu que escolho.

— Bingo!

O grito de Alex interrompeu o falatório. Os três foram depressa até ele, que, encarregado de pesquisar a década de 1900-1910, tinha os olhos pregados numa página de jornal, em que a coluna "A semana", da *Gazeta de Notícias*, trazia algo diferente das crônicas habituais.

— O que você encontrou, Alex? — perguntou Bernardo.

— Uma carta do dia 21 de janeiro de 1900. É do Edu para você, nega.

Beatriz se agitou onde estava. Teve certeza de que todos ali poderiam ouvir seu coração, que passou a bater em compasso acelerado, como se fosse explodir no peito.

— Uma semana depois da minha partida.

O amigo pôs a mão sobre ombro dela e falou:

— De todas as loucuras em que já vi você se meter, essa supera todas. Nem a Sandra Bullock recebeu correio elegante de um homem do século 19. Perdi até a vontade de assistir ao *A casa do lago* de novo.

— Ele assumiu um grande risco assinando esta carta — ela constatou, mais preocupada do que envaidecida. — Afinal, a família da Carolina ficou sabendo sobre nós da pior maneira e não podemos nos esquecer de que o pai ia casar a filha com o filho de um fazendeiro escravocrata.

Bernardo avaliou rapidamente o conteúdo e percebeu que Luís Eduardo havia encontrado uma forma de se manter no anonimato e, ao mesmo tempo, proteger a identidade de Carolina.

— Ninguém correu risco algum — ele falou. — Era comum, naquele tempo, os textos serem assinados por pseudônimos, ou, como neste caso, um apelido. Ele usa sempre a abreviação como recurso para falar de Carolina e Iolanda. Além disso, a destinatária é você, Beatriz, uma anônima para o século 19.

Peixoto, orgulhoso da perspicácia do neto, pegou o jornal das mãos dele e o devolveu para Beatriz. Ela nunca se importara de ser o centro das atenções, mas, naquele momento, tudo o que desejava era se tornar invisível para estar sozinha com Edu. Faria tudo para que aquele momento a sós com ele perdurasse, por isso, preparou-se para a leitura mais longa de sua vida. Adiou, vacilou, cheirou a folha antiga, testando a memória olfativa e a própria razão, como se pudesse extrair de um papel impresso há mais de 120 anos algum perfume, uma nota que fosse, que a levasse até Luís Eduardo.

A expectativa foi interrompida por Peixoto:

— A destinatária é você, mas todos nós queremos saber. Vai ler ou não?

Sob uma conjunção de olhares, Beatriz leu. Devotadamente e nem um pouco demoradamente como pretendia, foi devorando a carta.

Conforme os olhos foram descendo pelas linhas, ela pensava no que Luís Eduardo, como homem modesto e reservado, sentira ao abrir mão de sua privacidade, em especial aos leitores das crônicas de Machado de Assis, que acompanhavam a coluna semanal. Depois se deu conta de algo mais importante: ela nunca havia recebido uma carta antes. E de que aquela era provavelmente a carta mais bonita que receberia na vida.

Minha Beatriz,

Quando leres esta carta estarei morto. Oxalá o consolo do luto seja a esperança de que os anos que nos separam ainda não tenham passado.

Quando tu partiste, levaste contigo muito, e muito também deixaste. Foste cruel ao apropriar-te do meu coração, mas deixaste muito mais do que eu mereço. Também foste piedosa o suficiente para cá deixares os teus perfumes, os teus sorrisos, os teus doces afagos. Tudo isto provoca os meus sentidos através das lembranças. Por outro lado, tu foste insensível, porque ensinaste-me a sentir e levaste embora o sentimento capaz de dar sentido a todos os demais. Hoje perambulo por um vale estéril, onde, outrora, tu plantaste flores. Contigo, acostumei-me à luz e, agora, tenho dificuldade de viver na penumbra.

Consolar-me-ia saber-te bem, mas não é justo pedir-te que mandes notícias de onde estás, porque eu não existo no teu tempo. Não é justo pedir-te que penses em mim, porque nunca deveria ter existido para ti. Não é justo pedir-te que voltes, porque até essa realidade deixará de existir. Tuas notícias nunca chegarão até mim, mas escrevo-te, e de ti esperarei resposta até o fim dos meus dias. Perdoa-me por cometer tamanha injustiça contigo. E perdoa-me por pedir perdão. Não seria o Edu que tu conheces se não o fizesse.

Quanto às últimas novas, ei-las as mais importantes. Uma, é a de que tua amiga I. adoeceu. Está a receber o melhor tratamento e confio que há de recuperar-se. Por conta disso, C. antecipou sua volta para casa. Está irreconhecível. Deu um jeito de levar-me mais de uma vez à vila operária, onde estão a precisar dos meus préstimos com urgência. No que se refere a mim, o trabalho só tem vindo a aumentar conforme avança o verão e a cidade.

Afinal, mas não por fim, estava eu a concluir esta carta, quando C. contou-me que fez uma experiência. Escreveu-te agora mesmo um bilhete e pôs dentro da garrafa. Ela aproveita esta mensagem para pedir que digas a Bernardo que aprendeu a tocar "Dueto", de Chico Buarque, ao piano e que agora espera o arranjo para flauta. Nada garante que lerás esta carta, tampouco o bilhete, mas C. parece-me segura ao afirmar que, se eu visse tudo o que ela viu, não teria dúvidas. Ando curioso sobre o futuro em muitos sentidos, o que, aliás, nos tem levado a perder o rastro das horas em conversações sobre música, invenções e novos passatempos.

Para além das imensas saudades que já sinto de ti, dá-me saudades do que não conheci. Confesso-te que minha admiração vem crescendo, minha querida, pois, com tua coragem e disposição para a vida, transformaste a tímida C. numa mulher sem rodeios, sem perdões, sem excessos. Vê-la desabrochar como a mulher que tu és só me faz apaixonar-me por ti ainda mais.

Ora, minha doce Beatriz, esta missiva resume o que eu gostaria de te dizer, aproveitando a via desta Gazeta de Notícias, confiante de que esta folha chegará às tuas mãos.

Há aqui melancolia, mas, também, uma esperança revigorada. Crê nisto, minha querida. E no amor,
   Do teu,
   Edu

Alex, Peixoto, Bernardo e o membro novo da gangue que havia se juntado novamente a eles durante a leitura solene da carta, Úrsula, permaneceram em silêncio por algum tempo. Foi a menina quem falou primeiro:

— Estou estudando sobre a peste bubônica agora na escola — falou ela, apontando todas as manchetes dos jornais espalhados pela mesa sobre a qual Alex se debruçara minutos antes.

— Vira essa boca pra lá, garota! Já basta o covid. — Alex fez o sinal da cruz.

— Bernardo está certo — falou Beatriz, reflexiva. — Sou a própria pista. Nada, além de mim mesma, vai me levar de volta para o século 19.

— Estou curiosíssimo pra ver a mensagem que a Carol colocou na garrafa. Alguém mais? — Alex quis saber. — Acho que podemos ir embora.

Peixoto notou que o neto estava taciturno, pensou que talvez estivesse inconformado e, antes de tomar a iniciativa de voltar às pesquisas, foi interrompido por Bernardo, que colocou o braço em seu ombro e falou:

— Vamos embora, sim. Já encontramos o que viemos buscar aqui.

Úrsula, que estivera a observar e a distrair-se com os pesquisadores amadores, tinha um sorriso congelado no rosto.

— Do que está achando graça, menina? — perguntou Peixoto. — Não é todo dia que você conhece um bando de malucos feito nós, não é?

— É a primeira vez que venho para o trabalho da minha mãe e prefiro estar aqui do que na escola.

Depois de devolverem livros, pastas e arquivos a seus lugares, os quatro se despediram de Úrsula, que não os deixou partir sem antes tirar uma *selfie* em grupo. Ela mostraria mais tarde à sua mãe e contaria, orgulhosa, sobre o sucesso do plano. Ao deixarem o prédio, encontraram uma Cinelândia pós-apocalíptica em meio aos restos da manifestação. Naquele quarteirão do centro da cidade, cercada de edifícios e monumentos históricos que não existiam em 1900, Beatriz olhava para os últimos transeuntes que passavam pelas ruas, apressados, esquecidos de sorrir sob as máscaras que pesavam mais nos ombros que nos rostos. Olhava para os carros e ônibus enfileirados, e sentiu-se confrontada por aquele tempo e aquele lugar. Olhou para Peixoto, Bernardo e Alex como parte do cenário. Tudo lhe parecia no devido lugar, menos ela.

 Enquanto esperavam o demorado semáforo do largo da Carioca abrir, ela começou a falar o que sentia, olhando para cada um deles.

 — Até ontem eu estava tão perto do paraíso que achei que o paraíso fosse lá mesmo. Infelizmente para mim, lá não existem vocês. Alex, nega, você não me reconheceria lá, tentando me encaixar em padrões que sempre condenei, e, talvez por isso, dificilmente fosse querer ser meu amigo. Bernardo, você, que parece ter alma antiga, não se encaixaria lá, onde os sonhadores românticos de alma nobre não têm voz nem vez. Peixoto, acho que o senhor ficaria milionário, porque nunca vi tantas casas com piano como lá, mas seria muito mais pobre de histórias, já que as relíquias que guarda lá têm dono. Por incrível que pareça, imaginar vocês no Rio daquela época não faz sentido, e posso encontrar milhares de motivos para preferir vocês aqui. E para ficar com vocês aqui. Mas tenho um, apenas um motivo para partir.

 — O Edu, claro — palpitou Alex.

 — Não é o Edu.

— Machado de Assis? — arriscou Peixoto.

— Não.

— Carolina? — perguntou Bernardo.

— Por que acham que o motivo precisa ser alguém que não eu mesma? Dizem que casa é o lugar onde o coração está. Mas meu coração é livre e indomável, não se prende a lugar algum. Então, das duas uma: ou não tenho casa ou não tenho coração — ela filosofou. — Preciso seguir as pistas que o meu coração me dá. Se não fizer isso, estarei fugindo de mim mesma, buscando inutilmente nos lugares a morada que já existe dentro de mim.

— Você não está errada em pensar assim — falou Peixoto. — Mas precisa ter certeza de que é isso mesmo que quer. Porque é muito solitário não ter uma casa, uma família.

— Eu não seria nada sem meus pais, sem o Alex, sem tanta gente que me deu mais do que algum dia vou ter como retribuir. Mas sei o que quero e quem quero ser. Um espírito livre, onde ele quiser estar.

— Sei de um lugar em que vão querer estar para sempre — falou um jovem que passava por eles e tinha ouvido parte da conversa.

O rapaz distribuiu panfletos para o festival de chorinho que acontecia a poucas quadras dali. Bernardo conhecia o estudante Jorge das aulas que dava na Casa do Choro.

— Sou mais um pagodinho — recusou Alex.

— Preciso terminar uma afinação para um concerto — justificou Peixoto.

— Vamos, Bia? — convidou Bernardo. — Um dia de grandes emoções como hoje merece acabar bem.

— O Nelson do Choro Carioca vai furar. Se quiser tocar, a honra será nossa, mestre — incitou Jorge.

Tendo sobre si os olhares vigilantes de Alex e Peixoto, Beatriz, então, falou:

— Só se for nível Chico Buarque, porque essa escala não tem no século 19.

Ela ofereceu o braço para Bernardo, e os dois atravessaram o cruzamento.

O casarão histórico de fachada islâmica conhecido como "mourisquinho", na rua da Carioca, abrigava a Casa do Choro. Naquele ano, em prevenção ao covid, o festival acolhia um público reduzido, mas não menos entusiasmado. Logo à chegada, Bernardo foi solicitado por alguns alunos e fãs. Beatriz, não muito familiarizada com o ambiente, sentiu-se deslocada, até ser atraída por uma percussionista, que lhe deu uma breve aula de pandeiro.

Por conta da ausência de um dos membros, Bernardo recebeu uma flauta nas mãos. O grupo aquecia os instrumentos numa sala ao lado do auditório. Sem se fazer de rogado, ele se juntou aos demais na hora do ensaio do repertório. Antes de ser chamado ao palco, fez questão de acomodar Beatriz num assento com boa visibilidade, e se sentou por alguns instantes ao lado dela.

— É triste ver o setor cultural sofrendo mais ainda com a pandemia — ela comentou, observando o auditório com apenas metade da lotação máxima. — Não deve estar nada fácil para os artistas como você, que dependem de cachê para sobreviver.

— Existem algumas iniciativas para arrecadar doações. Tenho duas *lives* marcadas, mas preciso primeiro abrir uma conta no Instagram.

— O quê? Você não tem IG?! — reagiu, chocada, antes que ele fosse convidado a subir ao palco.

Beatriz passou grande parte do concerto de olhos fechados, deixando-se conduzir para uma dimensão espaço-tempo distante dali. Para tirar o máximo proveito do harmonioso espetáculo de improviso, bastava que um dos seus sentidos estivesse apurado. Enquanto o bandolim, o cavaquinho e os violões entremeavam acordes e testavam a afinação das cordas na ponta dos dedos, a melodia da flauta era um sopro de leveza e mansidão, sobressaindo aos seus ouvidos.

Os aplausos finais a despertaram de sua breve viagem ao passado, e ela abriu os olhos, reencontrando Bernardo agradecendo ao público e ao conjunto, que também reverenciava seu talento. Por trás de si, as palmas e assobios eram como uma onda quebrando antes de se aproximar da margem. A plateia, em uníssono, pedia um solo de flauta de "Carinhoso". Ela juntou-se à demanda tão logo soube que era tradição de Bernardo encerrar suas participações com aquela música. Logo que os demais músicos deixaram o palco, o foco dos holofotes se concentrou nele. Contrariamente às expectativas, ele deixou o instrumento de lado e, pela primeira vez na carreira, pegou o microfone.

Com os olhos postos em Beatriz, começou a cantar "Dueto". Todas as atenções voltaram para ela. A princípio surpreendida, entendeu para quem Bernardo dedicava a música de Chico Buarque e, conhecendo a letra, perdeu o medo de desafinar para se juntar a ele. Logo, toda a plateia cantava o refrão. Ele, então, deixou o entusiasmo do coro abafar sua voz e cantarolou em silêncio até o verso final. Retornando à flauta, para ovação do público, "Carinhoso" encerrou a apresentação. Ainda que pouco o conhecesse, Beatriz sentiu-se orgulhosa ao perceber que compartilhava seu novo e talentoso amigo com tanta gente. Mais até do que isso, sentiu-se agradecida por estar ali.

— Esse rapaz é um virtuoso e — falou um senhor sentado a duas cadeiras ao lado.

— É a encarnação do Patápio Silva! — disse outro.

— E os arranjos? Quanta sensibilidade! — comentou alguém mais distante, de outra fileira.

Ao finalizar a canção de Pixinguinha no alto do tablado, o flautista chamou os outros músicos de volta ao palco para mais uma rodada de aplausos. Para a supresa de Beatriz, um grupo de pessoas ignorava as regras de distanciamento social, formando uma fila em frente ao tablado.

— Você é namorada do Bê? — perguntou uma jovem que se juntava à fila e que, pela idade, destoava dos restantes. — Desculpa a pergunta, mas notei que ele não parou de olhar para você.

— Você é fã, jornalista ou só curiosa mesmo? — Beatriz sondou.

— Ele foi meu professor. — A mulher deixou escapar um suspiro. — O melhor.

Beatriz encontrou sua resposta e falou, convicta de que Carolina diria o mesmo:

— O *Bê* — ela enfatizou o apelido — é o melhor namorado, também.

A jovem preferiu não esperar para cumprimentar o mestre.

Ao descer do palco, Bernardo percebeu que Beatriz havia dispensado todas as pessoas que aguardavam *selfies* e autógrafos. Ela ainda se encarregou de administrar a situação, arrastando o requisitado flautista para longe dos incautos que deixavam o recinto. Já do lado de fora, ele se despediu dos colegas ao avistar um táxi se aproximando.

— Criei um IG em seu nome e divulguei para todos os que estavam na fila. Os que quiserem autógrafo, precisam te seguir, marcar um amigo e enviar um Direct. Responderemos com uma foto digitalizada e assinada por você. Vamos começar já bombando o número de seguidores. O que acha desta aqui? Consegui te pegar sorrindo. — Ela mostrou, vaidosa, a tela do celular com a foto que havia tirado.

— Acho que vou usar no meu CV — ele disse, e ela pensou que ele estava ironizando.

— Você é bem *low profile* para um artista — falou, contrariada, ajeitando-se no banco do carro. — Os músicos da banda estavam convidando você para integrar o próximo concerto, e você diz: — Ela imitou a voz de Bernardo: — *Quando quiserem.* Como se nem agenda tivesse! Cadê o *mise-en-scène*? O artista tem que se valorizar.

Ele achou graça do jeito como Beatriz o levava a sério e, ainda que por pouco tempo, se esqueceu da tristeza de não ter Carolina ao seu lado. Indagou-se se algum dia ela o veria se apresentar, e a melancolia voltou a se fazer presente em seu rosto.

O motorista ouvia o futebol no rádio, mas mudou para uma estação de músicas românticas. Bernardo não sabia se dava continuidade àquele assunto ou se ficava em silêncio, deixando a trilha sonora constrangedora participar da conversa. Beatriz, do outro lado do banco, bem menos suscetível do que Bernardo a qualquer tipo de lirismo, reparou no dilema dele.

— Teve uma garota no auditório que me sondou pra saber se somos namorados.

— E o que você respondeu?

— Que sim...

Ele não sabia se a resposta o surpreendia.

— Essa vida dupla é divertida pra você?

Ela achou a pergunta petulante.

— Claro que não. Trouxe o assunto só para descontrair...

Bernardo percebeu que Beatriz ficou introspectiva, quiçá mesmo chateada. O motorista aumentou o volume do rádio, talvez porque gostasse especialmente daquela balada do Nando Reis, porém, o embaraço já estava criado.

— Sei que está sendo difícil para você — ele falou. — É normal se sentir confusa. Eu me sinto também, e nunca estive na pele de outra pessoa. Literalmente.

Ela tornou a olhar para ele pensando que devia ter ouvido seus pensamentos. Estar de volta à sua vida, que não se parecia mais com sua vida, era o desafio mais difícil que nunca havia aceitado viver. Mas, obra ou não do destino, ela não era de fugir à luta. Observando a cidade aos recortes no enquadramento da janela por trás de Bernardo, pensou no quão maior era a película em relação àquela tela. Quantas versões de uma história havia além do ponto de vista de um espectador? Beatriz, desanuviando o semblante pouco a pouco, nem que por aquela única viagem, voltou a ser apenas uma passageira num táxi.

— Fico imaginando o que eu e a Carol fizemos para merecer cruzar caminhos com homens como você e o Edu — ela comentou em tom de indagação, mas sem esperar resposta. — Isso aconteceu por acaso? Se não, gostaria de saber a quem agradecer.

— Meu avô diria: "o acaso é, talvez, o pseudônimo de Deus quando não quer assinar".

Ela torceu o nariz.

— Isso é tão... livro de autoajuda.

— Não acho que seja questão de sorte ou de merecimento, nem que encontraremos as respostas que buscamos. Mas, por via das dúvidas, agradeço. — Bernardo apontou o céu estrelado pelo vidro do carro. — Era para acontecer.

— Pensar assim faz sentido. Porque explica eu estar aqui e agora, conhecendo você. Que bom que estou aqui.

CAROLINA

Luís Eduardo chegou do trabalho, pendurou o chapéu-coco e a casaca no chapeleiro e, porque tinha pressa, deixou a maleta de ofício no sofá. Ao procurar por Carolina, encontrou a mesa posta para o jantar e um bilhete junto ao jarro de flores que comprara na manhã do dia anterior.

Em agradecimento pela acolhida.
O jantar será servido às sete.
C.

P.S.: Para tua própria segurança, te mantém afastado da cozinha!

Exatamente porque Carolina havia usado a forma imperativa de pedir, ele ousou desobedecer. Também porque trazia notícias urgentes da residência dos Oliveira.

De tão sobrecarregada com a responsabilidade de cozinhar, ela não notou que era observada. Nunca havia entrado numa cozinha com outro objetivo que não fosse fofocar com Iolanda ou provar, às escondidas, as receitas secretas das cozinheiras da família. Agora que havia tirado todos os ingredientes da despensa e espalhado pela bancada, que havia desarrumado as prateleiras das panelas e tinha o fogão aceso com uma mistura fervilhante, Carolina se encarregava de cortar os legumes, ou o que havia restado deles, uma vez que grande parte estava grudada no chão e nas paredes.

Em dado momento, quando largas mechas dos seus cabelos já tinham se soltado e colado em seu rosto, um pouco do molho havia respingado no vestido e as duas mãos doíam por segurar a faca de mau jeito, deu pela presença de Luís Eduardo, que interrompeu o desafio gastronômico com uma pergunta.

— Tu me permites interferir no teu laboratório e oferecer-te uma mãozinha?

Ao se deparar com a presença inesperada do médico, ela acabou errando o corte e se feriu com a faca. Assistindo à reação de Carolina, que envolvia o dedo indicador num pano de cozinha, ele correu, insistindo para ver o ferimento.

— Desculpa.

— Não tens de pedir desculpas por isso, Carolina. A falta de cautela foi minha. Vou buscar a minha maleta.

— Não há necessidade! — O rosto pálido, refém da pressão que despencara com o susto, se contorceu. — Foi uma bobagem. Há de sarar logo.

— Entendo um bocadinho de curativos. Posso ajudar.

Luís Eduardo trouxe depressa um *kit* de pequenos socorros.

— Como posso agora manusear os alimentos sem contaminá-los?

— Vamos terminar de preparar juntos. — Ele envolveu-lhe o dedo com a gaze, depois de desinfetá-lo. — Dá-me as instruções.

Pouco depois, distraída com as divergências entre as medidas dos ingredientes nos dois livros de receita que seguia, podia sentir o sangue circulando normalmente, em especial em sua face.

— Vês o meu estado? Parece que saí da panela! — ela disse, dando uma volta desajeitada para exibir a saia toda manchada.

— Já que referiste... meus pêsames pelo teu vestido.

— Não podes falar muito também! Estás todo pintado — ela insinuou, apontando para a camisa branca que ele vestia, agora salpicada de molho de tomate. — Podemos atestar que, como cozinheiro, és um ótimo médico!

— Decididamente.

Os dois concordaram, de forma terminante e categórica, que a arte culinária era um talento fora do domínio deles. O jantar atrasado em mais de uma hora foi servido, mas não muito apreciado. Luís Eduardo não quis frustrar o empenho de Carolina, mas estava sem apetite. Já ela sentiu-se frustrada mesmo com os elogios dele.

— Tu és um cavalheiro, Luís Eduardo. Nunca me dirás o que de fato foi esta refeição para ti. Por isso, não mais o torturarei. Amanhã podes chamar a Clementina de volta ao trabalho — concluiu Carolina ao cruzar os talheres sobre o prato ainda cheio. — Perdoe-me por esta ten...

— Creio que amanhã, Carolina, tu deves voltar para a tua casa.

Mediante o semblante grave de Luís Eduardo, ela esperou pela má notícia. Os dois se conheciam havia tempo suficiente para interpretarem o olhar um do outro. Ele pegou a delicada mão que repousava no colo dela.

— Minha amiga, creio que não posso esconder de ti a notícia que me chegou hoje por meio de um colega médico.

— Algum problema com o meu pai? Imaginei que o coração dele não suportaria o choque de ver a filha sair de casa...

Carolina desvencilhou-se da mão e levantou-se repentinamente. Luís Eduardo fez o mesmo.

— É Iolanda. Ela adoeceu e há suspeitas de febre amarela.

— Meu Deus! Luís Eduardo, tu és especialista. Eras tu quem devia estar a cuidar dela!

— O colega que está a tratá-la é muito competente, asseguro-te. Mas, sim, gostaria de fazer algo por ela.

— É grave? Não me omitas nada.

— Não se sabe ainda. Um dos sintomas é febre alta e, nos delírios, ela chama por ti. Acredito que Iolanda não saiba que tu estás de volta, mas, de alguma forma, sente a tua presença.

— Pobre da minha amiga! Preciso vê-la.

— Certamente, mas tome cuidado. Esta doença é altamente contagiosa.

Luís Eduardo tirou da maleta um estojo com alguns vidrinhos e o entregou a Carolina, dizendo:

— Trouxe isto do meu consultório. Não é fácil de encontrar, por isso, leve contigo. É um medicamento muito eficaz.

— Vou agora mesmo! — Carolina apressou-se em colocar o chapéu, dirigindo-se à porta.

— Hoje, não. Amanhã bem cedo, quando sair para o trabalho, deixo-te em casa. Tua família vai em breve recolher-se, e acredito que tenham muito o que conversar.

— Isso é verdade. Eles não vão tornar meu regresso fácil.

— Vá descansar — ele disse com voz terna.

Carolina olhou para os resquícios do jantar que eles mal tinham tocado.

— Antes, vou cuidar de limpar tudo. — Ela pôs mãos à obra, recolhendo os pratos.

— Clementina precisa ter algo para fazer quando chegar pela manhã.

Os braços dele a impediram de seguir adiante com a derradeira tarefa do dia. Perante a inflexibilidade de Luís Eduardo, Carolina, então, colocou os pratos de volta na mesa.

— Tens te revelado um grande amigo. Obrigada por tudo, Edu.

Luís Eduardo sentiu o coração bater forte ao ouvir da boca de Carolina o apelido pelo qual Beatriz o chamava. Depositou-lhe um beijo na face e subiu as escadas para o quarto. Ele falou, mesmo que ela já não fosse ouvi-lo:

— Eu é que tenho tanto a agradecer-te, Carolina...

Era como se a Chácara das Figueiras se materializasse a partir de um sonho, tantas foram as vezes que sonhou com o retorno à casa de sua infância, onde crescera subindo em árvores e fora treinada por sabiás no aprendizado do voo e da cantoria. Num dia qualquer do ano da Proclamação da República, do galho mais alto da mangueira, a Carolina de 9 anos de idade avistou o mar e a cidade de uma nova perspectiva e, conhecendo as histórias que lhe chegavam por Iolanda, imaginou quantos outros mundos haveria além do que conhecia. Desde pequena, ainda mais porque viajava com frequência para o continente europeu, Carolina conhecia as limitações de sua janela. Dali, ela enxergava o horizonte que começava além do que seus pés podiam alcançar; pois, apesar de saber como voar, havia mais terra do que céu para chegar até lá. O horizonte da jovem Oliveira sempre estivera limitado às conveniências da família, e ela a respeitava acima da própria vontade.

Agora, ao pisar na relva ainda úmida da primeira rega do dia, sentindo a terra ranger sob a sola dos sapatos, Carolina reparou nos pés que haviam crescido. Não se sentia a mesma de sua infância, como não era a mesma a relação que tinha com aquele lugar. Seus passos eram mais firmes, mais pesados, e era cansativo caminhar. Asas haviam crescido em suas costas, sobrecarregavam os ombros e precisavam, a todo custo, se expandir. Não havia sido só o tempo que passara lá fora e parara ali dentro. Havia mais céu do que terra fora dali.

Em vez de Iolanda, foi Jacinta a abrir a porta da casa. Carolina não podia esperar um abraço caloroso da cozinheira, tampouco a mesma alegria que sua chegada sempre trouxera à governanta.

— Dona Carolina! Graças a Deus a senhora está de volta!

— Ora essa! Ainda moro aqui, Jacinta.

— Desde que a senhora deixaste esta casa, o vosso pai só faz amaldiçoar tudo o que lhe passa à frente.

— Onde ele está?

— Terminando o desjejum. — Jacinta alertou, baixando a voz: — Anda sem apetite e muito mal-humorado.

Carolina adentrou a sala de refeições, onde encontrou Manoel com o jornal nas mãos. Mal havia tocado no que tinha no prato. Flora foi a primeira a notar sua presença, derrubando a xícara que segurava sobre o pires. O café entornado manchou-lhe o vestido, mas a louça inglesa escapou intacta.

Enquanto Manoel procurava em Carolina a menina que educara para nunca decepcioná-lo, Flora atentava às roupas desalinhadas, rotas e imundas. Eles não enxergavam Carolina como a filha que havia partido, mas aquela que, arrependida, regressava ao lar. Por isso, olhavam-na de modo menos investigativo e mais acusatório. Não importavam as razões, mas sim que estava de volta. E que, de agora em diante, tudo seria como antes.

— Jacinta, mande Constância preparar um banho de imersão para Carolina. Imediatamente — ordenou Flora, sem se mover de seu lugar à mesa.

Manoel pôs o jornal de lado. Apesar da expressão apática, abriu os braços. Carolina correu para abraçá-lo, mas não sentiu o acalento de outrora.

— Abraça-me, papai — ela pediu. — Estou com tantas saudades...

— Houve um tempo em que pensei que tu caberias para sempre nos meus braços. — Ele engoliu a voz embargada e sentenciou: — Vá para o quarto e não saias de lá até eu autorizar.

Carolina se afastou para avaliar os dois.

— Mamãe? Não me dás um abraço?

Flora não era capaz de erguer os olhos do cesto de torradas. Manoel tornou a se sentar, serviu-se de chá e encheu o prato de frutas.

— Soube que Iolanda adoeceu. Posso vê-la?

Flora trocou olhares com Manoel.

— Não te preocupes. Ela está a ser bem atendida pelo doutor Silvério Nunes, um ótimo profissional, de conduta irrepreensível e confiança, que é o que se espera de um médico — respondeu a mãe.

Carolina não se abateu com a provocação.

— Iolanda esteve ao meu lado sempre que precisei. Quero fazer o mesmo por ela. — Insistiu: — Onde ela está?

— A amizade que Iolanda tem por ti foi mais importante do que a fidelidade profissional que ela nos deve — disse a mãe. — Ela extrapolou suas funções de governanta, intrometeu-se em assuntos de família e foi má influência e conselheira para ti.

— Onde ela está? — Carolina impôs a voz. — Não a expulsaram, não é?

— Ofereci-lhe uma vaga na fábrica — disse Manoel. — Não lhe faltará nada na vila operária.

Carolina não podia acreditar no que ouvia. Deixou os bons modos de lado, chegou o mais perto que pôde de onde os pais estavam sentados e deu um tapa na mesa. Flora precisou segurar a chaleira. Manoel engoliu um pedaço de abacaxi com o susto.

— Como Iolanda poderá se recuperar naquele lugar? Exijo que ela volte a morar aqui conosco! — ela ordenou. — Como sempre foi.

Tanto o pai como a mãe observavam-na estupefatos.

— Não te excedas, Carolina — ele falou, largando os talheres. — Não estás em condições de fazer reivindicações nesta casa.

— A camareira Anastácia foi promovida ao posto de Iolanda. E ficará de olho em ti — avisou Flora.

Percebendo que aquela não estava sendo a forma mais eficaz de comunicar-se com os pais, Carolina mudou a estratégia.

— A senhora pode ficar tranquila, mamãe. Daqui para frente, comportar-me-ei melhor do que as vossas expectativas. Se me dão licença, vou para o meu castigo.

Carolina deixou a sala cantarolando uma música que os pais nunca tinham ouvido. Eles já não conheciam a Carolina que partira. E também não reconheciam a que regressava.

Depois do banho longo preparado e acompanhado por Anastácia, e de se desvencilhar da nova governanta sob o pretexto de que precisava repousar, Carolina se sentou diante do espelho da penteadeira. Amarrou os cabelos molhados com uma fita. A tesoura fez um único corte e eliminou, de uma só vez, mais da metade do comprimento. Avaliando o novo visual, achou que ainda estava comprido e cortou um pouco mais, até encontrar a altura ideal, logo abaixo das orelhas. Sorriu ao notar que o próprio sorriso era mais evidente em seu rosto. Gostou da sensação de leveza e de perceber as cócegas que a brisa a entrar pela varanda fazia em sua nuca.

A mecha volumosa de seus cabelos foi para a lixeira, mas uma pequena parte Carolina separou para guardar no diário. Abriu-o na última página escrita. Para sua surpresa, quem assinava o texto era Beatriz.

Rio de Janeiro, 10 de janeiro de 1900
Querida Carolina,
Se estiver lendo esta carta é porque está de volta. E, se assim for, peço

desde agora que me perdoe por ter invadido a sua privacidade. Não foi escolha minha, mas foi a melhor escolha que fizeram por nós.

Aproveito as páginas vazias do seu diário, porque estes últimos dias não poderiam passar em branco para você. Foram dias incríveis, que eu não teria tido a oportunidade de viver se não fosse pela vida que você leva. Encarreguei-me, ainda que despretensiosamente, de deixá-la um pouco mais emocionante.

No começo, desejei com toda a minha vontade desaparecer daqui. Além de tudo o que deixei em suspenso, acreditei que não seria capaz de assumir a identidade de alguém tão diferente de mim. Mas, aos poucos, conforme fui conhecendo você por este diário, percebi que temos a mesma motivação e inclinação para a liberdade.

Vi os seus croquis e fiquei bastante impressionada com o seu talento. Não tenho dúvidas de que deve seguir essa profissão. Torne-se estilista, nem que essa seja a única coisa que faça! Não deixe para amanhã. Não espere por uma oportunidade. Você mesma poderá criá-la. Abra os braços, atire-se e verá que eles se tornarão asas.

Os desafios que você enfrentou no século 19 não são muito diferentes de muitos dos que enfrentei no século 21. Felizmente, nós, mulheres, conquistamos mais espaço no mercado de trabalho, nas relações pessoais, e nos tornamos autônomas. No entanto, ainda existe uma longa caminhada em nossa luta pela igualdade de direitos. Admiro você por ter ideais que a diferenciam de grande parte das mulheres do seu tempo. Tive a chance de conhecer algumas de suas amigas e, claro, sua mãe.

Em questões de família, não gosto de me meter. Seus pais são muito diferentes dos meus. Meus pais sempre me deram apoio para que eu corresse atrás dos meus sonhos. Já você, Carolina, precisará ser muito forte para enfrentar Flora e Manoel. E deve fazer isso, ou os culpará pela própria covardia. E isso não seria justo.

Preciso falar do seu pretendente. Esse cara é um atraso de vida! Espero que não cometa o erro de se casar com ele apenas para agradar a seus pais.

Este seria outro motivo pelo qual, um dia, você os culparia. E, de novo, não seria justo. Desta vez, não seria justo com você. Não existe a mínima chance de alguém ser feliz com uma pessoa amando outra.

Hoje, finalmente, aconteceu algo novo. Fui à casa de chá com sua mãe e conheci sua prima Eleonora. Ela é uma comédia! Não fosse pelo fato de não gostar de Machado de Assis, poderíamos ter nos tornado grandes amigas. E por falar em amigos: adivinha quem encontrei lá? Seu médico, acompanhado do meu escritor favorito! E já que falei de literatura...

Moreninha. Já leu esse livro, de Joaquim Manuel de Macedo? Não por acaso, o protagonista estuda para ser médico e a doce donzela se chama Carolina. Para mim é evidente que você é a idealização do amor do seu "mui estimado médico de família". Por idealizá-la durante tanto tempo, ele acabou presumindo que você é inalcançável. Agora que ele resolveu se confessar, fez isso para mim. Não vou dizer que tem sido fácil me passar por você, sabendo que o ama, e evitá-lo. Até porque adoraria viver isso de verdade. Não pareço o tipo que viveria um amor romântico, mas um homem como ele me faria até mesmo desejar ouvir sinos de igreja. Por isso, Moreninha, confesse quem você é. Não tenha medo de ser essa mulher fora do seu tempo. Além de tudo, um partidão como o Edu ama você.

Acho que é impossível a gente um dia se conhecer. Mas, como o impossível já aconteceu, não custa acreditar.

Sua amiga,
Beatriz

Ela estava pronta para sair com seu novo penteado. Não perdeu horas a desembaraçar o cabelo; bastou enfeitá-lo com uma presilha, também um recurso para segurar a franja de lado. Dispensou o chapéu pela primeira vez na vida. Não iria se esconder, mas tomou algumas precauções.

Viu quando um dos coches deixou a propriedade com Manoel. Aproveitou que a maioria dos empregados da casa se ocupava do almoço e que sua mãe cuidava do jardim dos fundos. Deixou a casa pela porta da frente, sem levantar suspeitas. Na cocheira, aos que a viram, pediu silêncio. Não era a primeira vez que os faria cúmplices de suas fugas. Subiu no coche, tomou as rédeas e guiou para a zona rural da cidade.

A alguns quilômetros da chácara, ao final de um descampado, Carolina avistou o imponente arco de entrada onde se lia num grande letreiro metálico "Fábrica de Fiação e Tecelagem Oliveira" e, também, a vila operária para onde havia se mudado Iolanda. Podia contar nos dedos da mão as poucas vezes em que visitou o local de trabalho de seu pai e dos mais de mil homens e mulheres que ali construíram suas moradias, e até mesmo uma associação de lazer e esporte. Era ainda uma menina, mas, à época, convidada junto aos pais para a partida de inauguração do campo de futebol da associação, só tinha olhos para os uniformes dos jogadores da equipe da casa, que haviam sido especialmente confeccionados na fábrica. Desde aquele tempo, se interessava por tecidos e pela diversidade da moda. Teria voltado outras vezes, não fosse a imposição de Manoel de mantê-la afastada dos negócios da família. Ele sempre lhe dissera que a responsabilidade da fábrica cairia às mãos do homem que esposasse sua filha, pois a esta caberia unicamente administrar o lar. Carolina nunca deixou claro que não se contentaria com isso. Até aquele dia.

Ao se identificar no portão, os dois seguranças que faziam a guarda se entreolharam, desconfiados. Não era comum passar por ali uma dama desacompanhada a guiar um coche.

— A senhorita é aguardada pelo senhor Oliveira? — perguntou um deles.

— Não é preciso me anunciar.

— É necessário anunciar todos que entram, senhorita.

— O senhor Oliveira é o meu pai.

— Podemos ver a identificação, por favor?

Carolina mostrou-lhes seu documento, ao que eles não tiveram alternativa, deixando-a entrar.

Segundo se lembrava, o alojamento dos funcionários ficava bem ao lado do campo de futebol. Precisaria apenas descobrir como chegar lá, já que haviam se passado anos desde a última vez em que pisara ali. Carolina conduziu os cavalos até a estrebaria e deixou o coche com Francisco, que, ao vê-la, não escondeu a surpresa.

— Senhorita Carolina! O que aconteceu ao seu cabelo?

— Mudei. — Ela se aprumou, ajeitando os fios castanhos que o vento desalinhara.

— O que a senhorita faz aqui?

— Francisco, o senhor está muito curioso hoje. Cuide do Vendaval e do Eclipse para mim. E não diga a papai que estou aqui! — Ela ofereceu-lhe uma moeda de cem réis.

O homem torceu o nariz. Aproximou-se um pouco mais da patroa e, meio sem graça, sussurrou ao seu ouvido:

— Prefiro que continuemos aquele nosso assunto na cabana...

Carolina engoliu em seco, imaginando quão longe Beatriz poderia ter ido com seus favores.

— Comprei o caderno de caligrafia como me pediu — segredou ele, entusiasmado. — Nem dormi direito treinando. Graças à senhora, já consigo escrever meu nome sozinho!

Ela se deu conta de que o homem que conhecia desde menina era um desconhecido. Não havia tempo para lamentar, mas, para aprender, haveria sempre. Com os olhos lacrimejando, abraçou Francisco pela primeira vez na vida.

— Quem dera o mérito fosse meu. Mas é de gente muito melhor — ela disse, referindo-se a ele e a Beatriz.

Carolina se despediu e seguiu adiante, ganhando distância conforme buscava passagem entre as dezenas de funcionários que marchavam em direção ao refeitório. Ao fim de algumas voltas, viu que retornava ao ponto de partida. A verdade é que estava perdida e havia conseguido atrair mais atenção do que pretendia.

— Posso ajudá-la, *signora*? — perguntou uma jovem com sotaque italiano que aguardava na fila.

— Preciso chegar aos alojamentos.

A moça fazia esforço para controlar a tosse e mal se aguentava em pé.

— Os alojamentos são lá na frente, do lado do campo de futebol. Precisa seguir por aqui e depois passar pelo grande armazém. — Ela indicou a direção. — Se quiser, posso levá-la até lá.

— Assim perderia o seu lugar. Mas obrigada pela gentileza. Como se chama?

— Maria Giulia Rossi.

Ao estender a mão para cumprimentar Carolina, a mulher perdeu o equilíbrio por um instante e precisou apoiar-se em seu braço.

— A senhorita não parece nada bem — disse Carolina, percebendo que a moça estava prestes a perder a consciência. — Acompanha-me ao ambulatório?

Maria Giulia teve sua voz abafada antes mesmo de responder. Ao toque da sirene que emanou por todo o complexo, uma profusão de gente começou a deixar o galpão do refeitório ao mesmo tempo. As pessoas, apressadas, caminhavam desordenadas, atropelando-se e esbarrando umas nas outras. Ao barulho constante e agudo do alarme era somado o ruído das conversas cruzadas, dos carrinhos de mão trepidando nos paralelepípedos, do relinchar dos cavalos ao longe. O ambiente tornava-se mais agressivo, e Carolina agora só pensava em encontrar socorro para a jovem mulher, que parecia ir perdendo a cor em seus braços. Conseguiu a ajuda de um homem que passava e, juntos, deitaram a mulher num banco próximo do prédio onde funcionava o refeitório.

— Esta mulher precisa de atendimento médico urgente — disse Carolina ao homem.

— O posto de saúde é logo ali — ele apontou. — Não posso ficar. Meu tempo de almoço acabou.

— Se esse é o problema, está dispensado de voltar ao trabalho. Não será descontado pelo tempo que estiver à minha disposição. Agora, me ajude a carregá-la.

Percebendo que ele não estava convencido de que deveria obedecer, Carolina pôs a mão em seu ombro e disse:

— Meu nome é Carolina Oliveira. E o dela é Maria Giulia Rossi. Se o senhor ajudá-la, estará ajudando a mim.

O homem tirou o chapéu em sinal de respeito e fez o que ela pediu.

A sala de recepção do pequeno centro médico estava lotada. As pessoas que aguardavam pareciam apresentar os mesmos sintomas. A secretária não conseguia dar conta de fazer a triagem, muito menos o médico, que se ocupava de pelo menos dez pacientes dividindo o pouco espaço do consultório.

— Doutor Silvério Nunes?

— Perdoe-me, senhorita. A menos que esteja a precisar de atendimento, não posso dar-lhe atenção agora.

— Sou Carolina Oliveira. Estou aqui para ajudar.

— Senhorinha! — chamou uma mulher numa das macas.

— Iolanda!

Carolina se aproximou da amiga, que tinha o semblante abatido e havia emagrecido a olhos vistos. Seu habitual sorriso havia desaparecido.

— Como tu estás, minha amiga?

— És mesmo a senhorinha? Voltaste? — Os olhos febris lacrimejavam.

— Vamos deixar isso para depois. Agora, só quero saber de ti.

— Deus atendeu as minhas preces! Vou poder despedir-me da minha senhorinha!

— Não delires, Iolanda! Não estás tão doente assim. Estás? — indagou Carolina, buscando a confirmação do médico.

— Iolanda está a recuperar-se — interveio o médico. — Mas temos pacientes em estado grave, que precisam de remoção urgente para o hospital.

— Doutor, diga-me do que precisa e eu providenciarei.

— Senhorita Oliveira, precisamos fazer exames, e não disponho dos equipamentos aqui. Não temos infraestrutura, e o número de infectados não para de aumentar. Precisamos remover os pacientes para um lugar de isolamento. — O médico arrastou Carolina para um canto da sala e falou num tom mais baixo: — Não quero causar alarme entre eles, mas suspeito de que a peste bubônica chegou até nós.

— Meu pai tomou conhecimento disso?

— Seu pai acionou os advogados e está em contato com o diretor de um estabelecimento, mas parece-me que as burocracias...

— Danem-se as burocracias! Estamos lidando com vidas em situação de emergência. Cuidarei pessoalmente da transferência dos pacientes mais graves e chamarei reforços para auxiliá-lo, doutor. Há algum telefone aqui?

Carolina buscou o paradeiro de Luís Eduardo, deixando recado em todas as repartições públicas por onde ele poderia passar. Sabia que podia contar com ele, mas temia que respondesse ao seu chamado tarde demais. Neste momento, lembrou-se do que trazia na bolsa.

— É imperativo que tomes esta medicação conforme a receita. — Carolina entregou os vidrinhos a Iolanda. — Ainda hoje volto para buscar-te, está bem?

— Senhorinha, os patrões fizeram-me muitas perguntas. Eu falei demais — confessou Iolanda, segurando a mão de Carolina com a pouca força que tinha. — Perdoa-me...

— Não tenho do que perdoar-te. Fizeste tudo por mim. És minha melhor amiga.

— *Nteni sodadi de bo.*

— Também tenho saudades tuas.

Carolina beijou as mãos de Iolanda e se levantou, olhando em volta.

Viu-se cercada de olhares. Quem não gemia de dor avaliava a figura da mulher cheia de viço e energia, que destoava entre os doentes. Ela sentia-se impotente por não poder atenuar-lhes o sofrimento e, ao mesmo tempo, plenamente capaz de fazer algo bom por aquelas pessoas. Entendeu, mais do que nunca, o que motivava Luís Eduardo. E entendeu os motivos de estar ali. Era onde deveria estar.

— Estás verdadeiramente exuberante — falou Iolanda, admirando os novos ares de Carolina. — Esse corte de cabelo cai-te muito bem.

— Não é o cabelo, minha amiga. É o amor.

14
LIVRE-ARBÍTRIO

BEATRIZ

— Parece tão inofensiva — falou Beatriz, girando a caixa de música em sua mão.

— Inofensiva como uma boneca de vodu — ironizou Alex.

Beatriz ambicionava o papel enrolado dentro da garrafa, mas hesitava em girar a tampa que cobria o gargalo.

— Tenho medo de abrir e sair um gênio ruim — confessou.

Alex mordeu o batom dos lábios.

— Não vou negar que fico apreensivo também. Mas vai que o gênio é do bem e a gente ganha direito a três pedidos?

Os dois encararam o objeto até Beatriz tomar coragem e, cuidadosamente, retirar o papel do invólucro. O bilhete tinha perfume de rosas.

Querida Beatriz, espero que tenha chegado a ti a carta que enviamos em 21/01/1900 por via da Gazeta de Notícias. Será que encontramos uma forma de comunicação instantânea? Funcionou num filme que assisti por recomendação do Alex. Creio chamar-se A Casa do Lago. Achei o ator parecido com o Luís Eduardo. Façamos o teste! Carolina.

Beatriz arrancou uma folha de caderno de qualquer jeito e escreveu: *Lembra aquele papo de Moreninha que escrevi no seu diário? Então, o*

tiro saiu pela culatra. Eu me apaixonei pelo Edu. E ele por mim. P.S.: Ele é
muito mais gato que o Keanu Reeves.

Enfiou pelo gargalo e esperou.

— Você é muito cara de pau, nega — falou Alex. — A Carol já não assumiu o romance com o Bernardo?

— Eu gosto de deixar as coisas claras.

Ele cruzou os braços.

— Você está insegura mesmo ou é só jogo de cena?

— Eu e Edu tivemos muito pouco tempo juntos. Ele e Carolina se conhecem praticamente da vida inteira.

— Se você leu mesmo o que ele te escreveu no jornal, não devia se preocupar.

Poucos minutos depois, a resposta chegava na forma de um novo e cheiroso bilhete.

Se leres o que ele escreveu na Gazeta, verás que não há motivos para te
preocupares.

P.S.: Isto de fato funciona!

Beatriz olhou para o amigo com espanto.

— Como você sabia? Seu bruxo!

Alex ficou intimamente envaidecido, mas se contentaria com o poder de resgatar a amiga do papel de mulher insegura que havia momentaneamente assumido e não combinava com ela.

A troca de mensagens continuou:

Bernardo sente muito a sua falta.

E eu a dele. Por favor, cuide dele para mim. Desculpa-me, mas preciso
ir agora.

Espera aí! Quando será a nossa troca?

Não posso pensar nisso agora. Preciso terminar o que vim fazer aqui. Obrigada pela carta que deixaste em meu diário. Quando voltares, não terás mais nenhum dia de monotonia. Prometo-te! Agora preciso mesmo ir.

Beatriz releu aquele último bilhete de trás para frente até se convencer de que Carolina não iria desistir da troca. Por mais que se esforçasse, entretanto, não conseguia decifrar o teor da segunda frase.

— Alex, que assunto você acha que ela precisa terminar? Não é como se a vida dela fosse a maior agitação entre rodas de chá e passeios à quermesse. — Beatriz bufou. — Tirando a presença do Edu, é uma pasmaceira só. Já sei! Talvez Carol se refira a terminar o noivado com o *cowboy* almofadinha. Só pode ser isso, né?

Beatriz esperou que o amigo concordasse. O silêncio revelou que ele não tinha ouvido uma só palavra do que ela dissera.

— Nega? — ela cutucou Alex. — Ei?

Alex tinha os olhos petrificados de encanto pela relíquia. Ele havia observado a troca instantânea de correspondência pensando em patentear o serviço.

— Marc Zuckerberg não perde por esperar. Deixa só eu criar uma campanha no *Kickstarter*!

Preciso terminar o que vim fazer aqui. As palavras de Carolina ainda ecoavam ao final de uma semana desde a troca de mensagens entre elas. Não houve mais contato, e Beatriz, em parte movida pela determinação daquelas misteriosas palavras, em parte pela volta à normalidade do seu curso na faculdade, encontrou-se de volta à rotina que deixara antes da viagem a Paris, da pandemia e da caixa de música acontecerem na sua vida.

Numa tarde quente, Beatriz sentiu-se privilegiada pelo ar-condicionado que congelava suas mãos e ressecava a ponta de sua caneta esferográfica na folha do caderno de desenho. Sabia como era viver num mundo onde um aparelho que controlasse o clima ainda era somente o sonho de um jovem engenheiro americano chamado Willis Carrier. Mais do que daquela tecnologia, ela havia sentido falta da vida de estudante, do reencontro com alguns colegas, dos papos de intervalo com Alex e, para a nostalgia carioca do seu paladar gaúcho, até do joelho de queijo minas, muçarela e orégano da lanchonete do *pilotis* da faculdade de Engenharia. Mas, porque o tempo havia passado antes mesmo de ela se dar conta, nada disso fazia mais parte da sua vida. Tudo o que ela precisava fazer para obter o seu diploma era apresentar o projeto final ao orientador. E por esse momento ela aguardava, impacientemente, na sala de espera da coordenação.

A ansiedade era convenientemente canalizada para os traços carregados de tinta que ela riscava com força no papel. Quando ouviu seu nome ser chamado pela secretária, quase cometeu o erro de alongar demais a pluma do chapéu da mulher que havia desenhado. Ela pôs depressa o tubo onde carregava o projeto debaixo do braço e deixou o esboço para trás.

— Bia Giacomini! — recebeu Aloísio, oferecendo a cadeira para ela se sentar. — O que te traz aqui? Ainda nem começamos a convocar os alunos a se apresentarem por videoconferência. Não decidimos ainda se vai ser por Skype ou pelo Zoom.

— Eu me adiantei e trouxe o projeto! — ela disse, confiante. — Tem meia hora? É tudo o que eu preciso.

— Com a pandemia e o cancelamento de vários eventos de moda, não podemos prever quando...

Aloísio tinha a resposta negativa na ponta da língua, mas ao esbarrar sua atenção nos olhos verdes de esperança daquela que considerava uma de suas alunas mais promissoras, interrompeu o que pretendia concluir e consultou o relógio de pulso. Então, disse:

— Preciso ver com outros colegas para compor a banca. Felizmente, a Amanda está aqui hoje.

Beatriz não se lembrava daquele nome. Talvez porque, como antecipara a conclusão de todas as cadeiras, raramente apareceu na faculdade no último semestre.

Quando voltou, Aloísio estava acompanhado de duas professoras titulares do curso de Moda. Amanda era, também, a chefe do departamento e quem havia sido responsável por promover o concurso da Fashion Week. Beatriz suspeitava de que a pessoa a quem deveria mais impressionar durante a apresentação seria aquela que, em vez da máscara descartável que os demais utilizavam, ostentava algo bem mais *fashion* com o logo Dolce&Gabbana estampado.

E acertou.

— Amanda, esta é a aluna de quem te falei. Eu mesmo a inscrevi no concurso.

— A garota que viajou a Paris no meio de uma pandemia e na véspera de apresentar o projeto — referiu a mulher, como se aquela fosse a informação mais relevante que possuía sobre Beatriz. E virando-se para ela, o olhar firme, disse: — Não perca seu tempo, meu bem. O sonho da Fashion Week, esse ano, já era. E não sei se vamos conseguir promover algum projeto para o ano que vem. Teria que ser algo excepcional para justificar o empenho.

As palavras de Amanda soaram com um certo tom de desprezo, mas Beatriz não se abalou.

— Estou aqui pelo meu diploma, porque batalhei por ele e mereço encerrar esse ciclo. Se a senhora quiser saber o que me faz acreditar que todos os sonhos são possíveis, prometo que não vai se decepcionar.

Beatriz percebeu os óculos de grau de Amanda embaçarem. Estava agradecida pelo uso da máscara lhe poupar da expressão pouco receptiva da mulher.

— Muito bem, Vamos ver se você vai fazer valer a pena o nosso tempo — ela falou, a expressão mais fria do que as mãos de Beatriz.

Ela inspirou fundo e expirou lentamente, lembrando-se da prática que aprendeu na primeira e única vez que foi arrastada por Alex a uma sessão de meditação em grupo. Fechou os olhos.

Enxergou-se sozinha numa encruzilhada entre dois corredores vazios. Aos poucos, conforme a respiração se aprofundava, foi se distanciando do presente e se aproximando do passado. Os corredores foram acolhendo cada vez mais gente e ela foi desaparecendo na multidão, sem ser reconhecida por ninguém. O que seria de tudo o que havia vivido até então? As suas memórias seriam apenas suas e de mais ninguém? Seria esquecida por todos?

Ouviu seu nome e o presente a chamou de volta. Estava diante das três pessoas que avaliariam não apenas o seu projeto. Estava nas mãos delas avaliar o resultado de um trabalho ao qual se dedicara nos últimos quatro anos e que era, sobretudo, o sonho de uma vida inteira. Em nome dele, havia se mudado do interior para a cidade grande, deixado para trás a família para seguir sua vocação. Ainda que agora estivesse convencida de que seu destino tivesse planos distintos para si, mais do que nunca, percebia que suas escolhas ainda lhe pertenciam. Assim como aquela oportunidade.

Bernardo chegou acompanhado de Alex, bem a tempo de se juntarem à banca que aplaudia ao final da apresentação. Assim que os viu, Beatriz correu de onde estava e se jogou nos braços deles.

— Viemos assim que vimos a sua mensagem pra te trazer um pouco de axé — falou Alex. — Não botei fé, mas a lata velha do Bernardo até que trouxe a gente com vida!

O rapaz não ouviu a provocação porque estava vidrado no manequim que exibia a peça piloto de Beatriz. Não fazia tanto tempo que Carolina havia lhe surpreendido, usando o mesmo vestido branco. Caíra-lhe como uma luva, como se tivesse sido feito para ela, e ele gostava de acreditar que isso poderia ser verdade.

— Lembranças boas ou ruins? — Beatriz dirigiu a pergunta a Bernardo.

Ele havia cortado o cabelo na manhã daquele dia. Parecia mais velho sem os pequenos e volumosos caracóis que lhe caracterizaram durante muito tempo. Ainda assim, olhando bem nos olhos dele, Beatriz se deu conta de que ele continuava um menino.

— Ainda que ela tenha desaparecido naquela noite, se eu pudesse escolher uma só memória da Carol, escolheria o momento em que ela apareceu com esse vestido na minha frente.

Beatriz e Alex dialogaram brevemente entre olhares.

— Bê, quero te contratar pra você dar umas aulas de serenata pro meu bofe. Eu deixo você tocar flauta doce no meu desfile de estreia. Topa?

— Na foto que o Alex tirou, reconheci o vestido — disse Beatriz. — Depois eu reparei que ela havia feito alguns ajustes. Além de ousada, a guria entende do riscado.

O momento dos três foi interrompido pelo som de um salto agulha arranhando o piso de cerâmica.

— Precisamos falar com você em particular — disse Amanda.

Beatriz engoliu em seco sua autoconfiança.

— Vamos estar na cafeteria — falou o amigo. Vou pedir um *sunday* de morango e chocolate para dividirmos, como nos velhos tempos. Chêro — disse, dando-lhe um selinho.

— Ei... — chamou Bernardo e falou em seu ouvido: — Ela adorou.

Beatriz notou que a mulher sorria por trás da máscara. Todos na sala haviam percebido que ela não havia tirado os olhos de Bernardo. Então, só para divertir Beatriz, ele piscou para Amanda antes de fechar a porta do gabinete atrás de si.

— Temos uma proposta para te fazer — Aloísio falou.

Ele assinou um documento e o transferiu aos colegas. Ao receber o papel das mãos de Amanda, Beatriz quebrou o protocolo de distanciamento social e abraçou o professor.

— Sem você eu não teria conseguido — ela falou.

— Acho que só temos a ganhar apostando em você, Bia.

— Faz alguns anos que não me entusiasmava tanto com as perspectivas de carreira de um aluno! — Amanda falou.

— Por isso, nós três redigimos agora mesmo uma carta de recomendação para que entregue junto com a sua candidatura — emendou ele.

— Que candidatura?

Amanda e Aloísio pareciam duas crianças disputando a atenção de Beatriz. Ele cedeu a fala:

— Vá em frente, Amanda.

— Se topar, Beatriz, falo hoje mesmo com o estilista Aleksander Podolsky. É praticamente certo que ele marque uma entrevista com você ainda esta semana. Sendo aprovada, poderá produzir um modelo com a sua assinatura para a nova coleção. E, claro, nossa instituição terá reconhecimento através de você.

— Você terá quase dois anos de muito trabalho pela frente. O desfile será na Fashion Week 2022 — completou Aloísio, e ofereceu a caneta:. — É só assinar aqui.

— Por que ela está com essa cara? — perguntou a professora que não havia se manifestado até agora. — A maioria dos alunos estaria comemorando aos gritos.

— Ela parece em choque, Aloísio...

— Beatriz, o que está sentindo? — ele perguntou, colocando a mão na testa dela. — Está gelada.

— Vou buscar um copo de água com açúcar — ofereceu Amanda.

— Melhor chamar os amigos — sugeriu a professora.

Os três, então, iniciaram uma conferência para decidir como deveriam proceder com Beatriz. Ouvi-los referirem-se a ela na terceira pessoa não tardou a despertá-la.

— Dois anos. Eu não posso esperar isso tudo para voltar para o século 19.

— Ambulância?!

Beatriz olhou para a professora bem-intencionada, para os rostos preocupados dos outros dois. Deixou a sala de aula, a peça piloto e o projeto para trás. As mãos iam vazias, pois o coração pesava demais.

A taça de sorvete era maior do que Beatriz se lembrava, e o gosto, bem menos saboroso. Talvez porque estivesse sem apetite.

— Você não pode estar falando sério, Bia — comentou Alex, que se exaltou: — Não pode abandonar tudo o que lutou a vida inteira para construir!

O rapaz que atendia a outra única mesa ocupada concordou e abaixou a máscara para sorrir para Alex, que o ignorou.

— Se aceitar a proposta, não vou conseguir ir embora — ela falou.

— E é isso mesmo o que você quer? Abrir mão desse sonho?

Aloísio ligava insistentemente para o celular de Beatriz. A frequência da vibração do aparelho na mesa de ferro se assemelhava a uma bomba-relógio prestes a explodir.

— Não sei mais o que é direito meu querer. Ainda por cima tem a Carol...

Bernardo, sentado à mesa um pouco mais afastado dos dois, ouvia calado. Por mais pensamentos que tivesse a compartilhar, naquele momento, sentia que sua presença invadia a privacidade de Beatriz. Ele se levantou repentinamente.

— Aonde você vai? — perguntou Beatriz.

O celular continuava a vibrar.

— Vou esperar por vocês no carro.

— Não seja egoísta, Bernardo. Preciso fazer o que meu coração me diz.

O ruído se intensificava, aumentando a tensão.

— Concordo. Mas eu também tenho coração.

Ele deixou dinheiro sobre a mesa e deu as costas. Nervosa, Beatriz desligou o aparelho enquanto Alex balançava a cabeça discordando da atitude da amiga.

— Nega, me ouve: você está confusa e isso é natural.

— Nada do que está acontecendo na minha vida é natural.

— Você está tendo a chance de escolher o seu destino. Não é melhor assim?

Ela bufou.

— Pela forma como a caixa de música me conectou à Carol, acredito que só trocaremos de novo se ambas estivermos em sintonia com essa vontade.

— Amiga, se você não quer que essa troca aconteça, ela não precisa acontecer. Posso te ajudar.

Beatriz encarou Alex com preocupação.

— Darei um fim naquela maldita caixa de música que embaralhou a sua vida — ele decidiu.

O funcionário, terminando de limpar a mesa que havia vagado, mais uma vez baixou a máscara, mas agora exibia uma expressão triste. Alex virou os olhos e a cadeira de costas para ele.

— Não! Não posso fazer isso com a Carol.

— Pergunte a ela o que ela quer. Talvez também tenha mudado de ideia e aí esse encanto se desfaz de uma vez.

— Não mudei de ideia, Alex. Eu deveria tirar um tempo para pensar, mas estou com medo de que meus pensamentos me afastem do que ela quer.

Alex pegou as mãos de Beatriz nas suas e as apertou. Ela gostava de sentir aquele contato. O amigo tinha as mãos sempre quentes e isso a relaxava.

— Esquece a Carolina. Esquece o Bernardo. Esquece todo mundo.

Entendi quando falou sobre seguir a direção que o seu coração apontar. Está certa em pensar assim. Só não entendo o que levou daqui o seu coração. Você sempre esteve e quis estar aqui.

Beatriz sentiu a respiração oscilar. Alex havia tocado precisamente na razão pela qual ela não conseguia pensar em mais nada. Ela soltou as mãos do amigo.

— Não é pelo Edu. Mas é por causa dele.

— Eu sabia! — ele deu um tapa na mesa. — Sabia...

— Quando conheci o Edu, entendi porque ele precisa fazer parte do meu ideal de vida.

— Então, para que pensar se já tomou a sua decisão? Pode comunicá-la agora mesmo.

Alex apontou para Aloísio, que caminhava na direção deles com cara de poucos amigos.

— O que deu em você, Bia? — o professor puxou a cadeira.

— Vou ver como está o Bernardo — falou Alex, se despedindo do professor.

Beatriz ficou um tempo em silêncio. O sorvete que não conseguiu tomar já tinha derretido.

— Me conta. Abre o jogo — pediu o professor.

Ela olhou em volta. O *campus* estava tão silencioso que podia ouvir ao longe a buzina dos carros e o freio dos ônibus dobrando a rua de acesso. Olhou para cima. Invejou os pássaros. A vida deles não havia mudado tanto quanto a dos frequentadores daquele bar ou daquele mundo. Deixou mais alguns pensamentos aleatórios no ar, antes de falar:

— Aloísio, você sabe o quanto me dediquei nessa faculdade, os sacrifícios e o investimento que precisei fazer para chegar até aqui — Beatriz sentia as lágrimas cobrirem-lhe os olhos, mas se segurou. Não queria se mostrar vulnerável, muito menos que ele tivesse pena dela. — Sonhei com a Fashion Week, porque pensei que todo o meu esforço só poderia ser recompensado se fizesse uma estreia grandiosa. Mais do que ambição, o que me motivou a realizar esse projeto foi a vaidade. Assumo isso e não me orgulho. Mas fiz o meu trabalho com paixão e, por causa disso, e com sua ajuda, ele mereceu uma recomendação do departamento. A paixão vai estar sempre presente no meu trabalho, então, estou tranquila. O que me motiva agora é algo completamente avesso à vaidade. — Ela fez uma pausa e deixou, acidentalmente, uma lágrima cair. — O amor. Por ele, só por ele, vou recusar a proposta do departamento. Sei que esta decisão frustra você, pois este projeto contou muito com os seus conhecimentos. Por isso, peço desculpas.

Ela, enfim, respirou. E esperou. Aloísio ergueu o braço e pediu uma coca-cola para os dois. Durante todo o tempo em que se preparou para acender seu cigarro, Beatriz o acompanhou em seus movimentos meticulosos. A expectativa pelo que ele ia dizer se tornava quase insuportável.

— Sabe, Bia... — ele começou e se interrompeu ali. Tragou o cigarro e soprou a fumaça. Esperou se dissipar, e só então continuou: — Não aceito as suas desculpas. Você foi um pé no saco. Quase me separei da minha mulher por sua causa. Era difícil explicar pra ela que o fuso horário era outro no Planeta Bia Giacomini.

Beatriz não sabia se ria ou chorava. Acabou fazendo as duas coisas. Ele continuou:

— Mas eu preciso dar o braço a torcer. A sua impulsividade, teimosia e criatividade absurdas nos levaram a lugares que eu nunca chegaria sozinho. Nada nunca foi meio-termo para você. Tinha que ser intenso. Tudo ou nada. — Ele serviu a coca-cola no copo dela e depois no dele. — Eu não esperava outra postura de você. Você podia ter alegado qualquer motivo para sua recusa, mas nenhum tão legítimo e tão honesto. É por isso que vou aceitá-la, mas não as desculpas. Vá tranquila. O que precisa para se destacar na sua profissão sempre esteve dentro de você. Vá viver sua vida, seus impulsos, e vá ser feliz, Bia Giacomini.

Quando deu por si, estavam brindando ao fim da parceria. Com refrigerante.

— Se soubesse que você ia pagar, tinha pedido Moët et Chandon.

Ele riu baixinho.

— O champanhe ficará para as futuras parcerias. Você vai longe, garota. Eu boto fé.

Beatriz olhou para o mestre com gratidão. E, sobretudo, admiração:

— Se eu vou longe, não sei. Mas aprendi com você como chegar lá.

Bernardo deixou Alex em casa e seguiu com Beatriz para Santa Teresa. Ela pediu que ele esperasse à porta, entrou em casa e, ao voltar para o carro, vinha com a bolsa mais pesada e um olhar misterioso, que ele não ignorou. Beatriz, então, esperou os dois se acomodarem no conforto da sala de Bernardo, contou que havia encontrado uma forma de comunicar-se com Carolina e, animada, exibiu-lhe a caixa de música, um caderno e uma caneta.

— Escreva para ela. Vale tudo, até os números do resultado da Mega-Sena.

— É sério isso?

— Brincadeira. Claro que ainda não existia esse tipo de sorteio.

— Quem garante que ela vai responder?

Ela mexeu os ombros.

— Já é bom demais que a gente tenha esse canal. Escreve, vai! Coloca todo o seu romantismo de flautista trovador para fora!

— Não posso — ele falou, devolvendo a ela o papel e a caneta. — Não posso mais interferir.

Bernardo viu uma ruga se formar entre as sobrancelhas dela, e explicou:

— Eu omiti da Carol a fotografia de 1915, em que meu bisavô está no seu colo.

— Por quê? Não consigo entender por que esconderia dela algo assim tão importante.

— Pensei que essa foto pudesse influenciar a Carol a desistir de procurar as respostas que ela tanto precisava para voltar pra casa. Não queria que nada a impedisse de fazer as escolhas dela.

Beatriz retornou a caneta para ele.

— Bonito seu altruísmo, mas, sem querer querendo, você acabou fazendo a escolha por ela. Olha, desculpa te comunicar, mas não importa o que façamos ou deixemos de fazer, o tempo está passando e a vida está acontecendo. Independentemente da nossa vontade. Você não pode voltar atrás e mudar o que passou, mas pode ainda mostrar a ela que nunca é tarde para mudar o futuro.

Bernardo foi depressa até o sótão, recuperou a caixa para onde o avô havia devolvido a fotografia e colocou-a numa moldura vazia. Desceu as escadas murmurando uma melodia, pousou o porta-retrato na mesa, ajoelhou-se ao lado de Beatriz e escreveu o que lhe veio à cabeça, sem pensar muito se a letra estava conforme a música.

Consta nos mapas, nos lábios, nos lápis
Consta no Google, no Twitter, no Face
No Tinder, no WhatsApp, no Instagram
No e-mail, no Snapchat, no Orkut
No Telegram, no Skype
A Caixa de Música não vai nos separar.
P.S.: Espero o seu arranjo para o nosso "Dueto".

— Posso ler? — Beatriz espichou os olhos.

Ela achou graça da relutância dele em mostrar o bilhete. Depois de arrancar a folha, dobrá-la e colocá-la na garrafa, eles esperaram.

Mas a resposta não veio.

Carolina

Luís Eduardo conseguiu atravessar a intensa aglomeração de curiosos e jornalistas em frente aos portões da fábrica, mas teve sua entrada bloqueada pelos seguranças por ordem de Manoel. Antevendo o imbróglio que a presença do médico traria, Carolina havia pedido para ser avisada da chegada dele.

Enquanto pai e filha discutiam, o tempo passava agravando a situação.

— Por que fizeste isso? Não te reconheço mais, Carolina.

— Papai, há acontecimentos muito mais importantes do que o meu corte de cabelo.

Da janela panorâmica do seu gabinete, Manoel espiou a movimentação crescente nas imediações.

— Se o que querias era chamar a atenção, conseguiste. A imprensa está lá fora graças ao escarcéu que fizeste.

— Será que o senhor não percebe o quão grave é a situação? Estamos diante de uma epidemia.

Ela estendeu ao pai uma máscara de tecido que confeccionara nos moldes do que aprendera com a pandemia de covid. Ele recusou, balançando a mão com veemência.

— Está tudo sob controle. Os advogados estão a cuidar da transferência dos enfermos.

— Mas até lá o doutor Silvério não pode dar conta sozinho. O Luís Eduardo, além de grande especialista, tem colegas que podem nos ajudar.

Manoel sentiu as faces se inflamarem.

— Este senhor não entra aqui!

— Pois se ele não entrar, papai, a fábrica será fechada pelos agentes da inspeção sanitária. Isso, se algum operário ainda estiver de pé.

— Tu vais contra teu próprio pai, Carolina?

— Não, papai. Vou a favor dos que mais precisam.

O telefone tocava quando alguém bateu com insistência à porta do gabinete. Ele não teve alternativa a não ser permitir que a filha atendesse a chamada. Pensando se tratar de um de seus advogados, abriu.

— Quem o senhor pensa que é para invadir a minha fábrica? — Manoel questionou o médico em trajes de proteção e máscara improvisada à sua frente.

Conforme Carolina havia lhe pedido, Luís Eduardo trazia consigo alguns modelos de máscaras e materiais como gaze, algodão e pedaços de tecido para a confecção de mais unidades na fábrica. Diante da recusa do senhor Oliveira em aceitar o acessório, o médico entregou uma cópia da legislação em vigor, que regulava sua ação de fiscalizar, autuar e interditar a fábrica de modo a garantir segurança aos operários.

— O senhor devia ter conhecimento de que nós inspetores e agentes de saúde detemos poder de polícia para atuar pela proteção dos cidadãos. Teria nos poupado um tempo precioso. Levamos quase uma hora para conseguir acessar as dependências da fábrica.

— Com licença — interrompeu Carolina. — Papai, o prefeito deseja falar com o senhor.

— Era só o que me faltava. Chegou ao conhecimento do prefeito — resmungou Manoel, atirando o documento para o chão. E, se dirigindo ao médico, ordenou: — O senhor não saia daqui!

— Nenhum de nós há de sair daqui sem antes ser examinado.

A conversa com o chefe do município foi breve. Ao desligar o telefone, Manoel olhou para filha e comunicou:

— O senhor prefeito solicita urgência na remoção dos doentes para o hospital de isolamento. Todas as alas do edifício foram preparadas para recebê-los.

Carolina e Luís Eduardo se entreolharam. Ele, então, falou:

— Ainda que não tenhamos realizado os exames necessários para a confirmação do diagnóstico, o padrão dos sintomas apresentados pela maioria dos enfermos confirma as suspeitas do doutor Silvério. Precisarão passar por uma quarentena.

O médico não se incomodava com as vezes que o pai de Carolina bufava, mas certamente não o deixaria sair do gabinete sem que conseguisse convencê-lo.

— Vista esta máscara, senhor Oliveira. Irá protegê-lo.

— Não vou vesti-la de jeito nenhum!

Luís Eduardo cruzou os braços e se colocou à frente do barão, impedindo-o de passar.

— Não é um pedido.

Manoel somente se deu por vencido quando conferiu pela janela o panorama calamitoso já instalado. Sua fábrica parecia acampamento de guerra, com brigadas de médicos e de agentes de intervenção armando tendas de atendimento e organizando a transferência dos doentes.

A passos acelerados, Carolina seguiu Luís Eduardo em meio a uma multidão de pessoas que andavam apressadas de um lado para o outro, onde macas, ambulâncias e membros da segurança pública se cruzavam. A maioria vestia equipamentos de segurança, uniformes e máscaras para evitar o contágio. Luís Eduardo se dirigia ao atendimento dos pacientes que extrapolavam o espaço do ambulatório.

— Perdoa meu pai — disse ela. — Ele acha que pode administrar tudo sozinho.

— Sinto muito pelo que estás a passar, Carolina.

— Quero ajudar no que for preciso.

— Sei disso — ele falou, aumentando o tom de voz para se fazer ouvir em meio ao caos ao redor. — Já fizeste muito trazendo ao meu conhecimento máscaras e medidas de proteção mais eficazes. Seus argumentos com base nas descobertas científicas do futuro foram decisivos para o convencimento do prefeito. Mas, para sua própria segurança, preciso pedir que deixe as instalações da fábrica. Montamos uma tenda ao lado da guarita onde os médicos vão examiná-la antes de liberá-la.

— Não vou sair daqui. É minha obrigação ficar e ajudar.

Apesar da escassez de tempo, Luís Eduardo parou por um instante e tocou o ombro dela para que olhasse em seus olhos. Conseguia enxergar que a teimosia de Carolina possuía linhagem e sobrenome.

— Não imaginas o risco que corres aqui.

Carolina olhou ao redor. O ambulatório estava a poucos metros deles e dali era possível enxergar a superlotação do lugar. Por eles passavam macas onde pessoas eram carregadas por outras não menos doentes.

— Todos correm o mesmo risco. Por que me poupas?

— Carolina, tens de compreender que fizeste o que estava ao teu alcance e agora é com as autoridades. Por favor, vá para casa. Cuidarei pessoalmente para que Iolanda seja encaminhada para o hospital.

Era a primeira vez que ela o ouvia falar num tom de voz mais grave e impositivo.

— O que será dela?

— Precisará ficar em quarentena junto aos demais. Faremos exames de diagnóstico.

— Não é certo isso! O caso dela é diferente.

— Acalma-te. Estamos do mesmo lado. Integro uma equipe que já está investigando. Os profissionais são competentes.

— E a fábrica? Ficará interditada?

— Por tempo indeterminado. Não posso adiantar nada antes de fazermos a vistoria.

Ele percebeu que não importava o que dissesse, ela continuaria inquieta. Tomou a iniciativa de abraçá-la, ainda que a situação não o recomendasse.

Os dois estranharam a súbita ausência de palavras. Não porque lhes faltassem, mas porque seus pensamentos os silenciaram.

— Confio em ti — ela disse por fim.

Não se falava noutra coisa na cidade. Todos os jornais davam conta das últimas notícias que partiam não apenas da então capital da República, mas também de São Paulo. A epidemia de peste bubônica, que havia começado nos portos, avançava sobre a população, não escolhendo classe social ou endereço, mas se alastrando mais rapidamente sobre as áreas desfavorecidas. A atuação e liderança de Luís Eduardo no combate à epidemia eram assuntos recorrentes nas matérias e não passavam despercebidas a Manoel.

— Precisei deixá-lo assumir o controle, Flora. Sofri pressão de todos os lados. Até o governador falou no nome dele.

— Sempre soubemos da competência do doutor Mesquita. Mas isso não faz dele uma pessoa honrada. Provou-nos o contrário ao desviar Carolina de sua conduta.

— O coronel disse-me que o senhor Álvaro está a considerar mudar-se para a cidade e que isso poderá reaproximá-lo de Carolina. Pediu a nossa ajuda. Infelizmente não tenho cabeça para isso agora.

— Por que ele não se hospeda cá em casa enquanto se estabelece?

A pergunta da mãe apanhou Carolina ao entrar em casa.

— De quem estão a falar? — ela quis saber, ainda na porta.

— O que fizeste com teu cabelo? — Flora perguntou, sobressaltada.

Carolina foi até a sala de estar onde seus pais conversavam, sentados no sofá. Havia jornais espalhados, um charuto apagado no cinzeiro, chá e biscoitos numa bandeja de prata. No centro do cenário em que seus pais estavam, ela se inseriu, girando uma volta completa.

— Aposto que estão se perguntando se o senhor Álvaro aprovará meu novo visual — provocou.

— Faremos isso mesmo, Manoel. Convidaremos o senhor Álvaro para passar uma temporada conosco! — devolveu Flora, fingindo ter ignorado a intervenção de Carolina.

— Espero que estejam cientes de que o meu noivado com o mancebo

Faria Mattos foi rompido no dia em que eu e Luís Eduardo assumimos nosso relacionamento.

— Que relacionamento?! — Flora exasperou-se.

— Até onde vai alienação de vocês? Espanta-me que estejam mais interessados na minha vida privada do que na epidemia sem precedentes que nos atinge diretamente. A fábrica está interditada e o prejuízo não é só econômico. Há muitas vidas em perigo.

— Não tires proveito da situação, Carolina — contestou Manoel.

— Ao que me consta, cresci longe do senhor para que pudesse dedicar-se a expandir seus negócios na indústria têxtil. Não entendo por que, depois de crescida, tornei-me o centro das atenções nesta casa. Na idade em que estou, não posso admitir que tomem decisões por mim. Não mais.

Manoel se levantou de onde estava, caminhou até Carolina e deu-lhe um tapa. Ela levou a mão até a face vermelha. Podia sentir o calor da marca deixada pela mão do pai em seu rosto.

— O senhor nunca bateu em mim.

— Tu nunca havias sido ingrata conosco.

— Não se trata disso. O senhor não admite ser contrariado.

— O que não admito é desrespeito em minha casa.

— Eu tampouco. Convidem o senhor Álvaro o quanto antes. Estou de saída hoje mesmo.

Segurando o choro, Carolina correu escadas acima. A batida abafada da porta foi o último som que lhes chegou dela.

— O que será de nós com a fábrica fechada, Manoel? — lembrou Flora, confortavelmente sentada na mesma posição em que passara os últimos minutos.

Manoel tirou os óculos e esfregou o rosto, desalinhando o bigode.

— Vá cuidar da tua filha, Flora. Deixa que da fábrica cuido eu.

Não havia trancas na porta, mas Carolina não faria como nas outras vezes. Não iria se esconder. Do armário, tirou apenas o necessário. Não pretendia mais usar aqueles vestidos.

Flora entrou no quarto sem bater, escancarando sua chegada. Vinha com os pés pesados e a expressão fechada. Ao ver a mala aberta sobre a cama, seu semblante se transformou e correu para impedir que a filha continuasse a atirar para dentro seus pertences, incluindo seus esboços.

— São teus estes desenhos?

Com a expressão congelada da surpresa, sentou-se na cama, tirando algumas folhas soltas que misturavam-se a lenços e cosméticos.

— Sim — respondeu a filha.

— Há quanto tempo fazes isso?

Carolina avaliou o semblante da mãe antes de responder.

— Desde os 9. Talvez até antes.

Flora tentou adivinhar:

— Este aqui deve ser um dos primeiros.

— É, eu copiava das revistas, por isso o traço está mais tremido — disse Carolina, já se desarmando.

— Todos eles são... — Ela não tirava os olhos do papel em suas mãos. — São muito bonitos, Carolina.

— Gostas mesmo?

Carolina sentou-se à beira da cama.

— Este é o meu preferido! — Flora colocou o papel junto ao peito. — Acho que me cairia bem, não achas?

— Certamente, mamãe. Tem um corte elegante e que valorizaria a mulher que és. Eu escolheria a musselina de seda pura com um forro de cetim. Aplicações de renda no busto podem dar um toque mais romântico e sofisticado.

— Por que a musselina? — Flora perguntou, curiosa.

— É um tecido que tem um caimento leve e daria mais movimento e fluidez. Posso até imaginar a senhora a dançar com papai nos bailes do Clube Imperial com este vestido esvoaçante!

— As damas da sociedade ficariam em polvorosa para descobrir a *maison* onde mandei fazer. Decerto pensariam que trouxe de Paris.

Carolina reencontrou o sorriso que há algum tempo não se revelava no rosto de Flora. Não imaginava quanto lhe havia feito falta compartilhar qualquer coisa com sua mãe. Tampouco imaginava quão libertadora era a verdade. E, ainda mais, quando se descobre que nunca houve motivo para guardar segredo.

— Mamãe, sempre achei que a senhora preferisse que eu fosse uma das damas da sociedade, a exibir um vestido destes num baile, a ser a estilista que o desenhou e costurou.

— Enganas-te. Por isso nunca mostraste?

A resposta à pergunta da mãe envergonhava Carolina.

— Não mostrava e ainda escondia de ti e do papai. Não queria que descobrissem que tenho uma vocação diferente da que esperavam de mim. Tive medo que não entendessem e fizessem-me desistir.

— E passaste a vida a desenhar só para ti?

— Com o tempo conformei-me com o fato de que poderia aceitar todos os planos de vocês, contanto que nunca me tirassem o lápis e o papel.

— Teu pai ficará orgulhoso de ti, Carolina. Como eu estou. — Flora se levantou com o desenho na mão. — Vou chamá-lo!

— Papai não está com cabeça para isso, mamãe.

— Nunca teve. Mas tens razão. Esse assunto merece ser levado com cautela ao teu pai, num outro momento.

À Carolina não importava quando seria. Estava gostando daquele momento a sós com sua mãe.

— Mamãe, a senhora disse que está orgulhosa.

Flora se sentou mais perto de Carolina. Não se lembrava da última vez em que tivera uma conversa de mãe para filha com ela. Talvez porque nunca tivesse tido.

— Tu conheces uma parte pequenina da minha história. Nunca contei-te sobre o tempo em que o meu sustento era a lavoura. Meus pais não entendiam por que eu era a primeira a acordar e a última a me deitar. Pensavam que era porque eu gostava daquela vida. Meu sonho era deixar o campo e cá estou. Foi preciso tirar forças de onde não achei que havia. E foi preciso um homem igualmente forte ao meu lado para construirmos o que hoje temos. Todos temos sonhos, Carolina. Eles dão sentido à vida.

— Nunca pensei que me dirias estas coisas.

— Meu pai magoou-me quando soube que eu estava de partida com o Manoel. Não tive a bênção dos meus pais. Nunca aceitaram-me de volta, nem aceitaram a ti quando nasceste.

Carolina cresceu sem entender por que não conheceu a família da mãe. O assunto sempre havia sido um tabu, em especial em datas festivas, quando Flora ficava mais introspectiva. Ali, naquele momento, Carolina entendeu de quem herdara sua ânsia por liberdade.

— É claro que não quero cometer o mesmo erro contigo — a mãe continuou. Ainda que hesitando, abriu mão da rigidez que sempre julgou necessária para manter o respeito, e fez um cachinho com o dedo no cabelo da filha. — Também não quero que a história se repita. Eu e teu pai nos amávamos, mas não foi fácil começar do zero. Por isso, acreditamos que o casamento com um homem de posses pudesse ser útil. Queríamos apenas protegê-la, mas agora vejo que erramos. Sabes o que queres, Carolina. Espero que um dia possas nos perdoar.

— Como não os perdoaria? Eu os amo!

— Então, deixa-me redimir-me — Flora não poupou entusiasmo. — Posso saber o que mais queres na vida?

Carolina procurou os olhos da mãe, mas não se demorou ali. No curto espaço entre as duas, pensou na distância temporal que agora existia entre elas. Pensou em tudo o que ficou no futuro e em tudo o que gostaria de trazer de lá. Deu-se conta de que, justamente porque sua luta por liberdade e igualdade apenas começava, o seu desejo estava mais em levar do que trazer, mais em dar do que receber. Que a obra invisível fundada na sua imaginação não precisava de lápis e papel para acontecer, pois se materializava de sua crescente vontade de ressignificar o papel feminino na sociedade, valorizar a singularidade de todas as pessoas e usar a moda como instrumento de conquistas na luta contra as estruturas de poder patriarcal e heteronormativo. Havia aprendido tanto e havia tanto a compartilhar com a mãe, que sua resposta ficou engasgada na garganta.

Seu maior desejo tinha se realizado por meio de Beatriz, no momento em que se tornaram referência uma da outra. Para a mulher que Carolina havia se tornado, pouco importavam o tempo e o lugar. Concluiu que o único obstáculo que existia entre ela e o seu sonho sempre havia sido e ainda era ela mesma.

— Tenho tudo o que poderia desejar. — Pousou a mão sobre o peito e disse: — Aqui dentro.

A mãe se emocionou ao perceber a determinação com que Carolina lhe falava.

— Tens razão, querida. Quando tudo voltar aos trilhos, falarei com teu pai e mostrarás os teus desenhos. Ele te levará para trabalhar na fábrica e te ensinará a administrar o necessário para abrir a tua própria *maison*. A matéria-prima fica por minha conta. Tu serás tudo o que quiseres ser.

— O que eu nasci para ser já está bom, mamãe.

Quando acordou, Carolina ouviu vozes a atravessarem a porta, penetrarem pelas frestas da janela, acobertarem-se sob o seu lençol. Quando abriu os olhos, já estava agitada. Viu que estava sozinha. Agora era possível perceber que as vozes eram conhecidas e a quem pertenciam.

— Coronel! Senhor Álvaro! O que os senhores fazem aqui? — Ela surgiu nas escadas com a pergunta em riste.

— Isto são modos? Compõe-te! — O pai referiu-se principalmente às vestes de dormir.

O coronel buscou disfarçar sua falta de constrangimento, encolhendo o peito inveteradamente estufado e direcionando sua atenção para suas botas de couro de avestruz. Mas não fez isso sem antes ter espiado a forma que o tecido semitransparente da camisola permitia ver.

— Bom dia, senhorita. Perdoe-nos a invasão em hora tão prematura da manhã — falou o filho do coronel. — Enquanto nossos pais conversam, se importaria de acompanhar-me em uma caminhada no jardim?

A inesperada gentileza de Álvaro mereceu resposta afirmativa.

— Se o senhor não se incomodar de esperar, preciso apenas de um instante para me trocar.

— Eu esperaria todo o tempo do mundo.

E ele esperou apenas pelo tempo que Carolina levou para decidir entre os vestidos que não usaria. O século 21 havia mudado sua forma de pensar sobre seu guarda-roupas e isso não era necessariamente algo bom, já que ela adoraria vestir uma calça *jeans* naquele momento.

— A senhorita está deslumbrante. *Comme d'habitude*. E ainda mais com o novo penteado.

O galanteio revestido de ares nobres era mais uma surpresa em sua lista de elogios a Carolina. Ela reparou que a postura de Álvaro estava mais aprumada e os gestos mais contidos, no entanto, naturalmente leves. O mais intrigante lhe parecia o fato de ele não estar se esforçando para isso. Longe das vistas do pai, ele parecia outra pessoa. Ela, então, se deu conta de que nunca havia estado a sós com ele antes para poder reparar nisso.

Os dois caminhavam havia alguns minutos, em silêncio, sem que ele desse qualquer indício de que pretendia iniciar uma conversa.

— Permita-me perguntar, senhor Álvaro, qual o assunto? Não quero ser indelicada, mas tenho afazeres importantes hoje.

Na estufa, Álvaro parou diante de uma roseira. Carolina observou, torcendo para que ele não fizesse o que parecia tencionar. Afoito ao tocar uma das rosas, ele feriu o dedo no espinho.

— Chiça! — reclamou ele, levando o dedo à boca. — Consigo ser mais boçal que os vassalos de meu pai!

— Senhor Álvaro! Modere suas palavras, por favor. Estava mesmo a calcular que seu lado rústico não tardaria a se revelar!

— Não queria aborrecer a senhorita. Veja só, eu pretendia oferecer-lhe uma rosa, mas, por providência, o espinho serviu de alerta ao perigo. Ainda bem que foi meu dedo e não o seu.

— O senhor iria oferecer-me uma rosa de minha própria roseira?

Álvaro reconsiderou o trajeto de seus passos e, principalmente, de suas intenções.

— Sem mais subterfúgios. Faça o favor, senhorita Carolina. — Ele puxou-a para sentar-se no banco que havia próximo a uma fonte. — O que tenho a lhe falar é bastante sério. Estava apenas procurando as palavras enquanto tentava recuperar um pouco do meu prestígio junto à senhorita.

— Agradeço o seu esforço.

— Lamentavelmente, nunca houve oportunidade para conversarmos como estamos fazendo agora.

— Acho que é a primeira vez que ficamos sozinhos, senhor Álvaro.

Álvaro, então, segurou a mão esquerda de Carolina e se ajoelhou diante dela.

— Não faça isso, por favor — ela balançava a cabeça.

— O erro foi meu. Desde o princípio, eu devia lhe ter feito a corte como deve ser. Por mais que nossas famílias houvessem arranjado tudo, eu não poderia ter ignorado algumas etapas.

— O senhor não devia...

— Não, eu não devia. Mas farei assim mesmo.

Algumas gotas de suor se tornaram visíveis no rosto dele e Carolina não estava alheia ao empenho de Álvaro.

— Senhorita Carolina, será que agora estás preparada para aceitar o meu pedido de perdão?

Surpresa, Carolina não reagiu por alguns instantes.

— Pensei que o senhor iria... não importa. Levanta-te, por favor. Não há razão para ajoelhar-se!

Esfregando um lenço na testa, ele tornou a sentar-se ao lado dela.

— Compreendo que a senhorita tenha planos de casar-se por amor. Acredito que o homem escolhido seja o doutor Luís Eduardo Mesquita, que é um homem garboso e, por sinal, deveras afortunado.

— Diga-me que o senhor também tem os mesmos planos!

— Não com o doutor Mesquita — falou e provocou em si mesmo uma risada alta o suficiente para dispersar alguns pássaros que bebiam da fonte. — A senhorita conhece o meu pai. E, ao que parece, conhece-me muito pouco. — Álvaro sorriu e inclinou o rosto com alguma delicadeza. — Eu tenho outras preferências.

Ainda sob o efeito da confissão de Álvaro, ela apertou as mãos dele. Parecia que iria dizer alguma coisa, mas não conseguia. Os olhos curiosos esquadrinhavam-no inteiro.

— Conheci pessoas e ouvi histórias de um tempo, melhor que este, em que o senhor não precisaria esconder quem é, nem o que sente. Obrigada pela confiança que depositas em mim.

Álvaro não tinha certeza de ter entendido tudo o que Carolina dissera, mas mostrou-se aliviado. Carolina também estava e, de repente, as desavenças desapareceram. Quase desvaneceram também os motivos que levaram a elas. Embora continuasse a discordar dos pensamentos da família Faria Mattos, estava inclinada a sentir piedade de qualquer homem que tivesse um pai como o coronel.

— Era necessário. Lamento verdadeiramente tê-la enganado, mas é preciso manter a fachada. A senhorita sabe que meu pai não pode...

— Fique tranquilo. Mas e sua situação, agora que terminamos nosso noivado?

— Hei de casar-me, eventualmente, com alguma pobre filha rica da aristocracia do café. Meu pai está decidido a expandir seus negócios na cultura cafeeira. Ele não via mesmo a fusão com tão bons olhos quanto seu pai. Tanto que, com as recentes notícias, ele já se adiantou e está a contribuir com as ações da Comissão Sanitária da qual o doutor Mesquita é delegado.

— Perdoa-me a pergunta, mas quais são as reais intenções do coronel?

— Senhorita, com a repercussão internacional da epidemia, as exportações do café estão abaladas. Meu pai sabe que isso irá atingir nossas fazendas, mais cedo do que tarde.

— Sejam quais forem as motivações, a ajuda de um é sempre para o bem de todos.

— Soubemos que a fábrica foi interditada. Meu pai veio oferecer ajuda ao seu.

— Toda ajuda é bem-vinda. É justamente por isso que eu preciso ir, senhor Álvaro.

— Além de bela, a senhorita é uma mulher admirável. Houve uma época em que pensei que nosso casamento poderia curar-me.

Carolina ouviu Álvaro, atônita.

— O que o senhor diz não faz sentido.

— Tenho lido muito sobre o assunto. Muitos especialistas garantem que existe cura, sim!

— Senhor Álvaro, não pode existir cura para o que não é doença. Procure pela literatura de Havelock Ellis e, mais tarde, do psicanalista Sigmund Freud.

Carolina olhou bem para o rapaz com expressão confusa à sua frente. Pensou em Alex e no papel de Beatriz na vida dele. Apesar de extremos opostos, Álvaro e Alex compartilhavam da mesma necessidade de aceitação. Carolina, então, se deu conta de que referências bibliográficas não seriam suficientes para aliviar o peso da insegurança e da culpa que Álvaro carregava. Sem um verdadeiro suporte, pessoas em quem pudesse confiar, pouco ou nada adiantariam teses e estudos.

— Vejo que o senhor busca uma solução, mas, não é se enxergando como um problema que vai encontrá-la, pois o problema não está no senhor. Está nos outros. O preconceito existe para as pessoas que não sabem definir o que é amor. O amor se traduz simplesmente no ato de amar. E amar independe de sexo, raça ou religião. Somos todos iguais e devemos ter direito a amar com liberdade. Nossa sociedade ainda vai evoluir nesse sentido, mas levará tempo. Até lá, caro Álvaro, procure cercar-se de pessoas amigas. Saiba que pode contar comigo — disse Carolina, levantando-se. — Lamento, mas agora preciso mesmo ir.

— Posso, então, voltar para visitá-la mais vezes? Não que tencione usar a senhorita como pretexto, mas os ares da cidade fazem-me bem.

Havia uma certa malícia nas intenções de Álvaro que, somente agora, Carolina podia enxergar.

— Mude-se para a cidade. Ou melhor, mude-se logo para a nossa casa. — Ela piscou-lhe o olho antes de se levantar, espanando a grama recém-aparada com a saia.

15
POR AMOR

BEATRIZ

Quando entrou, Alex encontrou a casa de Beatriz revirada. Havia dois montes de roupas sobre a cama e algumas espalhadas pelo chão. A louça permanecia suja sobre a bancada. Houve uma tentativa de começar uma limpeza com a presença de produtos que sequer haviam sido abertos. Mas o ato não seria consumado por motivo de força maior.

— Vim assim que vi tua mensagem. Nasceu?

— É tão linda!

Beatriz mostrou as fotos que havia recebido no celular e os dois vibraram juntos, numa euforia que fez Beatriz lembrar por que Alex era seu melhor amigo e sempre seria.

— O primeiro sobrinho é uma experiência e tanto. Ouça a voz da experiência de quem já tem oito — ele indicou o numeral nos dedos para enfatizar. — O único lado ruim é que o próximo da fila sou eu!

— E a pressão em cima do Vítor só cresce!

— Não amola. Ele anda mais empolgado que eu para adotar um *baby*.

— E o casório?

Alex respondeu sem palavras, atirando-lhe uma calcinha.

— *Girls just wanna have fun...* — cantarolou Beatriz.

Os dois entoaram a melodia enquanto enchiam a mochila, até esquece-rem a letra e não caber mais nada.

— Pode até ser mais divertido sem eles — comentou Alex, percebendo que o busto do biquíni havia ficado de fora.

— Não estou indo para Saint Tropez, nega! E para que preciso levar sandália de salto alto para uma fazenda? Onde meus pais moram, é estrume para todo lado.

O amigo arregalou olhos e boca.

— Tá, tô exagerando...

— Leva mais um casaco, pelo menos — ele aconselhou, tirando a peça do armário. — Mesmo no verão, pode dar uma esfriada.

A breve demonstração de preocupação de Alex quase emocionou Beatriz.

— Por que a jaqueta de lantejoulas, homem?

— Nunca se sabe se algum peão vai dar uma festa de caubói no celeiro.

Beatriz caiu na gargalhada. Se ela bem se lembrava dos vizinhos, eles estavam mais para organizar um carteado regado a erva-mate.

— A ideia inicial era levar apenas uma mochila — falou com um sus-piro. — É só uma semana.

Quando ela tirou a mala de debaixo da cama e a abriu, ele viu que a caixa de música estava lá dentro.

— O que você pretende fazer com isso? — perguntou o amigo com o objeto na mão. — Não vai levar?

— Não. Se você não percebeu, eu estava escondendo até decidir o que fazer.

— Achei que estivesse decidido. Pelo Edu...

— Decidi não partir agora. Não sem antes me despedir da minha família.

— Ótimo. Porque eu não estou preparado para me despedir de você. — Alex guardou a caixa de música de volta.

O som do zíper contornou a mala, mas não aprisionou os pensamentos.

— Não sei se me afastando da bailarina estarei a salvo. É só um palpite bobo.

Ele empurrou a mala sob a cama até o mais longe que poderia alcançar.

— Amiga, palpite ou não, o melhor é sempre seguir a intuição.

Concordando, Beatriz acrescentou seu caderno de desenhos e fechou de vez a mochila. Meia hora depois, um carro buzinou duas vezes, tirando-a do sofá.

— Ôxe, já chamou o Uber? — Alex terminava de enxugar o último prato que ajudara a lavar.

— É o Bernardo. Ele vai comigo.

— Vai levar você ao aeroporto? Então, também vou!

— Você não entendeu. Eu o convidei e vamos juntos para Caxias.

— BERRO. Espera aí. Você fez o quê? — Cruzou os braços.

— Não fique com ciúme. Só não convidei você porque sei que o aniversário do Vítor é depois de amanhã e você está atolado com os preparativos.

Enquanto ela fazia a verificação final para garantir que deixava tudo em ordem em casa, ele a observava com ar investigativo.

— Bia, você tem certeza do que está fazendo?

Ela fechou as janelas e pendurou a mochila no ombro.

— Como assim?

— Só me importa o que você está sentindo.

— Estou ouvindo meu coração.

Alex surpreendeu a amiga e a abraçou com toda a força.

— O meu está dizendo que é a última vez que te vejo.

Beatriz podia sentir a angústia que corria no corpo dele.

— Nega... — Ela engasgou com o nó na garganta. — É muito clichê dizer que já estou com saudades?

— Dizem que, se a saudade não vai embora, é porque o amor decidiu ficar. Então... — Ele tirou a pulseira de ouro que trazia seu nome num pingente e a transferiu para o pulso dela. — Leva com você.

— Não posso ficar com isso, Alex. Foi a sua mãe que te deu no dia em que te aceitou.

— Ela escolheu me dar e eu escolhi dar para você.

— Não tenho nada para dar em troca.

Alex pensou, mas já tinha em mente algo que queria muito.

— Não precisava, mas como insiste... tem uma coisa que pode perpetuar ainda mais a nossa amizade. — Ele fez um intervalo de suspense. — Promete que vai publicar uma carta para mim na *Gazeta de Notícias*?

Um sorriso faceiro desabrochou no rosto de Beatriz.

— Ah, nega, você merece mais do que isso. Vou te surpreender.

Houve certa nostalgia na despedida. Foi numa tarde quente e ensolarada, típica de verão. Beatriz se lembrou do último abraço que dera em Alex e misturou a isso o cheiro da pipoca doce, do mar e dos jasmins que cobriam as pedras portuguesas da calçada. Na memória, ela guardou até a buzina atrevida do taxista barbeiro, as feições de um menino que atravessou o sinal de mãos dadas com o avô e os contornos da imagem do Cristo Redentor, que existiria apenas para ela no alto do Corcovado do século passado.

O avião acelerou no solo até levantar voo. Beatriz contemplou a cidade tornando-se distante e serena conforme a aeronave ganhava altitude. Nem por isso o lugar que escolhera para viver se acanhava. Ao contrário, mais se revelava, e se elevava, em alto-relevo, delineando no encadeamento de terra e oceano as infinitas possibilidades que ela tinha enxergado quando avistara o Rio de Janeiro de cima pela primeira vez.

Chegou um momento em que não se viam mais os carros, os arranha-céus e as estradas. As nuvens encobriam a paisagem que ela não queria perder de vista. Foi só então que desgrudou a testa da janelinha e olhou para Bernardo, sentado ao seu lado. Ele tinha as unhas cravadas no braço da poltrona e ainda não havia normalizado a respiração depois da subida.

— Por que não me disse que tinha medo de voar?

— Não creio que contar para você aliviasse alguma coisa.

— Poderia ter contado uma história para te distrair.

Ele finalmente tirou os olhos do ponto fixo que criou na poltrona da frente e virou a cabeça para ela.

— Pode fazer isso agora e durante todo o tempo em que estivermos no ar.

Beatriz conhecia muitas histórias do mundo da moda. A maioria não tinha fonte fidedigna e, a juntar a isso, tinha certa inclinação para a extravagância. Mas Bernardo não se importava, afinal, não saberia dizer se alguma delas era verdade. Na aterrissagem, ela segurou a mão dele enquanto voltava os olhos para o seu passado. As nuvens estavam dispersas, permitindo que ela presumisse qual região sobrevoavam e apontasse na suposta direção de onde nasceu.

Os pais esperavam pela filha no desembarque. A ideia do cartaz, que dizia "Bem-vinda ao ninho, Bia!", havia sido de Aurora e sofrera severos protestos por parte do comedido Roberto. Como Beatriz podia constatar pelo "quase *outdoor*" que se destacava no saguão do aeroporto, foram inúteis as tentativas de dissuadir Aurora. A ansiedade levou os braços da mãe ao encontro da filha antes mesmo que ela houvesse cruzado o portão. E quem ficou segurando o cartaz foi Roberto.

A presença de Bernardo foi, no entanto, mais comemorada do que a da própria Beatriz.

— Que bela surpresa! Se eu soubesse que vinhas, teria incluído teu nome no papelão!

— Escapaste por sorte, guri — Roberto comentou.

A mulher deu um beliscão no marido e os dois se divertiram implicando um com o outro, sem perceber que Bernardo estava alheio ao que se passava à sua volta. Beatriz caminhava abraçada ao pai e, apesar da nostalgia com as lembranças que a rondavam, puxou Bernardo para o seu lado.

— Que bom que você veio — ela falou. — Espero que o campo te faça bem.

— Pode não parecer, mas já está fazendo.

— Vamos ao que interessa — interrompeu Roberto. — Trouxeste a flauta?

Bernardo apontou para o estojo que trazia às costas.

— Companheira inseparável — ele disse.

O caminho para a fazenda atravessava os campos verdejantes da Serra Gaúcha, onde riachos serpenteavam bosques de imponentes araucárias. Na caçamba da picape, Beatriz se prestava ao papel de guia turística, indicando as rotas de vinho e uva, roteiros a que ela pretendia levar Bernardo para conhecer.

O aroma dos pinhões purificava os pulmões de Bernardo, que tinha os olhos fechados para aguçar os sentidos. O vento lhe trazia a imagem de Carolina envolta numa aura de bruma e fantasia. Não sabia se era sonho ou lembrança.

— Abra os olhos ou vai perder a paisagem! — repreendeu Beatriz.

— Enxergo melhor quando não vejo.

Ele estendeu as mãos e tocou o rosto de Beatriz com suavidade, percorrendo suas feições com a ponta dos dedos. Ela aproveitou para fechar também os olhos e aproveitar o carinho. Eles não disseram nada até serem surpreendidos por um solavanco. Ela foi atirada para os braços dele quando o carro freou abruptamente.

— Você está bem? — ele perguntou segurando-a pela cintura.

— Estou. E você?

— Também.

Roberto saiu do carro e ajudou a filha a descer.

— O pneu estourou. Buraco no asfalto.

— Cratera, o senhor quer dizer, pai.

Bernardo pegou o estepe e entregou a sinalização para Beatriz colocar na estrada.

— Trocar o pneu é moleza, o problema é a gente conseguir passar — disse ele.

— Eu não devia ter pego esse caminho. Quis fazer um passeio com vocês, mas essa rodovia está sempre com algum problema.

— Há vezes em que o caminho tortuoso é o mais bonito, Roberto. — Bernardo agachou para posicionar o macaco.

— Alguém quer biscoito amanteigado? — ofereceu Aurora.

Não muito tempo depois, o pacote estava vazio, o pneu furado na caçamba e os quatro encostados na lataria, apreciando a vista do alto da serra. Quando o reboque chegou, Beatriz estava praticamente adormecida no ombro de Bernardo. Aurora havia reparado. Depois de acomodados e apertados no banco traseiro da caminhonete, ela quis saber:

— Vocês estão namorando?

— Não — ele disse.

— Sim — ela falou ao mesmo tempo, sonolenta.

— Sim ou não? — Aurora aguardou.

— Mãe, é um pouco complicado. Digamos que estamos nos conhecendo.

— Então, o André é coisa do passado?

Concordaram os dois, sonoramente. Aurora achou graça, mas não faria mais perguntas. Estava satisfeita com a resposta, pois percebia que Bernardo sossegava o coração de sua filha.

— Desculpa — falou Beatriz ao ouvido de Bernardo.

— Você não tem culpa de nada.

Havia mais barulho, comércio, movimento e gente nas ruas, porém as coordenadas do bucólico vilarejo, com vales, estradas de terra e fazendas nos arredores, eram as mesmas. No vidro, Beatriz via seu reflexo e a vila através dele. Apesar de não se enxergar ou se encaixar ali, aquele era o único lugar do mundo onde queria estar.

Quando o portão de madeira velha se abriu, todo o resto se abriu também. Os caminhos de pedra cobertos de mato, as flores amarelas que enfeitavam os arbustos, as janelas coloniais da casa. Até as galinhas deram passagem.

Aurora liderou uma excursão pela casa, apresentou os cômodos, os cachorros e os passarinhos. Havia deixado a grande mesa da sala farta de quitutes preparados por ela, com produtos cultivados na própria fazenda e nas vizinhas. Durante o lanche em família, foi combinada a programação do dia seguinte, que incluía, logo pela manhã, uma visita à casa do irmão de Beatriz.

— O Henrique está todo bobão, Bia. Precisas ver! — comentou Roberto, tomando o último gole do café. — E a bebê me faz lembrar de ti. Loirinha como tu!

— Estou tão ansiosa para conhecer a minha sobrinha! Nunca segurei um bebê no colo. E você? Tem jeito com bebês? — Beatriz fazia mais uma, entre muitas tentativas de inserir Bernardo na conversa.

— Vou descobrir amanhã, junto com você.

Beatriz ajudou a mãe a retirar e lavar a louça, enquanto Roberto e Bernardo bebiam chimarrão e conversaram sobre a vida no campo e na cidade grande na varanda exterior da casa.

— Sobre o que estão falando? — perguntou Beatriz, se aproximando da rede onde Bernardo se balançava.

— Seu pai praticamente me convenceu a me mudar para cá.

— Não está sendo muito difícil — entregou Roberto.

— Sério?! — Ela fez uma careta.

Bernardo piscou para Beatriz.

— Papai, preciso te roubar o Bernardo — ela comunicou. — Quero mostrar para ele meu lugar favorito aqui. E tem que ser agora.

— Filha, começou a cair aquela chuva fina. Não é melhor deixarem o passeio para amanhã? — Aurora recomendou.

— Por isso mesmo precisamos nos apressar!

Apesar da chuva, o céu mais estrelado que Bernardo havia visto desnudou-se diante deles, límpido e transparente, como a água do mar refletindo os raios de sol numa incandescência inconstante, num movimento flutuante. Foi só quando começou a arfar que se deu conta de que quem se movia era ele. Estava tão maravilhado que não percebeu quando Beatriz o conduziu a correr por debaixo das videiras.

Ela trazia uma cesta com um edredom que estendeu sobre a terra, duas taças e uma garrafa de vinho. Sentou primeiro e ele em seguida.

— Você leva a flauta sempre consigo? — ela perguntou, observando Bernardo tirar o instrumento do estojo.

— Para onde houver lua — ele disse, e olhou para o céu. — Mas onde ela está?

Beatriz deu um sorriso matreiro.

— Vale a pena esperar.

Ela deitou a cabeça no colo de Bernardo e permaneceu assim enquanto ele tocava. Eles não se importavam com a roupa molhada ou as gotículas de água que de vez em quando lhes acertavam os olhos.

— Olha lá! — Beatriz apontou.

Um arco-íris lunar havia se formado. O espectro cromático circular era intenso o suficiente para ser visto a olho nu.

Beatriz virou o rosto para Bernardo, que observava hipnotizado o que acontecia no céu. Era a primeira vez que ele presenciava o fenômeno. Era também a primeira vez que ela levava alguém àquele seu esconderijo. E estava feliz em poder compartilhá-lo com ele.

— Gostaria que trouxesse a Carol aqui um dia — ela falou. — Vai lembrar o caminho?

Os olhos de Bernardo desceram ao encontro dos dela.

— Você é surpreendente.

Ela balançou a cabeça.

— Coisa nenhuma. Sou extremamente previsível, embora geralmente faça as coisas por impulso. Tenho certeza de que você sabe o que vou fazer agora.

Beatriz se sentou e pegou a garrafa de vinho.

— Abrir o vinho? — ele palpitou.

— E brindar aos encontros.

— Desencontros.

— E reencontros.

Ao chegar em casa, debaixo de temporal, Beatriz não parava de tossir. Bernardo havia lhe emprestado seu casaco, mas, ainda assim, ela tremia de frio. Aurora ralhou, acusando a chuva. Preparou para a filha um banho quente de banheira e a colocou para dormir nos lençóis cheirando a lavanda. Beatriz adormeceu depressa, sentindo o perfume do lar e o cafuné que só as mãos da mãe sabiam fazer. Acordou no meio da noite ardendo em febre e chamando por Bernardo.

Ele encontrou o quarto de Beatriz à meia-luz, Aurora na cabeceira da cama da filha e o termômetro em sua mão.

— A febre subiu? — ele perguntou, parado à porta.

— Bernardo... — Beatriz murmurou.

— Não para de subir. O antitérmico não está fazendo efeito. Ficarias aqui com ela enquanto eu vou procurar o telefone do médico?

Ele se sentou na beirada do colchão e segurou a mão dela.

— Estou aqui.

Ela tinha os olhos fechados, mas sentia o toque dele e conseguia imaginar a expressão em seu rosto.

— Não faças essa cara — ela falou.

— Que cara?

— Esta que fazes sempre que ficas preocupado. Franzes as sobrancelhas e cerras os lábios. A covinha em teu queixo quase desaparece.

Bernardo percebeu o jeito diferente do falar e a mudança no timbre da voz.

— Carol?!

Ela tossiu até a garganta doer. Ele fez um carinho em seu rosto.

— Sei que é você! — ele cochichou no ouvido dela.

— Perdoa-me... não sei se vou conseguir voltar.

CAROLINA

A tarde começou abafada e cinzenta. Os empregados da casa terminavam de recolher a louça do almoço, praticamente intocado pela família. Manoel abriu o escritório para receber os dois inspetores que conduziam a fiscalização na fábrica e esperava ter a conversa a sós com eles, mas Flora e Carolina se adiantaram em tomar seus lugares à mesa de reuniões.

Manoel ofereceu charutos aos dois médicos presentes, que, para sua surpresa, recusaram. Mesmo sabendo que Luís Eduardo não fumava, ele esperava uma cordialidade solidária entre cavalheiros.

— É uma calamidade, senhor Oliveira. Por tudo o que relatei ao senhor, infelizmente, não há condições de reabrir a fábrica — avisou o antigo médico da família.

— Por quanto tempo, doutor Mesquita? Um mês, dois meses? — perguntou Manoel, suando a olhos vistos não apenas por causa do clima da estação.

— Estamos fazendo o que está ao nosso alcance, mas há muita coisa para ser corrigida.

— Faça o que for preciso para saná-las. Dinheiro não é problema — disse, usando um lenço que roubara de Flora para enxugar o desespero de sua testa.

— O senhor não percebe. Talvez sua fábrica não obtenha autorização para reabrir.

— Permita-me um adendo, caro amigo. É nosso dever alertar — interferiu o colega Oswaldo. — Senhor Oliveira, eu lamento, mas a fábrica corre o risco de ser demolida.

Manoel virou-se para Flora, ao seu lado. Havia mais do que tristeza e preocupação no olhar que trocaram. Havia o medo e a sensação de impotência ao imaginar que tudo o que construíram por quase a vida toda poderia ser reduzido a pó.

— O que hei de fazer da minha vida? A matéria-prima continua a chegar nos portos e não há mais espaço nos depósitos. Fornecedores, compradores, maquinário... vou perder tudo!

Carolina apiedou-se. Nunca havia visto o pai em tal estado de nervos.

— Papai, não se desespere. Vamos pensar numa solução. Agora precisamos dar apoio aos trabalhadores e às famílias dos operários.

— Ora essa, era o que faltava! Se quiseres, trata tu disso, Carolina. Aproveita e leva-me logo à falência! Pensas que não soube que colocaste a governanta no melhor quarto do hospital à minha custa?

— Trata-se de Iolanda, papai. E o senhor mesmo disse que dinheiro não é problema.

Flora, que não era dada a demonstrações públicas de afeto, acariciou Carolina no rosto.

— Seu pai está com a cabeça quente, minha filha.

— É deveras louvável o que está a fazer a senhorita — Oswaldo disse. — Houvesse mais damas a desafiarem o estabelecido e interessarem-se pelas necessidades do povo, certamente, teríamos uma sociedade mais justa.

— Discordo, doutor Gonçalves Cruz. Sobre as outras damas, tenho cá umas quantas reservas. Mas minha filha conheço bem. À parte do bom coração, Carolina é motivada pelo objetivo precípuo de desmoralizar-me.

— Manoel Oliveira! — Flora invocou.

— Até o coronel, que deveria me ter voltado as costas pela desonra que minha filha fez ao filho dele, está piedoso de mim. E nem as influências dele puderam salvar-me. É uma vergonha estar a passar por isso. Minha derrocada está estampada em todos os jornais!

Carolina, mais uma vez, apiedava-se do pai, que, a seu ver, atormentava-se pelas razões erradas.

— Notei contradições no seu discurso, papai. Não levarei em consideração, pois o momento é, mais do que nunca, de união. E o tempo urge. Nossa família foi atingida, mas há outras com muito menos. Nós devemos ajudar.

— É exatamente por isso que cá estamos — emendou Luís Eduardo. — Amanhã temos um encontro com autoridades do governo. Estamos empenhados em minimizar as consequências da tragédia que se abateu sobre nossa cidade, senhor Oliveira. Mas, mais do que isso, nosso trabalho é pela prevenção e proteção dos cidadãos.

— Há comerciantes e fazendeiros também contribuindo para combater a epidemia e impedir que se alastre — acrescentou Oswaldo.

— Com as devidas ressalvas aos poucos que estão efetivamente a fazer alguma coisa, esta cidade está largada aos ratos. Na situação em que me encontro, nada posso fazer. Não tenho esperanças, tampouco ânimo para contribuir.

— Eu entendo, senhor Oliveira — falou Luís Eduardo. — Se eu puder dar um conselho, consulte-se com seus advogados o quanto antes. Sua fábrica pode não escapar da falência, mas o senhor pode. Salve-se enquanto há tempo.

— Sim, tens razão. Nem tudo está perdido — falou Manoel, o charuto queimando na mão, o semblante desfigurado buscando alento. — Temos nossas diferenças, doutor Mesquita, mas o senhor é um homem íntegro. Obrigado. Muito obrigado.

Luís Eduardo despediu-se de Oswaldo, pois não partiria com o amigo sem antes ter uma conversa com Carolina. Fazia três dias que ela ignorava suas recomendações de manter-se afastada das dependências da fábrica e do hospital.

— Estás abatida. Tens passado os dias a te ocupar dos doentes, a levar comida e organizar doação de roupas para as famílias. Como está a tua alimentação?

A palidez de Carolina se tornava mais evidente à luz natural, durante a caminhada no jardim.

— Tenho comido pouco. Deve-se ao fastio que sinto. Hás de compreender, meu amigo.

— O que não compreendo é tua presença assídua no hospital. Expões-te demais. Parece-me que é preciso constantemente lembrar-te de que há profissionais a cuidar dos trabalhadores.

Carolina o conduziu para debaixo do caramanchão florido, buscando sombra. Mesmo o sol escondido sob as nuvens incomodava seus olhos.

— Não quero que se sintam abandonados. Não entendem os jargões médicos, ou dos advogados. Ainda que eu também não entenda, minha presença dá-lhes algum conforto. E eu tenho ajudado as enfermeiras, que muito precisam.

Carolina deixou clara sua necessidade incontrolável de justificar-se e convencer Luís Eduardo. Ele conhecia suas intenções. E sua teimosia também.

— Carolina, vou ser rígido contigo. Vais ter que me obedecer. Tu não pareces bem e vais ficar em casa hoje, em observação.

Uma brisa mais fresca arrepiou-lhe os braços. Ela encolheu-se sobre a echarpe que cobria seus ombros.

— Luís Eduardo Mesquita, o senhor anda muito atrevido para o meu gosto. Vou fazer queixa de ti para a Beatriz. — Ela cochichou: — Não tive oportunidade de contar-te, mas Beatriz respondeu ao bilhete que enviei por meio da caixa de música.

— Como é possível? Como funciona?

Carolina sorriu maliciosamente diante do assombro do amigo.

— Façamos, então, um acordo. Mostro-te como funciona e liberas-me para ir hoje ao hospital. Que tal?

Sem mais nem menos, ela viu o rosto de Luís Eduardo escurecer até desaparecer da sua vista. Ela girou, confusa, buscando algo em que se apoiar. Seus sentidos se embaralharam e o chão rodava sob seus pés. Ergueu a cabeça para o céu antes de fechar os olhos e perder a consciência.

— Carolina! Carolina! — Luís Eduardo a sustentava nos braços. — Ah, Carolina...

O quarto do hospital era frio e impessoal, mas Flora havia se encarregado de espalhar flores por todos os quatro cantos.

Quando Carolina acordou, Iolanda, quase irreconhecível sob as roupas de proteção, estava a seu lado. A ex-governanta havia velado seu sono durante toda a tarde, cobrindo-a toda vez que afastava o cobertor. Carolina havia tido um sonho, ou pesadelo, e não se lembrava.

— A senhorinha mexeu-se muito enquanto dormia.

— O que estás fazendo aqui, Iolanda?

— Recebi alta nesta manhã. Quando cheguei em tua casa, soube que a senhorinha tinha sido trazida para cá.

— Que alegria, minha amiga! — Carolina esforçou-se para mostrar ânimo. — Estás bem mesmo?

Os olhos piedosos de Iolanda não escondiam sua preocupação.

— Não posso ficar bem se a senhorinha está mal. Ainda estão investigando o que pode ser.

— Não estou mal... não deve ser a peste, pois não tenho manchas na pele. — Um acesso de tosse a obrigou a calar-se. — É verdade que eu já estive melhor.

Iolanda tomou a mão de Carolina na sua. Lamentou não sentir o calor de sua pele por precisar vestir luvas.

— A senhorinha salvou a minha vida. E ajudou a salvar a de outras pessoas. Existe mais gente no corredor esperando para agradecer. E como os horários de visita são restritos, então, devo me apressar em dizer-te o que venho tentando faz tempo.

Carolina quis mudar de posição na cama e sentiu o corpo todo reclamar. Iolanda ajudou-a a levantar as costas e sentar-se.

— Então, por favor, me diga o que é. Parece um assunto sério.

— É sobre a caixa de música. Enquanto a Beatriz estava cá, nós fomos ver a Mam'etu Dona Ná. Eu falei-te dela, contei-te algumas histórias do povo bantu, lembras?

— Sim, faz alguns anos, mas eu lembro. Dona Ná, a sacerdotisa do terreiro. Vocês foram até lá para obter respostas?

— Foi arriscado, mas a Beatriz pediu-me ajuda e eu não via a hora de ter a senhorinha de volta.

— E o que aconteceu lá, Iolanda? Conta-me, vá!

— Mam'etu falou que uma divindade pregou uma peça em ti e na Beatriz através de um trabalho lançado sobre a bailarina. Ela soube por meio de outra divindade que não existe maneira de quebrar o feitiço. Que é preciso esperar. E contou-me que o Nguzo foi mal-empregado, e um espírito entendeu que tu e a Beatriz queriam o mesmo. Por isso, trocou a alma de vocês de lugar.

— Já ouvi essa palavra. *Nguzo*. Mas não sei o que é.

— A senhorinha deve ter ouvido esse nome enquanto esteve em transe. Significa a energia que faz o bem e o mal existirem. Para que exista equilíbrio, é preciso que os seres dependam uns dos outros, que o bem de um corresponda ao mal de outro. Por isso, a Mam'etu acredita que a senhorinha e a Beatriz não podem ficar do mesmo lado da balança. Para que uma possa viver... — Iolanda engoliu em seco — ... a outra pode morrer. Precisava contar-te, mas não acredito nisso! Sou católica. Acredito que só Deus pode definir o destino de alguém.

— Não sei se estou conseguindo acompanhar-te, Iolanda. Estou ficando meio tonta...

Carolina mal conseguia manter os olhos abertos. Eles ardiam e fechá-los aliviava um pouco.

— Senhorinha, não adormeça agora.

— Iolanda... será que eu vou morrer?

— Acudam! Médicos! — gritou a amiga.

— Bernardo... preciso vê-lo...

Um médico adentrou o quarto com duas enfermeiras.

— Ela está delirando. A testa está a queimar.

— Afaste-se, por favor — pediu o médico. — A senhora não devia estar aqui. E ninguém mais entra no quarto hoje!

Iolanda levantou os olhos para o crucifixo à parede.

— Salvem-na. Por tudo o que é mais sagrado. Vocês são as mãos de Deus.

Fazia dois dias que a fila de visitantes no hospital dobrava os corredores. A maioria eram operários curados e familiares, bem como admiradores que ouviram falar da abnegação da herdeira da fábrica em ajudar a curar os enfermos infectados pela peste.

Por causa da grande comoção pelo internamento de Carolina, o diretor do hospital autorizou sua remoção para uma ala separada dos doentes restantes em quarentena. Concluído o diagnóstico de peste bubônica, ela foi realocada em um quarto com uma janela por onde as pessoas pudessem vê-la e manifestar o seu carinho. Devido ao risco de contágio, ninguém era autorizado a entrar, exceto os médicos.

A exposição da filha incomodava Manoel, mas a mulher havia conseguido convencê-lo de que Carolina sentia-se mais bem-disposta quando via os rostos daqueles que ajudara a curar.

Carolina estava cercada por um jardim de variados e perfumados vasos de flores sempre viçosas, trocadas diariamente por sua mãe. A pedido da filha, Flora havia separado blocos de desenho e lápis de cor para que pudesse desenhar quando se sentisse melhor. Mas, conforme passavam os dias, momentos assim se tornavam mais raros.

— Nossa filha é uma artista, Manoel — disse Flora, a observá-la da janela do quarto. — E tem bons princípios e belos ideais. Tenho orgulho da menina que nós educamos e da mulher que ela se tornou.

— Quando nossa Carolina sair daqui, darei a ela o mundo para que me perdoe...

Flora percebeu que o marido tinha os olhos cheios d'água e de angústia. Ela o abraçou e ele chorou no ombro da mulher enquanto a filha dormia, induzida pelos remédios, do outro lado do vidro. Foi esta a cena que Luís Eduardo encontrou quando chegou acompanhado de Iolanda, a quem encontrara na recepção aguardando alguém que a autorizasse a entrar.

— Trago algo que ela pediu. Posso entrar, doutor Mesquita? — perguntou Iolanda.

— Lamento, Iolanda. Por razões de segurança, apenas os médicos podem passar.

Ele estendeu a mão e Iolanda entregou a cesta que trazia no braço.

— Doutor, nós nos responsabilizamos. Queremos entrar — insistiu Flora.

— Por favor, doutor Mesquita — Manoel enxugava os olhos. — Preciso falar com a minha filha.

— Senhor e senhora Oliveira, vocês precisam estar bem de saúde para que Carolina tenha forças.

— O doutor parece confiante — comentou Iolanda. — Mas a senhorinha parece estar piorando.

Ele notou o rosário entrelaçado nas mãos da amiga de Carolina.

— Agora que confirmamos o diagnóstico, nós a estamos medicando. O soro antipestoso produziu ótimos resultados segundo o Instituto Pasteur de Paris. Mas a ciência sozinha não pode tudo. Então, reze, Iolanda. Reze.

— A dona Flora acompanha-me à capela do hospital? — convidou. — O senhor também pode vir.

Manoel revelou uma expressão pouco receptiva ao convite, mas a esposa logo enganchou-se a ele.

— Vamos com Iolanda, Manoel. Uma corrente de oração tem mais força.

Luís Eduardo esperou que a família se distanciasse para, então, colocar a máscara e abrir a porta do quarto. Ele carregava as chaves consigo e sentia o peso delas, mais na consciência do que no bolso. Por mais que estivesse a zelar pela proteção dos pais de Carolina, sabia que o contato com eles poderia ajudar na recuperação. Por várias vezes pensou em desobedecer esse controle, mas manteve sua conduta profissional até aquele dia.

Carolina havia se acostumado ao silêncio e percebeu a vibração dos passos dele.

— Terminou o horário de visita e eu não vi meus pais — falou, ao acordar.

— Eles foram à capela e ainda devem passar aqui.

— Não sei por quanto tempo vou conseguir ficar acordada.

— A medicação não está mais fazendo efeito, Carolina.

A notícia foi dada de forma crua e direta, de um jeito que Luís Eduardo nunca faria se não estivesse certo sobre as consequências. Ela não pareceu afetar Carolina.

— Eu sei. Sinto a vida se esvaindo de mim.

Ele tirou as luvas e ternamente tocou-lhe o rosto.

— Iolanda pediu-me para entregar-te isto. — Ele enrugou a testa ao estender-lhe o objeto. — O que ela sabe que eu ainda não sei?

Carolina pousou a cesta no colo e inspirou com dificuldade antes de abrir.

— Tomei uma decisão importante, meu amigo. Vou voltar para o século 21 — ela anunciou, girando a caixa de música nas mãos.

— Imagino que tenhas ponderado bem as consequências disso. Para todos os envolvidos — ele frisou.

Você terá de volta a Beatriz, e eu sei que meus pais ganharão uma ótima filha... — Carolina fez uma pausa, lembrando-se de algo de que não tinha se dado conta. — Como não pensei nos pais dela? Meu Deus, seria muito egoísmo!

— Não percas tua energia a te culpares por isso, Carolina. Sequer sabes se vai funcionar. A enfermidade é do corpo, não do espírito.

— Não percas a tua energia a buscares lógica no que estou vivendo, *doutor*.

Luís Eduardo balançou a cabeça, concordando.

— Tens razão. Iolanda contou-me sobre as divindades do povo Bantu e uma série de fantasias que fizeram-me avaliar a minha sanidade e a minha fé.

— Nós sabemos o que aconteceu. Não precisamos entender ou acreditar, só precisamos nos conformar com isso.

Por mais que se esforçasse por manter a sensatez, ele não escondia o quanto estava transtornado.

— Não é assim tão fácil. E se tornou mais difícil agora, que descobrimos que uma de vocês precisa morrer para que a outra viva. É inconcebível e completamente absurdo.

— O que não é absurdo na história toda? Talvez o fato de eu não me arrepender de nada.

— Não te arrependes porque nada disso foi escolha tua. Segundo Iolanda, foi um sei lá o quê que colocou-te a ti e a Beatriz neste teatro e mexeu os cordelinhos para que tudo culminasse para este desfecho.

— A escolha de cuidar dos doentes foi minha.

— Não escolheste ficar doente — ele contestou.

— Mas escolhi amar. E é em nome desta escolha que eu preciso trazer Beatriz de volta para você e estar com Bernardo uma última vez.

— Não é justo. — A emoção embargou a voz de Luís Eduardo.

Do lado de fora do quarto, renovados de esperança, Flora e Manoel batiam à janela. Traziam os sorrisos e mais flores para a filha. Luís Eduardo enxugou os olhos depressa, tirou a máscara e, sob os olhares emocionados dos pais de Carolina, beijou-lhe a testa demoradamente, sussurrando:

— Eu te amo.

— Também te amo — ela sussurrou.

A porta se abriu e não fechou mais.

16
DE CORPO E ALMA

BEATRIZ

— Eu também te amo.

De dentro do sonho, Beatriz estendia os braços e aguardava. Tudo em volta era escuridão, mas seus olhos estavam acostumados. Foi uma noite longa no quarto da sua infância, cercada de bichos de pelúcia, porta-retratos que contavam sua história e livros contando outras tantas, bem menos irreais do que a sua. Ela ainda sonhava, mas acreditava que era verdade.

A sobrinha recém-nascida foi entregue em seu colo e sorria, alheia à tristeza que consumia todos à volta. Dormindo, Beatriz sorria também. Estava cercada pela família e por amigos. Os pais sussurravam entre si:

— Será que ela sabe...? — perguntou Aurora. — Quanto nós a amamos?

— Ela sabe — disse Roberto. — E pode sentir.

Todos notaram a presença de Alex, que entrava no quarto, recém-chegado do aeroporto. Conhecendo de cor a casa da família Giacomini, ele cruzou a sala feito um raio, ignorou os latidos dos cachorros, subiu as escadas e se dirigiu para o quarto, ainda com a bolsa de viagem pendurada no braço. Esforçou-se para não chamar atenção, mas a respiração forte e seu pé 43 no salto de dezessete centímetros sobre o piso de sinteco o delataram. Não teve coragem de cortar o silêncio.

— O médico saiu daqui bastante preocupado, sem saber sequer dizer o que ela tem. Ela fez o teste rápido de farmácia e aparentemente não é covid — Roberto falou para o amigo da filha.

— Vamos levá-la amanhã cedo ao hospital em Porto Alegre para fazer todos os exames — completou Aurora.

— Ela vai ficar bem — disse o pai, tentando convencer a si mesmo.

Alex abraçou-o longamente e deu um beijo demorado em Aurora.

— Ela estava conversando com o Edu agora há pouco — disse Bernardo a Alex, assim que os pais de Beatriz se afastaram. — Murmurou algumas coisas.

— Que coisas? — o amigo perguntou, aflito.

— Era difícil entender, não sei se era a Bia ou a Carol.

— Eu trouxe isso... — Ele abriu a bolsa para mostrar a caixa de música a Bernardo. — A Carol mandou um bilhete. Eu, *por acaso*, li sem querer.

— O que diz?

— Só sei que eu não chamaria Carol e Bia pro mesmo grupo de WhatsApp.

Antes que Bernardo pudesse perguntar o que Alex quis dizer, a menina se agitou no colo de Beatriz e a despertou. Os pais se emocionaram quando viram o olhar da filha encontrar o da criança.

— Oi... — falou para ela. — Eu sou sua tia Bia. Muito prazer.

— Tem os teus olhos — comentou Roberto.

— E o teu sorriso! — completou Aurora.

— Só não tem nome ainda. Sugestões, eu já dei várias. Henriquieta, por exemplo, é o nome mais bonito que eu conheço — participou Henrique, recebendo uma chuva de protestos da família.

Ele conseguiu aliviar o ambiente, levantando outras opções polêmicas. O irmão de Beatriz e a cunhada estavam encostados a um canto do quarto, que se tornara pequeno para tanta gente.

— Incrível como ela sorri de graça para você, Bia. Ainda não consegui fazer a minha filha sorrir! — disse a cunhada.

— Você vai ter todo o tempo do mundo para ver todos os sorrisos dela — falou, devolvendo-lhe a menina.

Beatriz percebeu que a família se esforçava para não cair no pranto.

— Gente, eu não vou morrer antes de saber o nome da minha sobrinha. Por isso, demorem bastante para decidir, ok?

Houve este momento de descontração, mas logo os pais ficaram emotivos novamente. Beatriz pediu que a família saísse do quarto e a deixasse a sós com Alex e Bernardo. Antes chamou Roberto e, abraçando-o com o resto de força que tinha, falou:

— Mesmo que eu não esteja espiritualmente aqui, de corpo eu vou estar.

O pai entendeu que a filha estava confusa: deveria ser um dos sintomas da febre alta.

— Precisas descansar — disse Roberto. — *Ou ro ime*, minha filha.

— *Ou rimbom*, papai.

— Não estou gostando nada da tua cara, nega — Beatriz falou para o amigo.

— A Carol mandou um bilhete.

— E o que diz?

— Leia você mesma. É sinistro — ele lhe estendeu a caixa de música.

Ela olhou para Bernardo, que tinha os olhos vermelhos de cansaço. Depois, estendeu o braço para que ele lhe desse a mão.

— Sentem-se aqui — pediu aos dois.

Do objeto que tinha em mãos, Beatriz poderia extrair o veneno ou o antídoto. E, talvez por causa da febre que lhe provocava confusão mental, mais do que o bilhete em seu interior, almejava a bailarina. Mais do que o antídoto, almejava o veneno, pois acreditava que só o veneno poderia libertar sua alma. Não lhe pareceu absurdo pensar que poderia morrer naquela vida para encontrar-se de novo com Luís Eduardo. Mas Beatriz não queria morrer. Nem naquela vida nem na outra.

O tempo era escasso demais para cerimônias, suspense ou pensamentos mórbidos. As mãos tremeram ao abrir a garrafa. Tirou dela um bilhete bem dobrado. Vinha com o perfume dos papéis de carta de Carolina.

Querida Beatriz,

Esta é uma carta de despedida. Queria escrever-te belas palavras, contar-te tudo o que aprendi contigo, de como minha admiração por ti me transformou, mas faltam-me forças e inspiração.

Fomos enganadas, levadas a acreditar que haveria lugar para nós duas, mas, afinal, não existe coexistência possível para nós nesta vida. Estou muito doente, e a morte me ronda. Não tenho o direito de pedir-te que assumas o meu lugar, pois não poderei assumir o teu. Perdoe-me se puderes. Acredito que essa escolha já foi feita e a nós não foi dada nenhuma. Ontem tive um dia melhor e consegui começar a ler o livro que deixaste na mesa de cabeceira e Iolanda trouxe-me para me distrair, Dom Casmurro. Quão inusitado foi encontrar nele uma dedicatória em teu nome! Tanto quanto isto, chamou-me a atenção o seguinte trecho da obra, que ora reproduzo: "O resto é saber se a Capitu da praia da Glória já estava dentro da de Matacavalos, ou se esta foi mudada naquela por efeito de algum caso incidente. [...] se te lembras bem da Capitu menina, hás de reconhecer que uma estava dentro da outra, como a fruta dentro da casca.". Não tenho respostas para nada do que nos aconteceu, contudo, sei que tudo fizeste para caberes inteiramente em mim e, por isso, sou a mulher que sempre quis me tornar. Somos a fruta de uma e a casca da outra. Agradeço-te e peço-te, uma última vez, que me tentes perdoar.

Tua amiga,

Carolina.

Post scriptum: *Faltam-me forças, mas não falta-me coragem. Tentei ver Bernardo uma última vez. Eu o amo e levarei esse amor comigo para onde quer que eu vá.*

— Não, não quero me despedir dos meus pais assim — falou. — É muito doloroso...

— Você acha que ela vai morrer? — perguntou Alex.

— Carol não pode... — Bernardo repetiu para si. — Não pode fazer isso.

— Não mesmo! Ela não pode fazer isso com a gente — ratificou Alex.

— Ela chamou meu nome — falou Bernardo. — Ela realmente tentou voltar para se despedir...

— Me deem um papel e uma caneta — pediu Beatriz. — Vou escrever umas boas verdades para ela.

— Espera aí, amiga, o que é isso na tua pele? — Alex apontou para algumas manchas negras que surgiam no braço de Beatriz.

— Ela está tentando voltar, Beatriz. A Carolina está usando a força que lhe resta para voltar — Bernardo concluiu.

— E eu estou adoecendo cada vez mais.

— Nega, não morre, não morre. — Alex abraçou-se à amiga e começou uma oração saudando Ogum, São Jorge, a Virgem Maria e divindades de todas as crenças que conhecia.

— Vou escrever para ela.

Bernardo tomou a caneta da mão de Beatriz e redigiu o mais depressa que pôde:

Minha Carol,

Beatriz está muito doente. Acreditamos que sofrem do mesmo mal. Por alguma razão inacreditável, vocês vêm desenvolvendo essa sintonia, mas as consequências disso podem ser devastadoras. Vocês devem quebrar essa corrente imediatamente.

Eu sei que me ama. Guarde o nosso amor para que ele seja a sua força. Ele pode não te trazer de volta para mim, mas pode te libertar. E, se tiver que partir, meu amor, vá sabendo que sua vida foi a melhor parte da minha. Bernardo.

— Bernardo! Ela fechou os olhos e não acorda! — disse Alex, aflito.

CAROLINA

A alvura da saia rendada de Dona Ná sobressaía em meio às paredes brancas do hospital. Por onde a sacerdotisa passava, paravam todos. Ela passava depressa como uma nuvem, por breves e belos instantes cobrindo o sol, carregando a chuva e irradiando luz. Tal como os médicos com suas batas, os trajes de Dona Ná revelavam sua ocupação. Ninguém cruzava seu caminho. Assim que chegou ao destino, soube, não por ser o quarto mais visitado, com gente enfileirada a dobrar o corredor, mas porque o rumo do vento, ao passar por ali, soprava naquela direção.

— O que esta pagã está a fazer aqui, Iolanda? — perguntou Flora, com os olhos espichados sobre a mulher que a acompanhava.

— Não sou pagã, sinhá. Tenho meu Pai Nzambi. Venho trazer palavras da sabedoria Bantu para a vossa filha.

— Nós temos a nossa fé. — Flora colocou-se no meio do caminho. — Respeite e vá embora, por favor.

— Dona Flora, minha amiga só quer ajudar — interveio Iolanda.

— Iolanda, ainda ontem estávamos juntas na capela. O que há com você?

— Acredito na fé. A fé é universal, senhora.

— Eu venho em nome do amor, sinhá — disse a sacerdotisa.

— Esta mulher está se arriscando em vir até aqui. Só isso já é prova de que veio fazer o bem — falou uma enfermeira que passava. — Mal não fará.

Algumas pessoas que estavam na fila também se manifestaram a favor da entrada de Dona Ná no quarto.

— Com que autorização vai entrar? Somente os pais foram autorizados — Flora alegou, ainda avaliando a mulher de branco.

— Se a sinhá autorizar, eu entro.

— Dona Flora, estamos perdendo tempo que a senhorinha não tem — lembrou Iolanda.

Flora viu pelo vidro a imagem da filha debilitada. Parecia ter emagrecido e empalidecido mais nas últimas horas.

— Está bem. Mas eu entro também.

— Preciso entrar sozinha — disse Dona Ná, e pegou as mãos de Flora. Os olhares se encontraram. — *Mukuiu NZambi.* Deus abençoe.

BEATRIZ

Beatriz passou por uma série de exames, realizados por modernos equipamentos no melhor hospital de Porto Alegre. Os resultados preliminares mostravam não existir sinal de doença em seu corpo. Uma equipe de médicos foi designada para acompanhá-la, pois suspeitavam de uma nova variante do coronavírus que estaria apresentando sintomas diversos dos já conhecidos. Graças a isso, Beatriz garantiu um leito mesmo com a lotação do hospital completa. Os médicos não encontravam explicações para as manchas na pele e, repletos de incerteza, entregaram à família os laudos atestando a saúde impecável de Beatriz.

— A paciente apresenta todos os sintomas da peste bubônica, sem os bubões, mas com presença de hemorragias cutâneas, que representam uma evolução da doença — falou um dos médicos. — No entanto, os testes que fizemos não detectaram a bactéria. E, sinceramente, se a paciente estivesse com o quadro de septicemia esperado neste caso, não teria sobrevivido dois dias sequer.

— São raríssimos os casos de peste. Nos últimos dezessete anos, apenas dois foram confirmados no país — falou o outro.

— O que explica a febre que continua alta, então? E as manchas? — Roberto questionou, tendo Aurora ao seu lado, incrédula, com o resultado dos exames nas mãos. — Vocês já descartaram covid?

— Precisamos fazer mais exames e manter sua filha isolada e em observação. Por isso, mesmo sem um quadro clínico confirmado e com o hospital lotado, vamos transferi-la esta noite para a UTI. É o que podemos fazer neste momento.

Nenhuma resposta poderia satisfazer os pais aflitos. Mas Bernardo e Alex sabiam exatamente o que estava acontecendo. Por motivos de segurança, ninguém além da equipe médica tinha acesso ao quarto e, portanto, estavam impedidos de se comunicarem com Beatriz. A caixa de música, a seu pedido, foi colocada na mesa ao lado da cama. Ela esperava ansiosamente pela resposta de Carolina, que não chegava. Pensava no pior e começava a acreditar que o encantamento havia se quebrado.

Na solidão da segunda noite que passava no hospital, resolveu ouvir música e pôs a bailarina para dançar.

A cabeça doía mais do que o resto do corpo. Precisou fechar os olhos, pois, mesmo na escuridão do quarto, as luzes dos equipamentos incomodavam. O medo do que poderia acontecer não a deixava adormecer. Lutou contra o sono ferozmente. Com a música desacelerando, a bailarina parou. E Beatriz, enfim, dormiu.

Carolina

Ninguém havia ainda aparecido para abrir as cortinas quando ela despertou ao som da flauta. A melodia trazia em si tanto sentimento que parecia uma declaração de amor. Apesar de ser a primeira vez que a ouvia, tinha a sensação de reconhecê-la. Talvez porque seu corpo reagia a ela da mesma forma que reagira quando Bernardo a tocara na única vez em que fizeram amor. A música foi desnudando, penetrando e dominando os seus sentidos até que já não sabia se era sonho ou verdade.

A verdade é que tudo o que vivera com Bernardo lhe parecia ter sido parte de um sonho do qual não queria acordar. Por isso, numa tentativa de se transportar dali e viver o devaneio onírico com Bernardo, cobriu olhos, ouvidos e o corpo inteiro, mergulhando nas cobertas. Ficou ali debaixo, controlando a respiração para que o ar não faltasse. A profundidade daquele mundo não dava pé para ela, mas Carolina continuava a distanciar-se da superfície. Para onde se dirigia não havia margem, nem maré baixa. Lá, havia sempre lua cheia. Deixou-se arrastar pela corrente na melodia que a envolvia e adormecia.

— Carolina, você pode ouvir? — a pergunta ressoou do fundo de um túnel tão sombrio quanto o lugar onde ela se encontrava.

— Bernardo...

Seria outra alucinação?, ela se perguntava.

— Estou tocando uma composição que fiz para você. Leva o seu nome.

Ela não se importava que fosse outra alucinação. Estava no limiar entre dois tempos e dois mundos, e tudo o que podia controlar era o seu desejo. Quis chegar mais perto de Bernardo para poder tocá-lo.

— Sinto tantas saudades!

— Eu também.

A voz de Bernardo ficava cada vez mais nítida. Ela tinha medo de abrir os olhos.

— Ouves-me de verdade? Pensei que estava a alucinar.

— Ouço até sua respiração. Sinto seu cheiro — ele falou.

Ela percebeu que também sentia o dele.

— Queria... — Carolina inspirou fundo. — Ah, é tarde demais para isso.

— Nunca é tarde demais. Fala!

Carolina sentiu o rosto corar.

— Queria um beijo teu.

Houve silêncio. Até a flauta calou.

— Então abra os olhos.

BEATRIZ

— O que está acontecendo aqui? — perguntou a enfermeira ao entrar no quarto escuro.

Ela abriu as cortinas permitindo que a luz revelasse as verdadeiras cores de Beatriz.

— A senhora não deveria estar de pé! — disse, tirando-lhe a temperatura. — Ora! A febre se foi!

— Estou me sentindo ótima! — Beatriz avaliou os braços. — As manchas desapareceram!

Então, Beatriz olhou para o uniforme da mulher. Procurou o equipamento moderno ao qual esteve ligada àquela noite. Reparou na amplitude do recinto e no pé-direito do quarto.

— Em que ano estamos? — perguntou.

A enfermeira tornou a medir a temperatura de Beatriz.

— Talvez a senhora ainda esteja confusa. É normal à sua condição.

— Não tenho condição nenhuma. Pode me dizer em que ano estamos ou tá difícil?

— Vou chamar o doutor, senhora. Volte para a cama, por favor.

Fez o que lhe foi pedido, mas, assim que a mulher saiu, Beatriz foi até a janela se certificar. Seu quarto tinha a melhor vista, para o jardim e as montanhas. Conhecendo bem sua nova e antiga família, não era de estranhar.

Não precisava ter estado naquele lugar para saber onde estava. Logo abaixo da varanda, cavalos relinchavam sob as sombras das frondosas árvores, no jardim. A vista do Corcovado, sem os braços abertos do Cristo Redentor, ilustrava o cartão-postal de céu azul sem nuvens. O verão era o mesmo, mas sem ar-condicionado. Beatriz suava na longa bata com o logotipo do hospital e começava a apreciar a sensação do pescoço nu do novo visual adotado por Carolina.

Havia revistas de moda e desenhos de Carolina na mesa de cabeceira. Deu pela falta da caixa de música, que, para ter havido troca, deveria ter estado lá. A euforia por estar curada, no entanto, era maior do que todas as dúvidas que pairavam sobre sua cabeça. Queria sair daquele ambiente, então, abriu a porta e deixou as incertezas para trás.

Alguns pacientes e seus acompanhantes deixavam os quartos para o banho de sol. Quem passava por Beatriz tinha motivos para cochichar. Nunca houve tantas perguntas no ar daqueles corredores. E, de tanto caminhar sem encontrar a saída, de cruzar com tantas pessoas que esperavam respostas, precisava mesmo respirar ar puro.

Beatriz podia ver a luz no fim de um corredor mais comprido. Tratava-se de uma porta que volta e meia se abria, conforme o movimento do vento. Ninguém entrava e ninguém saía. Uma lufada mais forte sacudiu a bata que Beatriz vestia. Uma forte luminosidade cegou-a por alguns instantes e ela perdeu o equilíbrio. As mãos masculinas que a seguravam não lhe eram estranhas.

— O que estás fazendo aqui, Carolina? Ias fugir?

— Edu?

Houve aquele instante em que nenhum dos dois disse nada para não interromper a conversa entre os olhares.

— Beatriz...

CAROLINA

Assim que abriu os olhos, Carolina perguntou:

— Isto aqui parece uma prisão. Como entraste?

— É uma longa história — Bernardo insinuou.

— É um sonho?

— Se for um sonho, é você quem está no meu, ou eu no seu?

Ela pensou que havia se esquecido de como sorrir.

— Acho que não importa, contanto que estejamos juntos.

Bernardo colocou as mãos nas faces dela, e disse:

— Danem-se os astros.

— Os autos — ela continuou.

— Os signos.

— Os dogmas.

— Danem-se os búzios.

— As bulas? — ela hesitou.

— Anúncios.

— Tratados.

— Ciganas! — ele vibrou.

— Projetos — ela riu.

— Profetas.

— Não lembro... — ela sussurrou.

— Espelhos.

— Conselhos.

Os dois fizeram uma pausa para respirar. Ele colou a testa na dela, e os dois uniram as vozes:

— Se dane o evangelho e todos os orixás. Serás o meu amor. Serás amor, a minha paz.

— Será que se eu te beijar agora você desperta? — ele perguntou.

Carolina concordou.

— Eu gosto de clichês.

O beijo se encarregou de abrir as cortinas. E o conto de fadas não teve fim.

AQUI, AGORA E PARA SEMPRE

BEATRIZ

Bairro de Botafogo, primavera de 1906

A mansão em estilo neoclássico era rodeada por um vasto jardim com fontes, coreto e estufa, não menos belo e viçoso do que aquele que Flora cultivava na antiga chácara da família na Glória. Por seu apreço pela natureza, à época da mudança, convenceu o marido a transportar algumas espécies, como mangueiras e jabuticabeiras, e a adquirir novas, como parreiras, roseiras e magnólias.

A família Oliveira tinha Rui Barbosa entre seus ilustres vizinhos, mas, nos dois anos em que vivia ali, poucas foram as vezes em que se encontraram. O bairro de Botafogo, em especial a rua de São Clemente, concentrava as residências de muitos aristocratas da cidade, muitos dos quais conservavam uma rotina pacata e muito reservada no bairro.

Não era o caso de Beatriz, que toda vez que chegava para visitar Flora e Manoel aparecia com uma surpresa para exibir. Naquela tarde fresca de setembro, um carro nunca antes visto por aquelas bandas surgiu, acelerando pelos paralelepípedos das ruas arborizadas, com suas rodas trepidantes, seu motor roncador, os estouros e o estridor das ferragens, espalhando medo entre os moradores, que, ao longo do caminho, iam abrindo suas janelas para bisbilhotar a barulhenta e fumacenta novidade. O alarde da buzina anunciava Beatriz aos altos portões da chácara.

O percurso havia levado mais tempo do que calculara. O Decauville novinho em folha era um modelo de dois cilindros importado da França. Por mais moderno e veloz que fosse à época, Beatriz sabia que não podia exigir muito de um carro que chegava à velocidade máxima de 36 quilômetros por hora. Mas, só pelo trabalho que tivera para desembaraçá-lo na alfândega e providenciar sua remontagem, sentia-se merecedora de testar toda a sua potência logo no primeiro passeio. Ainda que isso pudesse perturbar o sossego de muita gente.

Quando o amedrontamento deu lugar a cochichos, os olhos curiosos estavam todos voltados para a condutora, que sorria, vaidosa. Apesar de automóveis particulares não serem novidade tão rara a circular pelas redondezas abastadas da cidade, ninguém ainda havia visto uma mulher ao volante.

Luís Eduardo, encolhido no banco do acompanhante, tirou as mãos que cobriam os olhos quando Beatriz desligou o motor.

— Enfim, em terra firme! — disse ele, aliviado ao pisar o gramado fofo do terreno.

Beatriz suspirou.

— Homens...

Flora e Manoel, tendo ouvido o estardalhaço, atravessaram o jardim para recebê-los.

— Não satisfeita de vir de chofer, ainda vens a fazer todo esse rebuliço pela cidade? — censurou a mãe. — Não sei mesmo a quem saíste! A mim não foi de certeza.

— É notável o que esta máquina é capaz de fazer! — inspecionava Manoel.

— Se quiser, posso ensinar o senhor a dirigir — convidou Beatriz, chamando-o a sentar-se em seu lugar.

— Estás parva? Não penses que eu e teu pai vamos andar nisto! Com tantos estrondos como faz, imagina se explode!

— Que graça tem um automóvel se não pudermos guiar, mulher? É tal qual a vida! — Manoel foi subindo no automóvel. — Vamos a isto!

— Ora! Aí está. — Flora cruzou os braços. — Tal pai, tal filha.

— Sem medo de ser feliz, dona Flora! Pisa fundo, seu Manoel! — gritou Beatriz, aos solavancos, enquanto o carro engrenava sob a condução inapta de Manoel.

Enquanto os dois seguiram entusiasmados para além dos portões da chácara, Luís Eduardo tomou Flora pelo braço e caminhou com ela até o coreto, onde se sentaram lado a lado num banquinho. O aroma e o vigor da primavera subia pelas trepadeiras, enrascando-se nas colunas.

— Imagina, dona Flora, que eu e Carolina cruzamos a cidade desde São Cristóvão nesta caranguejola! Sua filha é uma traquinas irrepreensível por fazer a minha vida tão deliciosamente divertida.

— Que bom que enxerga com esses olhos, meu filho. Mas, com a vida mirabolante deste jeito não vejo quando terão tempo de encomendar o rebento. Já estão casados há dois anos. E eu estou a passar da idade de ser avó!

— A senhora conhece o esmero de Carolina. Dedica-se à confecção noite e dia — falou ele, com a expressão orgulhosa. — Também tenho viajado muito por conta do Desinfectório Central de Campinas. Mesmo com a terrível Revolta da Vacina, há dois anos, conseguimos avançar. Estamos cada vez mais próximos da erradicação dessas epidemias.

— Os frutos do seu trabalho são regularmente referidos nos jornais. Fico feliz que estejam realizados em suas profissões. Fui a primeira a incentivar minha filha e enche-me de orgulho vê-la como estilista reconhecida por seu talento. Aliás, como foi em Paris?

— Ah, tais novidades convêm que ela mesma conte, ou serei um homem morto!

Depois de muito rodar à procura, Iolanda encontrou a patroa a conversar com o genro. Ela serviu o chá de hortelã e os biscoitos de manteiga que trazia na bandeja e foi convidada a acrescentar suas hilariantes observações sobre o novo comportamento de Álvaro. O ex-noivo de Carolina havia sido convidado a trabalhar com a família Oliveira depois de um divórcio escandaloso que levou o coronel Faria Mattos a deserdá-lo. O rapaz tornou-se ajudante de Beatriz e, com seu jeito peculiar rústico-sensível, sabia como ninguém elevar a autoestima das damas da sociedade que os procuravam para encomendar vestidos na loja de departamentos de Manoel, onde Beatriz havia aberto sua *maison* Carolina Oliveira.

Depois da reabertura e reaproveitamento da fábrica de tecidos, que, afinal, não chegou a ser demolida graças à interferência de Luís Eduardo, os negócios da família continuaram no setor têxtil, porém, no comércio de roupas. A empresa se revelava a cada ano mais lucrativa para a família, que planejava expandir as lojas para São Paulo. Ganhava cada vez mais destaque em jornais e periódicos, não apenas pelas coleções inovadoras e provocativas para a época, como principalmente pelo modelo feminino de gestão, promovendo mulheres aos cargos de liderança.

Havia pouco tempo, Beatriz tinha estado em Paris, justamente para pesquisar as tendências para a próxima estação e buscar profissionais para trabalharem com ela na expansão. O estilista Paul Poiret, de quem ficara amiga e a quem visitava em seu ateliê em todas as viagens desde que havia, ele mesmo, desenhado e confeccionado o seu vestido de casamento, a havia levado a um passeio por Nice a fim de ciceroneá-la pela cidade francesa durante um grande evento de fama mundial, chamado Batalha de Flores.

Com a ideia em mente desde que regressara ao Rio de Janeiro, Beatriz havia comprado ingressos para assistir à versão carioca do mesmo evento, nas arquibancadas que haviam sido montadas na praça da República, que ela sempre conheceu por Campo de Santana. Para ali se dirigiria uma multidão de pessoas para assistir às carruagens adornadas de flores num desfile pelo parque. Era uma versão de Carnaval fora de época e, por ser assim, Beatriz não perderia a oportunidade de estrear um novo modelo por nada.

O 2 de setembro foi o dia da Batalha de Flores e o dia mais feliz da vida de Beatriz.

À parte disso, era mais uma típica manhã em que acordava pensando no celular que não tinha mais. Especialmente em dias de evento, que exigiam de uma especialista em moda as escolhas mais adequadas em matéria de vestuário feminino, aplicativos dos serviços de meteorologia lhe faziam falta. Haviam se passado alguns anos desde que fizera a última viagem no tempo, no entanto, ainda não conseguia se acostumar com algumas ausências.

— Estás inquieta — falou Luís Eduardo, ao seu lado na cama. — Estás com saudades da Siri, de novo?

Beatriz havia dito a Luís Eduardo que apelidara seu *iPhone* de Siri para não precisar explicar exatamente tudo o que o aparelho era capaz de fazer. Sempre que falava no assunto da tecnologia, sentia uma ponta de vontade de revisitar o futuro. E culpava-se por isso — o que também a arrastava para profundidades mais sombrias e conflituosas do seu subconsciente. Involuntariamente, o hábito de mexer no celular a fazia se lembrar do tempo em que acordava sempre com uma mensagem de bom-dia do seu pai.

— Do Roberto — ela falou.

Luís Eduardo ajeitou a franja do cabelo que lhe caía sobre o rosto apoiado no travesseiro. Beatriz mantivera o estilo de Carolina durante todos aqueles anos e agora estava deixando o cabelo crescer.

— Teus olhos estão tristes. Reparo nisto já faz um tempo.

— Há dias mais difíceis.

— É natural sentires saudades da tua família.

— Queria visitar meus pais. Mas a caixa de música não pertence mais a mim.

— Iolanda disse que sabe como chegar até ela.

— Ela me contou que a sacerdotisa do templo bantu levou a caixa de música embora. E que, se não tivesse feito isso, Carolina estaria condenada a morrer. — Beatriz aconchegou-se a Luís Eduardo, abraçando-o. — E meus pais me perdiam.

— Eles perderam-te.

— Mas não sabem disso. É doloroso, Edu. Minha sobrinha fez seis anos de idade. Eu nunca fui às suas festinhas de aniversário. Nem nunca irei...

— Minha querida...

Ela enxugou os olhos e dissimulou um semblante animado.

— Não há tempo para tristeza. Estamos atrasados para o grande evento do dia!

Ele se enrolou ainda mais nos lençóis.

— O sol ainda não deu o ar de sua graça. Creio que, se chover, cancelarão o evento. Por isso, é melhor nem sair da cama.

— O sol está só encoberto, senhor Charlie Brown — ela puxou de uma só vez o lençol sob o qual Luís Eduardo se escondia, embolou e atirou para cima dele. — *I am a rainbow, baby.* Fique sabendo que os Rolling Stones vão escrever uma música para mim. — Ela deu uma pirueta no quarto e foi dançando até o armário. — Adoro dias nublados para fazer sobressaírem as minhas cores!

Luís Eduardo gostava de ver Beatriz dançar e cantar como nenhuma outra mulher do seu tempo, músicas e bandas que ele só conheceria por meio dela. Também se divertia ao observá-la selecionar e ponderar sobre os vestidos, manipulando as próprias conclusões.

— Meu palpite infalível é de que hoje vai fazer um calorão — ela disse, estirando alguns modelos sobre a cama, onde ele ainda se espreguiçava.

— Não te consumas tanto com os contratempos climáticos. Qualquer toalete que escolheres levará todas as mulheres da cidade a esgotarem o tecido na cidade. Se te enrolares em lã sob um escaldante sol veranil, elas vão seguir-te e não derramarão uma gota de suor sequer. Para não desvanecer o pó de arroz, é claro.

— Pior que você não está exagerando. Sou uma *fashion influencer*, a primeira e única do século 20. É como se eu tivesse inventado o título. Só não tenho um *blog*, porque precisaria inventar o computador e também a internet, e programação é algo tão complicado que eu prefiro esperar o Bill Gates nascer...

— Lá estás tu com o teu vocabulário futurês que não posso acompanhar.

Ele suspirou fundo, resignado, pronto para se levantar, quando a mão dela o impediu.

— Onde o cavalheiro pensa que vai?

— Temos uma Batalha de Flores para deflagrar.

— Penso que podemos chegar a um acordo de paz antes disso — ela disse, o empurrando de volta e impondo seu corpo sobre o dele.

— Eu já me declaro rendido.

Não era exatamente como ele dizia, ao menos sob o ponto de vista de Beatriz. Seus sentidos se tornaram rapidamente reféns da robustez que lhe domou os movimentos. Beatriz enxergava diante de si o homem capaz de transformar todas as vezes em primeira vez com ela. Mas, porque ele também a surpreendia, quando ela se entregou, ele a despiu e amou como se fosse a última.

Com o sol a triunfar sobre as nuvens tristes, uma tarde encantadora se revelou através dos raios primaveris que derramavam seu tom metálico sobre a superfície de tudo. Exceto Beatriz. Ela refletia a própria luz.

Para a ocasião, como a folia se dava ao ar livre, e ela confiava em sua intuição de estar à frente do tempo, previu a mudança do clima e escolheu um modelo leve, apesar do chapéu enfeitado. Seu vestido era de tafetá branco, coberto de tule *point d'esprit*, audaciosamente adornado na cintura curta e folgada com um cinto listrado em seis cores, que, pela nuance vibrante, destacava-se na horda de mulheres e provocava comentários indelicados, por vezes indignados, por parte das mais conservadoras. A maioria jovem, entretanto, mostrou apreciar a vivacidade e a distinção da vestimenta de Beatriz.

Exemplo disso era a prima Eleonora e sua inseparável amiga francesa que, espalhavam as línguas de trapo, viviam em pecado. Feministas assumidas, para além de frequentarem eventos promovidos na alta sociedade ostentando e divulgando os modelos de Beatriz como moda revolucionária de paradigmas, fundaram um jornal que publicava somente textos de mulheres escritoras como plataforma para o discurso de direitos e oportunidades. Ao avistarem o casal Oliveira de Mesquita, que se preparava para adentrar o recinto do evento, desceram às pressas do coche antes que Beatriz desaparecesse no tumulto. Exibindo um modelo exclusivo produzido pela prima estilista, Eleonora abriu um largo sorriso ao apresentar Charlotte.

— Quero fazer um convite — cochichou ao ouvido de Beatriz, enquanto caminhavam lado a lado em direção à entrada. — É confidencial. Posso passar em tua casa amanhã?

— Pode falar agora, se quiser. Não existem segredos entre mim e o Edu.

Eleonora e Charlotte se entreolharam e depois olharam em volta, compartilhando a mesma questão.

— O problema são *todos* os outros — confidenciou a prima, confirmando sua preocupação no olhar.

Beatriz parou de caminhar ali mesmo, tirou a luva de uma das mãos, fez um carinho no rosto de Eleonora, e disse:

— Olha bem para mim. Acha que eu me importo com o que os outros vão pensar? — Apontou para sua cinta colorida. — Os que te julgam podem ser maioria, mas não são todos. E eu te adianto uma certeza: um dia, os outros serão a minoria. Enquanto esse dia não chega, seja a mudança que você quer ver no mundo. Te garanto que seu exemplo será seguido.

— Acreditem no que ela está dizendo — Luís Eduardo comentou. — Ela já esteve no futuro.

A intervenção dele foi levada na brincadeira e serviu para descontrair.

— Muito bem. — Eleonora segurou a mão de sua companheira e, ignorando os olhares de quem passava, anunciou: — Vamos celebrar nossa união num evento privativo no ano que vem. Queremos convidá-los para nossos padrinhos.

De repente, como acontece depois de uma manhã chuvosa com sol, um arco-íris se estendeu, e a desbotada paleta se transformou num desfile colorido. Junto com a onda de espectadores que chegavam, verdes bárbaros, azuis violentos, rosas brilhantes, amarelos hediondos, toda uma sorte de cores e contrastes se aglutinavam nos arredores do recinto para uma contenda que, a princípio, parecia reservada apenas às flores. Tomadas por um sentimento de extrema autoestima e orgulho de si mesmas, Eleonora e Charlotte sentiram que ninguém prestava atenção às suas mãos dadas e permaneceram assim. Elas teriam, na verdade, parado de reparar.

— Não aceito — disse Beatriz, causando choque. — A menos que seja a *maison* Carolina Oliveira a confeccionar os trajes das noivas.

— Sendo assim, até a minha mãe vai querer estar entre os convidados — disse Eleonora, animada. — Ela finge que não sabe do nosso romance, mas gosta da Charlotte. E eu sei que apesar das críticas que faz ao meu jeito de me vestir, é sua fã. Como nós duas.

— *Oui, c'est vrai. Merci beaucoup, ma chérie. Tu es un ange* — concordou Charlotte, emocionada.

— Ela está bem longe de ser um anjo… — Luís Eduardo brincou.

Todos sabiam que Beatriz era a ousadia em pessoa. Isso provocava uma ala considerável da sociedade, que lhe havia fechado algumas portas. Esse seu atrevimento, no entanto, abria outras tantas portas para novas estilistas que seguiam seus passos. Era notório que as recentes tendências da moda haviam se espalhado rapidamente entre as jovens da aristocracia carioca, trazidas de Paris pela própria Beatriz, que, mal havia passado os largos portões da entrada, se viu cercada de admiradoras e jornalistas a entrevistá-la. A audaciosa e independente nova geração derrotou o conservadorismo que imperava no estilo feminino e enterrou de vez os últimos traços da era vitoriana, que findara no primeiro ano do século 20. Por isso, e porque naturalmente Beatriz atraía para si todas as atenções, conseguira fazer da Batalha de Flores um badalado evento de moda, destacado em todos os periódicos que o cobriram.

— Alguns consideram as suas criações uma afronta ao clericalismo. O que a senhora tem a dizer sobre as críticas dos estilistas mais tradicionais ao seu trabalho? — perguntou o jornalista munido de papel, caneta e língua afiada.

— O que vem a ser um estilista tradicional? Posso ser tradicional e inovadora ao mesmo tempo. A moda me dá essa versatilidade. E ela tem muita responsabilidade na quebra de tabus, de conceitos culturais e temporais estagnados. Sou aquilo em que acredito. Visto-me com a minha arte porque acredito nela.

Não satisfeito com a resposta, ele guardou o bloco no bolso.

— A senhora vem de uma família tradicional. Como o seu pai, o Barão dos Tecidos, vê essa revolução que está propondo?

— Eu sou uma mulher independente, meu bem. Além disso, eu e o barão somos empreendedores e sócios. Aprendemos um com o outro. Comigo, ele está aprendendo a defender as cores, os decotes, as transparências e tudo o que valoriza a liberdade de ser e de vestir. E ele, o melhor administrador que eu conheço, me ensina a ficar cada vez mais rica — declarou, enquanto deixava o jornalista para trás. — Já dizia a grande poetisa do *funk*, Valeska Popozuda: beijinho no ombro pro recalque passar longe!

Luís Eduardo, agora sozinho e percebendo o círculo de jovens donzelas que se formava ao redor de Beatriz, ocupou-se de explorar o espaço que fora completamente transformado para receber o acontecimento. Na parte central ele avistou o pavilhão central, uma arquibancada coberta em cores vivas de listras vermelhas e brancas que acomodaria novecentas pessoas e um bar. Outros dois pavilhões, nas extremidades, receberiam autoridades como o prefeito Pereira Passos e o presidente Rodrigues Alves. Havia coretos em pontos estratégicos do recinto, que abrigariam as bandas dos bombeiros e da polícia.

Caminhando à sombra das árvores que serpenteavam o parque, Luís Eduardo foi interrompido em seu passeio pelos carros ornamentados, puxados por cavalos puro-sangue, que levavam verdadeiros canteiros ambulantes, onde a policromia das rosas, o verde das avencas e a variedade das sempre-vivas predominavam. Os carros desfilavam numa fileira interminável, deslocando-se devagar, carregando damas vestidas de rendas claras com grandes chapéus adornados de flores naturais, largos o suficiente para acomodarem os penteados.

Tendo contornado a travessia do lago para escapar do tráfego, ele procurou lugar numa das aleias onde havia barraquinhas de sorvete e bebidas geladas. Os cisnes logo vieram pedir algo de comer à beira. Estava quase cedendo quando Beatriz chegou ao seu lado.

— Você me abandonou, Edu! — Ela cruzou os braços, mostrando irritação.

— Pelo teu referencial.

Despretensiosamente, ele lhe deu o seu copinho de sorvete, que ela aceitou de pronto, desfazendo a expressão amuada.

— Não gostei — devolveu, fazendo uma careta. — Azedo.

— É morango! Costumava ser teu preferido.

Luís Eduardo tornou a experimentar o sorvete, mas não notou nada diferente do que o esperado doce e acidulado sabor de morango.

— Está apenas um pouco derretido... — ele insistiu.

— Deu-me náusea.

Ao olhar para a fisionomia enojada de Beatriz, acabou por perceber detalhes que não levaria a sério se não houvesse reparado em algumas mudanças e, principalmente, se ela não lhe tivesse confessado o sintoma com tanta naturalidade.

— Senta-te aqui — ele pediu, indicando um banco próximo a um quiosque. — Hoje pela manhã, quando fizemos amor, reparei que...

— Eu engordei? — O semblante de Beatriz se franziu. — Quando coloquei esse vestido hoje, senti mesmo que meus seios parecem maiores. Não eram essas as medidas que eu tirei no mês passado.

— Então, é verdade?

— Sim, devo ter engordado um quilo ou dois. Só não imaginei que faria tanta diferença! Mas vou fechar a boca essa semana e...

— Minha querida, tu nunca estiveste tão bela.

— Sério?!

Os olhos de Luís Eduardo cobriram-se de ternura.

— Por que você está me olhando assim, Edu?

— É apenas o olhar de um homem diante da mãe do seu filho.

Beatriz avaliava sua cintura.

— Grávida, eu? Como isso foi acontecer?

Ele sorriu.

— Assumo minha responsabilidade — falou, descontraído.

Uma das bandas que circulavam pelo recinto mudou o percurso e decidiu passar ao lado do quiosque onde os dois estavam. Conforme os músicos contornavam o gramado com tambores e cornetas como soldados apontando morteiros e canhões, Beatriz foi ficando mais e mais inquieta. É verdade que havia notado estar mais sensível nos últimos dias, no entanto, como costumava atribuir suas mudanças de humor aos ciclos menstruais, e contraceptivos hormonais como a pílula ainda não tinham sido inventados, relacionara a sensibilidade mais aflorada a um erro de cálculo na tabelinha. Com Beatriz, Luís Eduardo aprendeu a culpar e odiar, antes de toda a humanidade daquele século, uma tal de TPM.

— Bons tempos em que se podia transar com camisinha. Eu era feliz e sabia — ela desabafou, e forçou as mãos contra os ouvidos numa tentativa de protegê-los do batalhão munido de instrumentos musicais que se aproximava.

O riso de Luís Eduardo se dissipou rapidamente. Beatriz esperou a banda passar e olhou firme nos olhos dele.

— De onde eu venho as mulheres podem escolher *se* e *quando* querem ser mães. Daqui a cem anos, a sociedade ainda estará evoluindo no sentido de aceitar a maternidade como uma escolha, e não como uma obrigação social ou religiosa, mas os avanços já serão notáveis na dissociação entre reprodução e sexualidade. Acho que devemos conversar sobre o que cada um de nós quer, mas é importante que saiba que ainda não me decidi.

— Entendo — ele falou. — E respeitarei o teu tempo e a tua decisão. Mas é importante que saibas que eu sempre quis e quero ser pai.

— Você quer?

Ele sustentou o olhar dela antes de dizer:

— Quero que, *se* ou *quando* uma criança vier, tenha a oportunidade de conhecer o mundo pelo teu ponto de vista, Beatriz.

Ela havia escolhido Luís Eduardo para com ele dividir sua vida porque a respeitava e aceitava como era. Naquele exato momento, Beatriz não teve dúvidas de que havia feito a escolha certa, e era por isso que continuava a escolhê-lo, todos os dias.

Entretanto, ela girou o corpo na direção da festa. Além das damas e seus trajes de passeio, enxergou pela primeira vez as crianças que corriam por toda parte. Foi como se, aos seus olhos, quase todas aquelas mulheres houvessem se tornado mães de uma hora para outra.

— Talvez eu só tenha mesmo exagerado um pouco nas *tartes* de maçã...

No meio da tarde, clarins e cornetas anunciaram a chegada do presidente da República e sua comitiva. Havia uma brisa que balançava o toldo da arquibancada, mas o sol ainda ardia. Após a apresentação do hino nacional, as carruagens iniciaram o percurso levantando espectadores, convidando-os a apanhar os ramos de flores que lhes eram arremessados acompanhando a chuva de pétalas. Um deles veio parar ao colo de Beatriz, que devolveu algumas pétalas e, com as restantes, enfeitou o chapéu.

Conforme passavam, carro após carro, iam se desmanchando os ornamentos. Foi-se criando um caminho de rosas e violetas que, pisoteadas pelos cavalos, libertavam cores e aromas pelo trajeto. Os restos, como em toda batalha, eram rastros de manchas rubras no chão.

Ao final do certame, as embarcações que participavam do desfile do clube de regatas iam para longe, para onde o pôr do sol se aproximava. Alguns raios fujões acertavam o rosto de Beatriz, enquanto ela e Luís Eduardo aguardavam o dispersar da multidão e as arquibancadas iam ficando vazias.

— Sabe o que eu faria se pudesse voltar no tempo? — ela perguntou, colhendo algumas flores que haviam sobrevivido ao massacre.

Luís Eduardo pensou um pouco.

— Existe alguma coisa que não tenhas feito? — ele ironizou.

— Eu te roubaria um beijo no primeiro dia em que te vi.

— Foi precisamente o que fizeste, minha senhora.

— Queria apenas reforçar, meu mui estimado doutor, que eu teria me apaixonando de novo pelo senhor. Faria tudo de novo.

— Pois há uma coisa que ainda não fiz — ele falou, ajeitando os óculos no rosto.

Fazia algum tempo que Beatriz não notava nervosismo em Luís Eduardo. Ele desamarrou o laço do chapéu que ela usava e, com a elegância de um cavalheiro do século passado, tomou-a pela mão, conduzindo-a até o coreto, onde não havia mais ninguém. Ajoelhou-se diante dela sobre um tapete de pétalas de flores despedaçadas.

— Aceitas casar-te comigo aqui, agora?

— Nós já somos casados.

Ele achou graça da inocência dela.

— Da primeira vez, diante de tua família e convidados, foi ao Barão dos Tecidos que pedi. No altar, o padre perguntou à Carolina Oliveira se aceitava casar-se comigo. — Ele estendeu para ela um anel que reluzia numa caixinha acolchoada: — Quero casar-me contigo, Beatriz Giacomini.

Não havia necessidade de música, celebrante, tampouco testemunhas. Tudo o que precisavam estava ali: os dois, os votos e o que sobrara das flores. Ele ficou de pé e colocou a segunda aliança no dedo dela.

— Aqui, agora e para sempre, vou te amar e te respeitar. — Ele beijou-lhe a mão.

Entrelaçando seus dedos nos dele, ela disse:

— Aqui, agora e para sempre, você é a minha escolha.

Luís Eduardo, embora revelando-se cada vez mais um romântico, continuaria a ser um homem discreto com suas emoções. Era, entretanto, difícil escondê-las de Beatriz. Sempre atenta, ela não deixou escapar a lágrima por trás das lentes. Disfarçando, ele brincou:

— O que o amor uniu, a caixa de música não separa.

Foi a vez de ela achar graça da ingenuidade dele.

— Posso beijar o noivo?

Carolina

Rio de Janeiro, primavera de 2030

Era um ano de Copa do Mundo e o Brasil disputava uma vaga nas oitavas de final. O jogo estava acirrado e as seleções, empatadas. A cidade se enfeitava com uma cobertura verde-amarela de bandeirinhas, os muros e os asfaltos de pinturas com as cores da esperança, que o sol e a chuva não seriam capazes de apagar. Na Tijuca, bairro tradicional, bares agradavam a clientela com telões e rodadas de bebidas e petiscos.

O tempo passava, ao contrário de certas paixões, assim como os costumes enraizados pela cultura e, no caso de muitos torcedores, pela superstição. Nas duas últimas Copas, os mesmos amigos, com as mesmas camisas, reuniram-se na casa de Alex para assistir aos jogos da seleção juntos, mas, nesta, foi diferente. Havia um novo elemento entre eles, que chutava tanto quanto os jogadores em campo.

A descoberta da gravidez de Carolina acontecera havia oito meses. Desde o seu retorno, se dedicava profissionalmente a investir no projeto social das oficinas de moda e na concepção dos modelos para a loja que abrira com Alex, graças às economias dos dois e ao dinheiro arrecadado por uma plataforma de financiamento coletivo. A coleção de estreia foi muito bem recebida pela crítica internacional. Tornou-se sua responsabilidade a produção, enquanto o sócio e parceiro cuidava da confecção. Vítor, marido de Alex, como profissional de marketing, era incumbido da divulgação. Os negócios cresceram, desfiles vieram, a marca se tornou referência e a N.E.G.A ganhou filiais em outros estados.

Carolina estudava o plano de abrir uma loja em Lisboa quando recebeu a notícia da gravidez ao realizar um exame de rotina. A primeira coisa que fez ao sair do consultório médico foi passar numa loja de artigos de bebê. A segunda, foi cancelar toda a sua agenda para aquele dia. Chegando em casa, Bernardo se deparou com um par de sapatinhos de bebê pendurados à porta. Eles festejaram o acontecimento imprevisto, mas desejado. Assim como ela achou melhor adiar a expansão internacional dos negócios, ele também precisou de planejamento para se afastar dos palcos, uma vez que suas apresentações o levavam a viajar pelo país em turnês solo e com outros músicos de grupos de choro e orquestras populares. Foi sua notoriedade com a composição "Valsa Para Carolina" que o tornou conhecido Brasil afora e atraiu a atenção do pai. Havia uma semana que Bernardo recebera um cartão-postal do Tibete. O pai nada escreveu, além do seu endereço. No lugar das palavras, desenhou uma estrela. Carolina tinha certeza do que isso significava e, agora, Bernardo também tinha. Ele não pretendia ir ao encontro do pai, bastava-lhe saber que fora encontrado.

No clima de euforia e expectativa, o passado também se fazia presente.

No *hall* de entrada da casa de Alex, num lugar de destaque na parede, um recorte de jornal havia sido emoldurado e pendurado. O amarelado do papel impresso em 1916 lhe dava um charme *vintage*, que, a condizer com a decoração do ambiente, estava na moda. O vidro era fosco, para facilitar a leitura. A localização era estratégica: sempre que chegava fatigado de um dia de trabalho, Alex se lembrava de que a amiga tinha cumprido a promessa de não se esquecer dele.

A foto trazia Beatriz de perfil, ao piano, com seus cabelos naturais a derramarem cachos na postura elegante dos ombros. No punho, o presente que recebera de Alex. Seus olhos estavam postos na menina de trancinhas loiras e laçarote tocando ao seu lado.

Prometi e aqui está, nega.

Hoje, Elisa aprendeu uma nova partitura. Chama-se "Für Elise", de Beethoven (que falta me faz um emoji! Insira aqui a carinha com olhinhos de corações). Outro dia, podia jurar que ela estava tocando a introdução de "Dancing Queen", do Abba. Mas eram só os dedinhos impacientes dela *conjugando com a minha vontade de ouvir qualquer outra coisa que não fosse música clássica. Enquanto espero os membros do grupo nascerem, ensaio piano com ela para uma apresentação no próximo sarau, no mês que vem. Claro que, aos 7 anos de idade, ela toca melhor do que eu. Te amamos. <3*

P.S.: Todas as noites, minha filha me pede que conte histórias nossas. Ela é sua fã.

— Vai começar o segundo tempo, mozão! — chamou o marido, tirando o saco de pipoca do micro-ondas.

Alex deu um beijo na Beatriz da fotografia e foi até a sala onde Carolina, Bernardo, Peixoto e Vítor estavam acomodados no sofá de frente para a tevê. Alex se acomodou ao lado da amiga.

— A barriga está enorme, nega! O parto está previsto para que dia?

— Só sei que será no início do mês — respondeu Carolina. — Mas já levamos alguns sustos.

— Nossa bolsa da maternidade está na porta — Bernardo falou, entusiasmado.

— Desde o sexto mês, vocês colocam aquela bolsa na porta. Já tropecei nela algumas vezes — reclamou Peixoto.

— Mal posso esperar para conhecer o rostinho dela — disse Alex, e olhou para o companheiro. — E abraçar o nosso reizinho.

Vítor se levantou e foi até a gaveta de um cômodo, de onde tirou o Certificado de Habilitação para Adoção aprovado e outros documentos.

— Já recebemos o histórico dele — anunciou, com alguma emoção. — Estamos apaixonados.

— E cada vez mais perto de tê-lo nos braços — Carolina falou. — Quando vai ser o primeiro encontro?

— Na semana que vem, se tudo der certo — respondeu Vítor. — Entramos com o processo de adoção. O advogado calcula mais seis meses de espera.

— Já deu tudo certo — falou Bernardo. — Como ele se chama?

Alex e Vítor se entreolharam levantando o suspense.

— Nós íamos falar no final do jogo, mas... — Alex se interrompeu. — Eu tô abalado demais pra falar. Foi o Vítor quem escolheu o nome. Fala!

Todas as atenções se voltaram para ele.

— O menino foi encontrado sem nenhuma identificação. Quando o Alex me mostrou a foto, eu só conseguia pensar em um nome: Sol.

— É o que ele já representa nas nossas vidas. Nosso astro rei. — Alex pegou um guardanapo para limpar uma lágrima que escorria e disfarçou, dizendo: — É só glitter que caiu no meu olho, gente.

— O Sol é um menino de muita sorte — comentou Carolina. Ela, então, olhou para Bernardo.

— Nós também temos um nome para anunciar. Como temos uma sobrinha chamada Ana Beatriz, filha do Henrique, elegemos outra homenageada.

Alex se pôs a adivinhar. Impaciente, Peixoto estragou a brincadeira.

— Francisca — ele disse, tentando não soar tão contrariado quanto a pronúncia do nome em sua boca podia soar.

— Nós admiramos muito a maestrina Chiquinha Gonzaga — informou Carolina.

— Chocando um total de zero pessoas — Vítor compartilhou a piada com Alex.

— Pobres das crianças que praticamente já nascem com apelido... — Peixoto pensou alto. — A sorte dessa menina é ser poupada do Edwiges.

— Ah, vô Peixoto, que baixo-astral! Eu adoro Chiquinha! — Alex foi mais efusivo do que o normal em sua reação, espantando o mau humor do futuro bisavô.

O clima de romance se intensificou entre os dois casais, colocando Peixoto desconfortável. Ele, então, pigarreou e disse:

— Já que é pra ser sincero, nunca fui consultado sobre a escolha do nome da minha bisneta. Tenho uma sugestão.

Os quatro, curiosos, voltaram a atenção para ele.

Foi quando o som estrondoso das cornetas de plástico, a força do vento nas bandeirinhas tremulando nas janelas e a potência do grito contido na garganta se anteciparam ao silêncio da expectativa, e o gol aconteceu milésimos de segundo antes de a bola sacudir a rede adversária no último minuto dos acréscimos. Era como se todo o mundo já soubesse, como se aquela vitória já estivesse escrita. Mas esse era apenas o referencial de Carolina.

Ela insistiu para irem no Corcel, mas, com a chegada do bebê em breve, Bernardo estava decidido a aposentar seu velho amigo de tantas estradas. Sem o mínimo sentimento de culpa, traiu-lhe a confiança, e ainda o esnobou, apontando o controle remoto ao modelo zero-quilômetro que enfeitava a garagem havia pouco mais de um mês.

— Sinto falta da emoção dos quebra-molas — Carolina comentou.

Ele tirou a mão da chave na ignição antes de ligar o motor e virou o rosto para a mulher. Encarou-a durante um tempo.

— Acho que você já terá emoções demais por hoje — ele disse com um tom de preocupação. — Está certa de que quer ir?

— Absoluta — ela confirmou.

Carolina desbloqueou o celular e abriu a mensagem que recebera no *direct* do Instagram. Ela releu no seu íntimo, mas havia decorado cada palavra.

— É um convite irrecusável, Bernardo.

— Faz uma semana que você não dorme por causa disso.

— Estás enganado. Eu não durmo bem faz uns dois meses... não há posição confortável para uma barriga deste tamanho!

Ele acariciou o rosto da mulher.

— Por via das dúvidas, eu deixei a bolsa da maternidade no porta-malas.

O carro seguiu pela orla. Carolina sempre abria as janelas quando passava por ali. De todos os ventos, aquele que vinha da praia era o de que ela mais gostava. Sua filha se agitou na barriga, como se compartilhasse do mesmo prazer.

— Será que serei uma boa mãe?

A pergunta pegou Bernardo de surpresa.

— Você já é uma mãe maravilhosa, meu amor.

— Vivi por quase vinte anos sem conhecer de verdade a minha mãe. Não quero que isso aconteça entre mim e a minha filha.

— Por que aconteceria?

— Estou um pouco insegura, apenas. E sinto uma saudade tão grande dela...

— Faz de conta que eu sou essa saudade e me abrace. Pode ajudar um pouquinho.

Ela fez o que ele sugeriu. Sorriu ao pensar que nunca precisaria se soltar daqueles braços. Mas os pensamentos estavam traiçoeiros naquela noite.

— Sabes que ainda me pergunto onde foi parar a caixa de música?

— Talvez saibamos hoje. Beatriz era cheia de surpresas.

— Eu a conheço pouco por meio de você e do Alex. Mas foi o diário que ela deixou no computador que me fez chegar à conclusão de que, como Beatriz, ela é melhor Carolina do que eu.

— Por que falou no presente se a Beatriz ficou no passado?

Carolina pensou um pouco. Havia dito com certa naturalidade, porém havia um motivo que, de tão evidente para ela, nem sempre vinha à tona.

— Porque, enquanto eu existir, ela existe.

Pelo retrovisor, a praia ia ficando para trás. Sempre estaria lá. A praia, e também o vento, que, por mais que mudasse de direção e de velocidade, nunca deixaria de se chamar vento.

O edifício não havia mudado. Com a moderna e sofisticada iluminação, aquela que havia sido a maior fábrica de tecidos do Rio de Janeiro parecia, inclusive, mais imponente. As duas torres que caracterizavam a arquitetura em estilo palacete receberam iluminação especial, com dois grandes holofotes que alternavam cores e figuras na fachada de pedra. Para o evento daquela noite, cada uma das janelas foi contornada por guirlandas de flores, e o grande arco do portão de entrada acolhia os convidados estendendo um longo tapete vermelho, ladeado por tochas em candelabros dourados. A alta chaminé não mais exalava fumaça, pois, com a cessação das atividades fabris, não houve mais necessidade da caldeira. Ela agora servia exclusivamente como monumento histórico.

Nenhum desses detalhes passava despercebido pelo olhar nostálgico de Carolina. Ainda de dentro do carro, trafegando pelas ruas da vila operária, deixou-se conduzir uma vez mais para o passado. Testemunharam, cada um dos postes que eram agora alimentados pela energia elétrica, que ali, onde um dia viveram os funcionários, viveram crianças livres a brincar de cabra-cega — nas mesmas calçadas onde, durante a noite, ratos escapavam à morte certa nas armadilhas colocadas nos bueiros. As lembranças embaralhavam as histórias, e às histórias misturavam-se as lendas. A maior de todas contava que os que trabalharam ali e sucumbiram à peste negra jaziam sob aquelas terras. Contribuiu para isso a venda da propriedade para um rico empresário que pouco depois faleceu, deixando um imbróglio judicial para os sucessores que, desinteressados, nunca tomaram posse. Por décadas, a propriedade permaneceu abandonada, ainda que jamais esquecida.

A memória de Carolina não alcançava o desfecho da crise sanitária que levou à interdição da fábrica, mas as poucas notícias que pôde buscar no acervo jornalístico da época davam conta de que nenhum funcionário ficou sem enterro digno. Poucas e breves eram as menções aos Oliveira, em geral, restritas a participações em saraus, desfiles de moda e eventos beneficentes. Uma das últimas notícias à qual teve acesso, graças à amizade com a bibliotecária, foi uma matéria de página inteira no obituário. Arrependida de sua incessante curiosidade e decidida a não mais vasculhar o passado, Carolina nunca mais voltou à Biblioteca Nacional ou procurou saber o paradeiro de nenhum membro de sua antiga família.

Supervisionada por Bernardo, que abrira a porta e a esperava com a mão estendida, precisou de alguns minutos sozinha até descer do carro. Descarregou o pranto no tecido esticado do vestido sobre o arco da barriga. As lágrimas não passaram incógnitas ao homem que conhecia a razão de sua melancolia. Ainda que ela estivesse mais sensível com a gravidez, fazia tempo que ele não a via chorar.

— Uma lembrança? — ele perguntou quando ela lhe deu a mão.

— Numa das últimas vezes em que estive aqui, conheci uma moça. Maria Giulia Rossi... ela... — A garganta fechou e Carolina se interrompeu. Percebeu o semblante de Bernardo tomado pela angústia que ele absorvia e espelhava dela. — Não importa. São fantasmas.

— É claro que importa. O passado faz parte da sua história.

Ela concordou.

— Ele ocupou muito espaço e por tempo demais nas nossas vidas. Eu vim aqui hoje para enterrá-lo de uma vez por todas.

Os dois caminharam de mãos dadas até a entrada, onde longas cortinas balançavam ao ritmo da brisa leve que soprava. Foi ele quem abriu passagem para Carolina, afastando os véus do tecido que, de tão fina espessura, transluzia e mistificava o que seus olhos não alcançavam. Era possível distinguir formas de pessoas se movimentando como vultos projetados numa tela iluminada. Ela apertou forte a mão de Bernardo antes de entrar.

No centro da antessala, sobre o piso original adornado por uma tapeçaria luxuosa em fios de seda, um virtuoso tocava as notas de "Confidências", de Ernesto Nazareth, no piano de cauda. Sem pedir licença, a melodia valsou com Carolina, tomando-lhe da mão de Bernardo. Ela sequer percebeu que ele não estava mais ao seu lado até parar diante de um quadro solitário na parede. Na legenda:

CAROLINA OLIVEIRA DE MESQUITA, NO DIA DO SEU ANIVERSÁRIO DE 75 ANOS.

Mais do que a obra pictórica, era a ousadia de Beatriz em assumir para o mundo sua existência na pele de Carolina que preenchia todos os espaços, dentro e fora da moldura. A trama na tela, o relevo na tinta, a textura na pele, o brilho nos detalhes, o tom nos lábios, o volume nos cabelos, a profundidade no olhar e tudo o mais que era passível de reproduzir extrapolava a essência de uma na outra.

A pintura impressionista havia sido emoldurada com simplicidade para realçar o valor do tempo e a história por trás da imagem. As singularidades e as perspectivas do olhar do artista, evidenciadas em pinceladas soltas, carregadas de cores em contrastes de luzes e sombras, refletiam impressões verdadeiras sob camadas de realidades inverossímeis. O retrato mostrava uma mulher de atitude, que se vestia da própria ousadia e exibia com orgulho trajes de confecção autoral, denotando seu papel e *status* na sociedade. A alça do vestido providencialmente descaída num dos ombros manifestava seu espírito provocador e, também, intimidade com o artista. Tinha a postura altiva e segura, de alguém que nunca havia se submetido aos costumes e padrões de tempo algum.

Os registros fotográficos de Beatriz eram raros, afinal, o segredo de sua verdadeira identidade precisou ser a todo custo preservado. Uma desatenção sua e um negativo numa câmera escura fatalmente revelaria a prova cabal de uma realidade impossível de explicar. Ao longo de toda a sua vida, resistiu a apelos de grandes revistas, recusando ser fotografada sob a vaga desculpa de não se considerar fotogênica. No entanto, ao contrário da fotografia, na pintura Beatriz podia ser retratada sem precisar se esconder. Com o olhar disperso na paleta de cores e focado na força estética de Beatriz, Carolina se perguntava se teria partido da própria Beatriz a ideia de posar para o pintor, e acreditava conhecer a resposta. Talvez obtivesse a confirmação com a curadora da exposição. E ela estava a apenas alguns passos de distância.

Giselle Oliveira Mattos era também proprietária do centro cultural, que, após ser readquirido em leilão, foi inteiramente revitalizado, e, naquela noite, era inaugurado em comemoração aos 150 anos de existência da fábrica. A bela e sofisticada cinquentenária, que fisicamente em nada lembrava a mulher da pintura, recebia todos os *flashes* das câmeras enquanto dava entrevistas para os vários canais de comunicação que cobriam o evento, apresentando-se com orgulho como a trineta do Barão dos Tecidos.

Carolina estava diante da bisneta de Beatriz, ou, se quisesse ir um pouco além do que a visão era capaz de alcançar, da própria bisneta. Ao se aproximar e tentar furar o círculo de pessoas em torno dela, precisou acompanhar o movimento do grupo. Giselle guiava os visitantes e jornalistas em direção à grande sala da tecelagem, onde, dos oitocentos teares que um dia trabalharam ali, restava apenas um. Como relíquia de museu, o exemplar era exibido através de uma vitrine. Enquanto a história de Manoel Oliveira ganhava contornos rocambolescos no entusiasmo da anfitriã, Carolina imaginava o que o pai pensaria da extravagante ficção que sua biografia poderia ter dado.

Em algum momento da excursão, um jornalista resolveu perguntar sobre fatos curiosos da família. As voltas que Giselle dava deixavam Carolina tonta.

— Ah, vocês não acreditam que o barão era capaz disso? Essa criação de suínos era unicamente para alimentar a paixão que ele tinha por carne de porco — Giselle afirmou diante da incredulidade de alguns sobre o que acabara de revelar. E continuou: — Lombo assado era o prato preferido dele e era servido todas as sextas-feiras.

— Quintas — corrigiu Carolina com uma voz minguada que não chegou aos ouvidos da anfitriã. — Com exceção da Semana Santa, em que jejuávamos para valer.

Alguns lançaram olhares de interrogação. Outros pediram silêncio.

— Gostaria de ter mais a contar do grande patriarca, mas minha mãe não falava muito dele. Em contrapartida, tenho muitas histórias sobre a minha bisavó, Carolina. Ela marcou e inspirou todas as gerações da minha família. Não à toa, a linhagem Oliveira é sobretudo feminina.

— Poderia nos falar sobre a pintura que está na saleta? — A voz de Carolina foi ouvida em alto e bom som desta vez.

A bisneta encompridou-se mais em sua já alta estatura para poder ver quem fez a pergunta. Contentou-se ao identificar a mulher anônima, na faixa dos 30 anos, cabelos loiros na altura dos ombros, vestida elegantemente a valorizar sua silhueta de futura mãe.

— O quadro é de 1955, de autoria de meu bisavô, Luís Eduardo Mesquita. Ele não assinou a obra porque tinha nas artes plásticas apenas um passatempo. Mas escreveu uma tocante dedicatória no verso da tela, e ali, sim, assinou. Simplesmente "Edu", como minha bisavó carinhosamente o chamava. Essa pintura tem sensualidade, tem o atrevimento de uma mulher septuagenária posando para seu marido nos anos cinquenta. Causou alvoroço quando ela o expôs na mostra de um dos seus desfiles em Paris.

Antes que a emoção por tantas descobertas se tornasse evidente no rosto de Carolina, ela, sorriu em agradecimento pela resposta e se camuflou por trás das câmeras.

Giselle continuou seu roteiro, apontando para um muro de tijolos composto por fotografias, recortes de jornal e uma linha cronológica com todas as fases da construção do império iniciado por Manoel e continuado por Beatriz. Carolina nunca esteve interessada, pelo menos até aquele dia, em conferir datas. Em especial, dos falecimentos. Preferiu sempre a ilusão de que a vida que deixou de viver e as pessoas que não viu morrer continuavam a existir num universo paralelo. Ainda que soubesse que essa teoria não passava de enredo de ficção científica.

Evitando o inevitável, viu-se adiando, mais uma vez, o momento de enterrar o seu passado. Deixou-se ficar para trás enquanto a visitação seguia outro rumo, afinal, tinha a própria viagem para continuar. Em sua rota, esbarrou em uma mesa de acrílico, onde alguns objetos pessoais de sua família estavam expostos. A iluminação especial dava aos utensílios um valor que, para ela, nunca existiu. Até aquele momento.

— O barbeador do meu pai... o livro de receitas da minha mãe... — ela comentava, acariciando o tampo da mesa. — Só a receita das queijadas de leite vale milhões.

Um segurança à paisana chamou-lhe a atenção. Ela não se intimidou.

— O Marcel Wave! — vibrou diante do seu antigo ferro de cachear, atraindo mais atenções.

Bernardo localizou Carolina e cruzou o salão como um raio.

— Perdi a conta de quantas vezes rodei esse lugar todo atrás de você. É um labirinto. Tem até encarte com mapa à disposição.

— Não vais acreditar no que eu descobri sobre o quadro — ela falou, entusiasmada.

— E você não vai acreditar no que está logo ali na frente — ele apontou.

Carolina estava certa de que ele se referia à caixa de música.

Num expositor que ficava no centro de um espaço que, segundo o mapa, havia sido o depósito das bobinas, havia um livro com um cadeado. Um único foco de luz sobre ele evidenciava o desgaste da capa. Ao lado, o desenho de uma chave numa folha de papel e a seguinte inscrição: "Procura-se".

— Por que "Procura-se"? É o meu diário, e não o dela!

— Não foi a Bia quem expôs isso tudo. Foi a bisneta. Acho que deveria se apresentar.

— Estás falando sério?

Ele lhe mostrou o centro multimídia, um painel em 3D comandado pelo toque. Começou a folhear as revistas de moda, os primeiros croquis e outros desenhos que Carolina tanto se esforçou para esconder dos pais. Seus segredos haviam sido digitalizados e estavam à disposição para consulta pública. Ela podia se dar por satisfeita de saber que suas intimidades e confidências continuariam a ser preservadas.

— Lembra que te falei do exemplar da primeira edição de *Dom Casmurro* que a Bia conseguiu autografado no nome dela?

— Está aqui também?

Ele confirmou.

— Penso que a Giselle sabe que você existe. E queria que viesse aqui.

Carolina percebeu logo onde Bernardo queria chegar.

— Ela sabe meu nome.

— Não foi por acaso que ela começou a te seguir no Instagram e te enviou o convite para a inauguração. Pelo que a gente viu aqui hoje, ela pesquisou a fundo e certamente não ignoraria um nome como Beatriz Giacomini.

— E eu achando que vinha aqui hoje para enterrar o passado...

— Tem alguém mais interessada em desenterrar.

O arquivo fotográfico surpreendeu Carolina. Em especial, uma imagem que havia sido colorida artificialmente e ampliada para cobrir uma parede. Era o único registro de toda a família Oliveira, e só havia sido possível porque estavam todos fantasiados para um baile de Carnaval, em 1912. Flora e Manoel, ambos mascarados, sentados num banco do jardim. De pé, Beatriz, como colombina, com o pequeno Roberto, de 1 aninho, ao colo. Luís Eduardo, o pierrô, ao seu lado, de mão dada com a filha Elisa, de três. E Iolanda, carinhosamente abraçando uma menina sapeca de 5 anos.

— Iolanda teve uma filha — Carolina comentou, emocionada, para Bernardo.

— Mariana — respondeu a mulher que chegou por trás.

O casal se virou depressa para encarar Giselle, que não estava sozinha.

— Algumas fantasias funcionam bem como disfarce — disse, referindo-se primeiramente a Beatriz. — Até o dia em que a máscara cai. Pode tirar uma foto nossa, Otávio? — pediu ao fotógrafo, que já apontava a câmera.

Pensando em evitar um constrangimento à Carolina, Bernardo se colocou à sua frente, mas ela interrompeu a todos, ao pedir:

— Meu amor, poderia esperar por mim aqui, por favor? — E dando-lhe um beijo, sussurrou para ele: — Preciso ter essa conversa a sós com ela.

Ele não se opôs, pois confiava e, sobretudo, se orgulhava dela. Da mesma forma, desconcertada por seu ímpeto, Giselle dispensou o fotógrafo. Em silêncio, foi Carolina quem a conduziu para o antigo gabinete de seu pai. Ela havia visto no mapa que pouco havia mudado, e aquela continuava a ser a sala com a melhor vista.

— Obrigada por ter aceitado meu convite — Giselle disse. — Não achei que viesse.

Ao entrar no local onde seu pai passava a maior parte do seu tempo, Carolina não encontrou traço algum do barão, a não ser pelo estojo de charutos cubanos preservado numa prateleira e uma máquina de escrever em outra. A papelada, que ele normalmente deixava acumular na mesa, deu lugar ao computador de última geração.

Giselle foi até um armário e tirou de lá uma caixa. Depois, ofereceu o sofá para que Carolina se sentasse ao seu lado.

— Guardei algumas coisas que minha bisavó deixou para você — falou, estendendo-lhe o objeto.

Antes de abrir, Carolina hesitou. Então, pousou a caixa no assento, pegou as mãos de Giselle e perguntou:

— Quem sou eu para você?

Embora a pergunta a tenha pego desprevenida, Giselle não pensou muito antes de responder.

— A história de Carolina Oliveira não existiria sem a de Beatriz Giacomini. Enquanto ela viveu, pensou em você. E toda vez que pensava, colocava alguma coisa nesta caixa. Minha avó Elisa dizia para a minha mãe, Carlotta, que você foi uma inspiração para a grande estilista que a minha bisavó se tornou. Há cerca de um ano, a minha mãe fez questão de me contar toda a história para que, um dia, esse tesouro chegasse até você. Por isso, enquanto você existir, eu sinto que minha bisavó também existirá.

— Onde está sua mãe?

O rosto de Giselle entristeceu.

— A doença dela, mal de Alzheimer, avançou nos últimos meses. Ela vive numa clínica de repouso.

Carolina acariciou-lhe a mão.

— Gostaria tanto que ela estivesse aqui… demorei demais para inaugurar este espaço.

Giselle continuou:

— Fiz tudo também pensando em você e em te conhecer. Como nunca nos procurou, suponho que queria esquecer o passado.

— Podemos ignorar, mas não há como esquecer — refletiu Carolina. — Ainda por cima, nós nos parecemos fisicamente.

— Eu sou você daqui a uns vinte anos. — A outra sorriu. — Minha filha, hoje, tem a idade da minha bisavó quando tudo aconteceu. Ela é bailarina profissional, acredita?

— Eu vi na sua página do Instagram. Ela parece realizada.

— Luana mora em Londres. Ainda não sabe da história. Estava esperando te conhecer para decidir se conto ou não.

— E então?

— Talvez, hoje.

Carolina passou a mão na barriga e distraiu-se olhando para o futuro. O breve instante durou até uma pergunta trazê-la de volta:

— Nunca se perguntou onde estaria a caixa de música?

— Espero que esteja em lugar seguro. É algo muito poderoso e, sobretudo, perigoso, pois foge a qualquer tipo de controle e explicação.

Concordando, Giselle encurtou o espaço entre ela e sua convidada para lhe contar, em tom de confidência:

— Em 1970, três anos antes de morrer, minha bisavó contou para sua filha Elisa que aconteceria um leilão de peças de uma estilista famosa em Nova York e que uma misteriosa garrafa com uma bailarina em *tutu* vermelho estaria entre as peças a serem arrematadas. Ninguém ousaria intervir nessa história.

As duas levaram os olhos para a caixa de madeira trabalhada que repousava ao lado de Carolina.

— Confesso que já espiei o que tem aí dentro — admitiu Giselle. — Achei que pudesse estar aí.

Dentro dela havia revistas de moda, amostras de tecidos, recortes de jornal, croquis, partituras, o que sobrava de um batom vermelho e cartas de Beatriz dirigidas a Carolina. A destinatária do tesouro se daria, mais tarde, algumas demoradas horas para ler e reconectar-se com todos os sentimentos que as memórias lhe provocavam. Mas a curiosidade a fez vasculhar um pouco o que tinha aparência de ter sido remexido algumas vezes.

Um pequeno álbum de fotografias não passou despercebido. Na capa forrada de tecido, a caligrafia redonda de Beatriz foi de imediato reconhecida: "*Carnaval de 1912*".

— Saiu daí a foto que eu mandei colorir e ampliar para fazer o mural — informou Giselle.

Na primeira folha do caderno, preso com um clipe, havia um papel dobrado e uma foto avulsa de um homem com uma criança ao colo.

— Eu conheço este homem... — Carolina olhou para Giselle à espera de confirmação. — Dançamos no baile de ano-novo do Clube Imperial.

— Dançou com o Heitor Villa-Lobos?!

— Ele era um jovem à época. Aqui está mais corpulento, mas eu não o esqueceria.

Giselle, que contava surpreender mais do que ser surpreendida, percebeu que ainda havia muitas histórias por desvendar.

— Ele foi convidado para o baile de Carnaval na propriedade da família, em Botafogo. Era o padrinho da minha avó Elisa.

— Ora essa! E a criança em seu colo?

A anfitriã não soube dizer.

Com extremo cuidado, Carolina desdobrou o papel. Para sua surpresa, a carta era assinada por Alberto Peixoto. Ele mesmo confirma ser a criança da foto, referindo-se a Villa-Lobos como seu tutor.

— Alberto destinou esta carta a Beatriz! — Ela leu todo o teor praticamente sem piscar. — Segundo o que diz aqui, ele sabia do nosso segredo, mas prometeu que não revelaria a ninguém. Ele se diz muito agradecido à Beatriz por ter sido a responsável por apresentá-lo à futura esposa, avó de Bernardo. Ele e o avô vão adorar isto!

— É tão estranho ouvir alguém se referir à minha bisavó como Beatriz...

— Não imaginas quantas vezes me equivoquei ao assinar cheques e outros documentos — ela expirou. — E já se passaram dez anos!

Quanto mais Carolina revelava intimidade com o passado de sua família, mais afeição a bisneta ia nutrindo por ela. Aos poucos, começou a vê-la com menos desconfiança e mais encantamento.

— *O segundo sexo* — leu Carolina na lombada de um dos livros que lhe veio à mão. — Esse livro viajou comigo para 1900.

— Você não imagina a confusão que causou.

— Moderno demais para o tempo? — palpitou.

— O barão o encontrou escondido entre as coisas da baronesa. Aparentemente, depois de dias convivendo como gato e rato, ele acabou cedendo e o livro se tornou livro de cabeceira dela.

— A dona Flora era danada — riu-se Carolina, até as mãos esbarrarem noutro livro. — *A Moreninha*. Li a primeira vez por indicação da Beatriz. Acreditas que ela o usou para me aconselhar a declarar-me ao Luís Eduardo?

Giselle se levantou e foi até um cofre-forte, de onde tirou um quadro com as mesmas dimensões daquele que estava exposto na antessala da fábrica. Datava do mesmo ano.

— Ele nunca esqueceu você — falou, enquanto o desembalava. — Retratou as duas mulheres da sua vida como ninguém faria.

Ao ver-se na pintura como Beatriz, Carolina entendeu que a inversão de papéis era mais do que um recurso artístico para ocultar identidades. Ela se enxergava em cada uma das pinceladas que davam corpo à alma retratada ali.

Querida Beatriz,

Retratei-te agora, no alto dos meus 81 anos de idade, antes que a memória me roube o melhor das lembranças. Não ligues aos traços imprecisos desta mão trêmula, nem aos detalhes que estes olhos já não podem enxergar. Creias, simplesmente, que permaneces a mulher que melhor vestiu um par de calças minhas.

Um dia me perdoarás por não te ter conseguido esquecer.

Do teu mui estimado amigo,

Edu

— Segundo a minha mãe, a Beatriz sentiu ciúme de você a vida toda.

— Que bobagem… — falou Carolina, ainda com a voz embargada. — Ela brincava com isso.

— O Luís Eduardo faleceu no ano seguinte, 1956. Pouco depois do filho Roberto.

Durante alguns instantes, fez-se silêncio. Depois, Carolina enxugou os olhos e disse:

— Encontrei a notícia num obituário de jornal há pouco tempo. Escreveram uma grande matéria em homenagem ao Edu e ao seu trabalho como médico e pesquisador. Na mesma matéria, abordam a doença do Roberto, para a qual o pai, mesmo com todo o conhecimento que tinha, nunca conseguiu encontrar a cura. Imagino que este tenha sido seu maior desafio e sua maior desilusão.

Diante do olhar comovido de Giselle, ela explicou:

— Eu costumava ir regularmente à Biblioteca Nacional em busca de informações sobre os meus entes queridos. Até o dia em que me deparei com esta notícia. Passei os últimos dez anos longe do Wikipedia.

Giselle suspirou diante das muitas divagações que se apresentavam. E decidiu, também, fazer uma revelação.

— Impressiona-me pensar que, de alguma forma, sou contemporânea da minha bisavó. Imagino se vocês tivessem me procurado dez anos atrás, quando eu ainda não sabia de nada. Talvez até tenha almoçado no mesmo restaurante que a antiga Beatriz Giacomini e ela tenha me dado o seu IG. — Ela piscou para Carolina.

A curta filmagem que fizera no restaurante onde Beatriz e André almoçaram juntos pela última vez havia sido, como prometera, postada no *stories* e, depois, deletada. A lembrança daquele dia, entretanto, permanecia, pois a lição que aprendera era para sempre. Daquele dia em diante, carregaria para sempre um batom vermelho na bolsa.

— Fico feliz que tenha me procurado — Carolina disse, tomada por um sentimento de paz que havia muito tempo não experimentava.

— Fico feliz que não tenha mudado de IG.

Carolina teve o auxílio de Giselle para se levantar. Ela sentiu a barriga, de repente, mais pesada. Teve a sensação de que a filha despertava de uma longa espera para nascer.

As duas se despediram com um abraço demorado, e, em seguida, Giselle perguntou:

— Menina?

— Boa intuição.

Devolvendo o sorriso, Carolina contemplou uma última vez o que ficava para trás.

— Posso vir te visitar qualquer dia? — quis saber.

Com o sorriso faceiro que lembrou a colombina do mural, Giselle respondeu:

— A casa é sua.

Vitória Giacomini Peixoto de Oliveira nasceu naquela mesma noite. O nome foi sugestão do seu bisavô, num dia de Copa do Mundo e bons presságios. Conforme ela foi crescendo, foi se tornando cada vez mais evidente a semelhança com a mãe; quase ninguém diria. Poucos sabiam que a cor castanha dos cabelos não era obra da genética. Nem do acaso.

EPÍLOGO

Kuala Lumpur, Malásia, junho de 2101

O futuro amanhecia primeiro daquele lado do mundo. Os raios da manhã atingiam a cidade dos arranha-céus e cobriam de dourado as Torres Petronas. Uma mulher chamada Ava, num vestido de noiva, percorria a largas passadas a ponte suspensa, *skybridge*. Ela se sentia cada vez mais perto do céu na medida em que se afastava do inferno.

A saia de tule enroscava-se às pernas, obrigando-a a reduzir a velocidade. Tropeçou algumas vezes, manchou a maquiagem misturada às lagrimas que escorriam, mas, em nenhum momento, olhou para trás. Parou diante do pórtico de entrada. Atrás das três milhões de camadas de grafeno que compunham sua morfologia transparente, havia outra vida que não podia mais esperar.

O acesso foi liberado por um detector de nervo óptico. A cirurgia que havia lhe custado o azul dos olhos num transplante ocular total lhe retribuía agora como passaporte. Não lhe importava ter perdido a identidade quando estava a poucos passos de ganhar a liberdade. Um escâner molecular digitalizou e registrou a sua entrada. O tempo a que tinha direito começou a contar. Em menos de um minuto, sua saída seria bloqueada.

O branco absoluto das paredes não destoava do tom do vestido. Luzes artificiais se decompunham em feixes multicoloridos atravessando a sala.

A mulher se voltou para o alto da estrutura prismática em cristal sobre a qual se encontrava o objeto mais bem guardado e o segredo mais valioso de que se tinha notícia: a caixa de música.

Descalçando a sandália de salto estilete sobre a qual o calcanhar se equilibrava e usando-a como adaga, Ava golpeou o cristal e, de braços estendidos, deixou-se cobrir pelos estilhaços.

CONSIDERAÇÕES E AGRADECIMENTOS

Algumas pessoas às quais destino meus agradecimentos sabem que comecei a escrever este livro em 2018. Ninguém conhece, no entanto, a história por trás da história.

Em janeiro daquele ano, um arco-íris se formou entre os arranha-céus de Melbourne. Foi o sinal que eu procurava e o caminho que encontrei. Lembro-me, como se fosse hoje, do dia em que decidi voltar para casa e das conclusões mais importantes. Em dois anos de vida de imigrante na Austrália, havia redefinido minhas metas de vida, testado a minha resiliência e, sobretudo, começado a aprender sobre quem eu era, quem estava fingindo ser e quem queria me tornar.

Num belo dia de sol de fevereiro, estava na Library at The Dock, a biblioteca de Docklands, separando alguns livros para a pesquisa. Tinha a premissa em mente, a cabeça pipocava de ideias. Normalmente, amo essa fase embrionária de escrever um livro. Mas, no caso de *A caixa de música*, era a primeira vez que tentava escrever longe da minha zona de conforto. Naquele dia e nos subsequentes, não consegui escrever uma linha. Me senti frustrada, mas também certa de que a história levaria o tempo que precisasse.

De volta ao Brasil, contando mais uma vez com o suporte dos meus pais e a companhia da minha gata, me tranquei no quarto e me dediquei dia e noite durante os quatro meses seguintes. Mesmo conhecendo a extensão do desafio que se delineava — afinal, estava partindo para meu sétimo livro —, não podia ainda imaginar quanto da história da minha vida seria influenciada pela história que iria escrever, e vice-versa. Coloquei o ponto final e postei no Instagram. Na postagem, querendo soar poética, dei uma de vidente: "O ponto final não é o fim da história.".

Em junho de 2018, a mesma mochila que carregou meus sonhos para a Austrália levava *A caixa de música*, impressa e encadernada, para a França. A vida seguiu seu curso de altos e baixos enquanto eu estabelecia morada no país, aprendia uma língua, iniciava uma experiência profissional como comissária de bordo, explorava novos destinos ao lado de um novo amor, sem saber, como bilhões de pessoas, que dentro de dois anos o mundo iria parar.

Chegamos a 2020, que para sempre será lembrado como o ano da pandemia de covid e seus efeitos devastadores na vida de grande parte da população mundial. Para muitos, como eu, um ano sabático. Ainda que a pausa tenha sido imposta, aproveitei a oportunidade para desacelerar e fazer as pazes com o universo e comigo mesma. Em 2020 decidi começar a fazer terapia, descobri a meditação, o poder do subconsciente e, sobretudo, da gratidão. O tempo sem trabalhar me permitiu retomar o livro, que eu tinha ingenuamente dado por finalizado. A releitura me reapresentou Carolina e Beatriz, as protagonistas da história. Os papéis de ambas estavam bem definidos, no entanto, senti que meu objetivo como autora estava aquém do desejado. Nenhuma delas espelhava com honestidade os valores que amadureciam dentro de mim. Além da realidade do mundo pós-covid, eu também havia mudado de lá para cá e, portanto, as duas precisavam acompanhar isso para que a história delas fosse contada da forma mais verdadeira possível.

Em 2021, com a retomada do trabalho, precisei me reorganizar para não deixar o livro de lado. Foi um ano de desafios no âmbito da saúde e, também, de crescimento pessoal. Os frutos da minha terapia começaram a aparecer, consegui quebrar alguns padrões tóxicos, e a qualidade de alguns dos meus relacionamentos foi testada. Paralelamente, quanto mais trabalhava na revisão do livro, mais interesse eu tinha em tocar em temas como feminismo e padrões patriarcais, mestiçagem e preconceito racial, LGBTfobia e diversidade sexual. Enquanto estudava esses conceitos tão delicados e importantes, mais propriamente o feminismo, percebia que ia me identificando cada vez menos com Carolina e cada vez mais com Beatriz. Meu progresso, nesse processo, foi naturalmente transferido a Carolina, que tinha Beatriz como representante do ideal feminino. Através da história dessas duas mulheres, portanto, fui tomando coragem para apagar o rascunho e reescrever a minha própria história. O que vem depois do ponto final? Um novo eu. Um novo você. Certamente, não é o fim da história.

O arco-íris é, para mim, mais do que um fenômeno meteorológico, o nome de uma banda, uma cidade no interior de São Paulo ou o símbolo de um movimento. Ninguém passa por ele sem notá-lo. Ninguém consegue ser indiferente a um arco-íris. Por isso, querido leitor, espero que você tenha encontrado alguns ao longo desta leitura, e que *A caixa de música* tenha cumprido seu objetivo de transmitir valores, sobretudo, humanos. Se você se identificou com alguma passagem, me escreva. Vou ficar feliz e muito grata com essa troca.

E por falar em gratidão e troca, gostaria de pedir a você um fundo musical emocionante agora. Escolha qualquer um do seu agrado e aperte o *play*. Eu vou de "Méditation", de Jules Massenet, na magnífica interpretação de Sir James Galway.

Algumas das pessoas que, direta ou indiretamente, escreveram comigo, são: meus pais, Ana Maria e Adalsino, meu irmão Daniel, Patrick, Ennio, Maria Luísa, Vanessa, Laurent, Leonardo, Thiago, Patrícia, Fran, Georgia, Flavia, Carlos Felipe, Paul, Rosario e Jean Claude, Marta, Kristelle, André, Fabrício, Dilsa. Seja por uma linha, um parágrafo ou um capítulo inteiro, há um pouco de cada um aqui e cada um deu um pouco de si. Obrigada por acolherem diferentes versões de mim em diferentes momentos da história.

Agradecimento estendido a todos os membros da minha grande família do Brasil, de Portugal e da França, a cada pessoa que cruzou meu caminho na Austrália, aos colegas da easyJet que me deixaram revisar este livro por trás da cortina quando os voos se tornavam longos demais, aos escritores amigos de muitas bienais, aos ilustres colegas de agência e aos queridos editores da VR. Serei sempre grata pelas trocas e pelo aprendizado.

Agradecimento *in memoriam* aos meus avós maternos, Ennio e Maria Nazareth, que incentivaram minha criatividade e gosto pelas viagens, pela arte e pela literatura desde sempre. A Olivetti 82 continua sendo o melhor presente que ganhei na vida.

Agradecimento eterno ao meu tio e padrinho, Enninho, que por pouco não viu a publicação deste livro. Titio gostava de contar histórias e colecionar tesouros, mas sua maior riqueza estava mesmo no seu imenso coração. Obrigada por tudo, tio. Te amo.

Agradecimento colorido à minha mãe, Ana Maria, que me deixava faltar à aula no jardim de infância quando estava chovendo. Meus picos de criatividade aconteciam diante da programação da TVE em dias de chuva. Como nem tudo é perfeito, herdei seu talento para o desenho e isso foi determinante para que eu não me tornasse artista plástica. Tô brincando, mãe.

Agradecimento com sotaque português à minha avó Maria Luísa, cuja história é exemplo de força e perseverança para mim. Obrigada por não deixar meus livros ganharem poeira na sua estante. Te admiro muito.

Agradecimento duplo ao meu pai, Adalsino, meu leitor número um. Impecável em 99% dos comentários. Seria 100% se ele fosse o público-alvo. Eu adoro a nossa troca e cresço com ela. Pena que não herdei a sua estatura, ou o seu talento para pintar. Te amo, pai.

Agradecimento técnico ao meu irmão, Daniel, meu coprodutor musical, responsável por muitos dos temas que compõem meu repertório de inspiração. Não é possível escrever sem música. E eu não sou eu sem você, Dani. Nossas histórias merecem um livro só para elas.

Merci beaucoup ao meu parceiro Patrick, que não leu este livro porque ficou anos enrolando no curso de português. No entanto, ele se redimia fazendo o melhor *chai latte* caseiro, um dos meus combustíveis preferidos para escrever. Com você, viajei ao céu e ao inferno. Mas ainda prefiro Paris.

Agradecimento especial à Thila, por parar tudo e me socorrer nas duas etapas deste projeto, me sacudindo e me presenteando com os melhores *insights*. Melhor leitora-beta *ever*.

Agradecimento eterno à Josi, minha terapeuta, por me guiar nessa jornada de autoconhecimento, estima e respeito por mim mesma. Temos um caminho juntas pela frente.

Agradecimento do fundo do peito à Guta e a toda equipe da Increasy Consultoria Literária, por acreditarem. Que nossa parecia dê muitos frutos.

Por fim, nem menos ou mais importante, um agradecimento muito pertinente a quem me usou, abusou, enganou e julgou. A quem tentou tirar proveito, me moldar e me subjugar, agradeço por me abrir os olhos para a mulher que sou hoje. Sem saber, você me libertou.

Sexismo, racismo, homofobia e intolerância de todo tipo não passarão.

SUA OPINIÃO É MUITO IMPORTANTE

Mande um e-mail para **opiniao@vreditoras.com.br**
com o título deste livro no campo "Assunto".

1ª edição, jun. 2022
FONTES   Minion Pro Regular 10,75/16,3pt e Trajan Pro Regular 30/18pt

PAPEL Ivory Cold 65g/m²
IMPRESSÃO Geográfica
LOTE GEO290422